낭비 없는 밤들

낭비 없는 밤들

실비아 플라스

박선아 옮김

마음산책

낭비 없는 밤들

1판 1쇄 인쇄 2024년 3월 1일
1판 1쇄 발행 2024년 3월 5일

지은이 | 실비아 플라스
옮긴이 | 박선아
펴낸이 | 정은숙
펴낸곳 | 마음산책

편집 | 성혜현 · 박선우 · 김수경 · 나한비 · 이동근
디자인 | 최정윤 · 오세라 · 한우리
마케팅 | 권혁준 · 김은비 · 최예린
경영지원 | 박지혜

등록 | 2000년 7월 28일(제2000-000237호)
주소 | (우 04043) 서울시 마포구 잔다리로3안길 20
전화 | 대표 362-1452 편집 362-1451 팩스 | 362-1455
홈페이지 | www.maumsan.com
블로그 | blog.naver.com/maumsanchaek
트위터 | twitter.com/maumsanchaek
페이스북 | facebook.com/maumsan
인스타그램 | instagram.com/maumsanchaek
전자우편 | maum@maumsan.com

ISBN 978-89-6090-869-7 03840

* 책값은 뒤표지에 있습니다.

이름 없는 내가 일어난다.

이름 없이, 더럽혀지지 않은 채로.

차례

일러두기

1. 이 책은 영국의 계관시인이자 실비아 플라스의 남편이었던 테드 휴스가 1977년 엮어서 낸 『Johnny Panic and the Bible of Dreams』의 1979년 개정판을 번역한 것으로, 한국어판 출간 과정에서 원서의 목차를 재구성하고 테드 휴스의 서문을 생략하였다.
2. 외국 인명·지명·독음 등은 외래어표기법을 따르되 관용적인 표기와 동떨어진 경우 절충하여 실용적인 표기를 따랐다.
3. 본문의 각주는 모두 옮긴이주이다.
4. 원문의 이탤릭체는 고딕체로 표시하였다. 단편 중에는 단어 일부만 고딕체인 경우가 있는데, 이는 등장인물의 특징적인 발음을 텍스트로 구현하려는 실비아 플라스의 시도를 반영한 것이다.
5. 책 제목은 『 』로, 편명은 「 」로, 곡명·매체명·프로그램명·연극 제목 등은 〈 〉로 묶었다.

산문

폭설

크리스마스 다음 날(복싱데이) 런던에서는 눈이 내리기 시작했다. 영국에서 맞은 첫눈이었다. 지난 5년간 영국의 겨울을 만드는 축축하고 흐릿한 회색빛 6개월을 보내면서 마음을 단단히 먹어온 나는, "눈이 내린 적은 있어요?" 하고 눈치껏 물었다. "오, 저 눈 기억해요. 제가 꼬마일 때 내렸었어요"가 일반적인 대답이었다. 그 때문에 나는 뽀득한 흰색이 내리던 엄청난 장관을 열심히 떠올렸다. 미국에 있을 때 그 눈으로 눈덩이를 만들고 터널을 파고 썰매도 탔다. 내가 어렸을 적 일이다. 지금 나는 런던 집 창문가에서 가로등 불빛을 가로질러 백열하는 어둠의 조각들을 보며 그때와 똑같은 달콤한 기대감의 한기를 느꼈다. 내 아파트에는(동그랗고 파란 명패에 한때는 예이츠W. B. Yeats의 집이었다고 표시되어 있다) 중앙난방이 없으므로, 나의 한기라는 것은 비유가 아니라 실재하는 것이다.

11

다음 날, 눈이 사위에 내려앉았다. 하얗고, 그림 같은, 아무도 손대지 않은 눈이 계속해서 내렸다. 그다음 날에도 사방에 눈이 내렸다. 아무도 손대지 않은 눈. 한참은 더 내린 것처럼 보였다. 눈을 쓸지 않은 길을 지날 때면 부츠 입구로 눈송이들이 퐁퐁 떨어졌다. 큰길도 아직 제설이 되지 않은 상태였다. 버스 몇 대와 택시들이 깊고 하얗게 파인 바큇자국을 따라 기어갈 뿐이었다. 여기저기에서 신문이나 빗자루, 걸레를 든 남자들이 자기 차를 찾으려고 애썼다.

대부분의 지역 상점들은 30에서 60센티미터 높이로 쌓인 푹신해 보이는 눈에 파묻혀 있었다. 새가 남기고 간 흔적 같은 손님들의 발자국은 문에서 문으로 고리처럼 이어졌다. 약국 앞 작은 공간의 눈이 치워져 있었다. 나는 고마워하며 그 안으로 걸어 들어갔다.

"저는 영국에 제설차가 없다고 생각했어요, 헤헤!" 나는 농담을 하면서 클리넥스 기저귀와 블랙베리주스, 로즈힙시럽과 비강 스프레이, 기침약(고딕체로 '진해제'라는 라벨이 붙어 있었다) 등 겨울감기에 걸린 아기에게 도움이 될 작은 물품들과 보조제들을 담았다.

약사가 환히 웃으며 대답했다. "없죠. 안타깝게도 제설차는 없어요. 우리 영국인들은 눈에 대한 준비가 안 되어 있어요. 좀처럼 내리지 않으니까요."

좀 불길하긴 했지만 꽤 합리적인 대답으로 보였다. 영국에 새로운 빙하기가 온다면 어떻게 되는 걸까?

"제가 도움이 될 만한 걸 발견했는데, 좀 보여드릴까요?" 약사가 비밀스러운 미소를 띠고 몸을 숙이며 말했다.

"그럼요, 보여주세요." 나는 진정제 같은 걸 생각하며 절박하게 답했다.

약사는 수줍어하면서도 자랑스럽게 트루푸드사 제품들과 기침용 사탕들이 진열된 카운터 뒤에서 어림잡아 180센티미터가 조금 넘는 판자를 들어 올렸다.

"판자요!"

"판자요?"

약사는 밀방망이를 쥔 가정주부처럼 더없이 행복하게 눈을 감고 판자를 쥐었다.

"이 판자만 있으면 아주 간단하게 저 눈을 밀어서 치울 수 있어요."

나는 짐을 들고 휘청거렸다. 그리고 웃어 보였다. 모두가 웃었다. 눈은 거대한 농담이었고 우리의 처지는 만화에 나오는 알프스에 갇힌 등산객들 같았다.

그런데 눈이 얼어붙으며 단단해졌다. 인도나 도로는 울퉁불퉁한 얼음 지형이 되었고, 노인들은 위험한 균열 위로 개 목줄을 붙잡고 비틀거리거나 낯선 이들에게 이끌리듯 걸어 다녔다.

어느 날 아침 초인종이 울렸다.

"계단 좀 치워드릴까요, 아가씨?" 커다란 캔버스 유아차를 끌고 온 작은 런던내기가 말했다.

나는 냉소적인 태도로 "얼마죠?" 하고 물었다. 시세가 얼마인지 몰랐기 때문에 터무니없는 값을 예상했다.

"오, 3펜스입니다. 적은 돈이죠."

녹아내린 나는 좋다고 말했다.

그러고 나서 어떤 태만을 예견하며 덧붙였다. "얼음은 쪼개서 치워야 해요!"

두 시간 후에도 소년은 여전히 일하고 있었다. 그는 네 시간 후에 빗자루를 빌리기 위해 초인종을 눌렀다. 창밖을 내다보니 유아차는 작은 빙산들로 수북했다. 마침내 그가 일을 마쳤다. 그가 한 작업을 살펴보니 난간 버팀목 사이사이까지 끌로 청소한 것 같았다. "눈이 다시 올 것 같아요." 낮게 깔린 회색빛 하늘을 살피며 그가 희망에 차 말했다. 나는 그에게 6펜스를 주었고, 그는 고맙다는 말을 쏟아내며 눈이 산처럼 쌓인 유아차를 끌고 사라졌다.

다시 눈이 내렸다. 그리고 추위가 찾아왔다.

빅 프리즈Big Freeze*의 아침에 내가 욕조에서 발견한 건 반쯤 차 있던 더러운 물이었다. 나는 배관에 대해 잘 모른다. 어쩌면 내려갈까 싶어서 하루를 기다렸다. 하지만 물은 빠지지 않았고, 깊이도 더러움도 오히려 더해졌다. 다음 날 아침, 나는 아름다운 새하얀 천장에 생긴 얼룩을 노려보고 있었다. 내가 바라보자 천장은 곳곳에서 얼룩을 뿜어냈고 점액질 방울

---

*   1962년 12월부터 1963년 2월까지 영국 기상관측상 가장 추웠던 겨울을 가리킨다.

이 러그를 더럽혔다. 천장 벽지의 이음매가 축 늘어졌다.

"도와주세요!" 나는 전화박스 안에 고인 시커먼 물을 찰박거리며 집 관리인을 향해 울부짖었다. 집에 전화를 설치하려면 적어도 3개월이나 걸렸기 때문에 집 전화가 없었다. "천장에서 물이 새고 욕조는 더러운 물로 가득 찼어요."

침묵.

"제 오물이 아니에요." 나는 서둘러 덧붙였다. "물이 저절로 넘쳐서 욕조에 들어찬 거라고요. 아마도 눈이 배관을 막고 있는 것 같아요. 지붕에 물이 고였을 수도 있고요."

이 마지막 정보는 약간 종말론적이었다. 욕조에 받은 물에서 눈을 본 적이 있었던가? 그게 훨씬 더 위험하게 들렸다.

"그 물은 아마 지붕에서 왔을 거예요." 관리인이 희미하게 말했다. 곧이어 좀 더 준엄하게 덧붙였다. "런던에 배관공이 없다는 건 알고 계시죠. 모두 같은 문제를 겪고 있어요. 거참, 제 아파트만 해도 벌써 세 번이나 배관이 터졌다고요."

"알아요. 하지만 어떻게 고치는지는 알 거 아니에요." 나는 결연하면서도 부드럽게 말했다. "게다가 찬물이 나오는 수도꼭지를 돌려도 찬물이 나오지 않아요. 그건 무슨 의미죠?"

관리인이 머뭇거리며 말했다. "곧 알게 될 겁니다."

한 시간 안에 건축업자들과 관리인의 조수가 도착했다. 그들은 부츠를 신은 채 헐떡거리면서 시커먼 진흙 길을 따라 걸어 들어왔다. 삽과 곡괭이를 들고 다락의 작은 문을 통해 기어 나가자마자 어마어마한 양의 눈이 푹 하고 둔탁한 소리를 내며 마당으로 떨어져 내렸다.

"지붕은 왜 새는 거죠?" 내가 조수에게 물었다.

"오래된 지붕이에요. 비가 내릴 때는 괜찮은데, 눈이 내리면 그 눈이 홈통에 쌓이고 또 쌓이는 거죠. 추울 때는 괜찮아요. 하지만 녹기 시작하면!" 그가 웃으며 말했다.

"하지만 제가 살던 곳은 겨울마다 눈이 왔어도 지붕은 절대새지 않았어요."

조수가 얼굴을 붉혔다. "실은 침대 바로 위에 불량 홈통이있어요."

"침대 바로 위요! 고쳤어야 하는 거 아니에요? 눈이 또 내리고 더 녹으면 저는 축 젖은 회반죽 속에서 깨어나게 될 거예요. 어쩌면 아예 못 일어날 수도 있겠죠."

조수는 홈통을 수리하는 걸 심각하게 생각해본 적이 없다는 듯 쳐다보지도 않았다. 결국 내가 본 건 그가 더 이상 눈이 내리지 않기를 바라고 있는 모습이었다.

"고쳐주시는 게 나을 거예요. 또 다시 그쪽을 괴롭히고 싶지 않거든요!"

남자들은 내려가더니 여전히 물이 뚝뚝 떨어지는 변색된 천장을 마치 다 고쳤다는 분위기를 풍기면서 닦아내기 시작했다. 그때 쾅 하는 소리와 비명이 들려, 곧장 아기방으로 달려갔다. 에너지가 넘치는 아들이 아기 침대를 흔들어대 고정나사를 전부 부러뜨려버린 것이었다. 우는 아이를 잘 달래주고 돌아왔을 때, 남자들이 서로에게 "아이고야" 하는 소리가 들렸다. 그들은 어떤 외설적인 것을 감추는 듯 민망한 기색으로 천장의 물이 새는 부분에 노란색 플라스틱 통을 받치고 있었다.

"이 누수가 언제까지 계속될까요?" 나는 물었다. "이거 완전 중국식 물고문이잖아요. 아니에요? 밤새 똑똑 떨어질 텐데. 그 통을 다락에 둘 순 없나요?"

"아아 어머니, 다락에는 촛불 하나 세워둘 공간도 없는걸요. 홈통은 이 천장 바로 위를 지나가고요."

그들은 만약의 경우에 대비해 통을 바닥에 놓고, 주말까지 홈통을 수리하겠다고 약속한 뒤 쿵쾅거리며 돌아갔다.

그 이후로 그들을 본 적이 없다.

얼마 뒤 집 관리인이 직접 찾아왔다. 중산모를 쓰고 습도계를 들곤 누수와 찬물이 나오지 않는 문제, 알프스산맥이라도 녹은 듯 물로 가득한 욕조 문제에 조치를 취하러 온 것이었다.

그는 습도계로 침실 천장을 찔러보고, 가까운 미래에 물이 떨어지는 일은 없을 거라며 날 안심시켰다.

"근데 지금 식수가 떨어질 위험에 처했다는 건 알고 계시죠?"

나는 몰랐다고 대답했다. 정말 몰랐으니까. 왜지?

"건축업자들이 배관을 제대로 설치하지 않아서 다 얼어붙었어요. 저라면 비어 있는 물탱크가 타지 않도록 전열기 전원을 꺼놓겠습니다. 위층 물탱크에 있는 물을 다 쓰면 끝인 거예요."

나는 세수를 하는 것과 차를 끓이는 것 외에 물이 없으면 할 수 없는 일들에 어떤 것들이 있는지 떠올리려고 애썼다. 많기도 했다.

"오늘 밤까지 그 배관들을 고쳐볼게요." 관리인이 약속했다. "식수 문제가 당신 욕조 문제보다 더 중요해요."

그는 눈 덮인 발코니로 걸어 나가 벽을 따라 미로처럼 설치된 배관을 관찰한 후, 부엌으로 가서 수도꼭지를 만지작거렸다. "아하!" 마침내 그가 외쳤다. "처음에는 배관공들이 배관을 잘못 연결했을 거라 생각하고 욕조 물이 진짜로 지붕에서 올 수도 있었겠다 싶었죠. 하지만 보세요!" 그는 나에게 자신이 부엌에서 온수를 틀어볼 테니 욕조에 물이 차는 것을 지켜보라고 했다.

수챗구멍에서 거품과 고리 모양 물결이 퐁퐁 뿜어져 나왔다.

관리인이 말했다. "봐요. 욕조를 채운 건 당신네 집 물입니다. 하수도관이 얼어서 흘러 나가지 못한 거예요."

이어서 그는 나를 발코니로 불렀다.

그는 화려한 입심으로 꼬여 있는 배관들이 어디서부터 시작되는지 같은 것들을 줄줄 말했다. "저건 싱크대 배관이고, 저건 욕조 배관이에요. 저기 하늘로 뻗어 나가는 것들은 공기관이고요." 나는 절망적으로 바라봤다. 욕조 배수관만 벽을 타고 6미터 정도 내려와 발코니를 따라가다가 바닥 하수구로 떨어지게끔 구부러져 있었다.

"저 욕실 배관 어딘가가 얼어 있어요."

"욕조에 온수를 틀면 어떻게 되죠?" 내가 물었다.

"오, 그럼 배관 위쪽의 얼음만 좀 녹았다가 다시 얼죠."

"그럼 제가 뭘 해야 할까요?"

"배관에 촛불을 대고 계세요. 그 위에다 뜨거운 물을 붓든
가요. 물론 제가 건축업자들에게 토치를 대고 있으라고 할 수
는 있습니다만, 그건 사비로 하셔야 해요."

"하지만 외부 수리에 책임이 있는 건 당신이잖아요. 배관은
집 외부에 있고요."

"하지만요," 관리인이 사악하게 눈을 번뜩였다. "그 욕조는
내부에 있지 않습니까. 물이 빠져나가서 어는 걸 방지하려면
매일 밤 수챗구멍을 막았어야 했는데, 하셨어요?"

"아니요-오. 아무도 말해주지 않았는걸요. 하지만 늘 수도
꼭지를 꽉 잠그긴 했어요."

궁지에 몰린 기분이었다. "그렇다 치더라도," 관리인이 고
상하게 말했다. "수도국에서 이런 응급 상황에 어떻게 해야
하는지 안내문을 돌렸을 텐데요."

"당신 아파트에서 당신은 어떻게 하시죠?"

"오, 저야 하루에도 몇 번씩 끓인 물을 많이 흘려보내고,
밤에는 수챗구멍을 막아두죠. 물론 전기를 끔찍하게 낭비하
지만 효과가 있는 것 같아요."

관리인은 목도리를 둘둘 감아 두르고 장갑과 중산모까지

쓴 후 자신의 습도계를 들고 떠났다. 나는 그의 조언에 대해 곰곰이 생각했다. 배관이 비어 있지 않다면 뜨거운 물을 잔뜩 흘려보내봤자 아무 소용이 없을 터였다. 게다가 물 공급은 제한적인 상황에 놓여 있다. 어쩌면 지금쯤 끊겼을 수도 있다. 촛불로 해결하라는 건 비참할 정도로 찰스 디킨스적이었다. 그래도 뭔가를 해야 했기에 나는 뜨거운 물을 통에 채우고 덜덜 떨며 발코니로 나갔다. 그러곤 금세 미지근해진 물을 까맣고 고집스러운 배관의 한곳에 무작위로 부었다. 이윽고 기적을 꿈꾸며 욕조를 보러 들어갔지만, 기적은 없었다.

지저분한 것들은 미동조차 안 했다.

갑자기 아래층 세입자가 나타났다.

"방금 발코니에서 물을 부은 사람이 그쪽인가요?"

"관리인이 하라고 하던데요." 나는 고백했다.

"그 관리인 바보예요. 우리 집 부엌 바닥에 웅덩이가 생겼어요. 앞 벽에서도 물이 뚝뚝 떨어지고요. 물론 그게 당신 잘못은 아닌데요. 그래도 그렇게 물이 흥건한 곳에 어떻게 카펫을 깝니까?"

나는 전혀 몰랐다고 답했다.

그날 저녁 나는 길에서 물이 잔뜩 얼어 있는 곳을 지나쳤다. 예상키로, 배관이 터져버렸을 것이다. 나이 든 연금 생활자가 인도 한쪽 구석에 새롭게 설치된 수도꼭지에서 꽃무늬가 새겨진 도자기 물 주전자에 물을 받고 있었다.

"그거 식수인가요?" 내가 심술궂은 동풍 너머로 물었다.

그가 쉰 목소리로 대답했다. "그 목적으로 저기다 세워놨 겠지요."

"놀랍네요!" 우리는 동시에 외쳤고, 슬픈 배처럼 어둠 속을 걸었다.

그날 밤 나는 천장에서 나이아가라폭포가 쏟아지는 소리 와 복도 계단을 쿵쾅거리며 걷는 소리에 이어 광란의 노크 소리를 들었다. 수도꼭지가 꼬르륵거리고 캑캑거렸다. 문을 활짝 열자 혈색 좋은 젊은 배관공이 뛰어들어 왔다. "물이 나 오나요?"

나는 눈을 가리고 아우성치는 쪽을 가리켰다. "그쪽이 보 세요. 저는 못 보겠어요. 온통 물바다가 될까요?"

"오, 그냥 물탱크 채우는 과정이에요. 괜찮아요."

그런 것이었다. 우리에게 마실 물이 생겼다. 운이 좋았다.

욕조의 경우, 해빙을 기다리기로 했다. 그 신비롭고 예측할 수 없는 날이 오면 상황이 나아질 거라 믿었다. 매일 욕조에 담긴 오물을 통에 채워 변기에 버린 후 물을 흘려보냈다.

기묘하게도 실제로 아무도 불평하지 않았다.

나는 집 옆벽에 붙어 있는 배관 접합부에 작고 파란 가스 불꽃을 대고 있는 남자에게 그걸 대고 있으면 도움이 되느 냐고 물었다. 그가 활력 넘치게 대답했다. "아직까지는 안 되 네요."

그 활력이 고스란히 전해졌다. 우리는 블리츠* 때 그랬던 것처럼 모두 힘을 모았다. 초크팜역에서 어떤 인도 여자가 자기 집 배관이 터지고 물바다가 되는 바람에 물이 안 나온 지 3주나 됐다고 했다. 밥도 밖에서 먹어야 했을 뿐만 아니라 집주인이 매일매일 몇 양동이의 물을 배급해줬다는 것이다.

"날이 추운데 나오시라고 해서 죄송해요." 우유 배달부가 한 주치인 10실링 6펜스를 청구하며 사과했다. "이제 우리에게 남은 건 9개월의 겨울과 3개월의 안 좋은 날씨예요."

그 후 전기가 끊겼다.

그을린 것처럼 새까맣고 몹시 추웠던 어느 새벽, 나는 건축업자들이 아름다운 조지언 양식의 벽 한가운데 붙여둔, 화성인의 수술용 마스크같이 생긴 전기 온풍기의 버튼 두 개를 눌렀다. 위안을 주는 두 개의 막대가 붉게 빛났다. 그게 다였다. 불을 켜봤다. 아무 반응이 없었다. 어린이 보호장치가 있는 버섯 모양 전기 온풍기들을 이 방 저 방 끌고 다니며 잠깐 잠깐 틀었을 때 퓨즈가 끊어진 걸까(하나로는 단 한 번도 충분하지 않았으니까). 그것들은 최근에 하나하나 망가지더니 냉기를 뿜기 시작했었다. 나는 회색빛 거리를 내다봤다. 어디에도 빛이 없었다. 나의 사적인 고민은 분명 보편적인 것일 테다. 그럼에도 나는 여전히 낙담했다. 무슨 일이 벌어진 거지? 얼마

* 제2차 세계대전 당시 독일의 야간폭격을 일컫는 표현.

나 오래갈까?

나는 아파트 아래층 집의 문을 두드렸다. 데운 기름 냄새가 복도에 가득했다. 불을 무서워하는 나라면 절대로 사지 않을 파라핀 히터에서 나는 냄새였다.

"오, 모르셨어요? 정전됐어요." 신문을 읽던 세입자가 말했다.

"왜요?"

"파업이죠. 그거 때문에 병원에서 아기가 죽었대요."

"제 아이들은요? 제 아이들도 독감에 걸렸어요. 우리에게 이럴 순 없어요, 이건 옳지 않아요!"

세입자는 체념한 듯한, 어쩔 수 없다는 듯한 미소를 지으며 어깨를 으쓱했다. 그리고 내게 뜨거운 물이 담긴 초록색 고무 병을 빌려줬다. 나는 딸아이를 담요로 감싸면서 이 따뜻한 병을 안쪽에 넣어주었고, 따뜻한 우유 한 그릇과 아이가 가장 좋아하는 퍼즐을 놓아두었다. 내가 방한복을 입혀놓은 아이. 운이 좋게도 가스로 요리할 수 있었다.

몇 시간 후, 딸아이가 "불 켜졌어!" 하고 외쳤다. 거기엔 흐릿하고 붉고 못생겼지만, 완전히 경이로운 것이 있었다.

며칠 뒤 차를 마실 때 예고 없이 다음 정전이 찾아왔다. 이때쯤 나도 독감에 걸렸다. 영국식으로 변주된 독감은 열과 오한이 번갈아 나타나는데, 의사는 고통을 경감해주거나 치료해줄 만한 걸 제공하지 않았다. 죽거나 안 죽거나 둘 중 하나였다.

이웃이 소중한 전리품인 야간 조명을 들고 갑자기 방문했다. 볼 수 있게 해주기 위해서였다. 가게에 있던 가느다란 양초와 두꺼운 양초는 모두 품절이었다. 그녀는 이것들을 구하기 위해 줄을 서 있었더랬다. 거리에는 양초 불빛에 의지한 노인들이 위험한 아파트 지하 계단을 내려가고 있었다. 부드러운 노란색 양초 불빛이 창문을 채웠다. 도시가 깜빡거렸다.

전기가 끊긴 뒤에도 쌓아두어야겠다는 본능이 남아 있었다. 한 철물점 주인이 창문에다 그냥 '양초'라고만 써 붙이자, 알 수 없는 데서 들여온 빨갛고 하얀 상자들이 몇 분 만에 죄다 팔렸다. 아직 다른 철물점 주인들은 들이지도 못하고 있는데. 나는 손가락만 한 왁스를 1파운드어치 사서 주머니에 그득 채웠다.

전기기술자는 새로운 전기기구들의 부하를 처리할 발전기가 갖춰지지 않았던 거라고 말해주었다. 그들은 새로운 발전기를 구축하고 있었지만 충분히 빠르지 않았다. 통계학자들은 그러한 수요를 예상하지 못했다.

첫눈이 내리고 한 달 후, 날씨가 풀렸다. 처마에서 물이 뚝뚝 떨어지기 시작했다. 지저분했던 나의 욕조도 꿀렁거리며 저절로 비워졌다. 공무원으로 보이는 남자들이 거리에서 이미 반쯤 녹아버린 눈에다 한 삽 가득 가루를 뿌리고 있었다.

"그건 뭐예요?" 나는 물었다.

"소금과 톱밥입니다. 녹이려고요."

런던에서 처음으로 제설차도 봤다. 작업하는 남자들이 작고 용맹한 제설차를 따라다니면서 단단히 뭉친 잔설들을 쪼개고 조각내 화물차에 던져 넣는 일을 돕고 있었다. 나는 그중 한 사람에게 물었다. "몇 달간 어디 있었던 거예요?"

"아, 오고 있었죠."

"제설차가 총 몇 대나 돼요?"

"다섯이요."

나는 그 다섯 대가 우리 구역만 담당하고 있는지 아니면 런던 전체를 담당하고 있는지 묻지 않았다. 그건 별로 중요해 보이지 않았다.

"저 눈으로 뭐 하세요?"

"하수구에다 비우는 거죠. 그러고 나면 물이 넘치고요."

"매년 이런 일이 생기면 어떻게 하실 거예요?" 나는 관리인에게 물었다.

그가 흠칫거렸다. "오우, 1947년 이후로 이렇게 심했던 적은 없었어요."

매년 내릴 폭설의 가능성에 대해 그가 생각하고 싶어 하지 않다는 건 자명했다. 따뜻하게 입고, 차를 많이 마시고 용기를 내는 것. 그게 정답인 것 같았다. 결국 전쟁과 날씨 말고 무엇이 이 크고 추운 도시에서 동지애를 낳을 수 있을까?

한편, 배관들은 계속 밖에 머무른다. 달리 어디에 있겠나.

그리고 만약 또 다른 폭설이 온다면?

그다음에 또 온다면?

내 아이들은 단호하고 독립적이며 결단력 있게 자랄 것이다. 오한으로 열이 오른 노년의 나를 위해 양초 사는 줄에 서서 고투하면서. 그러는 동안 나는 구석에 놓인 가스레인지에서 물 없는 차를(적어도 미래는 그런 것을 가져다주어야 한다) 우리고 있겠지. 가스 또한 끊기지 않았다면.

1963년

아메리카! 아메리카!

나는 공립학교를 다녔다. 진정한 공립이었다. 모두가 갔으
니까. 혈기 왕성한 아이, 수줍음 많은 아이, 땅딸막한 아이,
낯가리는 아이, 미래의 전자과학자 그리고 어느 날 밤 한 당
뇨환자를 진정시켜야 할 취객으로 오해해서 걷어차 죽음에
이르게 한 미래의 경찰까지. 가난한 아이들에게선 시큼한 양
모 냄새나 집에 있는 아기의 지린내, 잡다한 재료로 끓인 스
튜 냄새가 났고, 부유한 아이들에게는 해진 모피 칼라에 오팔
탄생석 반지를 끼고 차를 끌고 오는 아빠들이 있었다("너네 아
빠 뭐 해?" "일 안 해, 버스 기사야." 터지는 웃음). 교육이란 게 거기
있었다. 우리에게 무료로 주어졌던 것. 우울한 미국 대중의
사랑스러운 단면. 물론 우리는 우울하지 않았다. 그건 우리네
부모들에게 맡겼다. 아이 한둘을 겨우겨우 키우면서 일을 마
친 후 풀썩 쓰러져 말없이 '조국'의 소식과 히틀러라는 이름

의 검은 콧수염을 기른 남자에 관한 뉴스를 라디오로 들으며 소박한 식사를 하는 부모들에게.

무엇보다도 우리는 스스로를 미국인이라고 느꼈다. 소란한 바닷가 마을에서의 첫 10년간, 마치 자연스럽게 생겨나는 보풀 같은 학교교육을 받았고, 학교는 꼭 목청 좋은 고양이들이 모여 있는 커다란 가방 같았다. 아일랜드계 천주교 신자들과 독일계 유대인들, 스웨덴인들, 흑인들, 이탈리아인들, 드물게는 순수 메이플라워호 후손인 어떤 **영국인들**까지 있었으니까. 자유와 평등이라는 교리가, 무상의 공립학교를 통해 이유아 시민들의 삼등 선실로 전달되어야 했다. 우리는 스스로를 거의 보스턴 사람이라고 부를 수 있었지만(아름답게 나는 비행기들과 은빛 비행선이 그르렁거리는 도시의 공항이 바다 건너에서 어슴푸레 빛났다), 우리 홈룸 벽에 걸린 상징은 뉴욕의 마천루들이었다. 침실 조명을 들고 서 있는 위대한 녹색 여왕과 뉴욕은 그 자체로 자유를 나타냈다.

매일 아침이면 우리는 가슴에 손을 얹고 선생님의 책상 위에 가공의 제단포祭壇布처럼 깔린 성조기에 충성을 맹세했다. 그리고 포연과 애국심으로 가득한 노래를 말도 안 되게 불안정한 소프라노 톤으로 불렀다. "과실 맺은 들판 너머 보랏빛 산의 위엄이여"*란 고결하고 아름다운 노래는 내 안의 새우

---

* 미국인들이 국가만큼 널리 부르는 〈아메리카 더 뷰티풀America the Beautiful〉의 가사 일부다.

28

만 한 시인을 언제나 울게 만들었다. 당시 나는 과실 맺은 들판과 산의 위엄을 구분하지 못했고, 신과 조지 워싱턴(그의 온화한 할머니 같은 얼굴이 곱슬거리는 정갈한 흰 머리칼 사이로 우리를 향해 빛나고 있었다)도 헷갈려했다. 그럼에도 나는 콧물 범벅인 작은 동지들과 "아메리카! 아메리카! 신이 당신의 은혜를 그대에게 내리시고, 바다부터 빛나는 바다까지 당신의 선善에 형제애란 관을 씌우시네"를 불렀다.

우리는 바다에 대해 알고 있었다. 거의 모든 길의 끝에서 바다는 물결치고 출렁이면서, 그 잿빛의 무형에서 도자기 접시를, 원숭이 목각 인형을, 우아한 조개껍데기를, 죽은 남자의 신발 등을 내던졌다. 축축하고 소금기 어린 바람은 끝도 없이 우리의 놀이터를 훑었다. 자갈과 쇄석, 화강암으로 이뤄진 고딕풍 놀이터와 다 벗겨져 너덜거리는 땅은 우리의 보드라운 무릎을 갈아내거나 긁히게 하려고 악랄하게 설계됐다. 거기서 우리는 카드도 교환하고(뒷면의 무늬 때문이었다), 지저분한 이야기도 나누고, 옷으로 줄을 엮어 줄넘기도 하고, 구슬치기도 하고, 라디오나 만화극을 상연하기도 했다("인간의 심장에 무슨 악이 도사리고 있는지 누가 안단 말이오? 그림자만이 알지어다. 하하하!" 혹은 "저 위 하늘을, 보라! 새다! 비행기다! 슈퍼맨이다!"). 우리가 어떤 특별한 결말, 즉 틈이 있거나 불운하거나 한계가 있는 것으로 운명 지어졌다 해도 우리는 그것을 느끼지 못했다. 우리는 활짝 웃으며 책상을 박차고 피구를 하던 수풀 사이로 뛰어나갔다. 수풀은 바다만큼이나 개

방적이고 희망에 차 있었다.

결국 우리는 누구든 될 수 있었다. 우리가 노력했더라면. 우리가 충분히 열심히 공부했더라면. 우리의 말씨, 돈, 부모는 문제가 되지 않았다. 변호사들도 석탄 운반부의 음부에서 나고, 의사들도 청소부의 쓰레기통에서 솟아나지 않았던가? 교육이 정답이었고, 그 교육이 어떻게 우리에게 왔는지는 아무도 몰랐다. 초기에는 보일 듯 말 듯 왔을 거라고 생각한다. 손때 묻은 구구단 표에서 나타난 신비로운 붉은빛, 시월의 새파란 하늘을 찬양하는 섬뜩한 시들, 보스턴 티 파티로 시작하거나 끝나는 세계의 역사들처럼. 필그림*들과 인디언들, 에오히푸스 같은 선사시대의 존재들처럼.

나중에는 대학에 대한 강박이 우리를 사로잡았다. 교묘하고 무시무시한 바이러스였다. 모두가 **어떤** 대학이든 가야만 했다. 경상계 전문대학이든, 2년제 대학이든, 주립대든, 비서 양성 대학이든, 아이비리그 대학이든, 양돈 대학이든 가야 했다. 책이 우선이었고 일은 그다음이었다. 우리가 (미래의 경찰이나 전자공학자 두뇌와 마찬가지로) 전후戰後의 번영을 누린 고등학교에 뛰어들었을 때, 진로 상담교사들은 우리의 동기나 희망, 학교 과목이나 직업 그리고 대학들에 관해 이야기하기 위해 우리에게 점점 더 자주 다가와 팔꿈치를 맞댔다. 그들과

---

* 순례자라는 의미로, 1620년 메이플라워호를 타고 미국으로 간 청교도인을 가리킨다.

탁월한 교사들이 우리에게 유성처럼 떨어져 내렸다. 인간의 뇌를 들어 올리는 생물 선생님, 톨스토이나 플라톤에 대한 개인적 이념의 열정으로 우리에게 영감을 주던 영어 선생님, 우리를 보스턴의 빈민가로 데려갔다가 이젤로 돌아오게 해서 사회적 각성이나 분노 등을 구아슈화로 표현해내도록 이끌었던 미술 선생님. 기이함, 너무도 특별하게 존재한다는 것의 위험성은 엄지손가락을 빨던 때처럼 이성으로 설득되고 달래졌다.

여학생 상담교사는 내 고민을 바로 진단해주었다. 내가 위험할 정도로 똑똑하다는 것이었다. 나의 높고 순수한 연속된 A 성적을 과외활동으로 조절하지 않는다면 공허에 빠질 수 있다고 했다. 대학은 점점 다재다능한 학생들을 원했다. 그때쯤 나는 시사 수업에서 마키아벨리를 공부하고 있었다. 나는 즉시 힌트를 얻었다.

이 상담교사에겐 내가 모르는 백발의 일란성쌍둥이가 있었고, 나는 그를 슈퍼와 치과에서 자주 맞닥뜨렸다. 나는 그에게 점점 넓어지는 나의 활동 영역에 대해 털어놓았다. 여자 농구 경기 중 오렌지 조각을 씹던 일(팀을 만든 사람은 나였다), 학급 무도회를 위해 거대한 릴 애브너와 데이지 매*를 그리던 일, 방탕한 공동 편집자가 〈뉴요커〉의 칼럼 하단에 쓰인

---

* 미국 남부 농촌 지역에 사는 인물들의 삶과 모험을 그린 만화 〈릴 애브너Li'l Abner〉의 주인공들 이름.

농담을 큰 소리로 읽는 동안, 자정까지 학교신문에 칼럼을 어떻게 배치할 것인가 시안을 잡아보던 일. 거리에서 만난 쌍둥이의 공허하고 묘하게 억제된 표정도, 학교 사무실에서 마주친 깔끔하고 유능한 쌍둥이의 명백한 기억상실도 나를 저지하지 못했다. 나는 극단적인 십대 실용주의자가 되었다.

나는 "관습은 진실이야, 진실은 관습이고"라고 중얼거리며 학교 친구들과 목이 짧은 흰 양말의 높이를 맞춰 신었을 수도 있다. 교복은 없었지만 사실상의 교복이 있었다. 페이지보이 스타일의 머리모양, 나무랄 데 없는 청결함, 치마와 스웨터 그리고 '로퍼들'. 인디언 모카신을 본떠 만든 모조품들. 학교는 민주적인 조직이었지만, 그 안에는 속물주의의 오래된 유물이 두 가지 있었다. 여학생 클럽인 서브데브Subdeb와 슈거 '엔' 스파이스Sugar 'n' Spice였다. 매년 학기가 시작될 때면 기존 회원들이 새로운 학년의 여학생들에게 초대장을 발송했다. 예쁜 아이, 유명한 아이, 어떤 면에서 경쟁자로 보이는 아이들에게. 소중히 여겨온 규범에 대한 자부심 어린 입회에 앞서 일주일 동안 입회 주간이 주어졌다. 선생님들은 그 기간 동안 입회에 반대하는 설교를 했고 남학생들은 여학생들을 비웃었지만, 막을 수는 없었다.

나는 다른 가입자들처럼 나의 자아를 체계적으로 부수기 시작했던 '빅 시스터Big Sister'*에게 배정됐다. 첫 주에는 화장

---

* 학교나 교내 조직에서 신입생을 지도하는 여자 상급생을 가리킨다.

을 할 수 없었고, 세수를 할 수도, 빗질을 할 수도, 옷을 갈아입을 수도, 남학생들에게 말을 걸 수도 없었다. 새벽이면 빅 시스터의 집으로 걸어가 그녀의 침대를 정리하고 아침 식사를 준비해야 했다. 그런 다음 견딜 수 없을 만큼 무거운 빅 시스터의 책들에 내 책까지 짊어지고 산책시키는 개 정도의 거리에서 그녀를 따라 학교로 갔다. 가는 길에 그녀는 나에게 나무에 올라 나뭇가지에서 떨어질 때까지 매달려 있으라거나, 지나가던 행인에게 무례한 질문을 하라거나, 상점을 돌아다니며 상한 포도와 곰팡이 핀 쌀을 구걸하게 했다. 만약 내가 미소를 지으면, 다시 말해 굴종적인 태도 속에 일말의 모순감을 드러내기라도 하면, 나는 도로 복판에 무릎을 꿇고 얼굴에서 그 미소를 걷어내야 했다. 빅 시스터는 학교 종이 치자마자 다시 나를 지배했다. 해 질 녘이 되면 온몸이 쑤셨고 몸에서는 악취가 풍겼다. 숙제는 내 무뎌지고 멍해진 머릿속에서 웅웅거렸다. 나는 쓸 만한 이미지로 재단되는 중이었다.

어째서인지 이 소속감이라는 허무함으로의 입회는 내게 필요하지 않았다. 어쩌면 나는 시작부터 너무도 이상했을지 모른다. 미국 여성으로 선별된 이 새싹들은 여학생 클럽에서 무엇을 했을까? 그들은 케이크를 먹었다. 케이크를 먹고 토요일 밤 데이트에 관해 수군거렸다. 누구든 될 수 있다는 특권이 다른 얼굴, 즉 모두가 되어야 한다는 압박감으로 바뀌었다. 그 결과 아무도 되지 못했다.

최근 나는 미국 초등학교의 유리창을 들여다봤다. 아이들

체구에 맞는 깨끗하고 밝은 목재로 만든 책상과 의자들, 장난감 오븐과 아주 작은 식수대가 있었다. 사방에서 햇빛이 들었다. 내가 애정을 갖고 기억하던 모든 무정부주의와 불편함과 투지가 지난 25년간 부드럽게 사라졌다. 어떤 수업은 아침 내내 버스에서 요금을 계산하는 법과 적절한 정류장이 어딘지 묻는 법을 가르쳤다. 읽기는(우리 세대는 네 살 때 비누 상자 위에서 시작했다) 너무나 트라우마적이고 어려운 예술이 되어서, 열 살까지 무사히 헤쳐올 수 있다면 운이 좋다고 여겨졌다. 하지만 아이들은 자기들만의 작은 원 안에서 웃고 있었다. 내가 응급처치 서랍장 속에서 무언가 반짝거리는 병을 보았던가? 반항적인 태아, 예술가, 이상한 아이들을 위한 완화제와 진정제 같은?

1963년

Ocean 1212-W

내 유년기의 풍경은 땅이 아니라 땅의 끝이었다. 대서양을 내달리는 차고 소금기 어린 언덕. 나는 가끔 바다의 모습이 내가 가진 가장 선명한 기억이라고 생각한다. 망명자인 나는, 내가 모으곤 했던 사방에 하얀 고리가 그려진 보라색 '행운의 돌' 같은, 천사의 무지갯빛 손톱처럼 안쪽이 장식되어 있는 푸른 홍합 껍데기 같은 그 기억을 집어 든다. 기억이 한번 밀려오면, 그 색깔들은 더욱더 짙어지고 어슴푸레 빛나며 태초의 세상은 숨을 고른다.

숨, 그것은 맨 처음의 것이다. 무언가가 숨 쉬고 있다. 나의 숨인가? 엄마의 숨인가? 아니, 무언가 다른 것이다. 좀 더 크고, 좀 더 멀리에 있고, 좀 더 심각하고, 좀 더 지쳐 있는 무언가이다. 그러니 닫힌 눈꺼풀 너머에서 나는 잠시 떠다닌다. 나는 자그마한 바다 위의 선장, 한낮의 날씨를 맛보고 있다. 방파제에 부딪히는 충각, 엄마의 용감한 제라늄 위로 흩뿌려지는 물보라 혹은 물이 가득 찬 거울 같은 수영장의 잔잔한 쏴쏴 소리. 그 물은 보석을 생각하는 귀부인처럼 느긋하고 친절하게 물가의 석영 자갈을 굴린다. 창문에선 빗방울이 부딪쳐 탁탁거리는 소리가 날 수도 있고, 한숨을 쉬는 바람이 문을 열려는 열쇠처럼 끽끽거리는 소리를 낼 수도 있다. 나는 이런 것들에 속지 않는다. 엄마 같은 바다의 박동은 그런 모조품들을 조롱거리로 만들어버린다. 속 모를 여자처럼, 그것은 많은 것을 숨긴다. 많은 얼굴을 지녔고, 섬세하고도 지독한 베일 또한 많이 지녔다. 그것은 기적과 거리distance에 대해 말한다. 구속할 수 있다면 죽일 수도 있다. 기는 법을 배울 때쯤 엄마는 내가 어떻게 생각하는지를 보려고 나를 해변에 앉혀놓았다. 나는 밀려드는 파도를 향해 곧장 기어갔고, 초록색 벽을 통과하려던 순간 엄마가 내 발뒤꿈치를 붙잡았다.

나는 종종 내가 그 거울을 통과했었더라면 어떤 일이 벌어졌을까 궁금하다. 어린 아가미가 나를 장악하고 내 피엔 소금이 흘렀을까? 얼마간 나는 신도 산타클로스도 믿지 않고 인어를 믿었다. 동물원 수족관에 있는 해마의 부러질 것 같은 잔가시들이나 일요일에 어부들이 욕지기를 내뱉으며 끌고 온, 꼭 다문 여자의 도톰한 입술을 지닌 오래된 베갯잇 형상의 가오리들처럼 그들이 더 논리적이고 가능한 존재로 보였다.

그리고 바다 소녀였던 엄마가 나와, 나중에 온 오빠에게 매

슈 아널드의 시 「버림받은 인어The Forsaken Merman」를 읽어주
던 기억을 떠올린다.

모래가 흩뿌려진 동굴, 시원하고 깊어,
거기서 바람은 모두 잠들어 있다.
거기서 기진한 빛은 몸을 떨며 희미하게 반짝인다.
거기서 소금기 어린 잡초가 얕은 물살에 흔들린다.
거기서 바다짐승들이 사방에 퍼져
바다 밑바닥에서 스며 나오는 것을 찾아 먹는다.
거기서 바다뱀들이 몸을 꼬아 휘감고
비늘을 말리고 소금물을 누린다.
거기서 거대한 고래들이 항해해 온다,
깊지 않은 눈으로, 나아간다 나아간다,
온 세상을, 영원히, 아직도.

나는 피부에 돋은 소름을 보았다. 무엇이 소름을 돋게 만
들었는지 몰랐다. 춥지는 않았는데. 유령이 지나갔나? 아니,
지나간 건 시였다. 불꽃이 아널드를 스쳐 날아와 어떤 냉기
처럼 나를 흔들어 깨웠다. 나는 울고 싶었다. 너무 이상한 걸
느꼈으니까. 나는 행복하게 존재하는 새로운 방식에 빠져들
었다.
  예나 지금이나 바닷가에서의 유년기가 그리워질 때면, 울
부짖는 갈매기 소리와 소금 냄새가 그리워질 때면, 세심한 배

려심을 지닌 누군가가 나를 차 안에 밀어 넣고 가장 가까운 짠기 어린 수평선으로 데려다줄 것이다. 결국 영국 안에서는 어떤 곳도, 어느 정도더라, 바다에서 110킬로미터 이상 떨어진 곳이 없다. '자,' 나는 듣겠지. '저기 바다가 있네.' 마치 바다가 접시에 담겨 나오는 큰 굴과 같이 세계의 어떤 식당에 가도 똑같이 맛볼 수 있는 음식인 것처럼. 나는 차에서 내려 다리를 죽 펴고 쿵쿵댄다. 바다. 하지만 아니다. 전혀 아니다.

애초에 지형부터 잘못됐다. 좌측에 있던 엄지손가락 모양 회색 급수탑은 어디에 있지? 그 아래 낫 모양으로 펼쳐진 모래톱은(실제로는 자갈밭이다) 어디에 있지? 우측 끄트머리에 있는 디어 아일랜드 교도소는? 내가 알던 도로는 한쪽에는 바다, 다른 한쪽에는 만이 파도를 따라 휘어져 나갔었다. 그리고 중간쯤에 위치한 할머니 집은 동쪽을 마주 보고 있어서 붉은 태양과 바다의 빛을 정면으로 받았다.

지금도 나는 할머니 전화번호를 기억한다. Ocean 1212-W. 좀 더 고요한 만안에 위치한 우리 집에서 나는 전화교환원에게 반복해 말한다. 주문을 외우듯, 잘 짜인 각운으로, 검은색 수화기가 소라고둥처럼 저 멀리 중얼거리는 바다의 속삭임과 할머니의 '여보세요' 소리를 내게 돌려주기를 반쯤 기대하면서.

그다음 바다의 숨소리가 들렸다. 그리고 그 빛. 거대하고 발광하는 동물이었을까? 나는 눈을 감고도 그 번쩍이는 거울이 비추는 빛이 내 눈꺼풀 위를 거미처럼 기어가는 걸 느낄 수 있었다. 나는 물기 어린 요람에 누워 있었고, 창가의 진초록색 블라인드 사이로 바다의 어슴푸레한 빛이 들어와 놀거나 춤을 추었고, 그렇지 않으면 약간 떨면서 쉬고 있었다. 낮잠 시간이면 나는 그 음악 같은 소리를 듣기 위해 텅 빈 황동 침대 프레임에 손톱을 튕겨댔고, 한번은 새로운 장미 벽지의 이음새를 발견하곤 발작적인 놀라움에 사로잡혀 호기심 가득한 똑같은 손톱으로 벽의 맨살을 넓게 드러나게 했다. 이 일로 혼이 나고 엉덩짝을 맞기도 했는데, 그럴 때면 할아버지가 나를 집 안의 분노에서 끌어내 달가닥거리고 덜거덕거리는 보라색 조약돌 해변가를 오래도록 함께 걸어주었다.

엄마도 바다에게 혹사를 당한 그 집에서 나고 자랐다. 엄마는 난파선이 밀려와서 파도가 남기고 간 것들을 마을 사람들과 함께 뒤져보던 그날의 시장을 기억했다. 찻주전자, 푹 젖은 옷가지들, 애처롭게 한 짝만 남겨진 신발. 하지만 엄마는 물에 빠져 죽은 선원은 단 한 명도 기억하지 못했다. 그들은 곧장 데비 존스*에게로 갔다. 그런데도 바다가 아직 내어주지 않은 게 있다면 무엇일까? 나는 계속 바랐다. 갈색이나 초록색 유리알들은 흔했고, 파란색이나 빨간색 알들은 귀했다. 부서져버린 배의 등불인가? 아니면 바다에 휩쓸려버린 맥주병과 위스키병 들의 심장인가? 알 수 없었다.

---

* 선원이나 뱃사람들 사이에 전승되어온 바다의 악령으로, 바다에 빠져 사망한 이들을 '데비 존스의 함Davy Jones' Locker'에 들어갔다고 표현한다.

나는 바다가 수십 개의 찻잔 세트를 삼켰다고 생각한다. 여객선에서 버려져 파도에 던져지거나, 버림받은 신부들이 바다의 물결에 맡긴 것들. 나는 부서진 자기 그릇의 파편들을 모았다. 참제비고깔의 가장자리, 새, 데이지의 수술 같은 것이 그려진 조각들. 그 어떤 무늬들도 서로 이어지지 않았다.

그러던 어느 날 해변의 질감이 내 수정체에 영원히 각인되었다. 뜨거운 4월. 나는 할머니네 돌계단의 운모처럼 밝은색 돌 위에 앉아서 엉덩이를 데우며 치장 벽토를 응시하고 있었다. 까치 모양을 이룬 달걀 같은 돌, 키조개, 색색깔 유리로 장식된 벽. 엄마는 병원에 계셨다. 이미 3주나 떠나 있었다. 나는 골이 났다. 아무것도 하지 않을 생각이었다. 엄마의 유기가 내 하늘에 그을린 구멍 하나를 뚫어냈다. 어떻게 그토록 다정하고 충실한 엄마가 그렇게 쉽게 나를 버릴 수 있지? 할머니는 흥분을 가라앉히고 콧노래를 부르며 빵 반죽을 치댔다. 빈 출신, 빅토리아시대 여성인 할머니는 입을 꾹 닫고 내게 아무것도 말해주지 않았다. 마침내 조금 녹아내려서 알려주었다. 엄마가 돌아오면 나는 아마 놀랄 거라고. 뭔가 좋은 일일 거라고. 그건 아마도, 아기일 거라고.

아기.

나는 아기들을 싫어했다. 2년 하고도 반년 동안 보드라운 우주의 중심이었던 나의 한 축이 확 무너지고 극한의 냉기가 내 뼈들을 박제한다고 느꼈다. 나는 박물관의 매머드처럼 방

관자가 될 것이었다. 아기들이라니!

심지어 통유리로 된 베란다에 있던 할아버지도 이 거대한 우울에서 나를 꾀어내지 못했다. 나는 할아버지의 파이프를 고무나무에 숨겨놓고 그걸 '파이프나무'라 부르는 것도 거절했다. 할아버지는 운동화를 신고 성큼성큼 걸어 나갔다. 상처받았지만 휘파람은 불고 있었다. 나는 할아버지가 급수탑을 빙 둘러 걷다 바닷가 산책로 쪽으로 점점 작아질 때까지 기다렸다. 완연한 여름이 오기 전이라 날이 포근했는데도 산책로의 아이스크림 가게와 핫도그 가게는 판자로 가로막혀 있었다. 할아버지의 서정적인 휘파람이 나를 모험과 망각으로 이끌었다. 하지만 나는 잊고 싶지 않았다. 나는 이 못나고 가시 돋친 억울함을, 한 마리 슬픈 성게 같은 그 감정을 꼭 껴안고 반대편에 있는 금지된 교도소를 향해 터덜터덜 걸었다. 별에서 보듯 나는 모든 것의 분리를 냉정하고 이성적으로 보았다. 나는 내 피부의 벽을 느꼈다. 나는 나다. 저 돌은 돌이다. 이 세상의 사물들과 나의 아름다운 결합은 끝났다.

조수가 빠져나갔다가, 다시 밀려들어 왔다. 거기에 내가, 거절당한 이가 있었다. 내가 즐겨 터뜨리던 딱딱한 알갱이들이 말라붙은 검은 해초와 속이 빈 오렌지, 반쪽짜리 자몽, 조개껍데기 쓰레기들과 함께. 갑자기 늙고 외로워진 나는 맛조개, 요정의 보트, 수초가 무성한 홍합, 구멍 뚫린 굴의 회색 주름들(어디에도 진주는 없었다), 그리고 아주 작은 하얀색 '아이스크림콘' 같은 것들을 보았다. 언제나 최고의 조개껍데기가 어디에 있는지 알 수 있었다. 마지막 파도의 가장자리, 타르의 마스카라로 표시된 곳. 나는 뻣뻣하게 굳어버린 분홍색 불가사리를 집어 들었다. 내 손바닥 한가운데 앉은, 손바닥 모양의 농담. 나는 종종 해수를 담은 잼병에 불가사리를 산 채로 담아 돌보며 잘려 나간 팔 한쪽이 자라는 모습을 지켜봤다. 이날, 내 라이벌이자 또 다른 누군가인 끔찍한 타자의 생일날, 나는 그 불가사리를 돌에 내던져버렸다. 죽게 놔두라지. 재미도 없었다.

눈먼 둥근돌에 발가락 하나를 찧었다. 돌들은 알아채지 못했다. 신경도 쓰지 않았다. 그것들은 행복했겠지. 바다는 아무것도 없는 곳으로, 하늘로, 왈츠를 추며 사라졌다. 이 차분했던 날엔 바다의 경계선도 거의 보이질 않았다. 학교에서는 바다가 세계를 볼록하게 감싼 파란 코트의 형상이라고 배웠지만, 어쩐지 내 지식이란 것은 내가 본 것, 즉 대기의 절반을 채운 바닷물, 편평하고 반짝거리는 블라인드와 영영 연결되지 않았다. 증기선이 가장자리를 따라 남기는 달팽이 모양 흔적들. 내가 알기로 그 배들은 그 경계를 영원히 순환한다. 그 뒤엔 무엇이 놓여 있냐고? "스페인이지" 하고 부엉이 눈을 한 친구 해리 빈이 말했다. 하지만 내 마음속 편협한 지도는 그곳을 포함하지 않는다. 스페인. 만티야, 금빛 성채 그리고 황소들. 바위에 앉은 인어와 보물 상자, 환상적인 것들. 바다가 끊임없이 삼키고 휘저으며, 언제든지 발아래 해변에 던져줄 수 있는 것들 중 하나. 하나의 상징으로서.

무엇의 상징일까?

선택받았다는 사실과 특별함의 상징. 나를 평생 몰아내지 않으리라는 상징. 나는 실제로 상징을 **봤다**. 여전히 반짝거리며 축축하고 신선한 냄새를 풍기는 해조류 다발에서 작은 갈색 손이 뻗어 나왔다. 그건 무엇일까? 나는 그게 무엇이기를 원했던 걸까? 인어? 스페인 공주?

그것이 무엇이었는가 하면, 원숭이였다.

진짜 원숭이는 아니고 나무로 만든 원숭이였다. 타르로 상처 입고 물을 한껏 머금어서 묵직해진 나무 원숭이였다. 긴 주둥이를 한 그 원숭이는 이상하게 이국적인 모습으로, 먼 곳에 있는 신성한 것처럼, 받침대 위에 웅크리고 있었다. 원숭이처럼 보이지 않았다. 나는 그 원숭이를 빗질하고 말려주면서 아주 세심하게 조각된 털들에 감탄했다. 그 원숭이는 땅콩을 먹거나 멍하니 있는 평소에 보아온 원숭이들과 달랐다. 원숭이 사상가다운 고귀한 자세를 취하고 있었다. 이제야 나는 내가 애정을 담아 해초 줄기를 걷어내준(안타깝게도 다른 유년기의 짐들과 함께 잃어버렸다) 그 토템이 망토개코원숭이sacred baboon*라는 걸 깨달았다.

바다가 나의 필요를 알아차리고 축복을 내려준 것이다. 그날 내 아기 남동생이 집에 자리를 잡았지만, 나의 경이롭고 귀중한(누가 알겠는가?) 개코원숭이 또한 자리를 잡았으니까.

---

* sacred(신성한)라는 이름처럼 고대이집트 문화에서 신성한 동물로 간주되었다.

그렇다면 내 유년기의 바다 풍경이 변화와 야생에 대한 사랑을 내게 빌려준 걸까? 산은 나를 겁먹게 한다. 산은 마냥 앉아 있으면서 너무도 오만하다. 산맥의 가만함은 속을 가득 채운 베개처럼 나를 숨 막히게 한다. 바닷가를 따라 걷지 않을 때도 나는 바다 위나 바닷속에 있었다. 운동신경이 좋고 손재주가 있던 젊은 삼촌이 해변에 그네를 만들어주었다. 물때가 딱 맞아떨어지면 그네를 타고 발을 굴러 정점까지 올라가, 손을 놓고, 바다에 뛰어들 수 있었다.

누구도 내게 수영하는 법을 가르쳐주진 않았다. 그냥 됐다. 겨드랑이께까지 물이 차는 조용한 만에 물결이 금실금실 일었고, 나는 함께 노는 친구들이 두른 원 안에 서 있었다. 까불거리는 남자애 하나가 수영은 못하면서 갖고 있던 고무 타이어에 앉아 물을 발로 차며 놀았다. 엄마는 나와 남동생이 암 튜브나 타이어 혹은 매트형 튜브 같은 걸 빌리지 못하게 했는데, 우리가 키를 넘기는 물속에 잠겨 일찍 죽는 게 두려웠기 때문이다. 엄마의 엄중한 좌우명은 '수영하는 법을 먼저 배워라'였다. 그 남자애는 자기 타이어를 타고 내려와 깐닥거리며 매달려 있었고, 다른 친구들과 나눠 쓰려고 하지도 않았다. "이건 내 거야"라고 그가 똑똑히 말했다. 갑자기 고양이 앞발 같은 물결이 시커멓게 일었고, 그가 꼭 쥐고 있던 분홍빛 구명 장치 모양의 타이어가 손에서 빠져나갔다. 그가 상실감에 눈을 크게 뜨고 울기 시작했다. 나는 허세를 부리며 타이어를 한번 타보겠다는 강렬한 욕망을 숨기면서 "내가 가져다줄게"하고 말했다. 양손을 퍼덕이며 뛰어들었는데, 발이 바닥에 닿지 않았다. 그 금지된 나라, '키를 넘기는' 나라에 들어선 것이었다. 엄마 말에 따르면 나는 돌처럼 가라앉아야 했지만 그러지 않았다. 턱은 들려 있었고, 손과 발이 차가운 초록을 밀어내고 있었다. 나는 떠내려가던 타이어를 붙잡은 뒤 헤엄쳐 나왔다. 내가 수영을 하고 있었다. 수영을 할 수 있었다.

만을 가로지르는 공항에서 소형 비행기 한 대가 떠올랐다. 비행기는 경의를 표하며 은빛 물방울처럼 하늘로 날아올랐다.

그해 여름 삼촌과 삼촌의 연인이 배를 한 척 만들었다. 남동생과 나는 반짝거리는 못들을 함께 날랐다. 우리는 뚱땅거리는 망치 소리에 잠에서 깼다. 꿀색의 새 목재와 하얀 대팻밥들(나중에 반지로 변신했다), 그리고 향기로운 톱밥 먼지들이 어떤 성상을, 무언가 아름다운 것을, 진정한 범선을 만들어내고 있었다. 삼촌은 바다에서 고등어를 잡아 왔다. 초록빛이 도는 검푸른 양단洋緞이 색 하나 바래지 않고 테이블에 올랐다. 우리는 정말로 바다를 통해 살아갔다. 할머니는 대구의 머리와 꼬리지느러미로 차우더를 만들 수 있었고, 차우더는 굳으면 그 자체로 모양 좋은 젤리가 되었다. 우리는 풍미 좋게 찐 조개를 준비했고, 바닷가재 냄비를 올리기도 했다. 하지만 나는 할머니가 나뭇조각을 꼭 쥔 집게발을 흔들던 그 진초록색 바닷가재를 물 끓는 냄비에 투하하는 걸 볼 수 없었다. 가재들은, 순식간에, 빨갛게, 죽어서, 먹을 수 있게 됐다.

나는 그 물의 끔찍한 열기를 너무도 생생하게 피부로 느꼈다.

바다가 우리의 주된 오락이었다. 친구들이 오면 우리는 돗자리를 깔고 보온병과 샌드위치, 형형색색의 파라솔을 펼쳐 그 앞에 차려냈다. 바다가 내어주는 파랑색, 초록색, 회색, 남색, 은빛만으로도 보기에 충분하다는 듯. 당시 어른들은 여전히 청교도적인 검은색 수영복을 입고 있었기 때문에 우리 가족 앨범은 꽤 구식으로 보였다.

바다에 대한 나의 최후의 기억은 폭력이다. 해로워 보일 만큼 누랬던 1939년의 어느 고요한 날, 바다는 녹아버린 쇳물처럼 매끈거렸고, 마치 목줄에 묶인 채 사악한 보라색 눈을 빛내는 성난 짐승 같아 보였다. 만 쪽에 있던 엄마한테 바다가 훤히 보이는 곳에 있던 할머니에게서 불안한 전화가 걸려왔다. 여전히 엄마의 무릎께밖에 안 오던 남동생과 나는 해일, 높은 지대, 판을 덧댄 창문과 떠다니는 배들에 대한 대화를 신비의 명약처럼 흡수했다. 해 질 녘이면 허리케인이 올 예정이었다. 당시 허리케인은 가을마다 플로리다에서 싹을 틔워 코드곶에서 꽃을 피우는 오늘날의 형태가 아니었다. 쾅, 쾅, 쾅. 독립 기념일의 불꽃놀이처럼 잦고 변덕스러워서 여자들의 이름을 붙였었다. 이번 녀석은 무시무시한 특이 사례, 리바이어던이었다. 우리의 세계가 한입에 잡아먹혀서 산산조각 날 수도 있었다. 우리는 거기에 함께하고 싶었다.

다가올 무언가는 별로도 횃불로도 밝혀지지 않고 바라볼 수도 없다는 듯 유황빛 오후가 부자연스럽게 서둘러 어두워졌다. 노아 시대의 대홍수를 일으킨 듯한 비가 시작됐다. 그리고 바람이 불었다. 세상은 북이 되었다. 두들겨 맞자 소리를 내지르며 흔들렸다. 침실에서 창백한 얼굴로 고조되어 있던 나와 남동생은 매일 밤 마시는 따뜻한 음료를 홀짝거렸다. 물론 우린 잠을 잘 생각이 없었다. 우리는 창틀까지 기어가 블라인드를 살짝 들어 올렸다. 검은 물결 같은 거울에 비치는 우리 얼굴이 집 안으로 들어오려고 엿보는 나방처럼 일렁였다. 아무것도 보이지 않았다. 들리는 소리라고는 거인의 다툼 속에서 내던져지는 그릇들처럼 쿵쿵거리고, 쾅쾅 부딪치고, 꽝꽝거리며 박살 나는 사물들의 울부짖음뿐이었다. 집이 뿌리부터 흔들렸다. 집은 두 작은 관찰자를 흔들고 흔들고 또 흔들어서 결국 잠들게 했다.

다음 날의 잔해는 우리가 바랄 수 있는 모든 것이었다. 뿌리째 뽑힌 나무들과 전신주들, 등대 근처까지 떠다니는 조잡한 여름용 오두막들, 흐트러진 작은 배의 뼈대들. 할머니의 집은 바로 앞 도로와 만까지 쳐들어왔던 파도에도 불구하고 용맹하게 살아남았다. 할아버지의 방파제가 집을 살렸다고, 이웃들이 말했다. 모래가 금빛 소용돌이를 일으켜 할머니의 난로를 묻어버렸고, 천을 덧씌운 소파는 소금으로 얼룩졌고, 원래 제라늄 화단이었던 자리는 죽은 상어가 채웠다. 하지만 할머니가 빗자루를 꺼내 왔으니 금방 괜찮아질 것이었다.

이렇게 유년기 바닷가에 대한 내 기억이라는 것이 굳어져간다. 아빠가 죽고 우리는 내륙으로 이사 갔다. 바닷가에서 보낸 내 인생의 처음 9년은 병 속에 담긴 배처럼 아름답고, 닿을 수 없고, 낡고, 곱고, 하얗게 날고 있는 신화처럼 봉인되었다.

1962년

비교

내가 소설가를 얼마나 부러워하는지!

나는 그를 상상해본다(그녀라고 하는 게 나을 것 같다. 내가 유사점을 찾는 건 여자들이니까). 나는 그녀를 상상해본다. 커다란 전지가위를 들고 장미 덤불의 가지를 치는 모습, 안경을 고쳐 쓰고, 찻잔들 사이를 서성거리고, 허밍을 하면서 재떨이나 아기들을 챙기는 모습, 햇빛을, 날씨의 새로운 느낌을 흡수하고, 겸손하면서도 아름다운 엑스레이 같은 시선으로 이웃의 심리적 내면을 꿰뚫는 모습. 그녀의 이웃은 기차에, 치과 대기실에, 모퉁이 찻집에 있다. 그녀, 이 운 좋은 사람에게는 그 어떤 것도 의의가 **없을** 수가 없다! 낡아빠진 신발도 쓰임새가 있었다. 손잡이도, 항공우편도, 플란넬 잠옷도, 대성당도, 매니큐어도, 제트기도, 장미 덤불 그늘도, 작은 앵무새도. 약간의 버릇들—이로 빨대 물기, 치마 끝을 잡아당기기—도, 이상하거나 딱딱하거나 곱거나 혐오스러운 것들 모두. 감정이나 동기, 그 우르릉거리는 요란한 형태들은 말할 필요도 없다. 그녀의 작업은 시간이다. 앞으로 나갔다가 돌아오고, 피었다 지고, 자기를 두 배로 노출시키는 방식이다. 그녀의 작업은 시간 속 사람들이다. 그리고 그녀는, 내가 보기에, 이 세상의 모든 시간을 가진 것만 같다. 원한다면 한 세기도, 한 세대도, 온 여름도 취할 수 있다.

나는 대략 1분 정도밖에 취할 수 없다.

나는 서사시에 대해 말하고 있는 게 아니다. 우리 모두는 서사시가 얼마나 오래 걸리는지 아니까. 내가 말하는 건 자그마하고 비공식적인 정원 스타일의 시다. 그걸 어떻게 묘사해야 할까? 문이 열리고, 문이 닫힌다. 그사이에 당신은 하나의 정원, 한 명의 사람, 한 번의 폭풍우, 한 마리의 잠자리, 하나의 심장, 하나의 도시를 한눈에 볼 수 있다. 나는 기억은 하지만 어디서도 찾을 수가 없는 빅토리아풍의 둥근 유리 문진을 떠올린다. 울워스의 장난감 매대에 빽빽이 깔린, 대량생산된 플라스틱제와는 현저히 다르다. 이런 종류의 문진은 투명한 구체로, 그 자체로 완벽하고, 아주 순수하며, 그 안엔 숲이나 마을 혹은 가족구성원이 있다. 그걸 거꾸로 뒤집었다가 다시 돌린다. 눈이 내린다. 모든 것이 1분 사이에 바뀐다. 그 안에서는 어떤 것도 똑같지 않을 것이다. 전나무도, 지붕 아래 박공도, 얼굴들도.

그렇게 시 한편이 탄생한다.

너무나도 작은 공간! 너무도 짧은 시간! 시인은 짐 싸기 달인이 된다.

군중 속 이 얼굴들의 유령,
젖은 검은 나뭇가지 위 꽃잎들.

이거다. 한 숨에 시작과 끝이 있다. 소설가가 어떻게 해낼 수 있겠는가. 한 문단에? 한 페이지에? 물감처럼, 물을 약간 섞어서, 얇게 펼쳐, 바르는 방식으로?
장점들을 찾고 있자니 이제야 좀 의기양양해진다.

만약 시 한 편이 집중하여 꽉 쥔 주먹이라면, 소설 한 편은 느긋하게 탁 트인, 활짝 편 손이다. 거기엔 도로도 있고 둘러가는 길도 있고 목적지도 있다. 감정선과 두뇌선으로 도덕과 돈이 들어선다. 주먹이 배제하고 망연하게 만드는 곳에서 펼친 손은, 그 여정에서 많은 것을 만지고 아우를 수 있다.
나는 한 편의 시에 칫솔을 넣어본 적조차 없다.
나는 그 모든 것, 친숙하고 쓸모 있고 가치 있는 것들에 대해 생각하는 걸 좋아하지 않아 시에 넣어본 적이 없다. 한 번, 주목나무를 넣어본 적은 있다. 그 주목나무는 놀라운 이기심으로 모든 사건을 다스리고 정렬하기 시작했다. 그건 어떤 여자가 사는 마을의 집 앞을 지나는 길목에 있는 교회 옆 주목나무처럼 소설에서 쓰였을 법한 그런 주목나무가 아니었다.

정말이지 아니었다. 그 주목나무는 내 시의 한가운데에 꼿꼿하게 서서 자기가 드리우는 어둔 그림자, 교회 마당의 목소리와 구름, 새 들을 비롯하여 내가 사색했던 그 부드러운 멜랑콜리를 조종했다. 전부를! 나는 그걸 통제할 수 없었다. 결국 내 시는 주목나무에 관한 시가 되었다. 주목나무는 소설에서 그냥 지나가버리는 검은 흔적이 되기엔 너무도 자랑스러운 나무였다.

아마도 나는 시가 오만하다는 걸 암시함으로써 어떤 시인들을 화나게 할 것이다. 시 또한 모든 것을 품을 수 있다고, 그들은 내게 말할 수도 있다. 우리가 소설이라고 부르는 그 느슨하게 흐트러진, 무분별한 창조물보다 훨씬 더 정확하고 강력하다고. 글쎄, 나는 그 시인들의 굴삭기와 낡은 바지 등을 인정한다. 나는 진심으로 시들이 모두 그렇게 순결해야 한다고는 생각하지 않는다. 만약 그런 시가 진정한 시라고 한다면, 생각건대 나는 아마 칫솔도 고려해볼 것이다. 하지만 이 유령들은, 이 시적 칫솔들은 흔치 않다. 그리고 그들이 도착할 때, 그들은 나의 고집스러운 주목나무처럼 자기들이 선별되었고 특별하다고 생각하는 경향이 있다.

소설은 그렇지가 않다.

칫솔은 아름다운 민첩성으로 자기 자리로 돌아가고, 그렇게 잊힌다. 시간은 흐르고 소용돌이치며 두서없이 진행되고, 사람들은 우리 눈앞에서 성장하고 변화할 시간을 갖는다. 우리 주변에는 소설가가 우리와 공유하고 싶어 하는 책상, 골무, 고양이, 그 모든 사랑받고 손때 묻은 잡다한 목록 등 풍부한 삶의 쓰레기들이 떠다닌다. 여기에 패턴이 없다거나 안목이 없다거나 엄밀한 배치가 없다고 말하는 게 아니다.

나는 그저 패턴이라는 것이 그렇게까지 강하게 드러나지는 않는다는 점을 말할 뿐이다.

소설의 문도 시의 문처럼 닫힌다.

하지만 그렇게 굳게는 아니다. 그렇게 열렬하여, 답이 없는 종결성을 갖고 닫히진 않는다.

1962년

'맥락'

지금 이 순간 나의 뇌리를 사로잡고 있는 오늘날의 이슈는 방사능 낙진의 막대한 유전적 영향과, 거대 기업들과 미국 군대의 무시무시하고 광적이며 전지전능한 결합에 대한 다큐멘터리 기사, 〈네이션〉에 실린 쿡Fred J. Cook의 「전시 국가, 불가항력」이다. 이것이 내가 쓰는 종류의 시에 영향을 미치나? 그렇다. 다만 간접적인 방식으로 그렇다. 내게 예레미아의 혀는 없지만, 내가 예상하는 종말 앞에서 불면에 시달릴 수도 있으니까. 결국 내 시들은 히로시마에 대한 것이 아니라, 어둠 속에서 손가락을 하나하나 형성해가는 아이에 대한 것이다. 대멸종의 공포에 대한 것이 아니라, 이웃한 무덤가의 주목나무 위에 뜬 달의 황량함에 대한 것이다. 고문당한 알제리인들에 대한 증언이 아니라, 피곤한 외과의사가 밤에 하는 생각들에 대한 것이다.

어느 정도, 이 시들은 우회다. 도피라고는 생각하지 않는다. 나에게 있어 우리 시대의 진짜 이슈들은 모든 시대의 이슈들—사랑이 주는 상처와 경이, 모든 형태의 창작—과 같다. 아이들, 빵 덩어리들, 그림 작품들, 건물들, 모든 곳에서 모든 사람의 생을 보존하는 일이며, 이를 위태롭게 하는 것을 '평화'나 '불굴의 적'이라는 추상적이고 모호한 말들로 변명할 수는 없다.

나는 '표제시'가 표제보다 더 많은 사람의 흥미를 끌게 하리라고는 생각하지 않는다. 최신 시가 보편적이고 변화무쌍한 박애주의보다 좀 더 뼈와 가까운 것에서 비롯되지 않는 이상, 정말이지 그런 유니콘 같은 존재가 아닌 이상, 즉 진정한 시가 아니라면 시는 신문만큼이나 금방 버려질 위험에 처해 있다.

내가 즐겨 읽는 시인들은 자기 숨결의 리듬으로 쓴 자기 시에 사로잡힌 이들이다. 그들의 가장 잘 쓴 시들은 손으로 이어 붙인 것이 아니라 처음부터 한 편으로 태어난 것처럼 보인다. 예컨대, 로버트 로웰Robert Lowell의 『인생 연구Life Studies』에 실린 몇 편의 시와 시어도어 로스케Theodore Roethke의 온실 시편들, 엘리자베스 비숍Elizabeth Bishop의 시 몇 편, 그리고 스티비 스미스Stevie Smith가 쓴 많은 시편("예술은 고양이처럼 사나우며 문명과는 꽤 거리가 있다") 등이 그렇다.

물론 시의 가장 중요한 용도는 종교적이거나 정치적인 프로파간다가 미치는 영향력이 아니라 즐거움이다. 어떤 시와

시행들은 완전히 다른 이미지를 숭배하는 사람들에게 보여
져야 하는 만큼 교회 제단이나 여왕의 대관식처럼 견고하고
기적적으로 보인다. 나는 시가 상대적으로 적은 사람들에게
가닿는 것을 걱정하지 않는다. 그 자체로, 시들은 놀라울 만
큼 멀리까지 나아가니까. 낯선 이들 사이를, 심지어 세계 저
멀리까지 나아가니까. 교실 안 선생님의 말이나 의사의 처
방전보다 더 멀리, 정말 운이 좋다면 일생보다 더 오래 나아
간다.

1962년

단편

엄마들

에스더가 아직 위층에 있을 때 로즈가 뒷문으로 들어왔다. "저기, 에스더, 준비됐어요?" 로즈는 은퇴한 남편 세실과 함께 에스더네 집으로 이어지는 길 위에 있는 두 채의 집 중 높은 곳에 산다. 에스더의 집은 장원 농지에 있는 커다란 초가지붕을 얹은 저택으로, 자갈을 깐 마당도 있다. 자갈은 평범한 도로용 자갈이 아니라 타르로 만든 자갈이어서 수세기 동안 신발과 말발굽으로 부드럽게 닳은 좁고 긴 모양의 모서리들이 모자이크를 이루고 있다. 그 자갈길은 견고하게 못이 박힌 참나무 문 아래부터 부엌과 보조 부엌 사이의 어두운 복도까지 이어지는데, 브롬헤드 부인 시절에는 부엌과 보조 부엌 바닥도 자갈길로 이어져 있었다. 하지만 브롬헤드 부인이 아흔에 넘어져 엉덩이뼈 골절을 입고 요양원으로 보내진 이후, 하인을 두지 않았던 여러 세입자들이 부인의 아들을 설득해 그 공간에 리놀륨을 깔게 되었다.

참나무 문은 뒷문이었다. 어쩌다 지나다니는 낯선 사람들을 제외하곤 모두 그 문을 사용했다. 노랗게 칠한 정문 양쪽에 향이 짙은 회양목 덤불 두 개가 놓여 있었고, 건너편에는 약 4천 제곱미터에 달하는 쐐기풀밭이 자리했다. 그 풀밭을 가로지르면 반원 모양의 주변 묘비 위에 회색 천국을 가리키는 교회가 있었다. 정문은 이 묘지 모퉁이 바로 아래에서 열렸다.

에스더는 붉은 터번을 귀까지 당겨 두르고 캐시미어코트의 주름을 느슨하게 정돈해서 언뜻 봤을 때 임신 8개월이 아니라 키가 크고 우아하며 통통해 보이게끔 했다. 로즈는 들어오기 전에 초인종을 누르지 않았다. 에스더는 로즈를 상상했다. 호기심이 많고 열정적인 로즈, 현관의 맨 나무 바닥과 거실에서 부엌까지 엉망으로 늘어져 있는 아기 장난감들을 보고 있는 로즈. 에스더는 벨을 누르지 않고 들어오는 사람들에게 익숙해지지 않았다. 우체부가 그랬고, 빵집 주인이 그랬고, 식료품점 소년이 그랬고, 이제는 런던 출신이라 더 잘 알아야 할 로즈까지 그랬다.

어느 날 에스더가 아침 식사 도중 톰과 자유롭게 논쟁을 하고 있을 때, 뒷문이 활짝 열리더니 한 뭉치의 편지와 잡지가 자갈 깔린 복도 위로 툭 떨어졌다. "좋은 아침입니다!" 외치는 우체부의 목소리가 점점 멀어졌다. 에스더는 염탐당하는 기분이었다. 머지않아 에스더는 뒷문에 빗장을 걸었는데,

대낮에 배달원이 문을 열려다가 빗장이 걸려 있자 초인종을 눌러서 소란스레 빗장을 풀어줘야 하는 과정이 그녀를 더 부끄럽게 만들었다. 그래서 에스더는 다시 빗장을 풀어두었고 톰과 많이 다투지 않도록, 다투더라도 너무 시끄럽지 않도록 신경 썼다.

에스더가 내려왔을 때, 새틴 재질의 라벤더색 모자와 체크 무늬 트위드 코트를 세련되게 차려입은 로즈가 문 바로 바깥에서 기다리고 있었다. 로즈 옆에는 눈썹이 없고 눈두덩이에 밝은 파란색 아이섀도를 바른 앙상한 금발의 여인이 서 있었다. 화이트하트 펍 주인의 아내인 놀런 부인이었다. 로즈에 따르면 놀런 부인은 같이 갈 사람이 없어서 어머니 연합 모임에 한 번도 가본 적이 없다고 했다. 그래서 로즈는 이번 달 모임에 에스더와 함께 놀런 부인도 데려가기로 했다.

"몇 분만 더 기다려줄래요, 로즈? 톰에게 외출한다고 말하고 올게요." 에스더는 돌아서서 조심스럽게 뒤뜰로 가면서 로즈가 자신의 모자와 장갑, 에나멜 가죽 구두를 살피는 기민한 시선을 느낄 수 있었다. 톰은 비어 있는 마구간 뒤 새롭게 파 놓은 땅에 롤러베리를 심고 있었다. 아기는 적색토가 한 무더기 쌓인 길옆에 앉아서 다 닳은 숟가락으로 자기 무릎에 흙을 퍼 나르고 있었다.

에스더는 면도도 하지 않고 아이를 흙에서 놀게 내버려둔 톰에게 약간의 불만을 느꼈지만, 조용히 완벽한 조화를 이루는 두 사람을 보고 있자니 그런 생각이 사라졌다. 에스더는 아무 생각 없이 흙이 낀 나무문에 흰 장갑을 얹어놓으면서 "톰!" 하고 불렀다. "나 이제 갈 거예요. 내가 너무 늦게 돌아오면 아기에게 계란 좀 삶아줄래요?"

톰이 허리를 곧추세우면서 어떤 격려의 말을 외쳤으나, 그 목소리는 에스더의 목소리에 고개를 돌린 아기와 11월 공기의 밀도 사이에서 길을 잃었다. 아기의 입은 흙이라도 먹은 것처럼 새까맸지만, 에스더는 아기가 몸을 일으켜 뒤를 쫓아오기 전에 마당 아래쪽에서 자신을 기다리고 있는 로즈와 놀런 부인 쪽으로 빠져나갔다.

에스더는 2미터가 넘는 울타리 문을 열고 그들을 내보낸 뒤 걸쇠를 걸어 잠갔다. 로즈가 양 팔꿈치를 구부리자 한쪽에 놀런 부인이, 한쪽에 에스더가 팔짱을 꼈다. 세 여자는 자기들이 가진 최고의 신발을 신고 돌이 많은 골목길을 따라 불안하게 걸었다. 로즈의 집을 지나, 시력을 잃은 노인이 아래층의 미혼 여동생과 함께 살고 있는 집도 지나 대로에 들어섰다.

"오늘 모임은 교회에서 있어요." 로즈는 페퍼민트사탕을 입안에 넣으며, 두 사람에게 포일로 감싸 양쪽 끝을 꼰 사탕을 권했다. 에스더와 놀런 부인 모두 정중히 거절했다. "근데 늘 교회에서 만나는 건 아니에요. 신입 회원이 합류할 때만 교회에서 만나죠."

놀런 부인은 창백한 눈을 하늘로 굴렸는데, 일상적인 불안 때문인지 교회에 가게 될 기대감 때문인지 에스더는 분간할 수 없었다. 에스더는 로즈 앞으로 약간 몸을 내밀며 놀런 부인에게 물었다. "이 마을은 처음이신가요?"

놀런 부인은 짧고, 즐거워 보이지 않는 웃음을 터뜨렸다. "여기 6년 산 걸요."

"와, 지금쯤이면 모든 사람을 알고 계시겠네요!"

"아무도 알지 못해요." 놀런 부인이 읊조렸고, 그 말은 발이 차게 곱은 새 떼 같은 불안감을 유발하며 에스더의 마음에 동요를 일으켰다. 외모로 보나 억양으로 보나 영국 여성이고 펍 주인의 아내이기까지 한 놀런 부인이 데번에서 6년을 보냈는데도 자신을 이방인으로 느낀다면, 미국인인 에스더가 그 뿌리 깊은 사회에 침투할 희망을 어떻게 가질 수 있단 말인가.

세 여자는 팔짱을 끼고 에스더네 부지의 경계에 난 호랑가시나무 울타리 아래 길을 따라 정문을 지나 교회 마당의 붉은벽돌 벽 아래로 향했다. 이끼의 습격을 받은 편평한 묘비들이 그들의 머리 높이에서 기울어져 있었다. 포장도로를 생각해내기 훨씬 전에 깊게 다져진 이 길은 경사진 둑 아래로 고대의 강바닥처럼 굽어져 있었다.

주중이면 창문에 돼지 다리와 기름 주머니를 진열해두는 정육점을 지나 경찰 지구대와 공중화장실 옆 골목길을 따라 걷던 에스더는 혼자 또는 여럿이 함께 온 여자들이 묘지 정문으로 모여드는 것을 보았다. 크고 무거운 울 소재 옷과 칙칙한 모자의 무게를 지고 있는 그들은 예외 없이 쭈글쭈글하고 나이 들어 보였다.

에스더와 놀런 부인은 로즈가 먼저 들어가도록 밀며 뒤로 물러나 잠시 정문에서 서성였다. 에스더는 자기 뒤를 따라오면서 웃기도 하고 고개를 끄덕이기도 하던 보기 드물게 못생긴 사람이 추수감사절 당시 엄청나게 큰 스웨덴 순무를 1실링 6펜스에 팔던 여자였다는 걸 알아챘다. 그 순무는 에스더의 장바구니보다 높아서 동화 속 기적의 채소처럼 튀어나와 장바구니를 가득 채웠었다. 하지만 막상 자르고 보니 코르크처럼 구멍이 숭숭 뚫리고 딱딱하단 것이 드러났다. 순무를 압력솥에 2분 넣어두자 냄비 밑바닥은 새까매졌고, 냄비 벽은 악취가 나는 미끄러운 액체로 가득해졌으며, 순무는 연한 주황색 조각으로 쪼그라들었다. 에스더는 그냥 끓였어야 했다고 이제 와 생각하면서, 로즈와 놀런 부인을 따라 뭉툭하게 베어버린 라임나무 아래를 걸어 교회 입구로 향했다.

교회 내부는 호기심이 일 만큼 밝아 보였다. 그러다 에스더는 자신이 저녁 예배를 드리는 밤중을 제외하곤 그 안에 들어가본 적이 없다는 사실을 깨달았다. 뒤쪽 좌석은 이미 바스락거리거나, 머리를 숙이거나, 무릎을 꿇거나, 친절하게 웃음 짓는 여자들로 가득했다. 로즈는 에스더와 놀런 부인을 통로 중간쯤의 빈 좌석으로 안내했다. 로즈는 놀런 부인을 안쪽에 앉히고 자신이 그 옆에 앉더니 자기 옆으로 에스더를 불러 앉혔다. 셋 중 로즈만 무릎을 꿇었다. 에스더는 묵례를 하고 눈을 감았지만 마음은 텅 비어 있었고, 그저 위선적이라고 느꼈다. 그래서 눈을 뜨고 주위를 둘러보았다.

놀런 부인은 신자들 중 유일하게 모자를 쓰지 않은 여성이었다. 그녀는 에스더와 눈이 마주치자 눈썹을, 아니 그보다는 눈썹이 있던 이마 피부를 들어 올렸다. 놀런 부인이 몸을 앞으로 내밀며 털어놓았다. "나는 여기에 자주 오지 않아요."

에스더가 고개를 저으며 입 모양으로 "저도 그래요"라고 대답했다. 그건 사실이 아니었다. 마을에 도착하고 한 달이 지난 후부터 에스더는 단 한 번도 빠짐없이 저녁 예배에 참석했다. 그 한 달의 공백도 불안했다. 일요일마다 두 번씩, 아침과 저녁에 종지기들이 편종을 쳐서 인근 시골 지역에 종소리가 울려 퍼졌다. 그 빈틈없는 소리에서 피할 곳이 없었다. 그들은 개처럼 공기를 물고 흔들며 열정적으로 종을 흔들어 댔다. 종소리를 들은 에스더는 마치 어떤 훌륭한 지역 연회에서 소외된 듯한 기분을 느꼈다.

그 집으로 이사 오고 며칠 후, 톰은 아래층에 방문객이 있다며 에스더를 불렀다. 목사가 아직 풀지 않은 책 상자들이 놓인 응접실에 앉아 있었다. 체구가 작고 머리가 희끗한 남자는 돌출된 귀와 아일랜드 억양을 지녔고, 몸에는 직업적인 친절함이 배어 있었다. 모든 걸 감내하는 미소랄까. 그는 케냐에서 보냈던 시간들, 거기서 알게 된 조모 케냐타와 호주에 있는 자신의 아이들 그리고 영국인 부인에 대해서 말해주었다.

에스더는 그가 몇 분 내로 우리가 교회에 다니는지 물을 거라고 생각했다. 하지만 목사는 교회에 대해서는 언급하지 않았다. 그는 한쪽 다리에 아기를 앉혀 얼러주다가 곧바로 떠났고, 작고 검은 형상은 정문으로 나가는 길을 따라 점차 사라졌다.

한 달 뒤, 여전히 전도적 종소리에 동요하고 있던 에스더는 반쯤 정신없이 목사에게 급히 편지를 썼다. 저녁 예배에 참석하겠다는 내용이었다. 그러니 자신에게 의식에 대해 설명해줄 수 있느냐고.

에스더는 하루, 이틀, 오후마다 차와 케이크를 준비해놓고 초조하게 기다렸다. 그렇게 차려놓았던 차와 케이크는 티타임이 훌쩍 지나서야 에스더와 톰이 먹었다. 그리고 셋째 날 오후, 그녀는 아기를 위한 노란 플란넬 잠옷에 시침질을 하다가 문득 고개를 들어 창밖으로 정문 쪽을 내다봤다. 땅딸막한 검은 형체가 쐐기풀 사이로 천천히 걸어오고 있었다.

에스더는 약간 불안한 마음을 안고 목사를 맞이했다. 그녀는 곧장 자신이 유니테리언*으로 자랐다고 말했지만, 목사는 미소를 지으며 기독교인이라면 어떤 신념을 지녔든 자신의 교회에서는 환영받을 수 있다고 대답했다. 에스더는 자신이 무신론자라는 사실을 불쑥 드러내 거기서 그만두겠다고 말

---

*   기독교 정통 교의의 중심인 삼위일체론에 반하여 하나님의 단일성을 주장하고 예수그리스도의 신성을 부정하는 교파.

하고 싶은 충동을 삼켰다.

목사가 에스더 몫으로 가져온 공동 기도서를 펼치자 에스더는 자신에게 역겹고 기만적인 광택이 씌워지는 것을 느끼며 예배 순서에 맞춰 목사를 따랐다. 성령의 출현과 '육신의 부활' 같은 말이 그녀의 이중성에 따끔한 일침을 가했다. 그러나 에스더가 육신의 부활을 진정으로 믿을 수는 없다고 고백했을 때(감히 '영혼의 부활이란 것도' 믿을 수 없다고는 하지 못했다), 목사는 동요하지 않는 것처럼 보였다. 그는 단지 에스더에게 기도의 효험을 믿느냐고 물었다.

"오 그럼요, 그럼요. 믿어요!" 에스더는 터져 나오는 자신의 목소리를 듣고, 적절한 타이밍에 눈에서 흘러나온 눈물에 놀라버렸다. 그것이 유일하게 의미하는 바는 '어쩌나 믿고 싶은지 몰라요'였다. 나중에 그녀는 그 눈물이 믿음의 아름다움과, 신앙이 없는 자신 사이의 되돌릴 수 없는 막대한 간극을 직시한 데서 촉발된 게 아닐까 싶었다. 그녀는 목사에게 자신이 대학에서 비교종교학 수업을 들으며 10년 전 그토록 경건한 시도들을 해왔지만, 결국은 자기가 유대인이 아닌 것을 유감으로 여기는 게 다였다고 말할 마음은 없었다.

목사는 에스더가 낯설게 느끼지 않도록 다음 저녁 예배 때 자신의 아내와 함께 앉는 게 어떻겠냐고 제안했다. 그러나 곧 좀 더 나은 생각을 떠올린 것 같았다. 에스더가 결국에는 이웃인 로즈나 세실과 함께 오는 걸 선호할 수도 있다는 것이었다. 그들은 '교회에 다니는 사람들'이었다. 목사가 두 권의

기도서와 검은 모자를 집어 들었을 때에야 에스더는 달콤한 케이크 접시와 찻잔이 놓인 쟁반이 부엌에서 기다리고 있다는 사실을 떠올렸다. 하지만 그때는 이미 늦고 말았다. 에스더는 초록 쐐기풀 사이로 조심스럽게 퇴각하는 목사의 모습을 지켜보면서, 건망증 이상의 무언가가 케이크와 차를 내가지 못하게 한 것 같다고 생각했다.

교회는 빠르게 채워졌다. 길고 각진 얼굴의 목사 아내는 앞쪽 자기 좌석에서 살그머니 일어나 친절하게 어머니 연합 봉사 책자를 나누어 주었다. 에스더는 아기의 심장박동과 발길질을 느끼며 차분하게 생각했다. '나는 엄마야. 난 여기 속해 있어.'

교회 바닥의 원시적인 추위가 신발 밑창을 통해 치명적으로 스며들기 시작할 때, 여자들이 조용히 바스락거리며 한 몸처럼 몸을 일으켰고 목사는 성스러운 걸음으로 느릿하게 통로를 걸어 내려왔다.

오르간이 숨을 들이쉬고, 그들이 개회 찬송가를 부르기 시작했다. 오르간 연주자는 아마도 초보자였을 것이다. 몇 마디마다 불협화음이 계속됐고, 여자들의 목소리는 고양이 같은 절박함으로 난해한 멜로디를 따라 산만하게 올라갔다 내려왔다. 사람들이 무릎을 꿇었고, 응창이 있었고, 더 많은 찬송가가 있었다.

목사가 앞으로 걸어 나와서 지난 저녁 예배 설교의 핵심이었던 일화를 다시 한번 장황하게 늘어놓았다. 그런 다음 일주일 전 에스더가 세례식에서 들었던 약간 부적절한, 심지어 당혹스럽기까지 한 비유를 사용했다. 신체적·영적 낙태에 대한 비유였다. 물론 목사는 제멋대로 하고 있었다. 로즈는 또 다른 페퍼민트사탕을 입술 사이로 슬쩍 집어 넣었고, 놀런 부인은 불행한 예언자처럼 넋 나간 얼굴을 하고 있었다.

마침내 세 여자가, 꽤 젊고 매력적인 여성 둘과 굉장히 나이 많은 여성 하나가 제단 앞으로 나가서 어머니 연합에 소속되고자 무릎을 꿇었다. 목사가 가장 나이 많은 신자의 이름을 잊어버려서(에스더는 그가 이름을 잊었다는 걸 느낄 수 있었다), 그의 아내가 미끄러지듯 나와 귀에 속삭여줄 때까지 기다려야만 했다. 의식이 진행되었다.

4시 종은 일찍이 울렸지만, 목사가 여자들이 교회에서 떠나도록 허락하는 데엔 시간이 좀 걸렸다. 에스더는 놀런 부인과 함께 교회를 나섰고, 그동안 로즈는 또 다른 두 친구인 식료품점의 브렌다, 위돕힐에 살면서 알자시안*을 키우는 세련된 호치키스 부인과 못다 한 이야기를 나누고 있었다.

"차 마시고 가시나요?" 놀런 부인이 물었다. 여자들의 물결이 노란 벽돌로 된 경찰 지구대 방향으로 그들을 실어 갔다.

"그러려고 왔는걸요. 우리 그 정도는 해도 된다고 생각해요." 에스더가 말했다.

---

* 제1차 세계대전 당시 독일군이 사용한 군견으로, '저먼 셰퍼드'라고도 부른다.

"다음 아기 예정일은 언제예요?"

에스더가 웃었다. "당장이라도 나올 거예요."

여자들이 골목에서 방향을 바꾸어 좌측 뜰 쪽으로 이동하고 있었다. 에스더와 놀런 부인은 그들을 따라가 어두운 헛간 같은 방으로 들어섰는데, 그 방은 우울하게도 에스더에게 교회에서 했던 야영이나 합창을 연상시켰다. 에스더는 어스름한 가운데 찻주전자나 다른 어떤 유쾌한 분위기 같은 것을 찾으려고 했지만, 뚜껑이 꼭 닫힌 업라이트피아노 외에는 눈에 들어오는 게 없었다. 다른 여자들은 불도 제대로 안 들어오는 계단을 따라 멈추지 않고 앞으로 나아갔다.

흔들리는 문 너머 밝게 빛나는 방에는 평행하게 놓인 아주 기다란 두 개의 테이블이 하얗고 깨끗한 리넨에 덮여 있었다. 테이블 한가운데에는 황동색 국화가 올라간 접시와 케이크, 페이스트리가 담긴 접시들이 번갈아 놓여 있었다. 굉장히 많은 케이크는 전부 공들여 장식된 것들이었는데, 일부는 체리와 견과류가, 또 일부는 설탕으로 만든 레이스가 장식되어 있었다. 목사는 한쪽 테이블 상석에, 그의 아내는 다른 테이블의 상석에 자리를 잡았고, 그 아래로 마을 여자들이 다닥다닥 붙은 의자에 앉았다. 로즈와 함께 있던 여자들은 목사네 테이블 끝 쪽에 자리했다. 놀런 부인은 의도치 않게 목사를 마주 보는 자리에 앉게 되었다. 에스더는 놀런 부인의 오른쪽에 앉았고 왼쪽은 비어 있었다.

여자들이 앉았고, 분위기가 정돈되었다.

놀런 부인이 에스더를 향해 물었다. "여기서 뭘 하고 있죠?" 그건 절박한 여자의 질문이었다.

"오, 아기가 있으니까요." 에스더는 자신의 얼버무림이 부끄러워졌다. "저는 남편이 작업한 걸 타이핑해요."

로즈가 그들 쪽으로 몸을 기울였다. "에스더 남편은 라디오 대본을 써요."

"저는 그림을 그려요." 놀런 부인이 말했다.

"무엇으로요?" 에스더는 약간 놀라며 궁금해했다.

"주로 유화예요. 잘하진 못하지만."

"수채화를 그려본 적은 있나요?"

"그럼요. 하지만 잘해야 해요. 처음부터 제대로 해야 하니까."

"그럼 뭘 그리세요? 초상화?"

놀런 부인은 코를 찡긋하더니 담배 한 갑을 꺼냈다. "여기서 담배 피워도 되나요? 아뇨, 전 초상화는 잘 못 그려요. 가끔 리키를 그리긴 하지만."

체구가 작고 생기를 잃은 듯한 여자가 차를 돌리면서 로즈 앞으로 다가왔다.

"담배 피워도 되죠?" 놀런 부인이 로즈에게 물었다.

"안 될걸요. 저도 처음에 왔을 때 몹시 피우고 싶었는데, 아무도 안 피우더라고요."

놀런 부인이 고개를 들어 차를 따라주는 여자에게 물었다. "담배 피워도 되나요?"

"오, 안 될 거예요. 교회 공간들에서는 안 돼요." 여자가 말했다.

"소방법 때문인가요?" 에스더는 알고 싶었다. "아님 뭔가 종교적인 이유로?" 하지만 누구도 대답하지 못했다. 놀런 부인은 에스더에게 자신의 일곱 살 먹은 아들 베네딕트에 대해 말하기 시작했다. 알고 보니 리키는 햄스터였다.

갑자기 여닫이문이 열리면서 얼굴이 빨갛게 상기된 젊은 여자들이 김이 나는 쟁반을 들고 물밀 듯이 들어왔다. "소시지입니다, 소시지!" 방 여기저기서 기쁨의 목소리가 울려 퍼졌다.

에스더는 배가 고파서 기절할 지경이었다. 페이스트리 반죽으로 감싼 기름진 소시지에서 띠처럼 흐르는 뜨거운 육즙에도 에스더는 멈출 수 없었다. 에스더는 크게 한 입 베어 물었고, 놀런 부인도 마찬가지였다. 그 순간 모두가 고개를 숙였다. 목사가 식전 감사기도를 드렸다.

볼이 빵빵해진 에스더와 놀런 부인이 서로를 바라보더니 눈을 맞추고 비밀을 공유하는 여학생들처럼 웃음을 꾹 참았다. 감사기도가 끝나자, 모두 접시를 위아래로 전달하면서 열의 넘치게 서로를 도왔다. 놀런 부인은 에스더에게 베네딕트의 아버지인 큰 베네딕트(그녀의 두 번째 남편이었다)가 말레이 반도의 고무나무 농장주였지만, 불운하게도 병이 들어 집에 돌아왔다고 말했다.

"빵도 좀 드세요." 로즈가 과일이 든 촉촉한 빵 조각들을 담은 접시를 건넸고, 뒤이어 호치키스 부인이 3층짜리 초콜릿케이크를 내밀었다.

에스더는 종류별로 잘 챙겨 먹었다. "이 케이크들은 다 누가 만든 거예요?"

로즈가 대답했다. "목사님 부인이요. 많이 구우시거든요."

호치키스 부인은 자고새 날개로 장식한 모자를 앞으로 기울이며 말했다. "목사님은 '두들기는' 걸로 돕는다고 하더라고요."

담배를 피우지 못하고 있던 놀런 부인이 테이블 위에 손가락을 두드리더니 말했다. "전 곧 가봐야겠어요."

"저도 같이 가요." 에스더가 빵을 입에 가득 물고 말했다. "아기 때문에 돌아가야 했어요."

하지만 아까 그 여자가 차를 리필해주겠다면서 다시 왔다. 두 개의 테이블은 점점 더 대가족 모임과 비슷해져, 감사를 표하지 않고 일어서거나 최소한 허락을 구하지 않고 일어나면 무례해 보일 것 같았다.

어쩐 일인지 목사 부인이 테이블 상석에서 스르륵 내려오더니 한 손은 놀런 부인의 어깨에, 다른 한 손은 에스더의 어깨에 얹으면서 엄마처럼 몸을 굽혔다. 이에 에스더는 칭찬의 말을 건넸다. "빵이 참 맛있어요. 직접 만드신 건가요?"

"오, 아니에요. 오퀸든 씨가 만들죠." 오퀸든 씨는 마을의 제빵사였다. "안 그래도 저기 한 덩이 남았어요. 원한다면 나중에 살 수도 있고요."

이 갑작스러운 경제적 공격에 주춤한 에스더는 교회 사람들이 거의 평생을 돈, 헌금, 이런저런 종류의 기부금을 좇는다는 사실을 기억해냈다. 그녀는 최근 저녁 예배를 마친 후 '축복 상자'를 들고 걸어 나왔다. 소박한 나무 상자에는 상자를 비워 다시 돌려놓는 다음 해 추수감사절까지 돈을 넣을 수 있도록 구멍이 뚫려 있었다.

"빵 한 덩이 좋죠." 에스더가 지나치게 명랑한 톤으로 대답했다.

목사 부인이 자기 자리로 돌아가고 난 뒤, 질 좋은 블라우스와 카디건을 입고 동그란 펠트 모자를 쓴 중년 여성들이 테이블 끝자리에 앉아 서로를 툭툭 치며 수군거리고 있었다. 마침내 일부에서 박수가 쏟아지자 한 여자가 일어나서 좋은 차를 마련해준 목사 부인에게 감사를 표하자는 짧은 연설을 했다. 케이크 반죽을 섞어주는 것으로 유명한 목사의 도움에도 감사를 표하자는 유머러스한 부연도 있었다. 더 큰 박수와 더 많은 웃음이 터져 나왔다. 이윽고 목사 부인이 화답한 후 에스더와 놀런 부인을 언급하며 환영의 인사를 건넸다. 흥분한 목사 부인은 두 사람이 어머니 연합의 회원이 되기를 바란다는 뜻을 밝히기도 했다.

박수와 미소 그리고 호기심 어린 시선, 접시를 새로 내어오는 일이 번잡스럽게 이어지는 가운데, 목사가 자리에서 일어나 비어 있던 놀런 부인의 옆자리에 앉았다. 이미 서로 나눈 대화가 아주 많은 것처럼 연신 고개를 끄덕이던 목사가 낮은 목소리로 놀런 부인에게 말하기 시작했다. 에스더는 여러 케이크와 버터 발린 빵을 먹어 치우면서 뻔뻔하게 그 이야기를 엿들었다.

목사는 놀런 부인을 찾을 수 없었다는 어딘가 이상하고 익살스러운 말을 했는데, 그 말에 놀런 부인의 투명한 금빛 피부가 약간 분홍빛으로 변했다. 목사가 뒤이어 말했다. "미안하지만 제가 연락하지 않은 이유는 당신이 이혼했다고 알고 있었기 때문입니다. 저는 보통 이혼한 사람들을 방해하지 않거든요."

"오, 괜찮아요. 이제는 문제되지 않아요." 얼굴이 붉어진 놀런 부인이 코트의 옷깃을 맹렬하게 잡아당기면서 중얼거렸다. 목사는 환영한다는 따뜻한 몇 마디 말로 대화를 마쳤는데, 놀런 부인이 곤경에 처하자 매우 혼란스럽고 화가 난 에스더는 그 말들을 놓쳤다.

놀런 부인이 에스더에게 귓속말했다. "여기 오지 말았어야 했어요. 이혼한 여성은 오는 게 아니었나 봐요."

에스더가 말했다. "말도 안 되는 소리예요. 저 이제 갈 건데, 같이 가요."

로즈는 자기가 데려온 두 사람이 일어나 외투 단추를 잠그기 시작하자 흘긋 올려다봤다. "저도 같이 가요. 세실도 차를 마시고 싶을 거예요."

에스더는 방 끝 쪽에서 재잘거리는 여자들에게 둘러싸여 있는 목사 부인을 흘긋 보았다. 남았다는 빵은 보이지 않았고, 그걸 굳이 찾을 생각도 없었다. 토요일에 오켄든 씨가 마을에 오면 빵 한 덩이를 부탁할 수도 있을 것이다. 게다가 에스더는 목사 부인이 지난 자선 바자회에서도 그랬던 것처럼 교회의 이익을 위해 빵 가격을 좀 더 올려 받지 않을까 막연하게 의심했다.

놀런 부인은 공회당에서 로즈와 에스더에게 작별 인사를 건네고 언덕을 내려가 남편의 펍으로 향했다. 강을 따라 난 길은 축축하고 퍼런 안개에 가려 점차 흐려졌고, 몇 분 되지 않아 그녀는 시야에서 사라졌다.

로즈와 에스더가 함께 집으로 향했다.

"이혼한 사람을 받아주지 않는다는 건 몰랐네요." 에스더가 말했다.

"오, 저 사람들은 그런 사람들 싫어해요." 로즈는 주머니를 만지작거리더니 몰티저스 한 상자를 내밀었다. "하나 먹을래요? 놀런 부인은 어머니 연합에 가입하고 싶어도 할 수 없다고 호치키스 부인이 그러더라고요. 개 한 마리 들이실래요?"

"뭘 들이라고요?"

"개요. 지난번에 들여온 무리에서 알자시안 한 마리가 남았대요. 검정개들은 전부 팔렸어요. 모두가 좋아하니까. 지금 남은 건 회색 한 마리예요."

"톰이 개를 **싫어해요.**" 에스더는 자신의 강한 반응에 스스로도 놀랐다. "특히 알자시안을 싫어하거든요."

로즈는 기뻐 보였다. "에스더가 원할 것 같지 않다고 말하긴 했어요. 끔찍하죠, 개들이란."

짙은 황혼 속에서 초록색으로 빛나는 묘지를 보자니 마치 고대의 이끼들이 어떤 발광하는 마법이라도 지닌 것 같았다. 두 여자는 생기 하나 없이 새카만 주목나무가 있는 교회 경내를 걸었다. 저녁녘의 냉기와 차의 여운이 코트를 관통했고, 로즈가 한쪽 팔을 구부리자 에스더는 망설임 없이 팔짱을 꼈다.

1962년

15달러짜리 독수리

　매디건 광장에는 다른 타투 숍들도 있었지만 카미네 가게
와는 비교도 안 됐다. 그는 바늘과 염료를 사용하는 진짜 시
인이었고 진심을 지닌 예술가였다. 젊은이들, 부둣가 한량들,
맥주 한잔 하러 외지에서 온 연인들은 하나같이 카미네 가게
앞에 멈춰 서서 창문으로 코를 들이댔다. 당신에겐 꿈이 있
고, 당신의 마음엔 장미 한 송이가 있고, 근육엔 독수리 한 마
리가 있고, 다정하신 주님 또한 계시니, 그러니 나에게 오라
는 말 없이 말하는 법을 카미는 알았다. 이번 생에 당신 피부
에 당신의 마음을 입히라고, 나는 그걸 도와줄 수 있는 사람
이라고. 개, 늑대, 말, 사자는 동물 애호가들을 위한 것이고,
숙녀들을 위해서는 나비, 극락조, 웃거나 울고 있는 아기 얼
굴이 있으니 선택만 하시라고. 장미도 모든 종류가 가능해서
크든 작든 아직 꽃망울이든 만개했든, 장미로 장식한 양피지

든, 가시 돋친 장미든, 드레스덴 인형 머리가 정중앙에 박혀
있는 장미든, 분홍 꽃잎이든, 초록 잎이든 납색 선으로 영리
하게 생겨났다. 뱀과 용은 프랑켄슈타인을 위한 것. 카우걸,
훌라 걸, 인어와 은막의 여왕은 물론 루비색 젖꼭지든 맨몸이
든 원하는 대로. 등에 여유가 있다면 십자가에 매달린 예수와
양쪽 팔꿈치에 그려진 도둑 그리고 예수 머리 위 양쪽에 고
대영어로 '골고다 언덕Mount Calvary'이라고 적힌 금빛에 가까
운 노란색 양피지를 든 천사들을 가질 수 있다고.

바깥에 있는 사람들은 카미네 가게 천장에서 바닥에 이르
도록 가득 붙은 다채로운 사진들을 가리켰다. 군중장면처럼
사람들의 속삭이는 소리가 유리창 너머로도 들려왔다.

"자기야, 저 공작들 좀 봐!"

"타투에 돈을 쓴다는 건 미친 짓이야. 내 타투 중에 돈을
낸 건 팔에 있는 검은 표범뿐이라고."

"하트 하고 싶다면서. 어디에다 할지는 내가 말할게."

나는 꽤 오래 만난 남자친구 네드 빈 덕분에 처음으로 카
미의 작업을 보게 되었다. 카미는 하트와 꽃으로 둘러싸인 벽
에 편히 기대 고객을 기다리며 토모릴로 씨와 이야기를 나누
고 있었다. 토모릴로 씨는 굉장히 작은 체구의 소유자로, 거
의 없는 것과 마찬가지인 어깨에 맞추거나 리폼할 생각도 없
는 울 재킷을 걸치고 있었다. 재킷에는 담뱃갑 크기의 갈색
사각형 패턴이 들어가 있었고, 각 사각형들에는 검은색 윤곽

이 굵게 그려져 있었다. 거기서 틱택토tick-tack-toe 놀이*도 할 수 있을 정도였다. 갈색 페도라가 버섯 갓처럼 눈썹 바로 위까지 감싸고 있었다. 그의 얼굴은 기도하는 사마귀처럼 몰입한 가는 삼각형 모양이었다. 네드가 나를 소개하자 토모릴로 씨는 윗입술을 따라 얇게 난 짧은 콧수염만큼 빠르고 깔끔하게 몸을 숙여 인사했다. 가게 안은 사람들로 붐벼서 우리 네 사람이 조금만 움직여도 팔꿈치나 무릎이 부딪칠 만큼 서 있을 공간이 충분치 않았기 때문에, 나는 그의 인사에 감탄할 수밖에 없었다.

타투 숍 내부는 화약 냄새와 소독제 냄새로 가득했다. 뒷벽을 따라 왼쪽에서 오른쪽으로 카미의 작업대, 회전하는 염료 통을 걸어놓은 전기 바늘, 쇼윈도를 향해 놓인 카미의 회전의자, 카미의 의자를 향해 놓인 손님용 의자, 쓰레기통, 몽당연필과 종이 쪼가리가 수북이 쌓인 주황색 상자가 줄지어 있었다. 가게 정면 유리문 옆에 놓인 또 다른 의자 위에는 '골고다 언덕'이라고 쓰인 커다란 표지판이 장식되어 있었으며, 잔뜩 흠집이 난 목재 테이블 위에는 골판지로 만든 서류함이 있었다. 카미의 의자 너머 뒷벽에 그려진 아기들과 데이지 사이에는 다게레오타이프**로 찍은 색 바랜 세피아 톤 사

---

*　삼목 놀이라고도 불리며, 세 개의 말이 이어지게 하는 오목과 비슷한 놀이.

**　1839년 프랑스의 루이 다게르가 발명한 최초의 실용적 사진 기술. 은판을 사용한 촬영과 현상으로 '은판사진'이라고도 부른다.

진이 두 장 있었다. 둘 다 소년의 상체 사진으로, 하나는 정면에서 하나는 후면에서 찍힌 사진 속 소년은 떨어져서 보면 몸에 딱 달라붙는 검정 레이스가 달린 긴소매 셔츠를 입고 있는 것 같았다. 하지만 가까이서 보면 소년은 온몸을 담쟁이 덩굴 타투로 덮은 알몸이었다.

오래된 로토그라비어* 인쇄물에서 오려내어 누렇게 된 사진 속의 동양인 남녀는 카메라를 등진 채 술이 달린 쿠션 위에 다리를 꼬고 앉아 있었고, 쿠션에는 머리가 일곱 개 달린 용과 산맥, 벗나무와 폭포 자수가 놓여 있었다. '이들은 실 한 오라기 걸치지 않았다'라는 문구가 눈에 띄었다. '그들은 타투가 구성원들의 필수 조건인 사회에 소속되어 있다. 때로는 전체 작업에 300달러가량이 든다.' 사진 옆에는 마침 문어가 촉수로 머리 뒤쪽부터 정수리까지 감싸고 있는 대머리 남성의 머리 사진이 있었다.

"저 피부들은 회화 작품들만큼이나 가치가 있다는 생각이 들어요." 토모릴로 씨가 말했다. "피부들을 넓게 펼쳐 보인다면요."

하지만 타투 소년과, 사교 모임 중인 동양인들은 그 자체로 자신의 예술을 광고하는 산증인인 카미에 비하면 아무것도 아니었다. 그의 이두박근에는 장미와 호랑가시나뭇잎이

---

* 요판 인쇄의 일종으로, 미세한 음영을 표현할 수 있는 것이 특징이다. 잡지 등 사진 대량 인쇄에 적합하다.

만발한 바다를 전속력으로 항해하는 범선이 있었고, 복부 왼쪽에는 근육을 뽐내고 있는 집시 로즈 리가, 팔뚝에는 하트와 별, 돛과 행운의 숫자 및 각종 이름이 적힌 양피지 들이 가득 채워져 있었다. 각 그림들의 쪽빛 경계가 흐릿하게 처리되어서, 그는 마치 일요일의 폭풍우 속에 방치된 만화책처럼 읽혔다. 미국 서부 개척 시대의 팬이기도 한 카미가 배꼽에서 쇄골에 이르는 자리에는 야생마를, 등에는 엉겅퀴처럼 고집스러운 카우보이를 그려 넣었다는 소문도 있었다. 하지만 그건 아마도 카미가 굽이 정교하게 장식된 가죽 카우보이 부츠를 신고, 빨간 보석이 박힌 빌 히콕Wild Bill Hickok* 스타일 벨트를 차고, 검은 치노 팬츠를 올려 입는 습관에서 영감을 받아 단순히 지어낸 이야기일지도 모른다. 카미의 눈은 파란색이었다. 사람들이 그토록 노래 부르던 텍사스의 하늘색 못지않은 파랑.

"이제 16년이 됐네요." 카미가 그림책 같은 벽에 기대며 말했다. "여전히 배우고 있다고 말할 수 있죠. 첫 번째 작업은 전쟁 중에 메인주에서였어요. 제가 타투이스트라는 걸 알고는 저를 여군 부대로 불러내더니……."

"타투해달라고요?" 내가 물었다.

"그냥 더도 덜도 말고 번호만 새겨달라는 거였어요."

"무서워하지 않던가요?"

---

*　미국 서부 개척 시대의 총잡이이자 남북전쟁 당시 북군의 군인.

"물론 그랬죠. 그럼요. 하지만 몇몇은 돌아왔어요. 하루에 두 군데의 여군 부대원들에게 타투를 했는데, 다들 망설였어요. 그 사람들에게 이렇게 말했었지요. '이봐요, 지난번에 왔을 땐 뭘 원하는지 정했었잖아요. 뭐가 문제죠?'"

"'무엇이 아니라 어디에 받느냐가 문제예요.' 한 여자가 말하면 전 '그게 전부라면 절 믿어도 좋아요'라고 대답하죠. '전 의사 같은 거예요. 여러 여성들을 다루기 때문에 그런 건 아무것도 아니죠.' 그러자 어떤 사람이 이러더라고요. '그렇다면 저는 장미 세 송이를 하고 싶어요. 하나는 배에 하나는 양쪽 엉덩이에요.' 그러니까 또 다른 여자가 용기를 내더니 자기도 장미 한 송이를 원한다고……."

"작은 거요, 큰 거요?" 토모릴로 씨는 세세한 부분까지 놓치지 않으려고 했다.

"저 위에 저 정도 크기?" 카미가 벽에 붙어 있는 장미 카드를 가리키며 말했다. 방울양배추만 한 크기의 꽃들이었다. "저 중에 제일 큰 거였어요. 장미를 그린 다음에는 이렇게 말하죠. '딱지가 떨어지고 나서 제게 보여주러 오시면 10달러 깎아줄게요.'"

"그 사람들이 와요?" 네드가 궁금해했다.

"틀림없이 다 와요." 카미가 코에서 한 뼘 정도 떨어진 허공에 담배 연기로 일렁이는 고리를 만들어 뿜어내자, 방울양배추만 한 장미의 파란 수증기 같은 윤곽이 나타났다.

"말도 안 되는 법에 대해 알려드릴까요?" 카미가 말했다.

"저는 당신 몸 어디에든 타투를 새길 수 있어요." 그가 나를 매우 주의 깊게 바라보며 말했다. "정말이지 아무 데나 가능해요. 당신 등도 되고, 엉덩이도 되죠." 처진 눈꺼풀은 그가 기도를 하고 있다고 생각하게 만들 정도였다. "당신 가슴도 되고요. 온갖 곳이 다 되는데 얼굴이랑 손발은 안 돼요."

토모릴로 씨가 물었다. "연방 법인가요?"

카미는 끄덕였다. "연방 법이죠." 그러고는 먼지 쌓인 베니스풍 블라인드를 친 진열창을 엄지손가락으로 가리키며 말했다. "저기 블라인드가 하나 있는데요. 저걸 내리면 신체 어느 부위든 은밀하게 작업할 수 있습니다. 얼굴과 손, 발만 빼면요."

"보이기 때문이라고 생각해요." 내가 말했다.

"그럼요. 군대 훈련이라고 생각해보면요. 병사들이 올바르게 보이진 않을 테니까요. 얼굴이나 손 같은 게 돋보일 거고, 숨길 수도 없으니까요."

"그럴 수도 있겠지만," 토모릴로 씨가 말했다. "그렇다 해도 충격적인 법이에요. 전체주의적인 법이라고요. 모든 민주주의사회에서는 개인적인 치장에 대한 자유가 있어야 합니다. 예를 들어, 어떤 여성분이 손등에 장미 한 송이를 원한다면 당연히……."

"가져야 한다는 거죠." 카미가 뜨겁게 말을 마쳤다. "사람들은 개의치 않고 자신들이 원하는 걸 가져야만 해요. 얼마 전에 여기 어떤 작은 숙녀가 왔었어요." 카미는 바닥에서 150센티미터가 조금 넘는 곳에 손바닥을 대며 말했다. "이 정도 키였는데, 등에다 골고다 언덕 전체를 원해서 해줬죠. 열여덟 시간이 걸렸고요."

나는 골고다 언덕 포스터에 있는 도둑과 천사들을 의심스럽게 쳐다보았다. "좀 줄여야 하셨던 거 아닌가요?"

"아니요."

"천사를 빼지도 않고요?" 네드가 궁금해했다. "전경에서 약간 빼거나 하지도 않고?"

"조금도 빼지 않았어요. 전체 채색에 도둑, 천사, 고대영어까지 전부 다 해서 35달러짜리 작업이었죠. 그녀는 자랑스럽게 가게를 나섰어요. 자기 등에 골고다 언덕 전체를 채색한 작은 여자가 세상에 많지는 않잖아요. 아, 저는 사람들이 가지고 온 사진들도 작업하고, 영화배우들도 그려요. 사람들이 원하는 게 무엇이든 합니다. 고객들의 기분을 상하게 할 법한 디자인들도 있지만 그런 걸 벽에 걸어두진 않아요. 보여드릴게요." 카미는 가게 앞쪽 테이블 위에 놓인 서류함을 열었다. "아내가 이것 좀 정리해야 할 텐데. 엉망진창이네요."

"아내분도 도와주시나요?" 나는 흥미로워하며 물었다.

"오, 로라는 대부분 가게에 있어요." 어쩐 일인지 카미의 목소리가 단번에 일요일의 수도승처럼 엄숙해졌다. 나는 그가 로라에게 호객을 시키는지 궁금했다. '로라, 타투를 한 여성, 살아 있는 걸작, 16년간 제작. 그녀 몸에 빈 공간이란 없답니다. 신사 숙녀 여러분, 원하는 만큼 보세요.' "종종 들러서 말동무해주세요. 대화하는 걸 좋아하거든요." 아무것도 찾지 못하고 서랍만 뒤적이던 그가 갑자기 사냥개처럼 굳으며 멈춰 섰다.

덩치 큰 남자가 출입구에 서 있었다.

"무엇을 도와드릴까요?" 카미가 앞으로 걸어 나갔다. 거장이 따로 없었다.

"내게 보여줬던 독수리를 원하오."

네드와 토모릴로 씨와 나는 벽 쪽에 납작하게 붙어서 그 남자가 방 중앙으로 들어오도록 했다. 그는 제복을 벗고 피코트와 격자무늬 울 셔츠를 입은 선원 같았다. 다이아몬드형인 머리는 귀와 귀 사이의 넓은 폭에서부터 검은 머리를 짧게 깎은 좁다란 대지를 향해 점점 좁아졌다.

"9달러짜리요, 15달러짜리요?"

"15달러요."

토모릴로 씨가 온화한 감탄의 한숨을 내쉬었다.

선원은 카미의 회전의자를 마주한 의자에 앉아 피코트를 벗곤 어깨를 으쓱하더니, 셔츠 왼쪽 소매의 단추를 풀어 천천히 걷어 올리기 시작했다.

"이쪽으로 와요. 여기가 잘 보이니까요. 타투하는 거 본 적 없잖아요." 카미가 낮은 목소리로, 뭔가를 보여주겠다는 듯 말했다. 나는 카미의 의자 왼쪽 구석에 놓인 종이 상자 위에 달걀을 품은 암탉처럼 조심스레 몸을 움츠려 앉았다.

카미가 다시 한번 서류함을 훑더니 이번에는 정사각형의

얇은 플라스틱 조각을 집어 들었다. "이거죠?"

선원이 플라스틱에 새겨진 독수리를 살펴본 다음 카미에게 그림을 돌려주며 말했다. "맞아요."

"으음." 토모릴로 씨가 선원의 안목에 감탄하며 나지막이 소리 냈다.

네드도 덧붙였다. "아름다운 독수리네요."

선원이 어떤 자신감을 보이며 몸을 세워 앉았다. 카미는 이제 그의 옆에서 춤추듯 움직이며, 포동포동 살찐 송아지에게 쓸 마체테*를 가는 사제처럼 얼룩진 황마黃麻 천을 무릎에 올리고 스펀지, 면도날, 지저분한 라벨로 구분해둔 다양한 단지와 소독제를 담은 그릇을 작업대에 늘어놓았다. 모든 것이 꼭 그렇게 있어야 했다. 마침내 그가 자리에 앉았다. 선원이 오른쪽 팔을 내밀었고 네드와 토모릴로 씨가 그 의자 뒤로 가까이 다가갔다. 네드는 선원의 오른쪽 어깨 뒤에서, 토모릴로 씨는 왼쪽 어깨 뒤에서 몸을 내밀었다. 나는 카미의 팔꿈치 쪽 가장 잘 보이는 곳에 있었다.

카미는 선원의 팔을 빠르고 깔끔하게 면도날로 훑어낸 뒤 그의 팔뚝에 흩뿌려진 털을 털고, 엄지손가락으로 면도날에 붙은 털도 닦아냈다. 테이블 위에 놓여 있던 작은 단지에서 바셀린을 꺼내 드러난 맨살에 발랐다. "타투 받아본 적 있나요?"

* 벌목 또는 무기에 사용하는 칼.

"네," 선원은 잡담을 하지 않았다. "한 번요." 그의 시선은 이미 카미의 머리 뒤쪽 벽을 관통한 듯, 방 안에 있는 우리 네 사람 너머의 희미한 공기도 흩뜨리는 무언가에 사로잡혀 있었다.

카미는 정사각형 플라스틱 표면에 검은색 가루를 뿌린 후 그림을 따라 난 구멍에 가루를 문질렀다. 독수리의 윤곽이 진해졌다. 그러고는 한 번의 동작으로, 가루가 묻은 쪽을 기름 바른 선원의 팔에 대고 꾹 눌렀다. 양파 껍질 벗기듯 쉽게 그 플라스틱을 떼어냈을 때, 선원의 팔에서 날개를 펼치고 발톱을 세워 전투를 준비하는 인상 쓴 독수리의 윤곽이 드러났다.

"아!" 토모릴로 씨가 코르크 발굽 뒤쪽에 체중을 실으면서 네드에게 의미심장한 표정을 지었다. 네드가 동의한다는 듯 눈썹을 올렸다. 선원은 자기만의 방식으로 입술을 달싹거렸다. 미소만큼이나 좋은 의미였다.

"자," 카미가 전기 바늘 하나를 꺼내 쥐더니 마술사가 모자에서 토끼를 꺼내듯 말했다. "이제 제가 9달러짜리 독수리를 어떻게 15달러짜리 독수리로 만드는지 보여드리겠습니다."

그가 바늘에 달린 버튼을 눌렀다. 아무 일도 일어나지 않았다.

"이런, 작동을 안 하네." 그가 한숨을 쉬었다.

토모릴로 씨가 끙 하는 소리를 냈다. "또 그래요?"

그때 카미가 뭔가를 깨달은 듯 웃고는 뒤쪽 벽에 있던 스위치를 켰다. 그러고 나서 바늘의 버튼을 누르니 그제야 바늘이 윙윙거리는 소리를 내며 파란 불꽃을 튀겼다. "전기가 안 들어왔던 거였어요."

"하나님, 감사합니다." 토모릴로 씨가 말했다.

카미가 회전판의 검은 염료를 바늘에 채웠다. 이윽고 독수리 날개 끝에 바늘을 가져다대면서 그가 말했다. "같은 독수리여도 9달러짜리는 검정과 빨강만 있죠. 15달러짜리에선 네 가지 색이 섞이는 걸 볼 수 있어요." 그려진 가루의 선을 따라 바늘이 움직였다. "검은색, 초록색, 갈색, 빨간색. 지금 파란색이 없어서 그렇지, 있었더라면 다섯 가지 색이 됐을 거예요." 바늘은 공기압 드릴처럼 탁탁 튀었다 내려앉았지만, 카미의 손은 외과의사처럼 안정적이었다. "이 독수리를 내가 얼마나 사랑하는지!"

"당신 꼭 엉클 샘* 독수리로 먹고 사는 것 같단 말이야." 토모릴로 씨가 말했다.

검은 잉크가 선원의 팔을 따라 흘러내려 무릎을 덮고 있던 뻣뻣하고 얼룩진 정육점 캔버스 앞치마에 스몄지만, 바늘은 계속 움직이며 날개 끝에서 뿌리까지 한 가닥 한 가닥 깃털을 그려나갔다. 반짝거리는 빨간 구슬들이 잉크를 통해 새어 나왔고, 심장의 핏방울들이 그 검은 물줄기 속으로 번져나

---

* 미합중국을 의인화한 캐릭터로, 주로 별이 그려진 모자, 푸른 재킷, 빨간색 넥타이를 착용하고 있다.

갔다.

"사람들은 불평해요." 카미가 단조롭게 말했다. "한 주 한 주 똑같은 불평을 들어요. 뭐 새로운 거 없냐는 거죠. 자기들은 빨갛고 까만, 똑같은 타입의 독수리가 싫다 이거야. 그래서 이렇게 섞는 걸 생각해냈죠. 기다려보세요. 단색의 독수리를."

번져나가는 검은 잉크의 뇌운 속으로 독수리가 사라지고 있었다. 곧 카미가 동작을 멈추고 소독제를 담은 그릇에 바늘을 넣어 휘젓자 흰색 기둥이 그릇 바닥에서 수면까지 솟아올랐다. 그러고 나서 카미는 커다랗고 동그란 시나몬색 스펀지를 그릇에 담갔다가 선원의 팔에 묻은 잉크를 닦아냈다. 피섞인 잉크 덮개에서 독수리가 모습을 드러내자, 맨 피부 위에 도드라진 윤곽이 나타났다.

"이제 뭔가를 보게 될 거예요." 카미는 초록색 염료가 엄지손가락 아래에 올 때까지 회전판을 돌린 후, 걸이대에서 또 다른 바늘을 집어 들었다.

선원의 시선은 이제 어딘가로 떠나버렸다. 카미가 독수리 날개의 그림자 아래 그리고 있는 너른 초록색 띠에서 튀어오르는 핏방울로부터 티베트나 우간다 혹은 바베이도스 어딘가에 있는 바다나 육지로 떠나버렸다.

이때쯤 나는 이상한 감각을 알아챘다. 무언가 강력하고 달콤한 향이 선원의 팔에서 뿜어져 나온 것이다. 내 눈은 빨강과 초록이 뒤섞이는 곳에서 벗어나 왼쪽에 있던 쓰레기통을 향했다. 내가 가만히 놓인 알록달록한 사탕 껍데기와 담배꽁초, 질척하게 더러워진 크리넥스 뭉텅이 들을 보고 있을 때, 카미가 신선한 빨강을 흡수한 티슈를 이 더미 위로 던졌다. 네드와 토모릴로 씨의 머리 실루엣 뒤로 검은 표범과 장미, 붉은 젖꼭지의 여인이 깜빡이며 움찔거렸다. 만일 내가 앞이나 오른쪽으로 넘어진다면 나는 카미의 팔꿈치를 치게 될 것이고, 그러면 그의 바늘이 선원의 팔을 찔러서 완벽하게 멋진 15달러짜리 독수리를 망칠 뿐만 아니라 내 성별에 먹칠을 하리라. 유일한 대안은 피 묻은 휴지들이 담긴 쓰레기통으로 뛰어드는 것뿐이었다.

"이제 갈색을 작업할 겁니다." 카미의 목소리가 1.5킬로미터 정도 떨어진 곳에서 부르짖는 것처럼 들렸고, 내 시선은 다시 피로 번쩍이는 선원의 팔에 고정되었다. "독수리가 아물면 이 색들이 서로 섞여들어요. 그림에서처럼요."

네드의 얼굴은 일곱 가지 색이 무질서하게 섞인 퀼트 위에 검은색 먹물로 쓰인 낙서처럼 보였다.

"저……." 나는 입술을 움직여봤지만 아무 소리도 나오지 않았다.

네드가 내 쪽으로 달려왔으나 그가 닿기도 전에 방의 조명이 꺼졌다.

다음에 벌어진 일은 내가 천사의 엑스레이 눈으로 구름 위에서 카미의 가게를 엿보며, 파란 불꽃을 뱉어내는 벌의 작은 소리를 들은 것이다.

"피 때문에 그런 건가요?" 카미의 목소리가 작고, 멀게 들렸다.

"하얗게 질려 보이네." 토모릴로 씨가 말했다. "눈도 약간 이상하고."

카미가 토모릴로 씨에게 무언가를 건넸다. "이거 좀 맡게 해봐요." 토모릴로 씨가 그 무언가를 네드에게 건넸다. "하지만 너무 깊게 들이마시지는 않게요."

네드가 무언가를 내 코에 갖다 댔다.

나는 냄새를 맡은 뒤 골고다 언덕을 등받이 삼아 가게 앞쪽 의자에 앉아 있었다. 다시 냄새를 맡았다. 누구도 화난 것처럼 보이진 않았으니, 카미의 바늘에 부딪친 건 아니었을 것이다. 네드가 노란색 용액이 담긴 작은 플라스크 뚜껑을 돌려 닫고 있었다. 야들리사의 후자극제*였다.

"돌아갈 준비 됐어요?" 토모릴로 씨가 버려져 있던 주황색 상자를 친절하게 가리켰다.

"거의요." 나는 시간을 벌고 싶다는 강렬한 본능을 느꼈다. 키가 너무 작아 내 가까이 있던 토모릴로 씨의 귓가에 대고 속삭였다. "당신도 타투가 있나요?"

토모릴로 씨는 버섯 같은 페도라 챙 아래에서 하늘을 향해 눈을 치켜떴다. "맙소사, 아니요! 저는 스프링을 보러 왔을 뿐입니다. 카마이클 씨네 기계에 든 스프링은 손님들한테 작

---

* 사람이 의식을 잃거나 어지러워졌을 때 사용하는 작은 병에 든 약품.

업하는 도중에도 부서지곤 하더라고요."

"정말 짜증 나겠네요."

"그래서 제가 온 거죠. 지금 훨씬 묵직한 새로운 스프링을 시험해보고 있거든요. 치과 의자에 앉아서 입안에 뭔지도 모를 것들을 막 물고 있으면 그게 얼마나 고통스러운지 아실 텐데⋯⋯."

"솜뭉치랑 작은 금속 사이펀 같은 거요?"

"정확해요. 그러다 보면 치과의사가 등을 돌리잖아요."토모릴로 씨가 설명을 위해 돌아서더니 사악하고 비밀스럽게 얼굴을 찌푸렸다. "그러곤 구석에서 10여 분가량 기계를 만지느라 부산하죠. 당신은 그게 뭔지도 모르고요."토모릴로 씨의 얼굴이 스팀다리미 아래 놓인 리넨처럼 매끄럽게 퍼졌다. "제가 여기 와서 보려는 게 그겁니다. 좀 더 강력한 스프링이요. 손님을 실망시키지 않는 스프링."

이때쯤 나는 내 자리였던 주황색 상자로 돌아갈 준비가 되어 있었다. 카미는 이제 막 갈색 작업을 마쳤고, 내가 없는 사이 잉크는 확실히 섞여 있었다. 털을 밀어낸 피부 위에 상처 입은 독수리가 세 가지 색으로 이루어진 분노 속에서 부풀어 올랐고, 발톱은 도살자의 갈고리만큼 날카롭게 휘어 있었다.

"눈을 좀 더 빨갛게 해도 되지 않겠어요?"

선원이 고개를 끄덕였고 카미는 토마토케첩색의 염료 통 뚜껑을 열었다. 그가 바늘 작업을 멈추자마자 선원의 피부 위로 새의 검은 윤곽뿐만 아니라 거칠게 갈린 무지개색 몸 전체에서 핏방울이 올라오기 시작했다.

"빨간색이라," 카미가 말했다. "정말 시선을 끌죠."

"피를 모아두시나요?" 토모릴로 씨가 갑자기 물었다.

"당신이 적십자와 어떤 협정을 맺을 수도 있겠다는 생각이 들어요." 네드가 말했다.

"혈액은행과!" 후자극제 덕에 머릿속이 모내드녹산의 푸른 대낮처럼 선명해진 내가 외쳤다. "떨어지는 걸 받을 수 있게 작은 통 하나 두세요."

카미는 독수리의 빨간 눈을 세심하게 작업하고 있었다. "우리 뱀파이어들은 피를 공유하지 않아요." 독수리의 눈이 점점 더 붉어졌고 이제는 피와 잉크를 구분할 수 없었다. "뱀파이어가 그런다는 말을 들어본 적 없으시잖아요. 들어봤어요?"

토모릴로 씨가 수긍했다. "못 들어봤죠."

카미는 독수리 너머의 살을 온통 붉게 물들였고, 그렇게 완성된 독수리는 주인의 피에서 태어나 세례를 받은 듯 붉은 하늘에 자리를 잡았다.

선원이 알 수 없는 곳에서 다시 돌아왔다.

"맘에 들어요?" 스펀지를 든 카미가 핏빛 독수리를 닦아내며 그 위에 얇은 막을 씌웠다. 마치 거리의 화가가 백악관이나 리즈 테일러 혹은 『래시 집에 오다Lassie Come-Home』를 그리고 남은 파스텔 가루를 불어내는 것 같았다.

"저는 늘 말합니다." 선원이 입을 열었다. "타투를 하려거든 좋은 녀석으로 하라고, 무조건 최고로 하라고요." 특정한 누군가를 향한 말은 아니었다. 이윽고 선원이 카미가 닦아내는 데도 불구하고 계속해서 피를 흘리는 독수리를 내려다보았다. 잠시 침묵이 흘렀다. 카미는 무언가를 기다리고 있었는데, 그건 분명 돈은 아니었다. "이 아래 'JAPAN'이라고 쓰는 건 얼마죠?"

카미가 기쁨의 웃음을 터뜨리며 말했다. "1달러입니다."

"그럼 'JAPAN'도 써주시죠."

카미가 선원의 팔에 글자들을 표시했다. J의 갈고리와 P의 고리를 그리고, 마지막 글자인 N에는 더욱더 공을 들였다. 독수리가 정복한 동양을 향한 사랑의 편지였다. 그는 바늘에 염료를 채워 넣고 J를 새기기 시작했다.

"명분이 서네요." 토모릴로 씨가 교수처럼 또렷한 목소리로 말했다. "타투의 중심지는 일본이니까요."

"제가 거기 있을 땐 아니었어요." 선원이 말했다. "금지됐었거든요."

"금지요!" 네드가 말했다. "무엇 때문에요?"

"그야 요즘엔 상스럽다고 생각하니까요." 카미는 고개도 들지 않고 두 번째 A를 새겼고, 그의 바늘은 숙련된 손가락 아래로 뛰어들어 온 야생마처럼 반응했다. "작업자는 늘 있어요. 비밀리에 말이죠. 언제나 있어요." 그는 N자의 마지막 곡선을 그려내면서 자신의 예술적인 선들을 숨기려는 듯 달랑달랑 매달린 핏방울을 스펀지로 닦아냈다. "원하신 대로 나왔나요?"

"그렇게 나왔어요."

카미는 클리넥스 몇 장을 접어 대충 붕대를 만들어서 독수리와 JAPAN을 덮었다. 그는 가게 점원이 선물을 포장하듯 재빠르게 티슈를 테이프로 고정했다.

선원이 일어나서 피코트를 걸쳤다. 창백하고 여드름 난 얼굴의 남학생 몇몇이 흐느적거리며 문가에 모여들어 보고 있었다. 선원은 말 한마디 없이 지갑을 꺼내 말려 있는 초록색 지폐 뭉치에서 16달러를 꺼냈다. 카미는 그 현금을 자신의 지갑에 넣었다. 남학생들은 선원이 밖으로 나갈 수 있도록 뒤로 물러났다.

"제가 어지러워한 것 불편하게 생각하지 않으셨으면 좋겠어요."

카미가 웃었다. "제가 왜 그 후자극제를 손에 닿을 만큼 가까이 두었다고 생각하세요? 덩치가 큰 남자들도 완전히 정신을 놓을 때가 있어요. 친구들이 막 부추겨서 들어왔다가 어떻게 빠져나가야 할지 모르는 거죠. 그 쓰레기통에다 귀가 아플 정도로 토하는 사람도 있었어요."

"이런 적은 한 번도 없었어요." 네드가 말했다. "온갖 피를 봤는데도요. 아기 태어나는 것도 보고. 투우도 보고. 그런 거 다 봤는데도."

"너무 흥분했던 거예요." 카미가 내게 담배를 내밀었다. 나는 그걸 받았고 그도 하나, 네드도 하나 집어 들었다. 토모릴로 씨는 괜찮다고 말했다. "잔뜩 긴장했던 거죠. 그래서 그래요."

"하트 하나에 얼마예요?"

가게 앞쪽에서 검정색 가죽 재킷을 입은 소년의 목소리가 들려왔다. 소년의 친구들이 서로를 쿡쿡 찌르고 거칠게 밀어 대면서 개가 짖는 듯한 소리를 내며 웃고 있었다. 소년은 웃으면서 얼굴을 붉혔다. 보랏빛 여드름이 점점이 나 있었다. "아래에 양피지를 그리고 이름까지 쓴 하트요."

카미가 회전의자에 기대앉아 엄지손가락을 배와 벨트 사이에 밀어 넣었다. 그의 아랫입술에 붙은 담배가 흔들렸다. "4달러다." 그가 눈도 깜빡이지 않고 대답했다.

"4달러라고요?" 소년의 새된 소리가 믿을 수 없다는 듯 갈라졌다. 문가에 서 있던 세 아이는 자기들끼리 중얼거리면서 부산하게 움직였다.

"여기 있는 하트 도안 중에 3달러 이하는 없어." 카미는 구두쇠들에겐 머리를 조아리지 않았다. 살면서 장미 한 송이를 원한다면, 하트 하나를 원한다면 지불해야 하는 법. 비싼 값을 말이다.

소년은 풍성한 핑크색 하트, 화살 꽂힌 하트, 미나리아재비 화환 중앙에 놓인 하트까지 벽에 붙은 하트 그림들 앞에서 결정을 내리지 못했다. 그는 곧 용기라곤 없는 작은 목소리로 물었다. "이름만 하면 얼마예요?"

"1달러." 카미의 톤은 지극히 사무적이었다.

소년이 왼손을 내밀며 "루스RUTH*를 새기고 싶어요"라고 말했다. 그러고는 왼쪽 손목에 가상의 선을 그리며 덧붙였다. "바로 여기다요…… 원할 때는 시계로 가릴 수 있게."

친구 두 명이 문 앞에서 시끄럽게 웃어댔다.

카미는 곧추선 의자를 가리키며 반쯤 피우던 담배를 회전판에 놓인 두 개의 염료 통 사이에 두었다. 소년은 의자에 앉아 무릎에 교과서를 반듯하게 올려놓았다.

토모릴로 씨가 일반적인 질문을 던졌다. "이름을 바꾸기로 하면 어떻게 해요? 그냥 쓱 긋고 그 위에다 다음 이름을 쓰는 건가?"

"이전 이름은 시계로 가리고 새 이름만 보이게 할 수도 있죠." 네드가 제안했다.

"또 다른 시계를 그 위에 차면 되죠. 세 번째 이름이 생기면요." 내가 말했다.

토모릴로 씨가 끄덕였다. "그렇게 팔에서 어깨까지 시계로 그득해질 때까지 말이죠."

카미는 소년의 손목에 듬성듬성 자란 털을 밀어냈다. "누군가에게 상당히 괴롭힘을 당하고 있는 것 같은데."

소년은 시선을 의식하며 떨리는 미소로 손목을 바라보았다. 그 미소가 눈물을 대신하는 것일지도 몰랐다. 오른손으로는 무릎에 놓인 교과서가 떨어지지 않도록 꼭 붙잡았다.

---

* 여성의 이름이자 동정심이나 연민을 나타내는 오래된 단어이기도 하다.

카미가 소년의 손목에 'RUTH' 자리를 표시하곤 바늘을 쥐었다. "그녀가 이걸 보면 고래고래 소리칠 거야." 하지만 소년은 계속하라며 고개를 끄덕였다.

"왜요?" 네드가 물었다. "왜 화를 내는데요?"

"타투를 하고 오다니!" 카미가 고상 떠는 혐오감을 흉내 냈다. "'게다가 그냥 이름뿐이라니! 그게 네가 나에 대해 생각하는 전부야?' 그녀는 장미나 새, 나비를 원할 거야……." 바늘이 잠시 멈춰 서자 소년이 망아지처럼 움찔거렸다. "그리고 그녀를 기쁘게 해줄 그 모든 것을 다 얻는다면 말이야, 장미라든가……."

"새나 나비나." 토모릴로 씨가 끼어들었다.

"분명 이렇게 말할 거야. 뭐 때문에 거기까지 가서 그 돈 전부를 쓰고 싶었던 거냐고." 카미는 소독제 그릇에 바늘을 빠르게 돌려 닦아냈다. "여자를 이길 순 없어요." 네 글자 위로 찔끔찔끔 핏방울들이 올라왔다. 글자들은 너무도 검고 또렷해서 타투인지 펜으로 쓴 것인지 구별하기 어려웠다. 카미는 이름 위에 클리넥스로 만든 붕대를 얇게 감아주었다. 모든 작업은 10분도 채 걸리지 않았다.

소년이 뒷주머니에서 구겨진 지폐 한 장을 꺼냈다. 친구들이 그에게 달려들어 어깨를 붙잡았고, 세 아이는 거의 동시에 밀치고, 밀리고, 자기 발에 걸려 넘어지기도 하면서 가게 문을 나섰다. 조개처럼 창백한 얼굴 몇 개가 창가에 붙어 있다가 카미의 시선이 그들을 향하자 사라졌다.

"저 애가 하트를 안 한 건 놀랄 일도 아니죠. 그걸로 뭘 해야 할지 몰랐으니까요. 다음 주에 와서 베티며 돌리며, 그런 이름을 부탁할 거예요. 두고 보죠." 그는 한숨을 쉬고, 골판지 상자에서 벽에 걸어두지 않았던 사진 한 뭉치를 꺼내 돌아가며 보여주었다. "제가 얻고 싶은 사진 하나가 있어요." 카미가 회전의자에 기대 눕더니 카우보이 부츠를 작은 상자 위에 얹었다. "나비예요. 토끼 사냥 사진도 있고. 뱀이 여자 다리를 타고 올라가는 사진도 있는데, 여자한테 앉은 나비 사진이 있다면 그걸로 돈 좀 벌 수 있을 것 같아요."

"아무도 원하지 않는 좀 이상한 종류의 나비요?" 네드가 판매용 고급 양피지를 쳐다보듯이 내 배 쪽을 유심히 응시하며 말했다.

"문제는 무엇인지가 아니라, 어디에 하는가죠. 양쪽 허벅지 앞쪽에 날개 하나씩이라든가. 나비들이 꽃 위에서 날개를 얼마나 조금씩 퍼덕거리는지 아시나요? 아마, 여자가 움직일 때마다 그 날개들이 들어갔다 나왔다 하겠죠. 그걸 사진으로 찍어보고 싶어서 나비 타투를 무료로 해줄 정도예요."

나는 잠깐 골반에서 슬개골까지 날개가 실물 크기의 열 배에 이르는 뉴기니 골든New Guinea Golden*에 대해서 생각했지만 곧 떨쳐냈다. 지난해 입던 옷보다 더 빨리 내 피부에 질리

---

* 파푸아뉴기니에 서식하는 세상에서 가장 큰 나비인 알렉산드라비단제비나비로 추측된다.

게 된다면 좋지 않은 일일 테니까.

카미가 덧붙였다. "특정한 부위에 나비를 그려달라고 부탁하는 여자는 많지만, 그거 아십니까? 작업이 끝나면 단 한 명도 사진을 허락하지 않아요. 허리 아래부터도요. 제가 부탁한 적이 없다고는 생각하지 않으시겠죠. 그게 언급되었을 때 그들이 어떻게 반응하는지를 보면, 온 미국인이 자신들을 알아볼 거라 생각하는 것 같아요."

토모릴로 씨가 수줍어하며 조심스럽게 물었다. "아내의 도리 아닐까요? 집안 문제가 될 테니까?"

카미의 얼굴이 고통스럽다는 듯 비스듬히 기울었다. "아니죠." 그는 고개를 저었다. 오랜 경이와 후회가 실린 목소리였다. "아니에요. 로라는 바늘 소리조차 싫어해요. 저도 로라가 갈수록 익숙해질 거라 생각했던 때가 있었는데, 전혀 그렇지 않았어요. 그녀는 가끔 내가 무엇을 보는지 느끼게 해줘요. 로라는 자신이 태어났던 날처럼 하얗기만 합니다. 게다가 타투를 싫어하고요."

이 순간까지 나는 얼이 빠진 채 로라가 카미의 공간을 사적으로 방문하는 장면을 상상하고 있었다. 나는 나긋나긋하고 유연한 로라를 상상했다. 양쪽 가슴에는 각각 비상을 준비하는 나비가, 엉덩이에는 피어나고 있는 장미가, 등에는 금을 지키는 용이, 배에는 여섯 가지 색으로 된 선원 신밧드가 있는, 전신에 'Experience경험'라는 단어가 쓰인 여자, 이 생에서 배우려는 여자. 더 잘 알았어야 했는데.

우리 네 사람은 자욱한 담배 연기 속에 푹 잠겨 한마디도 하지 않고 있었다. 그때 근육질의 동그란 여자가 가게로 들어왔고, 그녀의 뒤를 따라 어둡고 도전적인 표정을 한 기름진 머리의 남자가 들어왔다. 여자는 울 소재로 된 강청색 코트를 턱까지 잠갔고, 위로 높이 빗어 올린 빛나는 금발 머리를 자홍색 스카프로 감싸고 있었다. 그녀는 골고다 언덕은 개의치도 않고 창가 앞 의자에 앉더니 가만히 카미를 바라봤다. 남자는 카미가 갑작스럽게 도망치기를 기대하는 듯 여자 옆에 자리를 잡고 카미에게 매서운 시선을 던졌다.

강렬한 고요의 순간.

카미는 유쾌하게, 하지만 약간 소심하게 말했다. "아, 여기 부인이 오셨네."

나는 여자를 다시 한번 쳐다보곤 카미의 팔꿈치 근처 나무 상자에 있던 편안한 자리에서 일어났다. 경계하는 자세로 판단하건대, 나는 그 이상한 남자가 로라의 오빠거나 보디가드거나 그녀가 고용한 하급 사립 탐정일 거라고 생각했다. 토모릴로 씨와 네드도 한마음으로 문을 향하고 있었다.

"우리 이제 가봐야겠어요." 아무도 입을 떼려는 기색이 없었기에 내가 웅얼거렸다.

"사람들에게 인사해, 로라." 카미가 벽에 등을 기대고 애원했다. 나는 그에게 연민과 약간의 부끄러움을 느낄 수밖에 없었다. 그 활력도, 명랑한 말들도 카미에게서 사라졌다.

로라는 한마디도 하지 않았다. 그녀는 커다란 소와 같은

침착함으로 우리 셋이 꺼져주기를 기다리고 있었다. 나는 그
녀의 몸을 상상했다. 죽음의 백합같이 흰, 독수리의 분노나
장미의 욕망에 면역이 있는 완전히 헐벗은 수녀 같은 여인의
몸을. 카미의 벽에 있는 전 세계의 야생동물들이 오직 그녀를
향해 울부짖으며 노려보았다.

1959년 11월

쉰아홉 번째 곰

그들이 브로슈어에 나온 대로 그랜드 루프 지도를 따라 도
착했을 때쯤, 무지개 색깔 웅덩이는 밀도 높은 안개에 휩싸
여 있었고 주차장과 나무 덱은 모두 비어 있었다. 보랏빛 언
덕 위로 낮게 뜬 태양과, 작은 물웅덩이에 비치는 키 작은 토
마토 같은 그 빨간 태양의 모습을 제외하곤 아무것도 볼 게
없었다. 그럼에도 그들은 여전히 속죄와 용서의 의식을 수행
하고 있었기에, 델 만큼 뜨거운 강 위의 다리를 건넜다. 웅덩
이 양쪽과 앞뒤에서 증기 기둥이 버섯처럼 솟아올랐다. 새하
얀 베일이 나무 덱을 산란하게 가로지르며 하늘과 저 먼 언
덕 일부를 무작위로 지워버렸다. 그들은 느리게 움직였다. 친
밀하면서도 참을 수 없는 매개물, 즉 유황 가스 냄새가 나는
공기와 습기가 얼굴과 손에, 맨 팔에 앉았다.

노턴은 꾸물거리며 아내를 앞세웠다. 안개가 짙어지면서

가늘고 연약해 보이는 아내의 형태가 점차 부드러워지며 너울거렸다. 그녀가 쏟아지는 물속으로, 하얀 물이 쏟아져 내리는 곳으로 사라져버렸다. 어디에도 없었다. 그들이 보지 못한 것은 무엇일까? 페인트 통을 둘러싸고 쭈그려 앉은 아이들이 녹슨 체에 아침으로 먹을 계란을 삶고 있는 모습, 풍요로운 사파이어색 물속 뿔피리에서 반짝이는 구리 동전들, 황토와 굴 껍데기가 섞인 색의 황량한 달 표면을 가로지르며 여기저기에서 우레와 같이 뿜어지는 간헐천. 그녀는 타고난 섬세함을 잃지 않고, 매와 매의 그림자가 가느다란 철사의 검은 구슬처럼 원을 그리며 매달려 있는, 강 중간의 거대한 겨자색 협곡을 고집했다. 그녀는 거친 진흙투성이 물이 범람하는 용의 입Dragon's Mouth과 악마의 가마솥Devil's Cauldron*도 고집했다. 노턴은 아내의 습관적인 결벽이 그녀의 코 아래 몇 미터 떨어진 곳에서 부글거리며 튀어 오르는 시커먼 죽 같은 덩어리로부터 돌아서게 하기를 기다렸지만, 아내는 오히려 그 불쾌한 분출의 한복판에서 여성 사제만큼이나 경건하게 몸을 숙일 뿐이었다. 결국 한낮의 태양 아래 맨머리로 서서 하얗게 빛나는 소금기에 눈을 찡그리고, 썩은 계란 냄새가 나는 증기를 들이마셔 두통에 굴복하게 된 것은 노턴 쪽이었다. 그에게 발밑의 땅은 새의 두개골만큼 연약하게 느껴졌고, 끈적하게 흐르는 진흙과 뜨거운 물의 근원이 되는 지구의 어두운 내장

* 모두 옐로스톤에 있는 지형 이름이다.

사이에는 아주 얇은 이성과 예의의 껍데기만 있을 뿐이었다.

거기다 그들이 한낮의 인파에 밀쳐지는 동안, 누군가가 자동차 전면 펜더에서 사막용 물주머니를 끄집어내 훔쳐가기도 했다. 카메라를 들고 있던 그 남자, 그 꼬마, 핑크색 꽃무늬 원피스를 입은 그 흑인 여자 등 누구든 훔쳐갔을 수 있다. 맑은 물이 담긴 텀블러에 붉은색 염료 한 방울이 떨어진 것처럼 인파 사이로 죄책감이 퍼져나가 그들 모두를 물들였다. 그들은 모두 도둑이었고, 얼굴은 멍하거나 잔인하거나 교활했다. 노턴의 목구멍에 혐오감이 들러붙었다. 그는 차에 타자마자 몸을 뒤로 젖혀 눈을 감고 세이디에게 운전을 맡겼다. 차가운 공기가 관자놀이에 불어왔다. 손과 발이 붕 뜨며 길어지는 것 같았고, 몽롱함이라는 효모 덕에 부풀면서 창백해지는 것도 같았다. 그는 빛을 내는 거대한 불가사리처럼 표류하며 잠에 휩싸였고, 그의 의식은 그 어디쯤에서 고요하고 비밀스럽게 옹송그려졌다.

"쉰여섯." 세이디가 말했다.

노턴이 눈을 떴다. 그가 조는 동안 누군가 눈을 모래로 문지르기라도 한 것처럼 따갑고 눈물이 났다. 멋진 곰이었다. 검은 털로 덮인 작고 탄탄한 곰이 목적이 있는 것처럼 숲의 가장자리를 돌아다니고 있었다. 좌우로는 하늘을 향해 선 얼룩덜룩하고 키가 큰 소나무들이 머리 위로 새까맣고 무성한 솔잎들을 펼쳐놓고 있었다. 태양이 높이 떠 있었음에도 몇 줄기의 햇살만이 차갑고 검푸른 나무 덩어리들 사이를 관통했다. 공원에 온 첫날부터 일종의 게임으로 시작한 곰 세기는 다른 주에서 온 자동차 번호판의 목록을 만들거나 주행거리가 네 번, 다섯 번, 여섯 번 연달아 같은 숫자가 나올 때를 맞추는 일을 멈춘 지 5일이 지난 후에도 계속되었다. 아마도 내기 때문이었을 것이다.

세이디는 그들이 머무는 마지막 날까지 쉰아홉 마리의 곰을 보리라는 데에 10달러를 걸었다. 노턴은 무심하게 일흔하나라는 숫자에 걸었다. 그는 은근히 세이디가 이기기를 바랐다. 그녀는 아이처럼 진지하게 게임에 임했다. 신념이 강했기 때문에 지는 것은 세이디를 상처 입혔다. 그리고 무엇보다도 그녀는 자신의 운을 믿었다. 쉰아홉은 그녀에게 충만의 상징이었다. 세이디에게 '수백 마리 모기'라든가 '백만 마리 모기' 또는 '꽤 많은'과 같은 표현은 존재하지 않았고 언제나 쉰아홉이었다. 쉰아홉 마리 곰들, 그녀는 두 번도 생각하지 않고 시원스레 예측했다. 할아버지 곰, 엄마 곰, 아기 곰, 꿀색 곰, 까만 곰, 갈색 곰, 아메리카흑곰, 쓰레기통에 들어가 허리 위로만 보이는 곰, 길가에서 구걸하는 곰, 강에서 헤엄치는 곰, 식사 시간이 되면 텐트나 트레일러 근처를 어슬렁거리는 곰까지 세면 쉰아홉 마리에서 셈을 멈출 수도 있었다. 그들은 다음 날 공원을 떠날 예정이었으니까.

노턴은 나무 덱을 벗어나 공원 관리인들의 장광설과 인기 있는 경관에서 멀어지고 나서야 약간 회복됐다. 두통이 의식의 저 끝까지 후퇴해서 좌절한 새처럼 빙빙 돌다가 멈춰 서기를 반복했었다. 어린 시절 노턴은 신의 이미지 같은 것이 아니라 한 장소의 진수, 물푸레나무나 해안선처럼 그를 길러 내는 기운으로 여기고 싶은 것에 대해 자기 힘으로 강력한 기도문을 개발해냈다. 그가 기도했던 것들은 어떤 형태로든 사적인 기적으로 나타났다. 예를 들어, 암사슴을 본다거나 물로 반질반질해진 석영 덩어리를 발견함으로써 특별한 은총을 받은 것처럼 꾸며냈다. 그의 의지가 주변 환경과 우연히 맞아떨어진 것인지 아니면 어떤 힘이 정말로 기여한 것인지 확신할 수는 없었다. 어느 쪽이든 그에겐 어떤 능력이 있었다. 이제 노턴은 부르릉거리는 차 소리에 진정되어 자는 척하면서 숲의 모든 동물, 즉 섬세한 안갯빛 줄무늬가 그려진 영양, 느릿느릿 움직이며 흐트러져 있는 버펄로, 붉은 여우, 곰들이 자신을 향하게 만들려고 했다. 그는 마음의 눈으로 깊은 덤불 속, 한낮의 칩거 속에서 어떤 외계의 존재에 깜짝 놀라 멈춰 선 동물들을 보았다. 그리고 동물들이 방향을 바꿔 자신이 앉아 있는 중심으로 모여들며, 각각의 발굽과 발을 사나운 불굴의 정신으로 움직이는 것을 보았다.

"엘크다!" 세이디가 머릿속 저 깊숙한 곳에서 나온 듯한 목소리로 외쳤다. 차가 갑자기 방향을 틀어 길가에 멈춰 섰다. 노턴은 깜짝 놀라 깨어났고 다른 차들도 옆이나 뒤에 차례로 차를 세웠다. 세이디는 겁이 많았지만 동물은 전혀 두려워하지 않았다. 동물들과 잘 어울리는 자기만의 방식이 있었다. 노턴은 언젠가 발길질 한 번이면 자신을 바닥에 쓰러뜨릴 수도 있는 야생 수사슴에게 손으로 블루베리를 내어주던 세이디를 기억해냈다. 그런 위험을 세이디는 생각도 못 했다.

이제 그녀는 반팔 입은 남자들과 날염이 된 면 드레스를 입은 여자들, 그리고 온갖 나이의 아이들을 따라 서둘러 움직였다. 경악스러운 사고 현장으로 몰려가는 듯한 인파였다. 도로 옆 비탈길은 소나무가 빽빽하게 자란 공터 쪽으로 가파르게 경사져 있었다. 모두 카메라를 들고 있었다. 그들은 다이얼을 돌리고, 노출계를 흔들고, 위에 있는 친척이나 친구들에게 새로운 필름을 요청하면서 쏟아진 적갈색 솔잎과 허랑한 잔디 물결이 이는 언덕을 미끄러지거나 넘어지며 뛰어넘었다. 커다란 눈에 넓게 펼쳐진 어두운 물갈퀴 모양의 뿔을 왕처럼 근엄하게 지고 있는 엘크들이 작은 계곡의 축축한 녹색 바닥에 무릎을 꿇고 있었다. 사람들이 엘크들을 향해 돌진하며 소리 지르자, 그들은 천천히 졸린 듯 놀란 표정으로 일어나 움직이기 시작하더니 서두르지 않고 사심도 없이 공터 너머의 인적 드문 숲으로 들어갔다. 노턴은 조용히 자기만의 위엄을 지니고 언덕 꼭대기에 서 있었다. 그는 주변 사람들을 의식하지 않았고, 사람들은 불만을 품은 채 느릿느릿 시끄럽게 덤불 속을 걸었다. 노턴의 마음속에서는 엘크를 향한 사과의 말이 만들어지고 있었다. 좋은 뜻으로 했던 말이었다.

"사진 찍을 시간도 없었네." 세이디가 그의 팔꿈치에 붙으며 말했다. "어쨌든 저 아래쪽은 칠흑같이 어두웠을 거야." 그녀는 손가락으로 노턴의 맨 팔을 붙들었다. 손끝이 조갯살처럼 부드러웠다. "그 웅덩이 보러 가자. 15분에 한 번씩 끓어오르는 데 있잖아."

"당신 혼자 가." 노턴이 말했다. "두통이 있어. 일사병인 것 같아. 나는 차에 앉아서 기다릴게."

세이디는 대답하지 않았지만 눈에 띄게 무자비한 태도로 기어를 넣었다. 노턴은 자신이 세이디를 실망시켰다는 걸 깨달았다.

잠시 후 폭풍이 몰려오는 듯한 감각 속에서 노턴은 챙이 달린 밀짚모자를 쓰고 턱 아래로 빨간 리본을 묶은 뒤 차에서 성큼성큼 멀어져 가는 세이디를 바라보았다. 분홍빛으로 반짝거리는 아랫입술이 슬픈 삐죽임으로 꾹 닫혀 있었다. 세이디가 빛나는 백색 수평선 너머로 다른 관광객들과 함께 줄지어 갔다.

노턴은 종종 백일몽 속에서 자기 자신을 홀아비 역할에 겹쳐 보았다. 볼이 핼쑥하게 팬 햄릿 같은 인물이 어두침침한 옷을 입고 고독한 절벽이나 배의 난간에 오도카니 서서 불어오는 무심한 바람에 피폐해지고 정신이 팔린 모습을 하고 있으면, 그의 마음속 가장 중요한 명판에는 세이디의 늘씬하고 우아한 하얀 몸이 얕게 돋을새김한 조각품처럼 방부처리되어 있었다. 노턴은 단 한 번도 아내가 자신보다 오래 살 거라고 생각하지 않았다. 그녀의 관능적인 면모, 단순하고 이교적인 열정, 즉각적인 감정 외에는 아무것도 주장하지 못하는 능력은 그의 보호라는 날개 아래에서만 살아남을 얇디얇고 섬세한 무언가였다.

　노턴이 예상했던 대로 세이디 혼자 나섰던 여정은 만족스러움과는 거리가 멀었다. 웅덩이는 적당하고 완벽하게 사랑스러운 파란색을 띠며 끓어올랐지만, 변덕스러운 바람 때문에 그 뜨거운 증기가 세이디의 얼굴에 닿아 거의 화상을 입을 뻔했다. 게다가 어떤 남자애였나 남자애들이었나, 누군가 나무 덱에서 말을 거는 바람에 분위기를 모두 망쳐버렸다. 여자는 도무지 혼자서 평화롭게 있을 수가 없었다. 혼자 있는 여자는 온갖 종류의 무례한 말들을 불러들이는, 걸어 다니는 초대장이었다.

　노턴은 이 모든 것이 자신의 동행을 원하는 세이디의 시도란 걸 알았다. 하지만 물주머니 사건 이후 관광객 인파에 대한 혐오감이 그의 두개골 밑바닥에서부터 끓어오르고 있었다. 다시 한번 그 군중 속으로 들어갈 생각을 하니 손가락이 떨렸다. 그는 저 멀리, 올림포스산에서 한 아이를 김이 오르는 웅덩이에 밀어 넣거나, 퉁퉁한 남자의 배에 펀치를 날리는 자기 모습을 떠올렸다. 난데없이 독수리가 부리로 뒤통수를 쪼아대는 듯한 두통이 몰아쳤다.

　"우리 내일까지 쉬는 건 어때." 그가 말했다. "그럼 다시 당신이랑 돌아다닐 기력이 생길 것 같아."

　"오늘이 마지막 날이야."

　노턴은 그 말에 대한 대답을 떠올릴 수 없었다.

　그들이 쉰일곱 번째 곰을 지나쳤을 때에야 노턴은 세이디가 얼마나 화가 났는지 깨달았다. 앞쪽 도로에 곰이 누워 있었고, 그 육중한 갈색 스핑크스가 햇빛으로 반짝이는 빛의 웅덩이를 차지하고 있었다. 세이디가 그 곰을 못 봤을 리가 없었다. 곰을 피해 가려거든 왼쪽 차선으로 옮겨야 했는데, 세이디는 입을 꾹 다문 채 아무 말도 하지 않고 속도를 높여 구부러진 길을 쏜살같이 지나갔다. 그녀는 이제 무모하게 운전하고 있었다. 그 유명한 무지개 온천 근처 교차로에 다다랐을 때는 너무 빨리 달리는 바람에 길을 건너려던 무리 하나가 기겁하며 뒤로 물러나기도 했다. 그 관광객들과 함께 있던 공원 관리인도 "이봐요! 거기 속도 낮춰요!"라고 소리를 지르며 화를 냈다. 그 교차로에서 수백 미터를 더 가서 세이디가 울기 시작했다. 얼굴이 일그러지더니 코가 빨개졌고, 눈물이 입꼬리까지 흘러 턱을 덮었다.

"차 세워." 마침내 노턴이 주도권을 잡고 명령했다. 차가 길섶을 들이박고 한두 번 심하게 흔들리더니 이내 멈췄다. 세이디는 봉제 인형처럼 운전대로 무너져 내렸다.

"내가 다른 걸 부탁한 게 아니잖아." 그녀가 모호하게 흐느꼈다. "내가 부탁한 거라곤 웅덩이랑 온천뿐이었다고."

노턴이 말했다. "봐봐, 우리 문제가 뭔지 알겠어. 지금 2시가 다 됐는데 한 끼도 안 먹고 여섯 시간 동안 운전하고 있어."

세이디의 울음소리가 잔잔해졌다. 그녀는 노턴이 자신의 밀짚모자를 풀고 머리를 쓰다듬도록 허락했다.

흡사 마음을 달래주려 잠자기 전 동화를 읽어주는 것처

럼 노턴이 말을 이었다. "우리 매머드 교차로로 가자. 거기서 따뜻한 수프와 샌드위치를 먹고, 편지 온 거 없나 확인하고, 온천에 다 올라가보고, 돌아오는 길에 웅덩이도 다 들르자. 어때?"

세이디가 끄덕였다. 노턴은 그녀가 잠시 망설인다고 느꼈다. 그런 다음 갑자기 세이디가 물었다. "당신 곰 봤어?"

"당연히 곰 봤지." 노턴이 미소를 감추며 말했다. "그래서 이제 다 몇 마리야?"

"쉰일곱 마리."

태양의 기세가 누그러지면서 세이디의 유연한 허리가 자신의 구부러진 팔 사이로 기분 좋게 들어오자, 노턴은 자기 안에서 인류애를 향한 새로운 자비심이 피어나는 걸 느꼈다. 두개골 아래쪽의 짜증스러운 불길이 식었다. 그는 단호하고 만족스러운 능숙함으로 차에 시동을 걸었다.

이제 배불리 먹은 세이디는 평화롭게 몇 미터 앞서 천천히 걸었다. 안개에 둘러싸여 거의 보이지 않았지만, 분명 목줄을 매어둔 양 같은, 그의 세이디였다. 그녀의 순수함, 잘 믿어주는 마음이 그에게 보호의 신 같은 원광을 내려주었다. 노턴은 세이디의 마음을 헤아렸고, 그녀를 감쌌다. 노턴은 세이디의 순종이 어떻게 자신을 움직이고 그녀를 끌어당겼는지, 또 김이 피어오르는 숨 막히는 안개 속에서 그녀가 어떻게 자신을 이끌었고 자신은 어떻게 따라갔는지 보지도, 어쩌면 보려고 하지도 않았다. 투명한 물속의 무지개가 길을 잃었는데도.

나무 덱을 한 바퀴 다 돌았을 때 태양은 언덕 뒤로 사라졌고, 높은 소나무들은 버려진 길가에 그림자 벽을 세웠다. 노턴은 운전을 하다 모종의 불안을 느끼고 연료계를 힐끗 쳐다봤다. 하얀 바늘이 '비어 있음'을 가리켰다. 흐릿하게 저무는 불빛 속에서 세이디가 그를 쳐다보고 있었으니 그녀도 분명 보았을 것이다.

"우리 도착할 수 있을까?" 별난 목소리로 세이디가 물었다.

"물론이지." 확신할 수 없었지만, 노턴은 그렇게 대답했다. 호수에 닿기 전까지는 주유소가 없었고, 그 구간을 지나려면 한 시간도 넘게 걸렸다. 물론 비축해둔 예비 연료가 있었지만 그는 그걸 써본 적이 없었고, 연료가 4분의 1 아래로 떨어지게 둔 적도 없었다. 세이디와의 갈등 때문에 연료계를 신경 쓰지 못한 게 분명했다. 매머드 교차로에서 쉽게 주유할 수 있었을 테니까. 상향등을 켰지만 그 작은 빛 동굴로는 주변을 둘러싼 소나무 군단의 어둠을 상대할 수 없을 것 같았다. 그는 뒤에 가까이 붙은 다른 차의 전조등이 백미러에 반사되는 것을 보면 얼마나 기쁠까 생각했다. 하지만 거울에는 어둠만 가득했다. 한순간 겁에 질린 노턴은 비이성적으로, 완전한 어둠의 무게를 느꼈다. 어둠이 그의 두개골 꼭대기에 내려앉아, 그 연약한 뼈로 된 껍데기를 부수기라도 할 것처럼 흉폭하게 집중적으로 그를 사방에서 짓눌렀다.

노턴은 완전히 말라버린 입술을 적시기 위해 어린 시절 이

후로 한 적 없는 행동을 했다. 어둠에 맞서는 노래를 부르기
시작한 것이다.

리버풀의 방황자들이여,
조심하려무나
사냥을 갈 때는
너의 개와, 너의 총과, 너의 덫을 가지고……

노래의 구슬픈 어조가 그들을 둘러싼 밤의 외로움을 더욱
더 깊어지게 했다.

어느 날 밤 나는 침대에 누워
홀로 꿈을 꾸었지……

갑자기 한 줄기 바람 속 촛불처럼, 노턴의 기억이 가물거
렸다. 노랫말들을 까맣게 잊은 것이다. 하지만 세이디가 이어
불렀다.

나는 리버풀에 있는 꿈을 꾸네
오래전의 메릴본……

그들은 함께 노래를 마무리했다.

내 진실한 사랑이 나의 곁에 있고
손에는 에일 한 병이 있고
나는 무너진 마음으로 깨어나네
반 디멘의 땅Van Diemen's Land*에서"

노턴은 노랫말을 잊어버려 괴로웠다. 분명 그 가사를 마음으로 외워 마치 자신의 이름처럼 알고 있었을 것이다. 그는 뇌가 무뎌지는 것 같다고 느꼈다.

30분가량 운전하는 동안 그들은 알아볼 수 있는 랜드마크를 하나도 지나치지 않았고, 연료계의 바늘은 '비어 있음'의 한참 아래까지 떨어져 있었다. 노턴은 희미하게 윙윙거리는 엔진 소리를 들었다. 거의 다 죽어가는 소중한 친척의 숨소리를 듣는 것처럼 그는 연속성의 단절을, 위태로움을, 고요를 향해 귀를 기울였다.

"도착한다 하더라도," 세이디가 긴장한 듯 웃으며 말했다. "두 가지 나쁜 일이 있을 거야. 우리 주차 공간에는 트레일러가 있을 거고, 텐트에서는 곰이 기다리고 있을 거야."

마침내 그들 앞에 호수가 어렴풋이 보였다. 새카만 원뿔 모양의 소나무 너머로 빛나는 은빛 공간이 별과 갓 뜬 붉은 달을 비추고 있었다. 전조등에 하얀빛이 번쩍이며 수사슴 한 마리가 덤불 속으로 뛰어들어 갔다. 희미하게 울리는 수사슴

---

* 호주 태즈매니아섬의 옛 이름으로, 고대 영국이 식민 유배지로 사용한 곳이다.

의 발굽 소리와 물가의 광경이 그들을 위로했다. 호수 건너편에는 캠핑장의 상점을 가리키는 빛이 작은 왕관을 이루었다. 20분 뒤 그들은 불 켜진 주유소로 들어가 들뜬 청소년들처럼 웃어댔다. 엔진은 주유기에서 5미터 정도 떨어진 곳에서 멈춰버렸다.

노턴은 여행을 시작한 이래로 세이디가 그렇게 명랑해진 모습을 본 적이 없었다. 설령 주립 공원이라고 해도 다른 텐트와 트레일러에 둘러싸여 야외에서 잔다는 것은, 그녀를 불안하게 했었다. 어느 날 저녁을 먹고 난 뒤 노턴이 혼자 호숫가를 걷고 있을 때, 설거지를 하던 세이디가 신경질적으로 행주를 흔들고 소리치면서 호수까지 뛰어내려 왔었다. 노턴이 세이디의 목소리를 듣고 돌아보기 전까지, 그녀 주변의 파란 그림자가 물처럼 짙어졌다. 하지만 지금은 어둠의 공포를 무사히 지나쳤고, 텅 빈 연료 탱크와 인적 없는 도로가 그녀에게 브랜디 같은 효과를 주고 있었다. 노턴은 세이디의 흥분이 당황스러웠다. 그녀의 그 오래된 경계심과 토끼 같은 두려움은 노턴의 짐이 되었다. 그들이 캠프장으로 들어가 D 구역을 따라 캠핑장에 도착했을 때, 노턴은 심장이 멎을 뻔했다. 텐트가 사라진 것이었다. 곧 그는 자신의 어리석음에 얼굴을 붉혔다. 텐트는 그들 앞으로 자리를 옮긴 기다란 풍선 형태의 낯선 알루미늄 트레일러 뒤에 숨어 있을 뿐이었다.

그는 트레일러 뒤에 훌쩍 차를 댔다. 전조등이 텐트에서 몇 미터 떨어진 어둡고 둔덕진 곳에 빛을 비췄다. 세이디가 낮은 목소리로 기쁨의 웃음을 터뜨렸다. "쉰여덟 마리!"

밝은 빛 때문인지 엔진 소리 때문인지 정신이 산란해진 곰이 쓰레기통에서 물러났다. 그러고는 느릿하게 텐트와 트레일러의 새까만 미로 속으로 사라졌다.

세이디는 음식 냄새가 동물들을 유인하기 때문에 보통 어두워진 후 요리하는 것을 좋아하지 않았다. 그러나 오늘 밤 세이디는 캠핑장의 아이스박스에서, 전날 호수에서 잡은 분홍색 송어 필레를 꺼내 왔다. 그녀는 식어버린 삶은 감자와 함께 송어를 튀겼고 옥수수도 몇 개 쪘다. 심지어 손전등이 뿜어내는 노란 빛줄기 옆에서 오발틴*을 섞는 의식도 거행했고, 설거지를 하기 위해 쾌활하게 물을 데우기도 했다.

노턴은 잃어버린 물주머니와 연료 탱크에 대한 부주의를 만회하기 위해, 특히 청소에 신경을 썼다. 남은 생선튀김을 납지로 싸서 쿠키 봉투와 무화과 뉴턴**, 아이스박스와 나란히 차 뒷좌석에 두었다. 그는 차의 창문을 확인하고 문을 잠갔다. 트렁크에는 두 달은 족히 지낼 수 있을 정도의 통조림과 건조식품 들이 가득했는데, 그쪽도 잠겼는지 다시 확인했다. 그런 다음 비눗물이 든 양동이를 들고 나무 테이블과 벤치 두 개를 문질러 닦았다. 관리인들은 곰들이 주변에 늘 음식을 어질러놓거나 텐트 안에 음식을 두는 지저분한 캠핑객

---

* 맥아, 코코아, 설탕, 유청분말 등으로 만든 분말음료.

** 빵처럼 부드러운 과자 사이에 무화과 잼이 들어간 과자.

들만 괴롭힌다고 말했다. 물론 곰들은 매일 밤 이 쓰레기통에서 저 쓰레기통으로, 캠핑장 전체를 돌아다닌다. 그걸 막을 수는 없다. 금속 뚜껑으로 닫힌 캔들은 땅속 깊이 묻어 보관하는데도, 곰들은 그 더미를 뒤엎고 잔해를 파냈다. 그들은 납지와 종이 상자를 뒤져 오래된 빵 부스러기나 햄버거, 남은 핫도그, 아직 옆면에 꿀이나 잼이 묻어 있는 병 등 캠핑객들이 제대로 된 아이스박스나 보관함 없이 낭비하며 남기고 간 것들을 뒤지기에 충분히 영리했다. 엄격한 규정에도 불구하고 사람들은 곰에게 먹이를 주거나 설탕 또는 크래커로 유인해 카메라 앞에서 포즈를 취하게도 했고, 심지어 좀 더 재미있는 사진을 찍겠다며 자기 아이들을 곰의 코 아래에 세우기도 했다.

포근한 푸른 달빛 아래, 소나무들은 그림자로 뒤덮여 있었다. 노턴은 거대하고 야성적인 곰들의 형상이 암흑의 중심에서 식량을 찾아 쿵쿵거리며 돌아다니는 모습을 상상했다. 두통이 다시 그를 괴롭히고 있었다. 게다가 다른 무언가가 잊어버린 노랫말처럼 감질나게 그의 머릿속 한구석을 괴롭혔다. 어떤 속담이었다. 그가 건져 올리려 했지만 떠오르지 않는, 오랫동안 감춰져 있던 기억이었다.

"노턴!" 세이디가 텐트 안에서 화가 난 듯 조용히 불렀다.

노턴은 가수면 상태에 빠진 몽유병자가 걷듯 천천히 세이디에게 가서 모기장이 달린 캔버스 문의 지퍼를 닫았다. 그녀의 체온으로 침낭이 데워졌고, 그는 깊은 둥지로 들어가듯 그녀의 옆을 파고들었다.

요란한 소리가 노턴을 깨웠다. 처음에는 꿈속에서 그 소리를 들었다. 무언가 쿵 하고 부서지는 소리, 부서지고 난 뒤 쨍그랑 하고 유리가 깨지는 소리, 이윽고 완전히 맑은 정신으로 깨어났는데도 계속해서 그 소리가 들리고 있었다. 중첩된 종소리와 징 소리가 점차 작아졌다.

옆에는 세이디가 긴장한 채 누워 있었다. 그녀가 말할 때 뱉는 숨소리가 그의 귀를 어루만졌다. "나의 곰이야." 세이디는 자신이 어둠 속에서 곰을 부른 것처럼 말했다.

요란한 소리가 멈춘 뒤의 공기는 이례적으로 고요하게 느껴졌다. 그때, 노턴은 차 근처에서 휙휙거리는 소리를 들었다. 곰이 캔이나 통조림을 경사로로 굴려 보내는지 부딪치고 달그닥거리는 소리도 들렸다. 트렁크를 열었구나, 노턴은 생각했다. 곰이 우리 스튜와 수프와 과일 통조림을 전부 다 열어서, 밤새 거기 앉아 모조리 먹겠구나. 곰이 자신들의 비축품을 먹어 치우는 모습에 그는 격분했다. 그 곰은 어떻게든 물주머니를 훔치고, 텅 빈 연료 탱크 부근에서 그걸로는 충분치 않다는 듯 두 달치 식량을 하룻밤 새 먹어 치울 터였다.

"뭐라도 해봐." 세이디가 담요를 둘둘 감고 옹송그린 채 말했다. "내쫓아봐." 그녀의 목소리는 도전적으로 들렸지만 노턴의 사지는 여전히 무거웠다.

노턴은 곰이 텐트 주변에서 콧김을 뿜으며 발을 내딛는 소리를 들을 수 있었다. 캔버스로 된 텐트 천이 돛처럼 바람에 펄럭였다. 그는 어둑하고 사향 냄새가 나는 따뜻한 장소를 떠나길 주저하면서, 조심스레 침낭을 나섰다. 모기장을 통해 밖을 내다보자 퍼붓는 파란 달빛 아래, 차 왼쪽 뒤편 창문의 유리가 있던 자리에 몸을 욱여넣으려는 곰이 보였다. 곰은 종이를 뭉치듯 탁탁거리는 소리를 내며 지푸라기 더미 끝에 묶인 리본을 잡아 꺼냈다.

노턴의 목구멍에서 분노의 물결이 솟구쳤다. 망할 놈의 곰에겐 아내의 모자에 대한 권리도, 그걸 저렇게 망쳐버릴 권리도 없었다. 그 모자는 세이디의 것이었고, 세이디의 몸만큼이나 그녀와 떼어놓을 수 없는 것이었다. 그런데 곰이 끔찍한 방식으로 호기심을 채우면서 그걸 찢고 있었다.

"당신은 여기 있어." 노턴이 말했다. "저 곰 쫓아낼게."

"손전등 가지고 가. 그러면 겁먹을 거야."

노턴은 텐트 바닥에 놓여 있던 차가운 원통형 손전등을 더듬어 집은 후, 텐트의 지퍼를 열고 나가 부옇고 창백한 달빛 아래 섰다. 곰은 이제 등을 보이고 서서 차 바닥에 있던 생선튀김을 가까스로 꺼내, 납지로 싸놓은 것이 무엇인지 더듬거리는 데 열중하고 있었다. 세이디의 모자 잔해는 기괴하게 구겨진 지푸라기가 되어 곰의 발치에 굴러다녔다.

노턴은 손전등 빛을 곰의 눈에 정면으로 비추었다. "여기서 꺼져, 너." 그가 말했다.

곰은 움직이지 않았다.

노턴이 한 발자국 앞으로 나갔다. 곰의 형체가 차보다 훨씬 커 보였다. 번쩍거리는 빛 속에서 크게 뜯긴 차창 주변으로 들쑥날쑥 이가 나간 유리 파편들이 보였다. "나가⋯⋯." 그는 곰이 사라졌으면 하는 바람을 담아 흔들림 없이, 앞으로 나아가면서 빛을 비추었다. 어느 순간에라도 곰은 황급히 달아나려 할 것이다. "꺼져⋯⋯." 하지만 거기 또 다른 의지가, 심지어 그의 것보다 더 강한 의지가 작동하고 있었다.

어둠이 주먹을 쥐고 공격해왔다. 불빛이 꺼졌다. 달이 구름 속에서 사라졌다. 뜨거운 메스꺼움이 그의 심장과 내장을 휩쓸었다. 그는 목구멍을 채우고 콧구멍에서 새어 나오는 찐득하고 달콤한 꿀을 맛보면서 버둥거렸다. 멀리서 빠르게 멀어져 가는 행성에서 새된 비명 소리가 들렸다. 공포의 비명인지, 승리의 비명인지 그는 말할 수 없었지만.

그게 마지막 곰이었다. 그녀의 곰, 쉰아홉 번째 곰.

1959년 9월

블로섬가街의 딸들

알고 보니 오늘은 궂은 날이 될 거라고 알려줄 오전 7시 뉴스나 일기예보의 허리케인 경보 같은 건 내게 필요 없었다. 사무실 문을 열기 위해 병원 건물 3층 복도를 지나면서 맨 처음 마주친 것은, 조간신문이 놓여 있던 시간만큼 문밖에 쌓여 있던 한 무더기의 환자 진료기록이었다. 얇은 묶음이었지만 목요일에 일이 많다는 건 자명했기 때문에, 빠진 기록들을 찾아내려면 기록실 각 부서와 족히 30분은 통화해야 한다는 걸 알았다. 이른 아침인데도 내 흰 아일릿 블라우스는 이미 빳빳한 기운을 잃었고, 양쪽 겨드랑이 아래로 축축한 반점이 넓어지고 있었다. 바깥 하늘은 낮고 짙었으며, 홀랜다이즈 소스처럼 누랬다. 창문 하나를 열어 환기를 시켰지만 아무 일도 일어나지 않았다. 지하실에 걸어둔 젖은 빨래보다 무겁게, 모든 것이 그대로였다. 그다음에 진료 기록을 묶어놓은 실을 끊었는데, 맨 위쪽 표지에서 무언가가 나를 노려보고 있었다. 붉은 잉크로 찍은 도장이었다. 사망DEAD. 사망. 사망.

나는 그 글자들을 청각 기능 상실DEAF이라고 읽어보려 했으나 소용없었다. 미신을 믿는 건 아니었다. 병력 기록 표지에 피처럼 녹슨 듯한 잉크가 스며 있어도, 그것은 단순히 릴리언 울머가 사망했고 기록실의 현행 서류철에서 서류 번호 91706번이 영원히 사라졌다는 뜻이었다. 9번 부서에서 일하는 음침한 빌리가 그 숫자들을 또 뒤섞어놓았지만, 나쁜 의도로 그런 건 아니었다. 그럼에도 불구하고 너무도 어두운 하늘과 돌아볼 때마다 우르릉거리며 해안가로 한층 가까워지고 있는 허리케인 덕분에, 나는 릴리언 울머가 영면하면서 나의 하루를 잘못 시작하게 만들었다고 느꼈다.

상사인 테일러 씨가 들어왔을 때, 나는 왜 서류철에 공간을 만들기 위해 블로섬가로 가버린 사람들의 기록을 태우지 않느냐고 물었다. 하지만 그녀는 흥미로운 질병일 경우, 그 질병을 앓았거나 죽은 환자들의 통계조사가 이뤄질 것에 대비해서 종종 기록들을 더 보관한다고 답했다.

알코올중독 클리닉에서 일하는 내 친구 도티 베리건이 블로섬가에 대해 말해준 적이 있다. 도티는 내가 처음 성인 정신과의 서무로 고용되었을 때 병원을 안내해준 사람으로, 그녀와 나는 같은 복도에서 근무하며 많은 사례를 공유했다.

"여기서는 매일 많은 사람이 죽겠네요." 내가 말했었다.

"물론이죠. 그리고 사우스엔드 지역에서 일어날 수 있을 만한 모든 사고와 폭행 사례도 꾸준하게 응급실로 들어와요. 세금만큼 꾸준하죠."

"그럼, 그 사람들은 어디에 두죠? 죽은 사람들 말이에요." 나는 실수로라도 사람들이 누워 있거나 절개되어 있는 방에 들어가고 싶지 않았다. 당시의 나에게는 세계에서 가장 위대한 종합병원의 끝없는 복도에서 길을 잃기란 너무도 쉬워 보였다.

"블로섬가의 방에 있어요. 어디 있는지 보여드릴게요. 의사들은 절대로 누군가 사망했다는 사실을 많은 언어로 표현하지 않아요. 알다시피, 그런 말이 환자들을 침울하게 만드니까요. 대신 이렇게 말하죠. '이번 주엔 너희 쪽에서 몇 명이나 블로섬가로 갔어?' 그럼 다른 이가 말하죠. '둘.' 또는 '다섯.' 뭐, 얼마나 많든지 간에 그렇게 대답하죠. 왜냐하면 블로섬가의 출구가 시신을 영안실로 보내 장례를 치를 수 있도록 수습하는 장소거든요."

도티를 능가할 수는 없었다. 그녀는 정보의 광산이었다. 응급 병동의 알코올중독 환자들을 확인하러 다니거나 정신병동 당직 의사들의 기록을 대조하는 일을 했고, 병원 직원 여럿과 연애하는 건 두말할 것도 없었다. 외과의사가 한 번, 페르시아인 인턴도 한 명 있었다. 도티는 아일랜드 사람으로 키가 좀 작고 약간 통통했지만, 자신의 체형을 최대한 보완하도록 옷차림에 신경을 썼다. 항상 푸른색 계열을 입었는데, 하늘 같은 파랑이 그녀의 눈과 잘 어울렸다. 직접 만든 보그 패턴의 포근한 검정 점퍼를 입거나 뾰족한 스틸 힐의 높은 펌프스를 주로 신었다.

도티와 내가 있는 복도를 따라가면 나오는 정신과 사회복지 부서에서 근무하는 코라는 도티와는 전혀 다른 사람이었다. 컬러 린스를 쓰는 덕에 붉은 머리카락을 유지했지만, 눈가의 주름으로 마흔에 가깝다는 걸 알 수 있었다. 코라는 엄마와 함께 살고 있었고, 말하는 걸 들어보면 풋풋한 십대로 느껴지기도 했다. 한번은 그녀가 식사를 함께하고 브리지 게임도 하자며 신경 클리닉에서 일하는 여자 셋을 집에 초대했었는데, 캐서롤과 냉동 라즈베리타르트를 오븐에 넣은 지 한 시간이 지나도 음식들이 데워지질 않아 의아해했던 적이 있다. 내내 오븐의 전원을 켜야 한다는 걸 생각도 못 하고 있었던 것이다. 코라는 적당한 남편감을 찾고자 휴가 때마다 루이스 호수로 가는 버스 여행이나 나소로 가는 크루즈에도 자주 참가했으나, 거기서 만난 사람들이라고는 종양 클리닉과 절단환자 클리닉에서 일하는 여자들뿐이었고, 그들 모두 같은 목적으로 와 있었다.

어쨌든 매달 세 번째 목요일은 2층 '휸웰실'에서 서무 모임이 있는 날이었다. 코라가 도티를 부른 다음 두 사람이 나를 부르러 왔고, 우리 셋은 구두 굽을 또각거리며 돌계단을 내려가 멋지게 장식된 휸웰실로 향했다. 문에 붙어 있는 청동 명판에는 1892년에 이 공간을 오거스터스 휸웰 박사에게 바친다고 새겨져 있었다. 내부에는 유서 깊은 의료기기들로 가득한 유리 진열장이 있었고, 벽은 남북전쟁 당시 의사들을 찍은 적갈색 철판사진들로 뒤덮여 있었다. 길고 무성한 그들의 수염은 꼭 기침약 통에 그려진 스미스 형제 같았다. 방 한가운데에는 거의 벽에서 벽까지 닿을 정도로 긴 어두운 색의 멋진 타원형 호두나무 테이블이 있었는데, 테이블 다리는 털 대신 비늘이 조각된 사자 다리 모양이었다. 게다가 테이블 상판은 너무도 매끈하게 마감되어 얼굴이 비칠 지경이었다. 우리는 이 테이블에 둘러앉아 담배를 피우면서 이야기를 나누며 래퍼티 부인이 들어와 모임이 시작되길 기다렸다.

체구가 작은 백발의 피부과 접수 담당자 미니 댑킨스가 분홍색과 노란색 진료 의뢰서를 나눠 주고 있었다. "여기 신경 클리닉의 크로퍼드 선생님 계신가요?" 그녀가 분홍색 종이를 쥐고 물었다.

"크로퍼드 선생님이라니!" 신경 클리닉의 메리 엘런이 웃음을 터뜨렸다. 꽃무늬 원피스를 입은 검고 육중한 몸이 말랑한 아스픽*처럼 흔들렸다. "그분은 6, 7년 전에 돌아가셨는데, 누가 찾나요?"

미니는 분홍 꽃봉오리처럼 입을 꾹 다물더니 냉정하게 말했다. "환자분께서 크로퍼드 선생님이 담당의였다고 말씀하셨어요." 미니는 망자에 대한 무례를 참을 수 없었다. 그녀는 대공황 시절 결혼한 이후 계속 이 병원에서 근무해왔고, 작

---

* 고기, 채소 등의 육수나 육즙에 젤라틴을 섞어 젤리 형태로 굳힌 것.

년 겨울 서무들의 크리스마스 특별 행사에서 25년 근속 기념은 배지를 받았는데, 소문에 의하면 그녀는 단 한 번도 환자나 망자에 대한 농담을 한 적이 없다고 한다. 메리 엘런이나 도티 혹은 어떤 상황에서라도 유머를 잃지 않는 코라와는 달랐다.

"허리케인이 오면 어떻게 할 거예요?" 코라가 바닥에 병원 인장이 찍힌 유리 재떨이에 담뱃재를 털며 앞으로 몸을 숙이면서 나와 도티에게 낮은 목소리로 물었다. "저는 차 때문에 너무 걱정돼요. 해풍에 모터가 젖어버리면 시동이 꺼지거든요."

"오, 근데 일 다 마칠 때까지는 안 올 거예요." 도티가 평소처럼 태평스레 말했다. "집에는 갈 수 있겠죠."

"그래도 여전히 저 하늘 꼴이 맘에 안 든단 말이에요." 코라가 뭔가 안 좋은 냄새를 맡은 것처럼 주근깨 난 코를 찡긋거렸다.

나 역시 하늘의 모습이 마음에 들지 않았다. 우리가 들어온 이후로 방은 점점 어두컴컴해져, 지금은 모두 땅거미 속에 앉아 있는 것 같았다. 우리가 피워대는 담배 연기도 이미 밀도 높은 공기에 짙은 먹구름처럼 끼어 있었다. 얼마간 누구도 아무 말도 하지 않았다. 코라가 모두의 비밀스러운 걱정을 입밖으로 꺼내놓은 것만 같았다.

"자, 자, 자, 뭐가 문제입니까, 아가씨들! 이거 참 장례식장처럼 우울하네!" 머리 위에 달려 있던 네 개의 구리 램프가 켜지자 방이 마법처럼 밝아졌고, 그 덕에 저 멀리 몰려오던 폭풍우 긴 하늘이 차단되며 무대배경의 그림처럼 무해해졌다. 테이블 상석으로 다가가는 래퍼티 부인의 양쪽 팔에서 은색 뱅글이 경쾌한 음악을 만들어냈고, 청진기 모양을 본뜬 미니어처 펜던트 귀걸이가 부인의 통통한 귓불에서 명랑하게 흔들렸다. 기분 좋은 듯 소란스럽게 노트와 서류를 테이블 위에 내려놓은 부인의 시농 스타일 염색 금발 머리는 조명 아래에서 중세 시대 갑옷처럼 번쩍거렸다. 코라조차 이토록 전문적인 명랑함 앞에서는 뚱한 얼굴을 할 수가 없었다. "우리 오늘은 빨리 볼일을 마치고 한잔 마실까요. 제가 이미 커피 메이커를 가져다달라고 말해놨답니다." 래퍼티 부인이 테이블을 쓱 한번 훑어보더니 만족스러운 미소를 띠며 기분 좋다는 감탄들을 흡수했다.

"인정해줘야 해요." 도티가 내 귀에 대고 중얼거렸다. "저 노인네 능력은 팔아야 한다니까." 래퍼티 부인이 자기만의 유쾌한 꾸지람으로 모임을 시작했다. 부인은 정말로 중재하는 법을 잘 알았다. 우리와 관리 부서 위계 사이의 중재, 우리와 의사들 사이의 중재. 어리석음과 기벽, 읽기 어려운 손 글씨(래퍼티 부인이 "제 유치원 다닐 때 글씨가 더 나아요"라고 말한 적이 있다고 들었다), 환자의 진료기록을 쓰면서 처방과 기록을 올바른 페이지에 붙여 넣지 못하는 어린애 같은 무능함을 지닌 의사들 사이의 중재. "여러분 있죠," 그녀가 손가락 하나를 장난스럽게 들어 올리며 말했다. "일일 통계와 관련해서 온갖 불평이 쏟아지고 있어요. 어떤 것들은 병동 도장이나 날짜 같은 게 없이 내려오더군요." 그녀가 다들 문제의 심각성을 이해할 수 있도록 잠시 멈췄다. "어떤 건 제대로 기록이 안 되어 있지요. 또 어떤 건," 다시 한번 멈추더니 말을 이었다. "아예 오지도 않는답니다." 나는 눈을 내려 뜨면서 양 볼이 붉어지는 걸 가라앉히려고 했다. 얼굴이 붉어지는 것은 나 때문이라기보다 상사인 테일러 씨 때문으로, 그녀는 내가 도착한 직후 시원하고 솔직하게 자신은 통계자료를 싫어한다고 털어놓았었다. 정신과 의사들의 환자 상담 시간은 병동의 공식 업무 종료 시간을 자주 넘기기 때문에 테일러 씨가 스스로를 진료실의 더 큰 희생양으로 만들지 않는 한, 매일 밤 통계자료들을 내려보낼 수는 없었다. "알아들으셨죠, 아가씨들?"

래퍼티 부인이 노트를 흘긋 내려다보더니 빨간 연필로 체크 표시를 한 후 갈대처럼 낭창하게 허리를 펴고 섰다. "다른 하나가 더 있는데요. 기록실에서 말하길, 여러분이 임시 보관함에 보관 중인 기록들에 대한 문의가 많다고 해요. 아래층 사람들은 그게 그렇게 화가 난다고……."

"화를 낸다라, 정확한 표현이네." 메리 엘런이 가볍게 신음하며 눈을 굴려 잠시 흰자위만 보였다. "9번 부서에 이름이 뭐더라, 그 남자는 우리가 아예 전화도 하면 안 되는 것처럼 행동하잖아요."

"오, 그 사람 빌리예요." 미니 댑킨스가 말했다.

1층에서 일하는 타이피스트 인력 아이다 클라인과 여직원

몇 명이 자기들끼리 킥킥거리다가 이내 잠잠해졌다.

"지금쯤이면 다들 아실 거라 짐작합니다만," 래퍼티 부인이 다 안다는 미소를 지으며 테이블을 둘러보면서 말했다. "빌리도 자기 나름의 문제가 있어요. 그러니 그에게 너무 심하게 굴지는 맙시다."

"그 사람 자기네 병동 누구랑 사귀지 않나요?" 도티가 내게 속삭이며 물었다. 래퍼티 부인의 선명한 초록색 눈이 냉수를 끼얹듯 우리를 조용히 시켰기 때문에 나는 겨우 고개만 끄덕일 수 있었다.

"저도 항의할 게 하나 있는데요, 래퍼티 부인." 코라가 틈을 타 말을 얹었다. "입원 수속 부서에서 무슨 일이 벌어지고 있는 건지 궁금해서요. 저는 환자들에게 사회복지 부서 여직원들과 약속을 잡으려거든 한 시간 정도 일찍 오라고 말하거든요. 그렇게 해야 아래층 내려가서 줄 서고 출납계 직원한테 지불할 시간도 충분하니까요. 하지만 그것조차 충분히 이른 건 아니에요. 그러면 환자들은 아래층에서 막 걱정이 되어 전화를 하죠. 이미 10분이나 늦었는데 줄이 30분 동안 줄지를 않는다면서요. 그럴 때면 제 쪽에 있는 사회복지 부서 직원들도 기다리고 있는 상태인데요. 이런 경우에는 제가 어떻게 해야 할까요?"

래퍼티 부인의 눈이 코라의 질문에 대한 답이 거기 있다는 것처럼 아주 잠깐 아래를 향했다. 눈을 내리깔고 노트를 보는 부인은 당황한 것 같았다. "다른 여자 직원들도 그 점에 대해서 불평을 했어요, 코라." 마침내 고개를 들며 부인이 대답했다. "지금 입원 수속 부서에 사람이 부족해요. 그러니 그 모든 일을 처리하는 건 쉽지 않은……."

"새로운 직원을 구하면 되잖아요?" 메리 엘런이 대담하게 물었다. "그러니까, 뭐가 문제인 거죠?"

래퍼티 부인이 미니 댑킨스와 빠르게 시선을 교환했다. 미니는 창백한 종잇장 같은 손을 문지르며 평소처럼 토끼 같은 태도로 입술을 핥았다. 열려 있던 창문 밖에서 갑자기 작은 바람이 들이쳤고, 비가 내리기 시작하는 듯한 소리가 들렸다. 물론 길에서 종이들이 흩날리며 서로 부스럭거리는 소리였을 테지만 말이다. "아무래도 모두에게 솔직하게 말해야 할 것 같군요." 래퍼티 부인이 말했다. "몇몇 분들은 이미 알고 있겠지만, 여기 있는 미니가 왜 인력을 보충하지 않는지에 대한 이유를 알고 있지요…… 에밀리 루소 때문입니다. 미니가 직접 말해주세요."

미니가 장례식장에서와 같이 엄숙하게 말했다. "에밀리 루소가…… 암에 걸렸어요. 지금 이 병원에 입원해 있어요. 누구든 그녀와 알고 지냈다면 가서 말동무를 해주어도 좋을 거예요. 방문할 수 있거든요. 옆에 있어줄 친족도 없고 하니까……."

"세상에, 난 몰랐네." 메리 엘런이 천천히 말했다. "정말 유감이에요."

"마지막 암 검진에서 발견됐대요." 래퍼티 부인이 말했다.

"지금은 그냥 실 한 가닥에 의지하고 있을 뿐이에요. 물론 신약들이 고통은 줄여주지만, 문제는 그녀가 아픈 상황에서도 자기 자리로 돌아가리라 기대하고 있다는 겁니다. 에밀리는 그 일을 사랑해요. 그 일은 지난 40년간 그녀의 삶이기도 했고요. 길먼 선생님은 그녀에게 충격을 줄까 봐 두려워서 직장으로 돌아가지 못할 거라는 무거운 사실을 말하지 않고 싶어 해요. 누가 찾아갈 때마다 에밀리는 물어요. '그 자리 아직 안 찼어요? 수속 부서에 새로운 사람을 들였나요?' 그 자리가 채워지는 순간, 에밀리는 사형선고를 받았다고 생각할 겁니다."

"대타는 어때요?" 코라는 궁금해했다. "누가 됐든 간에 일종의 대타로 있는 거라고 말할 수 있잖아요."

래퍼티 부인이 금박을 입힌 듯 매끈하게 빛나는 머리를 저었다. "아니요. 에밀리는 이제 그런 걸 믿지 않을 정도예요. 아마 자기를 기쁘게 하려는 말이라 생각할걸요. 지금 에밀리와 같은 상태에 있는 사람들은 몹시 예민해요. 그런 위험을 감수할 순 없죠. 가능하면 제가 수속 부서에 내려가서 돕도록 할게요. 이제 아마도," 그녀의 목소리가 장의사처럼 진지하게 낮아졌다. "얼마 안 남았다고, 길먼 선생님이 말하더군요."

미니는 곧 울 것 같았다. 전반적인 모임 분위기는 래퍼티 부인이 들어왔을 때보다 훨씬 나빠졌다. 모두 담배를 피우며 고개를 숙이거나 매니큐어를 뜯어내고 있었다. "자, 자, 아가씨들. 그렇게 심각하게 받아들이지는 말아요." 래퍼티 부인이 밝은 격려의 시선으로 주변을 돌아보았다. "에밀리를 치료하기에 지금 여기보다 더 좋은 곳은 없다는 건 모두가 동의할 거고, 길먼 선생님은 지난 10년을 알고 지냈으니 그녀에겐 친척 같은 분이에요. 그리고 다들 병문안을 갈 수 있어요. 아마 좋아할 거예요…….”

“꽃은 어떨까요?” 메리 엘런이 거들었다. 대체로 동의하는 웅성거림이 퍼져나갔다. 우리는 모임의 누구라도 아프거나 약혼하거나 결혼하거나 아이가 생겼거나(이 경우는 다른 경우보다 훨씬 드물긴 했지만), 근속상을 받으면 돈을 모아 꽃이나 적당한 선물, 카드를 보냈다. 그러나 내가 이 모임에 들어온 이래로 시한부 판정을 받은 경우는 처음이었다. 솔직히 말해보라면 여자들은 지금 그 어느 때보다도 다정했다.

“분홍색은 어떨까요, 힘이 좀 나게끔?” 아이다 클라인이 제안했다.

“화환은 어때요?” 최근 약혼을 한 작은 체구의 타이피스트가 부드럽게 말했다. “커다란 분홍색 화환이요. 아마 카네이션으로?”

“아가씨들, 화환은 안 돼요!” 래퍼티 부인이 낮게 탄식했다. “에밀리는 지금 굉장히 예민한 상태니까 화환은 안 됩니다. 맙소사!”

“그럼 꽃병은요?” 도티가 말했다. “간호사들은 언제나 꽃병이 없다고 불평하거든요. 정말 좋은 꽃병 있잖아요. 병원 선물 가게 같은 데 보면 수입한 꽃병도 있으니 병원 꽃집에서 여러 종류가 섞인 꽃다발을 사서 꽃병에 꽂는 거예요.”

"아주 좋은 생각이네요, 도로시." 래퍼티 부인이 안심된다는 듯 말했다. "그게 훨씬 더 적당한 방법이에요. 꽃병에 꽃다발 꽂는 거, 몇 명이나 동의하시죠?" 그 체구 작은 타이피스트를 포함한 모두가 손을 들었다. "그럼 도로시에게 이 일을 맡길게요." 래퍼티 부인이 말했다. "가기 전에 각자의 부담금을 도로시에게 내면 되겠어요, 여러분. 그리고 오늘 오후에는 모두가 메시지를 쓸 수 있는 카드를 돌리죠."

그 후 모임이 끝났고 모두 서로 떠드는 와중에 몇몇 여자들은 가방에서 달러 지폐를 꺼내 도티가 있는 테이블에 두기도 했다.

"조용히!" 래퍼티 부인이 외쳤다. "다들 조용히 해주세요. 1분만 더요!" 정적 속에서 다가오는 앰뷸런스의 사이렌 소리가 커지더니 곧이어 창문 아래에서 비명 소리가 들리다가 모퉁이 근처로 서서히 사라졌고, 마침내 응급 병동 출입구에서 멈추었다. "허리케인에 대해 말씀드리려고 했어요. 절차가 어찌될지 궁금해할 것 같아서요. 본부에서 마지막으로 온 공지에 따르면 아마 정오 무렵부터 바람이 불기 시작할 거래요. 하지만 걱정할 건 없어요. 침착하세요. 평소처럼 일하시고(타이피스트들이 모여 있는 곳에서 재밌다는 듯 웃음이 터졌다) 무엇보다도 허리케인에 대한 여러분의 불안을 환자에게 내보이지 마세요. 그게 아니어도 그들은 이미 충분히 불안하니까요. 또 멀리 살고 계신 분들은 상황이 너무 안 좋다면 오늘 밤 병원에서 자도 좋습니다. 병원 건물 복도에 간이침대들을 준비해두었어요. 3층 전체는 응급 상황이 없다면 전부 여러분을 위해 비워 뒀습니다."

그때 문이 쾅 소리를 내며 열리더니 한 간호사가 커피 메이커를 실은 금속 푸드 카트를 밀며 들어왔다. 신발의 고무 밑창이 살아 있는 쥐라도 밟은 것처럼 끽끽거렸다. "회의 끝. 모두들 커피 드세요." 래퍼티 부인이 말했다.

도티가 커피포트 근처로 모여드는 사람들을 피해 나를 잡아당겼다. "코라는 커피를 마시겠지만, 저건 너무 써서 나는 마실 수가 없더라고요. 게다가 종이컵이잖아요." 도티가 취향에 맞지 않는다는 듯 얼굴을 찌푸렸다. "우리 당장 이 돈 가지고 가서 에밀리에게 줄 꽃병이랑 꽃을 사버리는 게 어때요?"

"그래요." 나는 방을 나서면서 도티가 짧은 보폭으로 거칠게 걷고 있다는 걸 깨달았다. "무슨 일 있어요? 꽃병을 사고 싶지 않은 건가요?"

"꽃병이 신경 쓰이는 게 아니라, 저 위에 노부인이 웬 아첨만 듣고 있다는 생각이 들어서요. 곧 돌아가실 테니 그 사실에 좀 익숙해질 온당한 시간을 가져야 하잖아요. 모든 게 괜찮고 좋다는 말만 들을 게 아니라 신부님도 만나야 하고요." 도티는 세상에 대해 아무것도 모르던 때 수녀원에 있었다고 말한 적이 있다. 눈을 아래로 깔고 손을 차분하게 모아 소매 안에 넣어두거나 혀를 가만히 두는 것보다, 물구나무를 서거나 그리스어 알파벳을 거꾸로 외우는 게 더 쉬웠다고 했다.

그래도 나는 때때로 그녀가 사용하는 분홍색 복숭앗빛 파우더 아래 윤기 나는 흰 피부에서 수녀원 시절 받은 훈련이 드러난다고 느꼈다.

"당신은 선교사가 됐어야 해요." 내가 말했다. 이때쯤 우리는 선물 가게에 다다랐다. 바닥에서 천장에 이르기까지 값비싼 물건들이 가득 들어찬, 좁지만 세련된 공간이었다. 세로로 홈이 파인 꽃병, 하트 모양과 꽃으로 에나멜 장식된 아침 식사용 커피 잔, 웨딩드레스를 입은 인형과 파랑새가 그려진 자기, 가장자리가 금박 처리된 카드 덱, 양식 진주알 등 떠올릴 수 있는 모든 상품이 있었다. 그리고 그 모든 상품의 가격은 자신의 주머니 사정을 생각하지 않아도 되는 자애로운 친인척을 제외하고는 누가 들어도 높게 책정되어 있었다. "모르는 게 나을 수 있어요." 내가 덧붙였지만 도티는 아무 말도 하지 않았다.

"제가 말할 생각도 있어요." 가장자리에 넓은 유리 주름이 장식된 방울 모양의 커다란 보라색 꽃병을 집어 든 도티가 그것을 노려보며 말했다. "여기서 마주치는 '우리가 너보다 좀 더 알고 있지' 같은 태도는 가끔 소름이 끼쳐요. 이런 생각도 해요. 전국 당뇨병 주간이나 암 검진 할 때 복도에 부스를 세워서 혈당 체크를 하도록 만들어놓은 것들이 아예 없었으면 좋겠다고. 그럼 암이나 당뇨병 환자가 이렇게 많지는 않았을 텐데 하고요. 내 말이 이해돼요?"

"꼭 크리스천사이언스를 믿는 사람처럼 말씀하시네요." 나

는 말했다. "그나저나 에밀리 씨 같은 노년의 여성에게 저 꽃
병은 너무 화려한 것 같아요."

도티는 내게 옅은 미소를 짓더니 꽃병을 들고 카운터에 있
는 판매원에게 가서 6달러를 지불했다. 그렇게 추렴한 돈의
대부분을 꽃병에 지불하고 남은 돈에 자기 돈을 몇 달러 추
가했는데, 그녀 쪽에서 눈치를 주지 않았음에도 나 역시 몇
달러를 보탰다. 옆 가게 꽃집 주인이 두 손을 비비며 다가와
축하든 위로든 모든 경우의 꽃이 준비되어 있다는 태도로 긴
줄기의 장미 열두 송이, 수레국화 한 송이, 은색 리본으로 코
르사주를 만든 안개꽃 중 어떤 것을 원하는지 묻자, 도티가
보라색 유리 꽃병을 내밀며 말했다. "뭐가 됐든 간에 전부 다.
가득 채워줘."

꽃집 주인은 도티를 응시하며 입술 한쪽을 끌어 올려 옅게
미소 지었고, 다른 한쪽은 그녀가 자신을 놀리는 것인지 확신
할 수 있을 때까지 기다리는 중이었다. "얼른, 얼른." 도티가
유리로 된 카운터를 꽃병으로 탕탕 치며 말하자 주인은 움찔
하더니 꽃병을 받아 들었다. "말한 대로. 장미 열 송이, 카네
이션, 저기 저건 뭐라 부르는 건가……."

꽃집 주인의 시선이 도티의 손가락을 따라갔다. "글라디
올러스요." 그가 고통스러운 톤으로 대답하며 꽃을 집어 들
었다.

"글라돌러스. 그거 몇 송이랑, 다른 색도. 빨간색, 주황색, 노
란색, 거 있잖아. 그리고 저 보라색 아이리스 몇 송이랑……."

"아, 그건 꽃병이랑 잘 어울리겠네요." 주인이 그제야 분위기를 파악하며 동참했다. "거기에 아네모네를 섞어서?"

"그것도 하자." 도티가 말했다. "근데 이름이 무슨 발진 이름 같네."

꽃집 주인에게 곧장 주문을 넣은 뒤, 우리는 병동 건물과 병원 본관 사이에 있는 지붕 덮인 통로를 지나 엘리베이터를 타고 에밀리 씨가 있는 층으로 올라갔다. 도티는 꽃다발이 가득 꽂힌 보라색 꽃병을 들고 있었다.

"에밀리 씨?" 도티가 까치발을 들고 4인실로 들어가며 나지막이 속삭였다. 간호사가 창문가 구석 침대에 드리워져 있던 커튼 뒤에서 슬쩍 미끄러지듯 나왔다.

"쉬잇," 그녀가 입술에 손가락을 갖다 대며 커튼 뒤를 가리켰다. "저쪽에 있어요. 너무 오래 머물진 마세요."

에밀리 씨가 베개들에 파묻힌 채 얼굴 대부분을 채운 두 눈을 뜨고 있었다. 회색 머리카락은 베개 위에 부채꼴로 펼쳐져 있었다. 온갖 종류의 약병이 침대 아래 약제 테이블에 놓여 있거나 침대 주위에 걸려 있었다. 얇은 고무 튜브가 약병 몇 개와 이어져 있었는데, 튜브 중 하나는 침대 시트 아래로 사라지게끔 이어졌고 또 다른 튜브는 에밀리 씨의 왼쪽 콧구멍에 바로 연결되어 있었다. 병실 안에서는 에밀리 씨의 숨에서 나는 마른 바스락거림을 제외하곤 아무 소리도 들리지 않았고, 가슴을 덮은 시트의 미세한 움직임과 수액병 내부에서 은빛 풍선처럼 리듬감 있게 올라오는 기포의 움직임을 제외하곤 아무 움직임도 없었다. 창문으로 들어오는 병약한 폭풍의 빛 아래 누운 에밀리 씨는 우리를 응시하는 눈만 빼면 밀랍으로 만든 인체 모형 같았다. 눈빛이 내 피부를 타들어가게 한다고 느낄 정도로, 참 열렬했다.

"꽃을 좀 가져왔어요, 에밀리 씨." 나는 꽃병 하나를 가득 채운 여러 색의 온실화 다발을 가리켰고, 도티는 그 꽃병을 약제 테이블 위에 내려놓았다. 테이블이 너무 작아서 도티는 우선 모든 약병과 유리, 주전자와 스푼 들을 아래 선반으로 치워 공간을 만들어야 했다.

에밀리 씨의 시선이 꽃 무더기로 향했다. 무언가 깜빡거렸다. 나는 긴 복도 끝에 있는 두 개의 촛불에 불꽃이 일어 어두운 바람 속에서 타오르는 것을 보는 것 같았다. 창밖의 하늘은 주물 프라이팬보다도 검었다.

"여자 직원들이 보낸 거예요." 도티가 이불 위에 놓여 있던 기력 없고 창백한 에밀리 씨의 손을 잡았다. "카드는 나중에 올라올 거예요. 지금 각자 메시지를 쓰고 있거든요. 저흰 꽃을 들고 기다리고 싶지 않았고요."

에밀리 씨가 말을 하려고 했지만 희미한 쉬익거림과 덜거덕거림만 입술 사이로 빠져나왔을 뿐, 알아들을 수 있는 말은 없었다.

그래도 도티는 그녀가 무슨 말을 하려고 하는지 아는 것 같았다. "그 자리 있어요, 에밀리 씨." 그녀가 말했다. 단어 사이에 명확하게 천천히 간격을 두고, 아주 어린 아이에게 무언가를 설명하는 말투였다. "그 자리 아직 있어요." 놀랍게도 나는 그녀의 말이 래퍼티 부인이 할 법한 말이라고 생각했다. 래퍼티 씨라면 '눈 깜짝할 새에 일어나시게 될 거예요, 에밀리 씨. 조바심 내지 마세요'라거나 '50년 근속 기념 팔찌를 받게 되실 거예요, 에밀리 씨. 한번 두고 보자니까요'처럼 망쳐버릴 말들을 덧붙였겠지만. 이상하게도 도티는 사실을 왜곡한다는 인상을 주지 않았다. 그녀는 정직한 진실만을 말했다. 이런 식이었다. "수속 부서 모두가 정신없이 일하고 있어요, 에밀리 씨. 당신이 대체 불가능 하다는 걸 알려주고 싶어 해요. 그렇게 빨리, 그렇게 쉽게는 아니에요."

에밀리 씨가 눈을 감았다. 그녀의 손이 도티의 손바닥에서 느슨해졌고 그녀는 한숨을 쉬었는데, 그 한숨이 전신을 관통하면서 온몸을 전율하게 했다.

"에밀리 씨도 알고 있어요." 도티가 에밀리 씨의 병실을 나서면서 내게 말했다. "이제는 알아요."

"하지만 당신은 말하지 않았잖아요. 그렇게 명확하게는 하지 않았어요."

"날 뭐라고 생각하는 거예요?" 도티가 분개했다. "심장이 없거나 뭐, 그래 보여요?" 그녀가 복도로 향하는 문을 빠져나가며 갑자기 말을 멈추더니 물었다. "저건 누구죠?"

마르고 가냘픈 형상이 에밀리 씨의 병실 문에서 약간 떨어진 텅 빈 복도 벽에 기대서 있었다. 우리가 다가가자 그 형상은 마치 어떤 기적이 자신을 연녹색으로 페인트칠한 회반죽의 일부가 되게 하여 우리 시야에서 사라지게 할 수 있다는 듯, 벽에 등을 기대 몸을 납작하게 만들었다. 어둑한 복도의 전깃불은 초저녁의 분위기를 자아냈다.

"빌리 모니한!" 도티가 외쳤다. "당신 도대체 여기서 뭘 하고 있는 거예요?"

"기, 기, 기다리고 있어요." 여드름과 종기로 뒤덮인 진홍빛 얼굴이 더욱 고통스럽게 붉어진 빌리가 가까스로 소리를 냈다. 그는 도티만큼이나 체구가 작고 지극히 마른 남자로, 완전히 성장이 끝나서 더 이상 기대할 것이 없었다. 그의 길고 검은 머리칼은 냄새가 강한 헤어 오일 같은 것으로 번드르르하게 빗어 넘겨져 있었고, 번들거리는 에나멜 같은 표면에는 방금 빗이 쓸고 간 고랑이 보였다.

"뭘요." 힐을 신은 도티가 몸을 곧추세우니 빌리보다 약간 더 컸다. "여기 올라와서 뭘 기다리는데?"

"그, 그냥…… 기, 기다리고 있어요." 빌리는 도티의 날카로운 시선을 피하고자 머리를 처박았다. 어떤 식으로든 대화하지 않기 위해 혓바닥을 삼키려 애쓰는 것처럼 보였다.

"지금 이 순간에도 기록실에서 병동 건물로 기록들을 나르고 있어야 할 텐데요!" 도티가 말했다. "당신, 에밀리 씨가 누군지도 전혀 모르잖아요. 그러니 에밀리 씨를 내버려두세요. 듣고 있어요?"

이상하고 해독할 수 없는 소리가 꾸르륵거리며 빌리의 목구멍에서 흘러나왔다. "그, 그, 그, 그녀가 말했어요. 내가 와,

와도 된다고."

도티가 날카롭고 짜증스럽게 코웃음을 쳤다. 그럼에도 빌리의 눈 속에 담긴 무언가가 그를 내버려두게 했다. 엘리베이터가 멈추어 서자 빌리의 여드름과 번들거리는 머리카락과 말더듬증 그 모든 게 에밀리 씨의 방으로 사라졌다.

"전 저 남자가 싫어요, 아주." 도티는 적당한 단어를 고르기 위해 잠시 멈추었다. "호시탐탐 노리는 독수리 같다고요. 요새 저 사람 좀 이상해요. 응급 병동 입구에서 서성거리는데, 하나님이 저 문으로 들어와서 심판의 날을 선포하실 것처럼 굴지 뭐예요."

"우리 과 레스닉 선생님한테 진료 보잖아요. 다만 아직 타이핑해야 하는 저 사람의 음성 기록을 받지 못해서 잘은 모르겠어요. 독수리 같다는 건 갑자기 그런 건가요?"

도티가 어깨를 으쓱했다. "제가 아는 건, 지난주에 저 사람이 타이핑 직원인 아이다 클라인에게 어마어마하게 겁을 줬다는 거예요. 어떤 여자가 열대병에 걸려서 온몸이 붓고 보랏빛이 되어서 휠체어를 타고 피부 클리닉에 들어왔다는 이야기를 했대요. 아이다는 그 생각 때문에 점심도 못 먹었어요. 이름도 들었는데, 시체 주변을 서성거리는 사람들, 죽음……죽음 집착자negafills*랬든가. 심해지면 그 사람들은 무덤에서

---

* 실비아 플라스가 지어낸 단어로, 문맥상 죽음에 병적인 관심을 갖거나 집착하는 사람을 가리킨다.

시체들을 파헤치기도 한대요."

"제가 어제 어떤 여자 환자의 입원기록을 작성하고 있었거든요." 내가 말했다. "그 여자가 꼭 그런 것 같았어요. 자기 딸이 죽었다는 걸 믿지 못하고, 예배할 때나 슈퍼 같은 데서 계속 딸을 본다는 거예요. 무덤도 매일같이 찾아가고요. 하루는 딸이 레이스가 달린 흰 셔츠를 입고 자기를 보러 와서는 아무 걱정 하지 말라고, 자기는 천국에서 보살핌을 받으며 잘 지내고 있다고 말하더래요."

도티가 물었다. "그건 어떻게 치료하죠?"

우리는 병원 카페테리아의 큰 테이블 근처에 앉아 디저트를 먹으며 에밀리 씨의 쾌유를 비는 카드를 썼다. 창밖으로 내려다보이는 원내 정원에는 비가 내리고 있었다. 어떤 부유한 부인이 의사나 간호사들이 식사할 때 벽돌 벽이나 자갈 대신 좀 더 아름다운 걸 볼 수 있도록 정원을 만들고 풀과 나무와 꽃을 심은 곳이었다. 지금은 창문에 빗물이 흘러내려서 물빛 너머로 아무 초록색도 보이지 않았지만.

"아가씨들은 하룻밤 자고 갈 건가요?" 코라의 목소리가 자신이 스푼으로 떠먹고 있는 젤리처럼 흔들렸다. "전 모르겠어요. 엄마 혼자 집에 두고 어떻게 해야 할지…… 불이 나가면 어떡하죠? 어둠 속에서 양초를 찾으러 지하실에 내려가다 엉덩이뼈가 부러지기라도 하면……. 지붕널 상태도 좋지 않고, 소나기만 내려도 다락에서 물이 새는데……."

"하루 있어요, 코라." 도티가 단호하게 말했다. "이런 물바다 속에 집에 가려다가는 바보처럼 홀딱 젖을 거예요. 내일 아침 집에 전화하면 어머님은 아마도 폭풍우가 메인주에서 멀찌감치 떨어졌다고 행복해하실 거예요."

"저기!" 반쯤은 코라의 주의를 돌리고자 내가 외쳤다. "래 퍼티 부인이 쟁반을 들고 막 들어오셨어요. 부인에게도 메시지를 써달라고 하죠." 우리 중 누군가가 손을 흔들기도 전에 래퍼티 부인이 우리를 발견하고 다가왔다. 그녀의 청진기 귀 걸이가 돛을 활짝 편 흰 범선처럼 얼굴 양쪽에서 흔들거렸는데, 그 얼굴은 나쁜 소식을 전하고 있었다.

"아가씨들," 래퍼티 부인이 테이블에 펼쳐진 카드를 보고는 말했다. "슬픈 소식을 전하는 사람이 되고 싶진 않지만, 이 카드가 더는 필요하지 않다는 걸 말해야겠어요."

코라의 주근깨 아래 얼굴이 회백색으로 변했고, 딸기 맛 젤리 한 숟갈은 입 앞에서 멈추었다.

"에밀리 루소가 한 시간 정도 전에 세상을 떠났습니다." 래 퍼티 부인이 잠시 고개를 숙였다가 어떤 용기를 가지고 고개를 들었다. "그게 더 나은 일이에요. 아가씨들도 저만큼 알고 계시겠지요. 가능한 한 편안하게 가셨으니 너무 상심하지 마세요. 우리에겐," 그녀는 블라인드 뒤로 물줄기가 흘러내리는 창문을 향해 씩씩하게 고개를 끄덕였다. "우리에겐 생각해야 할 다른 이들이 있으니까요."

"에밀리 씨는……" 도티가 기이할 정도로 커피에 크림 섞는 일에 몰두하며 물었다. "가는 길에 혼자였나요?"

래퍼티 부인이 머뭇거렸다. "아니요, 도로시." 그러고는 말했다. "아니요, 혼자가 아니었어요. 빌리 모니한이 그녀가 가는 길에 함께 있었습니다. 근무 중이던 간호사 말로는 그가 그 일에 매우 영향을 받은 것 같아 보였다더군요. 그 노부인에 대해 감회가 깊다면서 간호사에게 에밀리가 자신의 친척이라고도 했다네요." 래퍼티 부인이 덧붙였다.

"하지만 에밀리 씨에겐 형제자매가 없는걸요." 코라가 항의했다. "미니가 그랬어요. 그녀에겐 아무도 없다고."

"그건 그렇고," 래퍼티 부인은 이 이야기를 끝내고 싶어 하는 것처럼 보였다. "그건 그렇고, 그 청년이 굉장히 감회가 깊었다고 하네요. 그 모든 일에 대해서 감회가 깊다고요."

비가 억수같이 내리고 바람이 도시 자체를 납작하게 눌러버리겠다는 태도로 불어대던 그날 오후에는 진료실에 어떤 환자도 오지 않았다. 아무도, 다시 말해 노부인 토모릴로 씨를 제외하고는. 내가 토모릴로 부인을 마주쳤을 때, 테일러 씨는 복도 끝에 있는 커피머신에 커피 두 잔을 가지러 가는 길이었다. 부인은 1년 내내 입는 검정 울 드레스 차림으로 축축하게 젖은 종이 뭉치를 흔들어대면서 마녀처럼 화를 내며 "크리스먼 선생 어딨어, 크리스먼! 말해봐!"라고 소리쳤다.

알고 보니 축축한 종이 뭉치는 토모릴로 부인 자신의 질병 기록으로, 어떤 상황에서든 환자에게 건네져서는 안 되는 것이었다. 정말로 엉망이었다. 토모릴로 부인이 자주 다녔던 각종 병동의 여러 의사가 빨간색, 파란색, 초록색 잉크로 적은 기록들이 마치 무지개처럼 번져, 내가 그녀의 손에서 종이 뭉치를 건네 받는 순간에도 물방울과 색색의 잉크 방울이 뚝뚝 떨어지고 있었다. "거짓말, 거짓말, 거짓말." 토모릴로 부인이 씩씩거리며 말하는 바람에 내가 끼어들 틈이 없었다. "거짓말."

"어떤 거짓말을 말씀하시는 건가요, 토모릴로 부인?" 나는 부인이 청력이 나쁜데도 보청기 사용을 거부하고 있다는 걸 알고 있었기에 분명하고 큰 목소리로 물었다. "크리스먼 선생님은 분명……."

"거짓말이지. 여기다 써놓은 건 다 거짓말이야. 난 좋은 여자고, 내 남편은 죽었어. 그 남자를 잡게만 해주면 거짓말이란 걸 가르쳐주겠어……."

나는 재빨리 복도를 훑어보았다. 토모릴로 부인이 자신의 강한 손가락들을 매우 위협적으로 휘두르고 있었다. 텅 빈 바지 한쪽을 엉덩이 부분까지 깔끔하게 접어 올린 채 목발을 짚은 남자 하나가 문을 활짝 열고 지나갔다. 그가 나가자 절단환자 클리닉의 조무사가 분홍색 의족 하나와 반쪽짜리 인공 몸통을 짊어지고 들어왔다. 토모릴로 부인이 그 작은 행렬을 보고 잠시 입을 다물었다. 그녀의 손이 부피감 있는 검정 드레스 주름에 묻혀 갈 길을 잃었다.

"제가 크리스먼 선생님께 말할게요, 토모릴로 부인. 분명 실수가 있었을 거예요. 너무 속상해하지 마세요." 등 뒤에서 창틀이 달가닥거렸는데, 어떤 거대한 외풍 거인이 들어오려고 어깨를 들이미는 듯한 소리였다. 이제 빗줄기는 권총이 발사되는 듯한 힘으로 강하게 창문을 때리고 있었다.

"거짓말······" 토모릴로 부인은 여전히 씩씩거렸지만, 이제 막 불에서 내린 주전자보다는 차분해졌다. "당신이 말해요."

"제가 말할게요. 오, 그런데 토모릴로 부인······."

"네?" 그녀가 자신이 만들어낸 돌풍에 갇혀버린 운명처럼 검고 불길한 표정으로 문가에 잠시 멈추어 섰다.

"크리스먼 선생님께 이 서류들이 어디서 왔다고 말하면 될까요?"

"저쪽 저 방이요." 그녀가 간단하게 답했다. "온갖 책이 있는 방. 요청하니까 그 사람들이 주더이다."

"그렇군요." 토모릴로 부인의 기록에 적힌 숫자는 지워지지 않는 잉크로 93625라고 적혀 있었다. "알겠습니다. 감사합니다, 토모릴로 부인."

도티와 내가 1층 복도를 가로질러 따뜻한 식사가 있는 메인 병동의 카페테리아로 향하는데, 콘크리트 위에 벽돌과 돌로 견고하게 지어진 커다란 병동 건물이 뿌리째 흔들리는 것 같았다. 도시 안팎에서 소방차, 응급차, 호송 차량 들의 시끄러우면서도 흐릿한 사이렌 소리가 들렸다. 응급 병동 주차장은 심장마비가 온 사람, 무기폐가 된 사람, 과도한 히스테리에 시달리는 사람 등 도시 외곽에서 쏟아져 들어오는 응급차와 개인 차량들로 가득했다. 전기까지 나가버리는 바람에, 우리는 반쯤 어두운 공간의 벽을 따라가며 길을 짐작할 수밖에 없었다. 곳곳에서 의사와 인턴들이 명령을 내뱉었고 간호사들은 유니폼을 입은 채 유령처럼 하얗게 미끄러지듯 지나다녔다. 신음하거나 울거나 고요한 사람들을 실은 들것들은 이쪽저쪽으로 옮겨 다녔다. 그 와중에 익숙한 형체가 우리를 쏜살같이 지나치더니 불 하나 켜지지 않은 돌계단으로 내려갔다. 그 계단은 지하 1층과 2층으로 이어지는 것이었다.

"그 사람 아닌가요?"

"누구요?" 도티가 물었다. "어두워서 아무것도 안 보여요. 안경을 맞춰야겠어."

"빌리요. 기록실 빌리."

"응급 환자들 때문에 빨리빨리 기록을 가져오라고 닦달하고 있는 게 분명해요." 도티가 말했다. "이렇게 빡빡할 때는 얻을 수 있는 모든 도움의 손길이 필요한 법이니까."

어떤 이유에선지 나는 도티에게 토모릴로 부인에 대해 말할 수가 없었다. 토모릴로 부인과 에밀리 루소 그리고 아이다 클라인과 코끼리 같은 여자에 대해서 알고 있음에도 불구하고 나는 "그가 그렇게 나쁜 애는 아니잖아요"라고 말하고 있었다.

"나쁘진 않죠." 도티가 빈정대듯 말했다. "당신이 뱀파이어를 좋아한다면야."

메리 엘런과 도티가 별관 3층에 있는 간이침대에 다리를 꼬고 앉아 누군가가 찾아낸 휴대용 손전등으로 빛을 비추며 솔리테르 게임을 하려고 할 때, 코라가 간이침대에 줄지어 기대앉은 우리 쪽으로 뛰어들어 왔다.

도티가 블랙 텐 카드를 레드 나인 카드 위에 얹었다. "어머님이랑 연락됐어요? 지붕은 아직 멀쩡하고요?"

희미한 어둠 속에서 빛을 발하는 손전등의 동그란 조명 아래 커다랗게 뜨인 코라의 눈 가장자리가 축축이 젖어 있었다.

메리 엘런이 그녀에게 몸을 기울이며 말했다. "안 좋은 소식이라도 들은 거예요? 얼굴이 저 침대보처럼 새하얘졌어요, 코라."

"아니에요…… 저희 엄마 문제가 아니에요." 코라가 말을 꺼냈다. "전화가 끊겨서 엄마랑은 통화도 못 했어요. 다만 그 아이, 그 빌리……."

모두 갑자기 조용해졌다.

"그 계단을 뛰면서 오르내리고 있었거든요." 코라의 목소리에 울음이 섞여서 누군가 듣는다면 남동생이나, 그 비슷한 사람에 대해 이야기하고 있다고 느낄 정도였다. "그 기록들을 들고 불빛도 없는 곳을 급하게 오르내리다 두세 계단을 그냥 뛰어버린 거예요. 그러다가 떨어졌어요. 한 층을 통째로 떨어졌어요……."

"지금 어디에 있어요?" 도티가 카드를 쥔 손을 천천히 내려놓으며 물었다. "빌리는 지금 어디에 있어요?"

"어디에 있냐고요?" 코라의 목소리가 한 옥타브 높아졌다.

"어디에 있냐니, 그는 죽었어요."

이상한 일이었다. 코라의 입에서 그 말들이 나오는 순간, 다들 빌리가 얼마나 작았는지에 대해서, 그가 얼마나 우스꽝스럽게 생겼는지에 대해서, 말을 더듬는 버릇과 그 끔찍한 안색에 대해서는 모두 잊었다. 허리케인에 대한 이 모든 걱정으로 누구도 자기 가족들에게 연락조차 할 수 없는 상황에서, 추억이 빌리에게 어떤 후광을 덧씌웠다. 간이침대에 앉아 있는 우리 모두를 위해서 그가 죽었다고 생각할 수도 있었다.

"그가 다른 사람들을 돕지 않았더라면 죽지 않았을 거예요." 메리 엘런이 본 바로는 그랬다.

"상황들을 보다 보니," 아이다 클라인이 말했다. "제가 다른 날 했던 그에 대한 말이나 코끼리병에 걸린 여자에 대한 말들을 철회하고 싶네요. 제가 얼마나 심한 배탈이 났었는지 빌리는 몰랐을 거예요."

도티만이 조용했다.

그때 메리 엘런이 손전등을 껐고, 모두 어둠 속에서 겉옷을 벗은 뒤 자리에 누웠다. 도티는 일렬로 놓인 간이침대들의 맨 끝 내 옆자리에 누웠다. 복도에서는 조금 잦아들었지만 끈질기게 유리창을 두드리는 빗소리가 들렸다. 얼마 지나지 않아 대부분의 간이침대에서 고른 숨소리가 들렸다.

"도티," 내가 속삭였다. "도티, 깨어 있어요?"

"그럼요," 도티가 속삭였다. "저는 심각한 불면증이 있어요."

"그럼 도티, 어떻게 생각해요?"

"제 생각이 궁금한가요?" 도티의 목소리가 깊은 어둠 속 보이지 않는 작은 시작점에서 출발해 내 귓가로 실려 왔다. "나는 그 아이가 운이 좋았다고 생각해요. 살면서 단 한 번 제대로 된 판단을 한 거예요. 단 한 번이지만 저는 그 아이가 영웅이 될 거라 생각해요."

신문에 실린 이야기들과 교회에서의 추모 의식 그리고 폭풍이 지나간 후 병원장이 빌리에게 수여한 추서 금메달 같은 걸 생각해보면 나는 도티를 인정할 수밖에 없었다. 그녀가 옳았다. 전적으로 옳았다.

1959년

더 섀도*

전쟁이 시작되던 겨울, 나는 우연히 리로이 켈리의 다리를 물었다는 이유로 동네 사람들의 미움을 사게 되었다. 심지어 기술 전문대학에 다니는 아들 하나만 있고 우리 또래 아이가 없는 길 건너의 에이브럼스 부인과 코너에 위치한 식료품점의 그린블룸 씨도 켈리네 편을 들었다. 보통 때라면 나는 정당방위라는 명백한 무죄판결을 받았어야 하지만, 이번에는 어떤 이유에선지 워싱턴가의 오래된 공정성과 기사도적 이상이 작동하지 않는 것 같았다.

이웃들의 압력에도 불구하고, 나는 리로이와 그의 동생 모린이 사과하지 않는 한 사과할 수 없었다. 이 모든 일은 그들

---

* 1930년대 라디오드라마 〈더 섀도The Shadow〉를 가리키며, 주인공 '더 섀도'의 대표적인 대사는 "인간의 마음속에 어떤 악이 숨어 있을까? 섀도는 알지!"이다. 그는 사람의 마음을 읽는 능력을 이용해 범죄자를 추적하고 정의를 구현한다.

이 시작했기 때문이다. 아빠도 내가 사과하길 전혀 기대하지 않았는데, 엄마는 이 일로 아빠를 맹비난했다. 나는 비밀 수집 장소인 복도에서 두 사람이 하는 말의 요점을 파악하려고 했지만, 그들은 공격성이라든가 명예라든가 소극적 저항 같은, 논점을 벗어난 말들을 격하게 주고받을 뿐이었다. 나는 15분 정도를 기다린 후에야 나의 사과 문제가 그들의 머릿속에서 가장 나중에 떠오를 것임을 깨달았다. 이후 둘 중 누구도 그 문제를 다시 언급하지 않아서 나는 교회에 관해 이겼던 것처럼 아빠가 이겼을 거라고 추측했다.

매주 일요일 엄마와 나는 감리교회에 갔는데, 꽤 자주 켈리네 가족이나 설리번네 가족 혹은 양쪽 집안 사람들과 간단히 인사를 하고 성 브리지드 교회에서 열리는 11시 예배에 동행했다. 동네 사람들은 전부 이 교회나 다른 교회로 몰려들었고, 그렇지 않으면 대개 유대교 회당에 갔다. 하지만 엄마는 단 한 번도 아빠를 설득하는 데 성공하지 못했다. 아빠는 집 안에서 노닥거렸고, 날씨가 좋으면 정원에서, 그렇지 않으면 서재에서 담배를 피우며 독일어 수업 과제들을 첨삭했다. 나는 아빠가 자신에게 필요한 모든 종교를 이미 가지고 있으므로, 엄마처럼 매주 새로 채워 넣을 필요가 없다고 생각했다.

대체로 엄마는 질리지 않고 설교를 했다. 언제나 나를 쫓아다니며 온순해지라고, 자비로워지라고, 순수한 마음을 지니라고, 즉 진정한 평화의 사도가 되라고 설교했다. 나는 개인적으로 맞서 싸우지 않고 '이기는 것'에 대한 엄마의 설교가 오직 빨리 달릴 수 있는 사람에게만 효과가 있다고 생각했다. 깔아뭉개져 두들겨 맞고 있다면 그런 설교는 종이로 만든 후광보다도 쓸모가 없으니까. 내가 모린, 리로이와 겪은 작은 충돌이 그걸 증명했다.

켈리네는 우리 바로 옆집, 노란 골조로 지어진 작은 탑이 있는 집이었다. 밖으로 처진 베란다가 있었고, 계단참의 창문에는 주황색과 보라색 유리판이 달려 있었다. 편의상 엄마는 모린을 나와 가장 친한 친구로 분류해두었는데, 모린은 나보다 한 살 정도 어렸고 학교에서는 학년도 뒤처진 애였다. 리로이가 내 또래에 훨씬 더 흥미로운 친구였다. 그는 자기 방에 커다란 합판 테이블을 놓고, 그 위에 철도 마을을 지어놓았다. 그러는 바람에 잘 공간도, 그가 작업하고 있던 광석 수신기를 둘 자리도 없었다. 〈리플리의 믿거나 말거나!Ripley's Believe It Or Not!〉 스크랩들, 메뚜기 더듬이에 광선총을 든 초록 인간 그림이 벽을 가득 메우고 있었는데, 전부 그가 구독하고 있는 잡지 〈사이언스 픽션〉에서 오려낸 것들이었다. 그는 달로켓에 관해서도 꽤 많이 알고 있었다. 만약 리로이가 〈더 섀도〉나 라디오드라마 〈라이트 아웃Lights Out〉 같은 정규프로그램에 주파수를 맞출 라디오와 이어폰을 만들 수 있게 된다면, 그가 대학에 갈 때쯤엔 달로켓을 발명할지도 몰랐다. 그리고 나는 뜨였다 감기는 유리 눈꺼풀에, 거꾸로 들면 와와

155

소리를 내는 인형보다 달로켓 쪽을 훨씬 더 좋아했다.

모린 켈리는 인형에 꽂힌 아이였다. 모두가 그 아이를 아주 귀엽다고 했다. 일곱 살 먹은 여자아이치고도 작았던 모린은 감정이 풍부해 보이는 갈색 눈에 천연 곱슬머리를 갖고 있었고, 매일 아침이면 통통한 소시지 같은 손가락을 한 켈리 부인이 모린의 머리를 젖은 빗으로 빗어 가라앉혀주었다. 게다가 모린에게는 순식간에 눈물을 글썽거려 순진해 보이게 만드는 기술이 있었다. 그건 분명 모린의 침대 위에 붙어 있는 아기 예수의 성녀 테레사 그림을 연구해서 흉내 낸 것이었다. 모린은 자기 뜻대로 되지 않을 때면 그 갈색 눈을 하늘로 치켜뜨며 울부짖었다. "세이디 셰이퍼, 이 불쌍한 모린에게 무슨 짓을 하고 있는 거야?" 그럼 누군가의 엄마가 밀가루 때문에 하얗게 된 손을 수건에 닦으면서, 아니면 설거지하느라 축축해진 손으로 문을 열고 나오거나 창문으로 고개를 내밀었다. 그러면 동네 곳곳에서 직설적 말하기의 달인인 수백 명의 걸스카우트들이 아무리 증언하더라도 내가 모린을 괴롭히지 않았음을 설득할 수는 없었다. 나는 나이에 비해 덩치가 크다는 이유만으로 갖은 꾸지람을 들어야 했다. 나는 내가 그런 대우를 받을 이유가 없다고 생각했다. 리로이를 문 것에 대해 온전히 책임을 지는 것 이상으로 비난받을 필요는 없었다.

싸움의 경위는 충분히 분명했다. 켈리 부인이 늘 만드는 말랑하고 매끈한 젤리 디저트를 위해 그린블룸 씨 식료품점으로 젤라틴을 사러 갔을 때, 모린과 나는 켈리네 집 소파 위에 앉아 있었다. 쌍둥이 밥시Bobbsey Twins* 종이 인형의 마지막 옷을 잘라내는 중이었다.

"나 큰 가위 좀 쓸게." 모린은 억울하다는 듯 가녀린 한숨을 내쉬었다. "내 거 질렸어. 작은 가위는 조금씩밖에 안 잘려."

그때 나는 소년 밥시의 세일러복을 다듬느라 고개를 들지 않았다. "너네 엄마가 이 가위 쓰지 못하게 하실 거 알잖아." 나는 이성적으로 말했다. "그건 너네 엄마가 아끼는 가장 좋은 재단 가위고, 네가 좀 더 클 때까지는 사용해선 안 된다고 했어."

그때 모린은 자기가 쓰던 끝이 뭉툭한 울워스의 가위를 내려놓고 나를 간지럽히기 시작했다. 간지럼은 내가 치를 떠는 것이었고, 모린은 그걸 알고 있었다.

"바보같이 굴지 마, 모린!" 나는 소파 앞에 깔린 길쭉한 러그에서 일어나 모린의 손길에서 벗어났다. 만약 그 순간에 리로이가 들어오지 않았더라면 아무 일도 일어나지 않았을 것이다.

"간지럽혀! 간지럽히라구!" 모린이 소리를 지르며 소파에서 방방 뛰었다. 왜 리로이가 그렇게 반응했는지 나는 며칠

---

* 미국 작가 로라 리 호프의 아동문학 시리즈로. 낸과 버트라는 쌍둥이 남매의 모험을 다루는 미국에서 가장 유명한 아동문학 캐릭터 중 하나다.

뒤에야 알게 되었다. 내가 그를 지나쳐 문밖으로 쏜살같이 뛰어나가기 전에 그는 내 발 아래 러그를 재빨리 빼가더니 내 배 위에 앉아버렸고, 그사이 모린이 내 옆에 쪼그리고 앉아 날 간지럽히기 시작했다. 그 아이의 얼굴에 비겁한 즐거움이 가득했다. 나는 몹시 당황해서 비명을 질러댔다. 내가 볼 수 있는 한, 탈출구는 없었다. 리로이가 내 팔을 결박했고, 모린은 나의 거친 발길질이 닿지 않는 거리에 있었다. 그래서 나는 할 수 있는 단 한 가지 일을 했다. 고개를 꺾어 리로이의 왼쪽 양말 위로 드러난 맨살에 이빨을 처박은 것이다. 그러면서 리로이에게 쥐새끼 냄새가 난다는 사실을 알게 되었고, 나는 그가 나를 놓아줄 때까지 버텼다. 그가 고통스럽게 소리치면서 한쪽으로 쓰러지는 순간, 켈리 부인이 현관으로 들어왔다.

켈리 부부는 내가 물어서 피가 났다고 몇몇 이웃에게 말했지만, 사건이 좀 진정된 후 리로이가 자신이 물린 유일한 흔적은 보라색 이빨 자국 몇 개뿐이며, 이 자국이 노랗게 변했다가 하루 이틀 사이에 흐려졌다고 고백하면서 우리는 다시 대화를 하고 지냈다. 리로이는 나중에 그린 호넷의 만화책에서 그 러그 장난을 배웠다며 내게 빌려주기도 했다. 그때 그가 몇 장면을 짚어주었는데, 해안가에 있는 그린 호넷의 코에서 1미터 정도 떨어진 곳에 스파이가 총을 겨누고 있었다. 이때 그린 호넷은 겸허한 태도로 자신이 떨어뜨린 담배 한 개비를 주워달라며, 지상에서의 마지막 담배를 즐길 수 있게 해

『낭비 없는 밤들』 마음산책

스스로 비극적인 죽음을 맞은 시인. 실비아 플라스에게 드리워진 가장 익숙한 베일입니다. 그는 줄곧 우울과 절망의 상징으로, 사후에야 신화적인 명성을 얻은 불운한 인물로 인식되어왔는데요. 한편으로는 죽기 직전까지 꺾이지 않고 다양한 글을 써낸 의지의 작가이기도 합니다.

『낭비 없는 밤들』은 그 치열한 글쓰기의 단면을 보여주는 책입니다. 1949년부터 1962년까지의 단편 열일곱 편, 1962년부터 1963년 까지의 산문 다섯 편이 역연대순으로 수록되어 있어요. 이는 실비아 플라스의 최후에 가까이 맞닿아 있는 작품에서 초창기 작품으로 거슬러 올라가며, 작가로서 성장해온 그의 발자취를 되짚어보기 위함입니다.

"이름 없는 내가 일어난다." 실비아 플라스는 작품 속 주인공의 입을 빌려 여기 자신이 있음을 선언하고 '진짜 사람'이 되고자 합니다. 그에게서 태어난 이야기들은 기발한 상상력과 시적인 묘사로 가득하지요. 어둠이 깔린 거리에서도 모퉁이마다 위트와 유머를 세워둔 실비아 플라스. 무엇이든 쓰겠다는 용기로 이야기를 잣는 그의 페이지에 낭비되는 공간이란 없습니다.

마음산책 드림

달라고 청한다. 스파이는 확실한 승리에 도취되어 자신이 아주 좁은 러그의 끄트머리에 서 있다는 사실을 알아채지 못하고 치명적인 거만함으로 말한다. "물론이지!" 그린 호넷은 무릎을 깊게 구부리고 손목을 한 번 튕겨 스파이의 발아래 깔린 러그를 잡아 뺐고, 스파이가 별표와 느낌표가 빼곡한 말풍선을 띄운 채 바닥에 엎드려 있는 동안 스파이의 총을 손에 쥐었다. 나도 리로이 같은 기회가 있었더라면 똑같은 행동을 했을지도 모른다. 만약 러그가 내 발밑에 있지 않았다면 리로이는 모린의 바보 같은 비명을 꾸짖었을 테고, 우리 둘은 모린을 내버려두고 빠져나왔을 것이다. 하지만 그 사건의 원인과 결과를 세세하게 살핀다 해도, 그것이 사건 자체를 바꾸지는 못했다.

그해 크리스마스에 우리는 에이브럼스 부인에게서 매년 받던 과일케이크를 받지 못했고, 켈리네는 받았다. 켈리 부인은 리로이와 모린과 내가 화해한 뒤에도, 우리가 다투었던 주에 중단된 우리 엄마와의 토요일 아침 커피 시간을 갖지 않았다. 나는 계속해서 만화책과 사탕 때문에 그린블룸 씨네 갔지만 그곳에서도 이웃들의 한랭전선은 분명했다. "이빨을 날카롭게 하는 작은 거 말이냐?" 그린블룸 씨는 가게에 다른 사람이 없는데도 목소리를 낮춰 말했다. "브라질너트랑 아몬드 초콜릿, 딱딱한 거?" 보라색으로 퉁퉁 부은 잔주름 하나 없는 까만 눈과 누런 사각턱을 한 그의 얼굴은 익숙한 미소 대신 딱딱하고 무거우며 주름지고 침울한 가면처럼 굳어 있었다. 나는 터뜨리고 싶은 충동을 느꼈다. "내 잘못이 아니에요! 아저씨라면 어떻게 했겠어요? 아저씨라면 나보고 어떻게 하라고 했겠냐고요!" 마치 그가 켈리네와의 일에 대해 나를 직접적으로 공격한 것처럼 말했지만, 물론 그는 그런 종류의 행동은 전혀 하지 않았다. 『슈퍼맨』 『원더 우먼』 『톰 믹스』와 『미키 마우스』 같은 화려한 표지의 신간 만화책으로 수북이 쌓인 선반이 눈앞에서 흐릿한 무지개처럼 흘러갔다. 나는 용돈으로 미리 당겨 받은 얇은 다임*을 만지작거렸지만, 그중 하나를 고를 생각은 없었다. "저, 저 나중에 다시 올게요." 나의 모든 행동을 왜 그렇게 사과하는 것처럼 설명해야 한다고 느꼈는지는 모르겠다.

애초에 나는 켈리네 집안과 나 사이의 분쟁이라는 문제가 외부에서 오는 어떤 감정의 흐름이 개입하지 않는 순수한 것이라고 생각했다. 엄마가 매년 여름 끝물이면 밀폐 용기에 저장해두는 둥글고 빨간 토마토처럼 완전하고 독립적인 것이라고 생각했다. 나에게는 이웃들의 비난이 잘못된 것처럼 보인 데다 이상하리만큼 과도하다고—나뿐만 아니라 부모님까지 포함했기 때문에—생각했지만, 나는 조만간 정의가 그 균형을 바로잡으리라 믿었다. 아마도 내가 가장 좋아하는 라디오프로그램과 만화가, 내가 그토록 그림을 작게 보고 기본적

---

* 미국의 화폐로 10센트 동전을 가리킨다.

인 색으로만 보게 한 원인이었는지도 모르겠다.

사람들이 얼마나 악랄할 수 있는지 몰랐던 건 아니다.

매주 일요일 오후면 섀도가 "인간의 마음속에 어떤 악이 숨어 있을까?"라고 콧소리로 조소하며 수사적으로 물었으니까. "섀도는 알지! 하하하하." 리로이와 나는 매주 결백한 피해자들은 악독한 실험용 약물 때문에 어딘가에서 쥐새끼로 변하고 있고, 그들의 맨발바닥은 촛불에 타고 있으며, 피라냐가 가득한 실내 수영장에 먹이로 던져지고 있다는 교훈을 얻었다. 침울하게 닫힌 리로이와 나의 방문 뒤에서, 또는 쉬는 시간에 운동장 구석에서 우리는 귓속말을 나누며, 휼웰 학교 지구와 워싱턴가 너머의 세계에 현존하는 뒤틀리고 잔인한 감정에 대한 누적된 증거들을 공유했다.

"너 일본에선 포로들을 데리고 뭐 하는지 알아?" 리로이가 진주만 공습 직후인 어느 토요일 아침 나에게 말했다. "거기선 사람들을 땅에 꽂힌 말뚝에 묶어놓고, 그 땅에 대나무 씨앗을 뿌린대. 비가 내리면 그 대나무 새순이 포로들의 등을 뚫고 자라서 심장을 찌른대."

"오, 죽순으론 그럴 수 없어." 나는 반박했다. "그만큼 단단하진 않을 거야."

"너 설리번 씨네 집 앞 콘크리트 인도 봤지? 거기 매일매일 이상한 균열들이 커지고 있잖아. 그 아래서 뭐가 밀려 올라오고 있는지 한번 봐봐." 리로이가 창백한 올빼미 같은 눈을 커다랗게 뜨고 말했다. "버섯이야! 작고 부드러운 머리의 버섯들!"

악에 대한 섀도의 계몽적 깨달음에 이어진 것은 물론 작별의 메시지였다. "범죄라는 잡초들은 씁쓸한 과일을 낳죠. 범죄는 보상을 주지 않아요."* 그의 프로그램 안에서 적어도 25분 동안은 절대로 그렇게 되지 않았다. 우리는 궁금해할 이유가 없었다. 선한 사람들이 이길까? 그렇다면, 어떻게?

라디오프로그램과 만화책은 어렵게 허락받은 것들이었다. 내가 전쟁영화를 보는 걸 엄마가 완강히 반대하리란 것은 알고 있었다("어린이의 정신을 그런 쓰레기로 채우는 건 좋지 않아, 상황이 이미 충분히 나쁘니까"). 한번은 베티 설리번의 생일 파티에 간다는 아주 간단한 전략으로 엄마 몰래 일본의 포로수용소 영화를 본 적이 있다. 그 파티에서는 우리 열 명에게 아이스크림을 대접하고 영화 두 편을 연달아 보여주었는데, 그때 나는 엄마의 지혜에 대해 다시 생각하게 되었다. 나의 감긴 눈꺼풀은 개인 영화 스크린처럼 밤마다 똑같은 유황색 장면을 독약처럼 되풀이했다. 수용소 안에서 굶주리고 있는 남자들, 며칠 동안 물도 없이 지내며 철창 너머 수용소 마당 한복판에 있는 분수에서 잘도 들려오는 물소리에 손을 뻗는 남자들. 그 분수에선 눈을 비스듬하게 뜬 교도관들이 가학적인 빈

* 실비아 플라스는 섀도의 톤을 살리기 위해 "범죄는 결국 보상을 가져다주지 않는다"라는 의미의 관용적 표현인 "Crime does not pay"의 'crime'을 'grime'이라고 변주하여 적었다. grime은 더러움이나 먼지를 의미한다.

도로 꿀꺽꿀꺽 시끄러운 소리를 내며 물을 마셨다.

나는 감히 엄마를 부르지도, 내 꿈에 대해 말하지도 못했다. 그렇게 했더라면 아마 굉장히 안심이 되었을 텐데. 만약 나를 괴롭히는 그 밤들에 대해 엄마가 알았더라면 어린이 방송인 〈노래하는 여인The Singing Lady〉의 달콤한 우화들과는 거리가 한참 먼 영화, 만화, 라디오프로그램 같은 것들은 그 즉시 끝이었을 것이다. 나는 그런 희생을 할 준비가 되어 있지 않았다.

문제는 이 꿈에서 내가 확신하던 궁극적인 정의감이 나를 버렸다는 점이다. 꿈속 사건은 선의 무리가 승리를 거두고 야영지로 돌진해 오면 영화의 관객들과 거의 다 죽어가던 수감자들이 환호를 지르는 원래의 해피 엔딩을 잃었다. 눈에 익은 색상—윈스롭만의 파란색, 그 너머의 하늘 또는 잔디와 나무의 초록색—이 갑자기 세계에서 사라지고, 칠흑같이 새까만 구덩이만 남았다. 그보다 더 당황스럽고 놀라울 수는 없었다. '그건 사실이 아니야. 꿈일 뿐이야'라는 예의 위안이 더 이상 통하지 않는 것 같았다. 그 적대적이고 음울한 악몽의 오라가 어떻게든 스며들어, 깨어 있는 내 풍경의 일부가 되었다.

이제 휸웰 학교의 수업 시간과 쉬는 시간의 평화로운 리듬은 제멋대로 시끌벅적하게 울리는 공습경보로 깨져버렸다. 우리는 소방 훈련 때 평소처럼 서로 마음껏 밀치거나 속닥거리지 않고 외투와 연필, 파일을 집어 들어 삐걱거리는 계단을 내려가 학교 지하실 구석에 지정된 색색의 태그를 따라 쪼그려 앉아서 이빨 사이에 연필을 물고 있어야 했다. 선생님 설명에 따르면, 그렇지 않을 경우 폭탄이 터질 때 우리가 혓바닥을 깨물지도 모른다는 것이었다. 저학년 아이들 몇몇은 언제나 울음을 터뜨렸다. 지하실은 어두웠고 천장에 매달린 알전구 하나만 차가운 돌바닥을 으스스하게 비추었다. 집에서는 부모님이 늘상 라디오 곁에 앉아 뉴스 진행자들이 심각한 얼굴로 짤막하게 전하는 소식을 듣고 있었다. 그런 와중에 내가 돌아오면 갑작스럽고 설명되지 않는 고요가 찾아왔더랬다. 우울 그 자체보다 더 안 좋은, 가짜 쾌활함으로만 해소되는 습관적 우울이었다.

나는 세상의 악이라는 현상에 대해서는 준비되어 있었지만, 그것이 이렇게 기만적인 양상으로 확장되는 것에 대해서는 준비되어 있지 않았다. 30분짜리 제한된 시간의 라디오프로그램, 만화책의 표지, 토요일 오후의 동시상영 같은 것들 너머, 모든 자신만만한 예측들을 뛰어넘는 통제 불가의 곰팡이에 대해선 준비가 되어 있지 않았다. 나는 나를 보호하는 선한 힘들에 대한 뿌리 깊은 감각을 갖고 있었다. 나의 부모님, 경찰, FBI, 대통령, 미군, 심지어 불분명한 배경에서 선의 승리를 상징하는 새도, 슈퍼맨 같은 존재들. 신은 말할 필요도 없었다. 이렇게 다양한 계층의 사람들이 나를 둘러싸고 동심원을 그리며 무한대로 뻗어나갈 테니, 나는 두려워할 게 없었다. 그런데도 나는 두려웠다. 분명 세계에 대해 근면히 학습했음에도 불구하고 여전히 내가 듣지 못한 무언가, 아직 손에 쥐지 못한 퍼즐 조각이 있었기 때문이다.

이 미스터리에 대한 나의 추측은 모린 켈리가 나를 따라잡기 위해 달려오던 금요일 등굣길에 한층 분명해졌다. "우리 엄마가 그러는데 네가 리로이를 문 건 네 잘못이 아니래." 모린이 지나치게 달콤한 톤으로 분명히 외쳤다. "엄마가 그러는데 그건 너희 아빠가 독일인이라서 그런 거래."

나는 충격을 받았다. "우리 아빠 독일인 아니야!" 나는 호흡을 가다듬고 쏘아붙였다. "아빠는…… 폴란드회랑 출신이야."

모린은 이 지리적 차이에 대해서는 알지 못했다. "너네 아빠 독일인이야, 엄마가 그렇게 말했어." 모린이 고집스럽게 주장했다. "게다가 교회도 안 가신다며."

"그게 어떻게 아빠 잘못이야?" 나는 다른 방법을 시도해봤다. "우리 아빠가 리로이를 문 게 아니라 내가 물었잖아." 애초에 모린이 시작한 이 싸움에 아빠가 이유 없이 연루되어 있다는 것이 나를 분노케 했고, 어쩐지 조금 무섭기도 했다. 나는 쉬는 시간에 모린이 다른 여자아이들과 옹기종기 모여 있는 모습을 봤다.

"너네 아빠 독일인이야." 베티 설리번이 미술 시간에 내게 속삭였다. 나는 하얀 번개가 빨강과 파랑 줄무늬를 대각선으로 이등분하는 민방위 배지를 디자인하고 있었고, 고개를 들지 않았다. "너네 아빠가 스파이가 아니라는 건 어떻게 알아?"

나는 학교를 마치자마자 집으로 가서 엄마와 결판을 내겠다고 마음먹었다. 틀림없이 아빠는 시립대학City College*에서 독일어를 가르쳤지만, 그 사실이 아빠를 켈리 씨나 설리번 씨나 그린블룸 씨보다 못한 미국인으로 만들지는 않는다. 아빠가 교회에 가지 않는다는 건 인정해야 했다. 하지만 그럼에도 나는 그 사실이나 그가 독일어를 가르친다는 것이 내가 켈리네 사람들과 빚는 소란에 어떤 관련이 있는지 알 수 없었다. 혼란스러웠지만, 내가 이해할 수 있었던 것은 리로이를 물어버림으로써 이웃들이 어떤 불투명하고 에두르는 방식으로 아빠를 배신하게 만들었다는 점이다.

　나는 천천히 현관을 통과해 부엌으로 갔다. 쿠키 단지엔 지난주에 굽고 남은 오래된 생강쿠키 두 개를 제외하면 아무것도 남아 있지 않았다. "엄마!" 위층으로 올라가며 불렀다. "엄마!"

　"여기 있어, 세이디." 엄마의 목소리가 아주 긴 터널 저 멀리서 나를 부르는 낮은 메아리처럼 들렸다. 낮이 가장 짧은 겨울의 오후라 빛이 일찍 사라졌지만, 집에는 조명 하나 켜져 있지 않았다. 나는 한 번에 두 계단씩 올라갔다.

　엄마는 커다란 침실 안 점점 흐려지는 창문가에 있었다. 큰 안락의자에 앉은 엄마가 쪼그라든 것처럼 작아 보였다. 그 희미한 불빛 속에서도 나는 엄마의 눈이 빨갛게 붓고, 눈가가

---

*　지역사회에 기반을 둔 지역 전문대학, 커뮤니티 칼리지라고도 한다.

젖어 있다는 것을 알 수 있었다.

내가 모린이 한 말을 전했을 때 엄마는 조금도 놀라지 않았다. 평소처럼 모린은 뭘 잘 모른다고, 어리니까 내가 더 관대한 사람이 되어야 한다고, 용서하고 잊어버리라는 달콤한 말로 상황을 나아지게 하려는 시도도 하지 않았다.

"아빠는 모린이 말한 것처럼 독일인이 아니잖아요." 내가 물었다. "아니에요?"

"어떻게 보면," 엄마는 불시에 나를 놀라게 만들었다. "독일인이지. 독일 시민권자니까. 하지만 또 다르게 보면, 네 말이 맞아. 모린이 말한 것 같은 독일인은 아니야."

"아빠는 아무도 해치지 않는걸요!" 나는 쏘아붙였다. "아빠는 우리를 위해서 싸울 거예요, 그래야 할 때가 된다면!"

"물론 그러시겠지. 너랑 나는 알지." 엄마는 웃지 않았다. "그리고 이웃들도 알아. 그렇지만 전쟁이 나면 사람들은 겁에 질려서 자신이 알고 있는 것조차 자주 잊는단다. 사실 이것 때문에 아빠가 우리에게서 잠시 멀어질 수도 있겠다고 생각해."

"징집되어서요? 에이브럼스 부인의 아들처럼요?"

"아니, 그렇게는 아니고." 엄마가 천천히 말했다. "서쪽으로 가면 전쟁 중에 독일 시민권자들이 좀 더 안전하게 느낄 수 있는 공간이 마련되어 있어. 아빠도 그런 곳 중 한곳에 가 있으라는 말을 들었단다."

"하지만 그건 불공평해요!" 엄마는 어떻게 저기 앉아서 아빠가 독일인 스파이 같은 대접을 받게 될 거라고 차분히 말할 수 있는지, 소름이 돋았다. "그건 실수예요!" 나는 모린 켈리를, 베티 설리번을, 학교에 있는 다른 아이들을 떠올렸다. 그 애들이 이 얘기를 들으면 뭐라고 할까? 나는 곧이어 경찰을, FBI를, 대통령을, 미군을 떠올렸다. 신도 떠올렸다. "신은 그런 일이 일어나게 내버려두지 않을 거예요!" 나는 북받쳐서 외쳤다.

엄마가 나를 살피는 듯한 눈으로 바라보았다. 그러더니 내 어깨를 붙잡고 아빠가 돌아오기 전에 확실히 해두어야 할 중요한 일이 있는 것처럼 아주 빠르게 말하기 시작했다. "아빠가 집을 떠나야 한다는 건 분명 실수고 불공평한 일이야. 너는 절대로 그 사실을 잊어서는 안 돼. 모린이나 다른 사람이 뭐라 말하든. 동시에, 우리가 할 수 있는 건 없어. 그건 정부의 명령이고, 그 명령에 대해 우리가 할 수 있는 건 아무것도 없어……."

나는 미약하게 저항했다. "하지만 엄마는 신이……."

엄마가 내 말을 막았다. "신이 그 일이 일어나게 하실 거야."

그때 나는 내가 가지고 있지 않았던 퍼즐 한 조각을 엄마가 주려고 한다는 것을 깨달았다. 내 마음속 그림자가 우리 세계의 반쪽을, 그리고 그 너머를 집어삼키는 밤과 함께 길어졌다. 온 세계가 어둠 속에 잠긴 것 같았다. 처음으로 사실들이 엄마의 시각대로 기울지 않았고, 엄마는 내가 그걸 직시하게 했다.

"그럼 신은 존재하지 않는 것 같아요." 나는 심드렁하게 말했다. 신성모독이라는 느낌조차 없었다. "그런 일들이 벌어진다면요."

"어떤 사람들은 그렇게 생각한단다." 엄마가 조용히 말했다.

1959년 1월

조니 패닉과 꿈의 성경

매일 9시부터 5시까지 나는 사무실 문이 마주 보이는 책상에 앉아 다른 사람들의 꿈을 타이핑한다. 꿈뿐만이 아니다. 그것만으로는 내 상사들에게 충분히 실용적이지 않기 때문이다. 나는 엄마와의 문제나 아빠와의 문제, 병이나 침대와의 문제, 알 수 없는 이유로 찾아와 달콤한 세계를 깜깜하게 만들어버리는 끔찍한 두통 같은 문제 등 사람들이 낮 시간에 하는 불평들도 타이핑한다. 우리 사무실을 찾는 사람들 가운데 문제가 없는 사람은 없다. 바서만이나 웩슬러-벨뷰*만으로는 정확히 규명할 수 없는 문제들 말이다.

아마도 생쥐는 아주 일찍부터 이 거대한 발들에 의해 전

---

* 바서만 검사는 매독 진단에 사용된 검사이고, 웩슬러-벨뷰 검사는 지능검사의 일종이다.

세계가 굴러간다고 생각하게 되었을 것이다. 그런데 내가 앉아 있는 곳에서 봤을 때, 나는 이 세계가 단 한 가지에 의해 굴러가고, 오직 그 한 가지만으로 굴러간다고 생각한다. 개의 얼굴을 한, 악마의 얼굴을 한, 쭈그렁 할망구의 얼굴을 한, 창녀의 얼굴을 한, 얼굴이 전혀 없는 대문자로 된 패닉. 깨어 있든 잠들어 있든 그것은 모두 '조니 패닉'이다.

누군가 내게 어디서 일하는지 물어보면 나는 시립병원 클리닉 건물에 있는 외래환자 부서의 서기보라고 말한다. 이 말만으로도 중요하게 들리기 때문에 그들은 내가 하는 것 이상으로 물어보는 데까지 이르지는 않는다. 그리고 나는 주로 기록을 타이핑한다. 하지만 나는 혼자 철저히 비밀리에 의사들 귀에 거슬릴 만한 소명을 추구하고 있다. 원룸아파트라는 사적인 공간에서 나를 다른 누구도 아닌 조니 패닉의 비서라고 부르는 것이다.

꿈에서 꿈을 거치며, 나는 스스로를 흔치 않은 인물로 교육시키고 있다. 정신분석 연구소 소속의 그 어떤 구성원보다 희귀한 인물, 바로 꿈의 애호가가 되는 것이다. 꿈을 멈추는 사람도, 해석하는 사람도, 건강이나 행복 같은 무신경하고 실질적인 목적으로 꿈을 착취하는 사람이 아니라 꿈 자체만을 위한 깔끔한 수집가가 되는 것. 그 모든 꿈의 창조주인 조니 패닉만을 위한 꿈의 연인.

우리 기록장에 타이핑했던 꿈 중 내가 외우지 못하는 꿈은 하나도 없다. 집으로 돌아와 조니 패닉의 꿈의 성경에 옮겨

적지 않은 꿈이란 하나도 없다.

이것이 나의 진정한 소명이다.

어떤 밤에는 엘리베이터를 타고 아파트 옥상으로 올라간
다. 때때로 새벽 3시경에. 맞은편 공원의 나무들 너머로 보이
지 않는 마녀 같은 공격 아래 연합 기금 횃불의 불꽃이 사그라
들었다가 타오르기를 반복하는 동안, 나는 돌과 벽돌 무더기
여기저기에서 불빛을 본다. 그러나 대체로 도시가 잠들어 있
다는 것을 느낀다. 서쪽 강가에서 동쪽 바다에 이르기까지 잠
들어 있다고, 아무것에도 기대 있지 않은 뿌리 없는 섬이 저
자신을 재우고 있는 것 같다고.

나는 바이올린의 맨 위쪽 현처럼 팽팽하게 긴장되지만, 하
늘이 파랗게 물들기 시작할 때면 잠들 준비가 되어 있다. 그
모든 꿈꾸는 이들에 대한 생각과 그들이 꾸는 꿈이 나를 마
모시켜 열병의 잠을 자게 한다. 월요일부터 금요일까지 그 꿈
들을 타이핑할 뿐이다. 물론 내가 건드리는 것은 도시 전체의
일부분도 되지 않지만, 페이지별로 꿈별로 나의 접수 기록장
은 본관과 평행하게 나 있는 좁은 복도에 놓인 책장 안에서
점점 두툼해지며 제 무게를 키워간다. 그 복도를 따라 모든
의사가 면담을 하는 작은 상담실 문들이 있다.

나에게는 내원하는 사람들을 그들의 꿈으로 식별하는 특
이한 습관이 있다. 나로서는, 꿈들이 그 어떤 세례명보다도
그들을 더 잘 알아보게 만든다. 예를 들어, 마을의 볼베어링

회사에서 일하는 한 남자는 매일 밤 바닥에 등을 대고 누운 자신의 가슴 위에 모래 한 알이 얹어지는 꿈을 꾼다. 그 모래 알이 조금씩 커지다 제법 큰 규모의 집만 해져서 그는 숨을 쉴 수 없게 된다. 어떤 사람은 어렸을 때 병원에서 마취를 하고 편도선과 아데노이드를 제거한 이래로 특정한 꿈을 꾸고 있다. 그 꿈에서 그는 방적공장 롤러에 끼여 사투를 벌인다. 아, 그는 혼자인 것처럼 느끼지만, 실은 그만 그런 게 아니다. 요새는 많은 사람이 기계에 깔리거나 잡아먹히는 꿈을 꾼다. 그들은 지하철이나 엘리베이터도 타지 않을 신중한 유형의 사람들이다. 병원 카페테리아에서 점심을 먹고 돌아오는 길에 종종 마주치는 그들은 늘 먼지가 폴폴 나는 돌계단을 헐떡이며 올라 4층 사무실로 가고 있다. 때때로 나는 그들이 볼베어링이나 방직기가 발명되기 이전에 어떤 꿈을 꾸었는지 궁금해지곤 한다.

내게도 나만의 꿈이 있다. 단 하나뿐인 나의 꿈. 꿈의 꿈.

이 꿈에서는 커다랗고 반투명한 호수가 사방으로 뻗어 있다. 호수의 가장자리가 있다고 해도 호숫가 자체를 보기가 힘들 정도로 크기 때문에, 나는 어떤 헬리콥터의 유리 바닥에 붙어 아래를 내려다보고 있다. 너무도 깊어서 호수 바닥에 새까만 덩어리들이 움직이고 무리 짓고 있다는 것을 추측할 뿐이지만, 거기에는 진짜 용들이 있다. 사람들이 동굴에 살기 전, 불에 고기를 굽고 바퀴나 알파벳 같은 것을 만들어내기 전부터 살았던 존재 말이다. 거대하다는 표현으로는 턱없이 부족하다. 그들에겐 조니 패닉보다 더 많은 주름이 있다. 그들에 대해 충분히 오래 꿈꾸면, 그들을 자세히 보려고 할 때 당신의 손과 발은 시들어버린다. 태양은 오렌지만 한 크기로 줄어들고 더 차가워지며, 당신은 마지막 빙하기 이후 록스베리에서 살고 있다. 거기엔 어떤 장소가 아니라 당신이 알았던 최초의 방처럼 푹신한 방이 있는데, 당신은 그곳에서 꿈꾸고 떠다니고, 떠다니고 꿈꾼다. 마침내 당신이 그 위대한 원형들 사이로 돌아가 더 이상 꿈을 꾸는 것 자체에 어떤 의미도 없어질 때까지.

밤이면 이 호수로 사람들의 마음이 흐른다. 개울과 배수로로 흐르는 물들이 경계 하나 없는 공유 저수지로 흐르는 것이다. 교외 사람들이 철조망 울타리를 두른 소나무 숲 한가운데 있는 호프 다이아몬드보다 더 질투 나도록 지켜내는, 맑고 푸르게 반짝이는 식수원과 이 호수는 닮은 데가 전혀 없다.

투명함을 떠나서, 이곳은 세기의 하수처리장이다.

이 호수의 물에서는 수 세기 동안 그 안에서 질척하게 젖어버린 꿈들 때문에 자연스레 악취와 연기가 난다. 한 도시에서 한 사람의 하룻밤 꿈에 등장하는 소품들이 얼마나 많은 공간을 차지하는지, 그 도시가 세계지도에서 얼마나 미세한 점인지 생각해본다면, 그리고 그 공간을 세상의 인구수로, 유인원들이 돌을 쪼아 도끼를 만들고 털을 잃기 시작한 후부터 지금까지의 밤으로 곱해본다면 내가 지금 무슨 말을 하는지 이해할 수 있을 것이다. 나는 수학적인 유형이 아니라 매사추세츠주에서 하룻밤 동안 생기는 꿈의 수만 생각해도 머리가 터져버리기 시작한다.

이때쯤 되면 나는 그 호수 표면의 뱀들이, 복어처럼 부풀어 오른 사체들이, 실험실 병에 담겨 둥둥 떠다니는 인간 배아들이 마치 '그대로 존재하는 자'에게서 온 무수한 미완성의 메시지들처럼 우글거리는 것을 보게 된다. 칼, 재단기, 피스톤, 톱니바퀴, 호두까기 등 온갖 철물의 저장고를 보기도 한다. 유리 눈알에 악마의 이빨을 지닌 번쩍거리는 자동차의 전면들. 거기에는 스파이더 맨도 있고, 화성에서 온 물갈퀴 발을 가진 사람도 있고, 반지와 서약에도 불구하고 최후의 연인에게서 영원히 고개를 돌린 단순하고 침울한 인간 얼굴의 환영도 있다.

이 역류에서 가장 자주 등장하는 형태 중 하나는 너무 흔해 언급하는 것조차 우스워 보일 수도 있다. 그것은 먼지다. 물은 먼지 티끌로 빽빽하다. 먼지들은 다른 모든 것 사이로 스며들어 뿌옇고 편재하는 자기들만의 기이한 힘으로 빙빙 돈다. 악몽의 호수, 광기의 늪지 등 당신이 그 물을 어떻게 부르든 이곳은 잠든 사람들이 자기가 가진 최악의 꿈의 소품들 사이에서 눕고 뒹구는 단 하나의 위대한 형제애가 있는 곳이다. 비록 각자는 깨어나면서 자기 자신이 완전히 독립적이고 분리되어 있다고 생각한다 할지라도.

이것이 나의 꿈이다. 어떤 사례집에서도 이런 내용을 찾아볼 수 없을 것이다. 우리 사무실의 일상은 피부 클리닉이나 종양 클리닉의 일상과는 사뭇 다르다. 다른 클리닉들은 서로 유사점이 많지만, 그 어떤 클리닉도 우리 클리닉 같지는 않다. 우리 클리닉에서는 치료가 처방되지 않는다. 그건 눈에 보이지 않는다. 두 개의 의자와 하나의 책상, 불투명한 직사각형 창문을 나무 프레임에 끼워 맞춘 창문과 문이 있는 작은 방으로 곧장 가게 된다. 이런 종류의 진료에는 어떤 정신적 순수성이 있다. 성인 정신과 클리닉의 서기보라는 직책이 주는 특권이 있다는 느낌을 피할 수 없다. 어디든 공간이 부족한 어떤 요일에 다른 병동 사람들이 우리 방으로 무례하게 난입할 때면 나는 자부심을 느낀다. 우리 건물은 굉장히 오래되었고, 시설도 시대의 요구에 따라 확장되지 않았다. 이렇게 겹치는 날에는 다른 클리닉과 우리 클리닉의 대조가 두드러진다.

가령 화요일과 목요일 아침이면 우리 사무실 중 한곳에서는 허리천자를 한다. 간호조무사가 보통 그러듯이 방문을 활짝 열어놓고 나가는 경우, 나는 하얀 간이침대의 끄트머리와 침대 시트 아래로 삐죽하게 튀어나온 환자의 누런 맨발바닥을 볼 수 있다. 나는 이런 광경을 혐오함에도 불구하고 그 맨발에서 눈을 뗄 수가 없을뿐더러 타자를 치다가도 몇 분에 한 번씩 고개를 들어 그들이 아직 거기에 있는지, 자세를 바꾸진 않았는지 확인한다. 한창 작업하는 도중에 그게 얼마나 방해가 되는지 당신은 이해할 수 있을 것이다. 나는 종종 신중하게 교정을 보는 척하면서 내가 타이핑한 것을 몇 번이고 다시 읽어보기도 하는데, 그건 음성 기록에서 들려오는 의사의 목소리를 받아 적은 꿈들을 외우기 위해서이다.

옆방의 신경 클리닉은 우리가 담당하는 업무에서 상상력이 덜 가미되고 좀 더 거친 부분을 관장한다고 볼 수 있는데, 이 클리닉이 아침마다 우리를 방해했다. 그들은 아침에만 운영했고 오후가 되면 우리가 치료를 위해 그들의 사무실을 썼는데, 매일 아침 이탈리아어나 중국어로 시끄럽게 떠들거나 노래하거나 울어대는 사람들을 네 시간 연속으로 받는 그 클리닉의 작태는 아무리 말을 안 하려고 해도 방해가 되었다.

다른 클리닉들의 방해에도 불구하고, 내 작업은 준수한 속도로 진척되고 있다. 지금으로서는 환자가 "이 꿈을 꿨어요, 의사 선생님"이라고 말한 이후의 이야기를 받아 적는 수준을 훌쩍 뛰어넘어 말하지도 않은 꿈들을 재현하는 단계에 이르렀다. 가장 희미한 방식으로 서서히 드러나지만 대대적인 공개에 앞서 붉은 벨벳 아래 조각상처럼 스스로 숨어 있는 꿈들.

예를 들자면 이렇다. 이 여자는 혀가 퉁퉁 부어 입 밖으로 삐져나와서, 프랑스계 캐나다인 시어머니의 스무 명 가까이 되는 친구들을 위해 준비했던 파티를 포기하고 우리 병원 응급 병동으로 실려 왔다. 그녀는 자신의 혀가 그렇게 튀어나오는 것이 싫었는데, 솔직히 그건 대단히 민망한 사건이었기 때문이다. 하지만 그녀는 자신의 프랑스계 캐나다인 시어머니를 돼지보다 싫어했기에, 다른 신체 부위는 진실되지 않을지

언정 혓바닥만큼은 그녀의 의견에 충실하게 움직였다. 이제 그녀는 어떤 꿈에 대한 소유권도 주장하지 않았다. 이 기록은 처음에는 있는 그대로의 사실만으로 시작해야 했지만, 나는 그 너머에서 꿈 한 편의 용기와 잠재력을 감지한다.

그래서 나는 그녀의 혀 아래 편안하게 자리 잡은 이 꿈을 뿌리째 뽑아버리겠다는 태세를 갖춘다.

내가 파헤치는 꿈이 무엇이든, 고된 노력과 어떤 종류의 기도를 동원해서라도 나는 그 꿈의 한구석에서 엄지손가락 지문을, 한가운데서 악의적인 디테일을, 둥둥 떠 있는 실체 없는 체셔 고양이의 웃음을 반드시 발견하게 된다. 이 모든 작품은 조니 패닉의 특별한 재능에 의해서만, 오직 그에 의해서만 발현된다. 그는 교활하고 교묘하며 천둥처럼 갑작스럽지만, 자기 정체를 자주 드러낸다. 그는 멜로드라마에 저항할 수 없다. 가장 오래되고 명백한 종류의 멜로드라마에.

내가 기억하는 한 남자가 있다. 징이 박힌 검정 가죽 재킷을 입은 다부진 체구의 청년으로, 그는 메카닉스 홀에서 열린 복싱 경기에서 바로 우리에게로 달려왔는데, 그 뒤를 조니 패닉이 쫓고 있었다. 남자는 신실한 가톨릭신자로 젊고 꼿꼿해 보였지만 죽음에 대한 극심한 공포에 떨며, 자신이 지옥에 갈 거라고 새파랗게 질려 있었다. 그는 형광등 공장에서 일하는 삯일꾼이었는데, 내가 이토록 세세하게 기억하는 이유는 어둠을 두려워하는 그가 그곳에서 일해야 한다는 사실이 재미있게 느껴졌기 때문이다. 조니 패닉은 다른 데서는 쉽게 찾아

보기 어려운 시적인 요소를 이 건에 주입했고, 그 덕에 나는 그에게 무한히 고마워하게 되었다.

　이 남자를 염두에 두고 작업했던 꿈의 시나리오 또한 아주 선명하게 기억한다. 어느 수도원 지하 공간에 고딕양식의 내부가 있었는데, 그곳은 두 개의 거울 사이에서 끝없이 펼쳐지는 풍경처럼 보였다. 모든 기둥과 벽은 다른 무엇도 아닌 인간의 두개골과 뼈로 만들어져 있었고, 벽감마다 시체가 하나씩 놓여 있었다. 그 시간의 전당 전경에 놓인 시체들은 아직 따뜻했고 중간에는 변색되며 점차 썩어가는 시체들이, 끝부분에는 먼지 하나 없이 깨끗한 뼈들이 미래적인 흰빛 속에서 나타났다. 내 기억으로 나는 정확성을 위해 전체 장면에 불을 밝혔는데, 양초가 아니라 얼음처럼 밝은 형광등으로 밝히는 바람에 피부는 초록빛으로, 모든 분홍과 빨강은 검보랏빛으로 변했다.

　내가 어떻게 검은 가죽 재킷을 입은 이 남자의 꿈을 아느냐고 당신은 물을 수도 있다. 나도 알 수 없다. 그저 그의 꿈이라는 걸 믿고, 꿈 자체를 재현할 때보다 좀 더 많은 에너지와 눈물, 간절함을 들여 신념에 따라 작업할 뿐이다.

　물론 나의 사무실에도 한계는 있다. 혓바닥이 삐져나온 부인과 메카닉스 홀에서 온 남자가, 우리가 다루는 가장 극단적인 사례였다. 정말 늪 같은 호수의 밑바닥으로 떠내려간 사람들은 한 번만 왔다가 우리 사무실보다 더 영구적인 장소로 이관된다. 우리 사무실은 일주일에 다섯 번 열고, 그나마도 9시부터 5시까지만 사람들을 받으니까. 심지어 호수의 절반도 채 가라앉지 않고 간신히 거리를 걸어 다니며 일하는 사람들조차 좀 더 심각한 사례를 전문으로 하는 다른 병원의 외래환자 부서로 보내진다. 아니면 내가 아직 본 적 없는 중앙 병원 내 관찰 병동에 한 달 정도 머물기도 한다.

그 병동의 서기관을 본 적이 있다. 10시 휴식 시간에 카페테리아에서 담배를 피우고 커피를 마시는 모습을 본 것뿐인데, 그게 뭔가 마음에 들지 않아 다시는 그녀 옆에 앉지 않았다. 정확하게 기억나지는 않지만 우스꽝스러운 이름으로, 밀러래비지 씨였던가, 여하튼 좀 이상한 이름이었다. 도시 전화번호부에서 아무렇게나 찾은 이름이라기보다 밀타운Milltown과 래비지Ravage를 섞어 만든 말장난 같아 보이는 이름 중 하나였다. 하지만 또 그렇게 이상한 이름은 아닌 것이, 당신이 한 번이라도 전화번호부를 훑어봤다면 하이맨 디들보커라든가 새스파릴라 그린리프 같은 이름도 발견할 수 있기 때문이다. 언제인지 모르겠지만 전화번호부를 통독한 적이 있는데, 그때 얼마나 많은 사람이 스미스라고 불리지 않는지 확인해서 내면의 깊은 욕구가 충족됐었다.

하여간 밀러래비지 씨는 뚱뚱하다기보다는 건장한 근육질에 무엇보다도 키가 큰 덩치 좋은 여자였다. 그녀가 단단하고 장대한 몸에 입은 회색 정장은 군사적인 디테일을 강조하는 복장은 아니었지만, 흐릿하게나마 어떤 제복 같은 느낌을 주었다. 그녀의 얼굴은 황소만큼이나 육중했고, 마치 물속에 오랫동안 누워 있다 작은 조류들이 피부에 달라붙어 담뱃잎 같은 갈색과 초록색으로 얼룩덜룩해진 것처럼 수많은 점으로 뒤덮여 있었다. 그 점들은 주변부의 피부가 매우 창백했기 때문에 눈에 띄었다. 나는 밀러래비지 씨가 완연한 대낮의 빛을 한 번이라도 본 적이 있는지 궁금했다. 그녀가 요람에서 인공조명만 받고 자랐다 해도 놀랍지 않았기 때문이다.

알코올중독 클리닉 서기보인 버나는 나 역시 '영국에 있었다'는 말로 밀러래비지 씨에게 나를 소개했다.

알고 보니 밀러래비지 씨는 자신의 황금기를 런던에 있는 병원에서 보냈다고 했다.

그녀가 기묘하고 심술궂은 저음으로, 나에게 그다지 호의적이지 않다는 직접적인 눈길로 말했다. "바츠 병원에서 근무했던 친구가 하나 있었죠. 전쟁 끝나고 연락하려고 했는데, 간호부장을 포함해 모두 바뀌면서 아무도 그 애 소식을 몰랐어요. 아마도 폭발 때문에 이전 간호부장이랑 함께, 쓰레기들과 함께 사라졌나 봐요." 그녀는 이 말을 하곤 크게 웃었다.

나는 시체를 해부하는 의대생들을 보아왔다. 한 교실당 네 구의 시체가 모비 딕처럼, 인간으로 보기 어려울 정도로 변형되어 있었다. 의대생들은 죽은 사람들의 간을 던지며 놀았고, 남학생들은 산부인과의 자선 병동에서 분만 후 찢어진 부위가 잘못 꿰매어진 여자를 두고 농담을 하기도 했다. 그런데도 나는 밀러래비지 씨가 일생에서 가장 큰 웃음으로 평가절하해버리는 무언가를 보고 싶지는 않았다. 전혀 보고 싶지 않왔다. 만약 그녀의 눈을 핀으로 긁어내면 단단한 석영 조각을 만나게 될 거라 확신한다.

나의 상사도 유머 감각이 있지만, 순한 종류의 것이다. 크리스마스이브의 산타처럼 너그럽다.

나는 묘하게도 내가 태어난 해인 33년 전 이 병동이 개원한 이래 계속 근무해온 테일러 씨라는 중년 여성 서기 관장 밑에서 일한다. 테일러 씨는 모든 의사를, 모든 환자를, 모든 구식 예약 접수증을, 진료 의뢰서나 병원이 사용해왔고 사용하려고 했던 모든 청구 절차를 잘 알고 있다. 그녀는 은퇴를 해서 사회보장 수당을 받게 될 때까지 병동에 붙어 있을 계획이다. 전에 본 적 없는, 일에 헌신하는 여성이었다. 내가 꿈을 대하는 방식을 그녀는 통계에 적용했다. 만약 병원에 불이 난다면 그녀는 자신의 피부가 심각한 위험에 처할지라도 마지막 통계서 한 권까지 아래에 있는 소방관에게 던질 것이었다.

나는 테일러 씨와 아주 잘 지냈다. 내가 그녀에게 들키지 않으려는 유일한 한 가지는 오래된 기록장들을 읽는 일이었다. 사실 그것들을 읽을 시간은 매우 적다. 우리 사무실은 스물다섯 명의 의사와 직원 들이 들락거리고, 수련 중인 의대생 들뿐만 아니라 환자들과 환자의 친인척들, 다른 클리닉에서 우리 클리닉으로 환자를 위탁하러 오는 직원들로 인해 증권거래소보다 바쁘기 때문에, 테일러 씨가 커피를 마시고 점심을 먹으러 가서 나 혼자 사무실을 지키고 있을 때도 메모 한두 개 정도만 빠르게 적는 이상의 일을 할 수가 없다.

이런 식으로 계획을 세울 수 없는 일은 사람의 신경을 갉아먹는다고 해도 과언이 아니다. 훌륭한 꿈을 꾼 사람 중 많은 이가 모두 옛날 기록에 있다. 그들은 다른 곳으로 보내지기 전, 검사를 위해 우리에게 한두 번 정도 오는 게 전부다. 이 꿈들을 받아 적기 위해서는 아주 많은 시간이 필요하다. 나의 상황은 예술을 좇아 느긋하게 작업하기에는 이상적이지 않다. 이러한 위태로움을 안고 하는 작업은 물론 어떤 위험들을 수반하지만, 그래도 나는 혀로 첫맛을 느끼기 전 한 시간 동안 브랜디 한 모금의 향에 마음껏 코를 대는 진정한 애호가의 풍요로운 여유를 갈망한다.

요즘 나는 하루에도 열두 번씩 꿈으로 가득 찬 저 두껍고, 푸르고, 천으로 묶어놓은 기록장 하나를 담기에 충분한 큰 서류 가방을 가지고 출근하면 얼마나 좋을까 상상한다. 테일러 씨가 점심을 먹으러 가고 의사와 학생들이 오후 환자를 보기 위해 모여들기 전, 그 잠잠한 시간에 나는 10년 또는 15년 정도 전의 날짜가 찍힌 기록장을 서류 가방에 넣을 수 있을 것이다. 그리고 5시 종이 칠 때까지 그 서류 가방을 책상 아래에 두는 것이다. 물론 의심스럽게 생긴 뭉치들은 클리닉 관리인이 검사하고, 건물과 병원에는 끊임없이 일어나는 다양한 종류의 절도를 감시하는 직원들이 있지만, 어쨌거나 내가 타자기나 헤로인을 가지고 도망갈 생각을 하고 있는 것은 아니니까. 나는 그 책을 하룻밤만 빌려 보려는 것뿐이며, 다음 날 누구보다 빨리 와서 원래 있던 자리에 돌려놓을 생각이다. 하지만 병원에서 기록장 하나를 가지고 나갔다가 걸리면 아마도 직장을, 그뿐만 아니라 내 원재료를 잃게 될 것이다.

매일 밤을 새우더라도 편안하고 사적인 내 아파트에서 기록장을 천천히 들여다본다는 생각이 나를 너무도 매료시키는 바람에, 나는 갈수록 테일러 씨가 30분가량 사무실을 비우는 동안 꿈들을 찾아볼 시간을 쪼개야 하는 평소 방식에 조바심을 내게 됐다.

문제는 테일러 씨가 도대체 언제 사무실로 돌아올지 정확히 알 수 없다는 점이다. 그녀는 절룩거리는 왼쪽 다리만 아니었으면 점심시간 30분과 커피 마시는 20분도 더 짧게 줄일 정도로 자신의 일에 성실했기 때문이다. 다리를 절룩이며 복도를 걸을 때 나는 독특한 소리는 그녀가 다가오고 있음을 제때 경고해주었는데, 그러면 나는 읽고 있던 기록을 서랍에 휙 던져 넣고 전화 메시지를 확인하는 등 알리바이를 꾸미듯 과장된 행동들을 취했다. 유일한 애로 사항은 신경 클리닉 반대편에 위치한 절단환자 클리닉이 우리 클리닉으로 이어지는 모퉁이에 있어서, 의족을 끄는 소리를 테일러 씨가 사무실에 돌아오는 소리로 착각한 오경보 때문에 여러 번 조마조마했었다는 점이다.

오래된 기록장에서 꿈 하나를 취할 시간도 부족하고, 필사 작업도 〈카미노 레알〉에서 주역을 따내지 못해 울고 있는 대학 2학년생 수준에 불과한 최악의 날엔, 나는 에베레스트처럼 단단하고 오리온자리보다 드높은 조니 패닉이 나에게서 등을 돌리는 것을 느낀다. 그리고 위대한 꿈의 성경의 모토인 "완전한 공포가 모든 것을 몰아낸다"라는 말이 내 입술에 얹어진 재이자 레몬수처럼 느껴진다. 나는 옥수수만 주면 행복에 취해 길 끝에 있는 도살장을 보지 못하는 승리의 돼지들 나라에 사는 한심한 은둔자이다. 나는 코케인Cockaygne의 땅* 에서 자기 예언에 호되게 당한 예레미야다.

더 안 좋은 것은 매일같이 수단과 방법을 가리지 않고 조니 패닉의 개종자들을 말과 말과 말로 채 가려고 연구하는 정신과 의사들을 본다는 점이다. 나보다 먼저 역사에 등장했던 푹 꺼진 눈과 덥수룩한 수염의 꿈 수집가들, 그들의 후계자들은 하얀 가운을 걸치고 옹이 진 소나무 판을 댄 사무실 가죽 소파에 앉아 건강과 재력, 재력과 건강이라는 세속적인 목적으로 꿈을 모으고 있다. 조니 패닉의 진실한 신자가 되려거든 누구나 꿈꾸는 사람은 잊고 꿈만을 기억해야 하거늘. 꿈꾸는 이는 위대한 꿈-창조자의 얄팍한 운반자일 뿐이기 때문이다. 그들은 그렇게 하지 않을 것이다. 조니 패닉은 창자 안의 금이고, 그들은 영적인 위세척으로 그를 축출해내려고 한다.

해리 빌보에게 일어난 일을 떠올려보자. 빌보 씨는 자기 어깨에 납으로 만든 무거운 관처럼 조니 패닉의 손을 지고

---

* 풍요의 땅, 이상향 등을 의미하는 옛 유럽의 전설의 땅.

사무실에 찾아왔었다. 그는 세상의 오물에 대한 흥미로운 생각을 갖고 있었기에 나는 그가 조니 패닉의 꿈의 성경 중에서도 공포 제3권의 9장, 즉 먼지, 질병, 일반적인 부패를 다루는 그 장에서 그가 중요한 역할을 할 거라고 생각했다. 해리의 친구는 어렸을 적 보이스카우트 밴드에서 트럼펫을 불었고, 해리 또한 그 친구의 트럼펫을 분 적이 있다. 몇 년 뒤 그 친구는 암에 걸려 죽었다. 그리고 얼마 전 암 전문의가 해리의 집으로 찾아와 의자에 앉더니 그의 어머니와 안녕하세요, 하고 인사를 나누고는 악수를 한 후 문을 열고 나갔다. 그러고 나서 갑자기 해리는 암에 걸릴 수도 있다는 공포에 사로잡혀 24시간 내내 로마의 모든 추기경이 그에게 축복을 내려준대도, 트럼펫을 불지도 그 의자에 앉지도 악수를 하지도 않을 지경이 되었다. 그의 어머니가 텔레비전 다이얼을 돌려줘야 했고 수도꼭지를 열고 닫아줘야 했으며 문까지 열어줘야 했다. 머지않아 해리는 길거리의 침과 개똥 때문에 출근을 관뒀다. 그런 것들이 처음에는 신발에 묻고, 신발을 벗을 때 손에 묻고, 저녁 식사 때 입에 들어간다고 생각하면 성모송을 백번 외운다 하더라도 이 연쇄반응에서 벗어날 수 없었다.

해리에게 닥친 최후의 사건은 장애인이 체육관에서 덤벨 운동 하는 모습을 보고 역기 운동을 그만둔 것이었다. 그가 귀 뒤나 손톱 아래에 어떤 세균을 갖고 다닐지 알 수 없기 때문이었다. 해리 빌보는 낮이고 밤이고 성스러운 조니 패닉을 숭배하며 살았고, 향로와 성체 사이에 선 그 어떤 사제만큼이나 독실했다. 그는 자기만의 아름다움을 지니고 있었다.

　그래도 하얀 가운을 입은 이 땜장이들이 해리가 혼자 힘으로 텔레비전을 켜고, 수도꼭지를 열고, 옷장 문이나 현관문, 술집의 문을 스스로 열 수 있게끔 했다. 해리는 진료를 완전히 마치기 전에 극장 의자나 공원 벤치에 앉았고, 다른 장애인이 로잉머신을 사용했음에도 일주일 내내 체육관에서 역기 운동을 할 수 있었다. 치료 막바지에는 클리닉 소장과 악수를 나누러 오기도 했다. 해리 빌보의 말을 빌리자면 그는 '달라진 사람'이었다. 그의 얼굴에서 순수한 패닉의 빛이 사라졌다. 의사들이 건강과 행복이라고 부르는 일반적인 운명을 짊어진 채로, 그는 진료실을 나섰다.

　해리 빌보의 치료 시기와 거의 동시에 새로운 아이디어가 내 머리의 저변을 쿡쿡 찔러댄다. 허리천자를 하는 방에서 삐죽 튀어나와 있던 맨발을 떨쳐버리기 힘들었던 것이다. 기록장을 병원 밖으로 가지고 나갔다가 발각되어 해고당해 나의 연구를 영원히 끝낼 수밖에 없는 위험에 처하고 싶지 않다면, 밤새 클리닉 건물에 남아서 작업에 속도를 붙이는 방법이 있다. 클리닉의 자료들을 다 소진하려거든 아직 멀었고, 낮에 테일러 씨가 잠깐 자리를 비운 사이 읽을 수 있는 양은 며칠 밤 꾸준하게 받아 적을 수 있는 양에 비하면 아무것도 아니다. 그 의사들에 맞서기 위해서라면 내 작업 속도를 높여야 한다.

　나는 5시가 되자마자 잽싸게 코트를 걸치고 하루치 통계를 정리하느라 몇 분 더 남아 있는 테일러 씨에게 좋은 밤 보내라고 인사한 뒤, 슬그머니 모퉁이를 돌아 여자 화장실로 들어간다. 비어 있다. 나는 환자용 화장실로 들어가 안에서 문을 잠그고 기다린다. 내가 아는 한, 클리닉의 청소를 담당하는 아주머니 중 한 분이 혹시 환자가 변기 위에서 의식을 잃었다고 생각해 노크를 할 수도 있기 때문에, 행운을 빌 뿐이다. 20분 정도 지나자 화장실 문이 열리고, 누군가 다리를 절뚝거리며 문턱을 넘는다. 테일러 씨다. 그녀는 화장실 거울에 비친 비뚤어진 시선을 마주하곤 체념한 듯 한숨을 내뱉는다. 세면대에서 이것저것 매만지며 도구들을 툭탁거리는 소리, 물이 찰박이는 소리, 곱슬거리는 머리카락을 빗는 소리가 들리더니 그녀가 열고 나간 문이 천천히 닫히면서 쉬익거리는 경첩 소리가 들린다.

나는 운이 좋다. 6시에 여자 화장실에서 나오니 복도 불은 꺼져 있고, 4층은 월요일의 교회처럼 텅 비어 있다. 우리 진료실 열쇠는 나에게 있고, 내가 매일 아침 가장 먼저 출근하기 때문에 문제될 것이 없다. 타자기는 책상에 정리되어 있고 다이얼 전화에는 잠금장치가 걸려 있으며 세상 모든 것이 안녕하다.

창밖으로 겨울의 마지막 빛이 점차 희미해지고 있다. 그러나 나는 내 일을 잊지 않고 머리 위 전등을 켜지 않는다. 작은 뜰 건너편에 있는 병원 건물에서 매의 눈을 한 의사나 청소부에게 발각되고 싶지 않기 때문이다. 기록장이 들어 있는 캐비닛은 창이 없는 통로에 있고, 이 통로는 뜰이 내려다 보이는 창이 있는 의사들의 방으로 이어진다. 나는 모든 방문이 닫혀 있음을 확인한다. 그런 다음 통로의 조명을 켜면 25와트의 누런 전구 위쪽이 어두워진다. 이 시점에서는 제단을 가득 채운 촛불보다 낫다. 샌드위치를 가져올 생각은 못했다. 책상 서랍에는 점심에 먹다 남은 사과가 하나 있는데, 새벽 1시쯤 언제든 배가 출출할 때를 대비해 남겨뒀다. 수첩을 꺼낸다. 집에서는 매일 저녁 낮 동안 사무실에서 적은 기록을 찢어 내 원고에 복사할 수 있도록 쌓아두는 것이 나의 습관이다. 이렇게 나의 흔적을 감추면 사무실에서 누군가 내 수첩을 무심코 들여다봐도 내 작업의 범주와 유형을 절대 알아맞힐 수 없다.

나는 맨 아래 칸 서랍에서 가장 오래된 서류철부터 열어 체계적으로 작업을 시작한다. 한때 파란색이었던 표지는 이제 색이 사라졌고, 내부는 빈번히 넘긴 것 같은 흐릿한 먹지였지만, 나는 머리끝부터 발끝까지 흥분했다. 이 꿈의 책은 내가 태어나던 날에는 새것이었다. 제대로 준비가 끝나면 엄동설한의 밤을 위해 보온병에 담은 따뜻한 수프와 칠면조파이, 그리고 초콜릿에클레어를 가져올 것이다. 가장 큰 가방에는 헤어롤러와 갈아입을 네 벌의 블라우스를 넣어 올 것이다. 이는 월요일 아침에 내 외모가 내리막길을 걷는 것을 눈치채지 못하게 하기 위해서다. 불행한 연애나 핑크빛 관계 혹은 일주일에 4일 밤은 클리닉에서 꿈의 책을 작업한다고 의

심할 사람이 없도록 해야 하니까.

열한 시간 뒤. 1931년 5월, 나는 사과 심과 씨까지 다 먹었고, 개인 간호사가 자기 환자의 옷장에 있던 빨래 바구니를 열었더니 환자의 어머니를 포함해 다섯 명의 잘려나간 머리통을 발견한 날의 기록을 읽고 있다.

차가운 공기가 목덜미를 건드린다. 나는 캐비닛 앞 바닥에 다리를 꼬고 앉아 무릎 가득 무거운 기록장을 얹어놓고, 시선의 끝자락 너머 옆 칸막이 문에서 푸른빛 한 가닥이 드는 걸 알아챈다. 빛은 바닥에만 드리우는 게 아니라 문 옆쪽 벽으로도 스며든다. 처음에 모든 문이 꽉 닫혀 있음을 확인했기 때문에 이상한 일이다. 그 파란빛이 스미는 틈이 점차 넓어지면서 내 눈은 문가에 선 움직임 없는 두 발에, 나를 향한 그 발가락에 고정된다.

두꺼운 키높이깔창을 댄 외제 갈색 가죽 신발이다. 신발 위로는 검은색 실크 양말이 보이고, 그 위로 창백한 살이 보인다. 내 눈은 회색 세로줄 무늬 바짓단까지 닿는다.

"쯧쯧." 머리 위 흐릿한 곳에서 한없이 점잖은 목소리가 꾸짖는다. "참으로 불편한 자세야! 지금쯤이면 다리들이 저려올 텐데. 일어나는 걸 도와주죠. 곧 있으면 해가 뜰 겁니다."

두 손이 내 등 뒤에서 겨드랑이 아래로 미끄러져 들어와 나를 일으켜 세운다. 나는 아직 굳지 않은 커스터드처럼 흔들려 발로는 아무것도 느낄 수가 없는데, 실제로 발들이 저려오기 때문이다. 기록장이 바닥으로 풀썩 떨어져 낱장들이 활짝 펼쳐진다.

"잠시 그대로 서 있어요." 클리닉 소장의 목소리가 오른쪽 귓바퀴를 스친다. "그러면 혈액순환이 될 거예요."

존재하지 않는 것 같은 다리 속 피가 백만 개의 재봉 바늘이 쑤셔대듯 욱신거리기 시작하고, 시야에 들어온 소장의 모습이 내 머릿속에 아로새겨진다. 돌아볼 필요도 없다. 단추가 채워진 회색 세로줄 무늬 조끼로 퉁퉁하고 불룩한 배를 덮고, 이빨은 누런 나무 조각처럼 튀어나오고, 두꺼운 안경 뒤로 보이는 뿌연 눈동자의 움직임은 민물고기처럼 빠르다.

나는 수첩을 움켜쥔다. 침몰하는 타이타닉호의 마지막 부표 한 조각.

그는 무엇을 알고 있을까, 무엇을 알고 있는 걸까?

모든 것.

"따뜻한 치킨누들수프를 잘하는 곳을 알아요." 그의 목소리가 침대 아래 먼지처럼, 지푸라기 속 쥐새끼처럼 바스락거린다. 그의 손은 아버지 같은 사랑으로 내 왼쪽 팔을 붙든다. 내가 태어난 도시에서 이 세계의 대기에 첫 번째 함성을 내지를 때 일어난 모든 꿈의 기록을 그가 번쩍이는 발가락으로 책장 밑에 밀어 넣는다.

새벽이라 어둑한 복도에서 아무도 마주치지 않는다. 빌리라는 기록실 소년이 급한 마음에 계단을 건너뛰다 머리가 박살 났던 지하실 복도로 내려가는 차디찬 돌계단엔 아무도 없다.

나는 그가 날 재촉한다고 생각하지 않도록 두 배로 빠르게 걷기 시작한다. "저를 해고하실 순 없어요." 나는 차분하게 말한다. "제가 그만둡니다."

소장의 웃음이 아코디언처럼 주름진 아랫배의 내장에서 쌕쌕거리며 올라온다. "당신을 그렇게 빨리 잃어서는 안 되겠죠." 그의 속삭임이 회반죽을 바른 지하실 통로를 꿈틀거리며 타고 내려가, 굽은 파이프들과 증기로 얼룩진 벽을 따라 밤새 비치돼 있던 휠체어와 들것들 사이에서 메아리친다. "사실, 당신이 생각하는 것보다 우리는 당신이 더 필요해요."

구불거리는 길을 돌아 걸으면서 내 다리가 그와 박자를 맞춘다. 그러다가 황량한 굴 속 어딘가에 도착하는데, 거기에는 팔이 하나뿐인 흑인이 운행하는 심야 엘리베이터가 있다. 엘리베이터에 탑승하자 문이 가축 운반선처럼 삐걱이며 닫히고, 우리는 계속해서 위로 위로 올라간다. 엉성하게 만들어진 화물용 엘리베이터라 철컹거리는 소리가 나며, 클리닉 건물의 안락한 승객용 엘리베이터와는 거리가 멀다.

우리는 어딘지 알 수 없는 층에 내린다. 소장은 아무것도 없는 복도로 나를 데리고 가는데, 이 복도의 조명은 철제 우리에 띄엄띄엄 달려 있는 소켓 속 전구에만 의지한다. 철망이 설치된 잠긴 문들이 복도를 따라 나 있다. 첫 번째 붉은 출구 표시가 보이면 소장과 헤어지리라는 게 내 계획이지만, 우리가 가는 길에는 출구가 없다. 나는 미지의 영토에 있고 코트는 진료실 옷걸이에 걸려 있으며, 핸드백과 돈은 첫 번째 서랍에, 수첩은 내 손에 있다. 오직 조니 패닉만이 이 외부의 빙하시대에 맞서 나를 따뜻하게 해줄 뿐이다.

앞쪽으로 빛이 모여들더니 환해진다. 분명 활기차고 긴 길음걸이에 익숙하지 않은 소장은 걷다가 약간 숨을 헐떡이며 나를 빙 돌게 하더니 환하게 불이 켜진 정사각형 방으로 밀어 넣는다.

"여기 있네."

"이 마녀 같으니라고!"

밀러래비지 씨가 문을 마주한 철제 책상 뒤에서 그 육중한 몸을 들어 올린다.

그 방의 벽과 천장에는 전함용 철판이 고정되어 있다. 창문은 없다.

방의 양옆과 뒤쪽에 늘어선 작은 감방의 창살을 통해 조니 패닉의 최고 사제들이 나를 노려보고 있다. 하얀 클리닉 잠옷을 입은 그들의 팔은 등 뒤로 단단히 묶여 있고, 눈은 열렬히 불타오르는 석탄보다 더 붉다.

그들은 혀가 턱에 갇힌 것처럼 개골거리고 끙끙대는 기이한 소리로 나를 환영한다. 그들은 분명 조니 패닉의 정보 통로를 통해 나의 작업에 대해 알고 있으며, 그의 사도들이 어떻게 이 세상에서 융성하게 되었는지를 알고 싶어 한다.

나는 그들을 안심시키기 위해 수첩을 쥔 채 두 손을 들어 올린다. 나의 목소리는 전력을 다하는 조니 패닉의 오르간 소리처럼 크다.

"평화를 원합니다! 이걸 드릴게요."

그 책.

"그 오래된 것들 말고, 자기야." 밀러래비지 씨는 자신의 책상에서 나를 향해 곡예 코끼리처럼 춤추며 다가온다.

소장이 방문을 닫는다.

밀러래비지 씨가 움직이는 순간, 나는 그녀의 몸이 가리고 있던 책상 뒤에 무엇이 숨어 있는지 알아차린다. 성인 남성의 허리까지 오는 높고 하얀 간이침대 매트리스 위에는 티끌 하나 없는 시트 한 장이 빳빳하게 펼쳐져 있다. 간이침대의 머리 부분에는 테이블이 하나 있고, 그 위에는 눈금과 게이지들로 뒤덮인 금속 상자가 놓여 있다.

상자는 독사처럼 추한 모습으로 전선 코일에서 나를 노려보고 있는 것 같다. 최신형 조니-패닉-킬러스.

나는 한쪽으로 피할 준비를 한다. 밀러래비지 씨가 자신의 통통한 손을 오므려 아무것도 없는 주먹을 내밀면서 다시나를 쫓기 시작하는데, 그 미소가 8월의 삼복더위처럼 묵직하다.

"그런 건 안 돼. 그런 건 절대 안 돼. 그 작고 까만 책을 내게 줘."

나는 키가 큰 하얀 간이침대 주변으로 빠르게 달려가지만, 밀러래비지 씨 또한 롤러스케이트라도 탄 게 아닐까 싶을 정도로 너무 빠르다. 그녀가 날 붙잡는다. 그녀의 거대한 덩치에 맞서 나는 주먹을 내지른다. 엄청나게 크지만 젖이 나오지 않는 가슴에 맞선다. 내 허리춤을 잡은 그녀의 손이 곧 쇠고 랑이고, 장의사의 지하실보다 더 역겨운 사랑의 악취를 풍기는 그녀의 숨이 나를 잠재운다.

"내 아기, 내 아기가 나에게 돌아왔네……."

소장이 말한다. 슬프고 또 근엄하게. "그녀가 다시 조니 패닉과 가까워지고 있었네."

"못됐군, 못됐어."

하얀 간이침대가 준비되어 있다. 밀러래비지 씨는 끔찍한 부드러움으로 내 손목에서 시계를 풀고, 손가락에서 반지를 빼고, 머리에서 머리핀을 뽑는다. 그녀가 나의 옷을 벗기기 시작한다. 내가 맨몸이 되자 관자놀이에는 성유가 발리고 몸에는 첫눈처럼 순결한 시트가 둘러진다.

그런 다음 방의 네 모서리와 내 뒤에 있는 문에서 가짜 사제 다섯 명이 하얀 수술용 가운과 마스크를 걸치고 들어온다. 조니 패닉을 왕좌에서 끌어내리는 것이 일생의 사명인 사람들이다. 그들은 나를 간이침대에 쭉 뻗어 눕게 한다. 철사로 만든 왕관이 머리에 씌워지고, 망각의 제병이 혓바닥에 얹힌다. 마스크를 쓴 성직자들이 그들의 자리로 돌아가 나를 붙든다. 왼쪽 다리 하나와 오른쪽 다리 하나, 오른쪽 팔 하나와 왼쪽 팔 하나. 하나는 내 머리 뒤 금속 상자 옆에 있는데, 나는 볼 수 없다.

벽을 따라 난 비좁은 벽감들에서 숭배자들이 항의의 목소리를 드높인다. 그들이 경건한 성가를 부르기 시작한다.

　　유일하게 사랑할 것은 공포뿐이어라.
　　공포를 사랑하는 것이 지혜의 시작이어라.
　　유일하게 사랑할 것은 공포뿐이어라.
　　공포와 공포와 공포가 어디에나 있으리라.

　밀러래비지 씨와 소장 혹은 성직자들에게 그들의 입을 틀어막을 시간은 없다.
　신호가 주어진다.
　기계가 그들을 배신한다.
　더 이상 내게 길이 없다고 생각하는 바로 그 순간, 머리 위 천장, 원호의 후광 속에서 조니 패닉의 얼굴이 나타난다. 나는 영광의 이빨 사이에서 잎사귀처럼 흔들린다. 그의 수염은 번갯불이다. 번갯불이 그의 눈 속에 있다. 그의 말씀이 충만해지더니 전 세계를 비춘다.
　대기에서는 푸른 혀와 번개의 후광을 지닌 천사들이 튀어나온다.
　그의 사랑은 20층 높이에서의 도약이고 목에 맨 밧줄이고 심장을 찌르는 칼이다.
　그는 자신의 것을 잊지 않으신다.

1958년 12월

196

소년 석상과 돌고래

도디 벤투라는 마켓 힐에서 뱀버의 자전거에 부딪혀 오렌지와 무화과, 분홍색 아이싱을 한 케이크가 담긴 종이봉투를 쏟았고, 그 모든 것을 보상하기 위한 초대장을 받은 그녀는 파티에 가기로 결심했다. 그녀는 뱀버에게 자신이 과일 좌판의 줄무늬 캔버스 차양 아래에서 잔뜩 녹이 낀 롤리의 균형을 잡고 있을 테니, 빨리 가서 오렌지를 주으라고 했다. 수도승 같이 붉은 수염이 뾰족하게 달려 있던 그는 2월의 새파란 공기가 차가워졌는데도 면양말 위에 버클을 채운 여름용 샌들을 신고 있었다.

"너도 오는 거지?" 알비노 눈이 그녀에게 고정되었다. 뼈가 드러난 창백한 손이 밝은색 껍질의 오렌지들을 고리버들로 만든 자전거 바구니에 굴려 담았다. "안타깝게도," 뱀버가 케이크 상자를 매만지며 말했다. "좀 망가졌네."

도디가 피하는 눈길로 자전거들이 줄지어 세워져 있는 그레이트 세인트 메리가를 바라보았다. 길에는 킹스 칼리지의 석조 외관과 교회 첨탑이 맑은 수채화 같은 파란 하늘을 배경 삼아 화려하고 차갑게 서 있었다. 그런 접점에 운명이 달려 있었다.

"거기 누가 오지?" 도디가 대꾸했다. 그녀의 손가락은 추위 때문에 버석하고 텅 빈 것 같았다. 사용하지 않는, 불용의 상태가 되어, 나는 얼어붙는다.

뱀버는 그의 큰 손을 분필로 그린 거미줄처럼 펼쳐 사람들로 가득한 우주를 뒤덮었다. "전부 오지. 문학 전공하는 애들 전부. 아는 사람 있어?"

"없지." 하지만 도디는 그들을 읽었다. 믹. 레너드. 특히 레너드. 그녀는 레너드를 몰랐지만, 마음속으로는 알고 있었다. 그가 라슨과 다른 남자애들과 함께 막 런던에서 왔을 때, 아델과 점심을 먹은 적이 있다. 케임브리지에 미국 여자애들은 둘뿐이었고, 아델은 레너드의 싹을 초장에 잘라버려야 했다. 하지만 싹이라고도 할 수 없었다. 거의 다 핀, 만개한 상황이었으니까. "우리 둘은 같이 있을 수 없겠어." 도디가 아델에게 말했다. 그날은 아델이 빌려갔던 책을 돌려준 날이었는데, 책에는 새로 그은 밑줄과 여백 속 메모가 가득했다. "그치만 너도 밑줄 긋잖아." 윤기 나는 금발 사이로 순진한 얼굴을 한 아델이 상냥하게 말했고, 도디는 이렇게 답했다. "내 건 내 마음이지, 어쨌든 네가 필기한 부분은 지워줘." 어떤 이유에선지 여왕이 되는 게임에서는 아델이 이겼다. 사랑스럽게, 온통 순진무구한 놀라움으로. 도디는 레몬 맛을 입에 머금은 채, 베로키오의 소년을 복제해둔 석상이 있는 아든의 초록빛 성소로 후퇴했다. 먼지를 털고, 숭배하기. 충분한 소명이다.

"나 갈게." 도디가 갑자기 말했다.

"누구랑?"

"해미시 보내줘."

뱀버가 한숨을 쉬었다. "알겠어."

도디는 빨간 격자무늬 스카프와 검은색 가운을 바람에 휘날리며 베넷가를 향해 페달을 밟았다. 해미시, 안전하고 느린 아이. 노새의 뒷발질 없이 노새를 타고 여행하는 것 같은 아이. 도디는 자기 정원의 석상에 예를 표하며 신중히 해미시를 골랐다. 중요하지 않은 사람인 한, 문제가 되지 않는다. 봄 학기가 시작된 이래로 그녀는 눈 쌓인 대학 정원에 돌고래를 안고 있는 날개 달린 소년의 얼굴에서 눈을 털어내기 시작했다. 검은 가운을 입은 여학생들이 수다를 떨고 접시 위로 물잔을 부딪치면서 소스가 흥건한 스파게티, 순무, 기름진 계란 프라이와 자줏빛 라즈베리 디저트를 먹고 있는 긴 테이블을 뒤로하며, 도디는 의자를 뒤로 밀고 눈을 내리깐 뒤, 아첨하는 듯한 얌전한 표정으로 높은 테이블을 지나갔다. 거기서는 빅토리아 스타일을 계승하는 교수들이 사과나 치즈 조각, 식이조절용 비스킷으로 식사를 하고 있었다. 복도의 하얗게 칠한 넝쿨무늬 벽에는 금박으로 장식된 액자가 걸려 있었는데,

그 안에는 목이 높은 가운을 입은 학장들이 이타적으로 보이는 환한 얼굴을 하고 있었다. 옅은 파란색과 금색 고사리무늬 커튼에서 멀어지는 그녀의 굽 소리가 아무도 없는 복도에 울려 퍼졌다.

텅 빈 대학 정원에서 시커먼 솔잎의 날카로운 향이 그녀의 콧구멍을 공격했다. 한 발로 선 소년 석상은 바람 속에서 돌 날개로 부채처럼 균형을 잡으며, 물 없는 돌고래를 안은 채 무례하고 떠들썩한 낯선 날씨를 견뎠다. 밤마다 눈이 내린 후, 도디는 돌로 덮인 눈꺼풀과 천사같이 통통한 돌 발등에 켜켜이 쌓인 눈을 맨 손가락으로 털어냈다. 내가 아니면 누가 하겠는가.

눈으로 뒤덮인 테니스장을 가로질러 아든으로 돌아가는 길에는 남아프리카, 인도, 미국에서 선출된 학생들이 작은 규모로 모여 사는 유학생 건물이 있었는데, 거기에서 그녀는 저 멀리 벌거벗은 나무 꼭대기 위로 흐릿하게 보이는 주황색 불빛과 보석처럼 뾰족한 별들에게 말없이 간청했다. 무언가 일어나게 해달라고. 무슨 일이 일어나게 해달라고. 무언가 끔찍한 일, 무언가 피비린내 나는 일. 끊임없이 눈보라처럼 날리는 항공 우편물과 도서관 책들의 빈 페이지가 넘어가는 일을 멈춰달라고. 우리가 얼마나 소모되는지, 공기 중에서 우리 스스로를 얼마나 소모하는지. 나를 〈페드르〉에 등장시켜 불행한 운명의 붉은 망토를 뒤집어쓰게 해달라고. 내 흔적을 남기게 해달라고.

200

하지만 날이 밝으면 단정하고 참하게 우등 학사학위를 향해 갔으며, 기니 부인은 시계처럼 규칙적으로 매주 토요일 밤 깨끗하게 세탁된 시트와 베개 커버를 팔에 가득 안고 돌아와, 영원히 새로워질 수 있는 백색 세상에 대한 확고한 증거를 보여주었다. 기니 부인은 스코틀랜드 출신의 기숙사 관리인으로, 그에게 맥주와 남자는 추악한 단어였다. 남편인 기니 씨가 죽자 그에 대한 기억은 스크랩북 신문처럼 영원히 접혀 라벨을 붙여 보존되었는데, 기니 부인은 오랜 세월이 지난 후에도 다시 향기 없이 피어났으며, 기적처럼 처녀로 부활했다.

이번 주 금요일 밤, 도디는 해미시를 기다리면서 검은 저지 셔츠와 흑백 체크무늬 울 스커트를 입고 허리에는 넓은 빨간색 벨트를 찼다. 나는 고통을 감당할 거야, 그녀가 하늘에 대고 맹세하며 손톱을 사과 수레의 빨간색으로 칠했다. 〈페드르〉의 심상에 대한 논문은 반쯤 마쳤고, 타자기에는 일곱 번째 장이 걸려 있었다. 고통을 통한, 지혜. 그녀는 3층 다락방에서 들려오는 마지막 비명 소리에 귀 기울이며 화형대의 마녀들, 말뚝에서 탁탁 소리 내며 타오르는 잔 다르크, 리비에라 로드스터*의 철제 몸체 속에서 햇불처럼 불타오르던 이름 모를 여인들, 광기의 창살 너머에서 불타며 깨달음을 얻던 젤다의 소리를 들었다. 어떤 비전은 따듯한 물병이 놓인

---

* 리비에라 지역에서 자주 볼 수 있는 고가의 스포츠카.

아늑한 침대가 주는 유한한 위안이 아니라, 엄지손가락 고문 기구 아래에서나 나오는 것이다. 마음의 눈은 꿈쩍도 하지 않고, 그녀는 자신의 육신을 드러냈다. 여기, 정곡을 찌르라.

아무것도 없는 하얀 문에서 노크 소리가 들렸다. 도디는 왼쪽 새끼손가락 손톱을 채워 넣고, 피처럼 붉은 에나멜병의 뚜껑을 닫으며 해미시를 기다리게 했다. 그러고 나서 매니큐어를 말리기 위해 손을 휘저으면서 조심조심 문을 열었다.

밋밋한 분홍빛 얼굴과 얇은 입술이 다 알고 있다는 듯한 미소를 짓기 위해 준비된 것처럼 보였다. 황동 단추가 달린 깔끔한 남색 블레이저를 입은 해미시는 사립학교 학생이나 비번인 요트 선원 같았다.

"안녕." 도디가 말했다.

"어떻게 지냈어?" 해미시는 도디의 허락 없이 들어서면서 물었다.

"코감기가 왔어." 그녀가 코를 크게 훌쩍거렸다. 목구멍에서 꽉 막힌 추잡한 소리가 났다.

"봐봐." 해미시가 수채화 같은 파란 눈동자에 그녀를 담으며 말했다. "너랑 나, 이렇게 서로 힘들게 하는 거 그만둬야 할 것 같아."

"물론이지." 도디가 해미시에게 빨간 울 코트를 건넨 후, 장례식에나 어울릴 법한 모양새로 검은 학위 가운을 꾸리며 말했다. "당연하지." 그녀는 해미시가 펼쳐 흔드는 빨간 코트에 팔을 집어넣었다. "내 가운 좀 들어줘, 들어줄 거지?"

그녀는 방문을 나서며 불을 끄고 문을 닫았다. 그러고는 해미시보다 앞서 두 층의 계단을 한 걸음씩 내려갔다. 아래층 복도는 비어 있었고, 번호가 붙은 문들과 웨인스코팅으로 장식된 어두운 벽에 둘러싸여 있었다. 계단통에서 커다란 괘종시계가 공허하게 똑딱거리는 소리 말곤 아무 소리도 들리지 않았다.

"외출 기록 좀 남기고 올게."

"안 돼." 해미시가 말했다. "오늘 늦을 거잖아. 그리고 열쇠도 있잖아."

"어떻게 알아?"

"여기 사는 여자애들은 다 열쇠가 있어."

"하지만," 도디는 현관을 열어젖히는 그에게 저항하듯 속삭였다. "민셸 부인은 귀가 정말 밝아."

"민셸?"

"우리 사감. 우리랑 잠도 같이 자고 체크도 하셔." 민셸 부인은 입을 꾹 다문 엄숙한 얼굴로 아든의 아침 식사를 주재했다. 들리는 소문에 의하면 그녀는 미국에서 온 여학생들이 아침 식사 자리에 파자마와 목욕 가운을 걸치고 내려오기 시작했을 때 말을 멈추었다고 한다. 교내 모든 영국 여학생은 아침 식사 시간의 뜨거운 차와 훈제 청어, 흰 빵을 위해 빳빳한 정복을 차려입고 내려왔다. 민셸 부인은 아든의 미국인들에게 토스터가 있다는 건 상상 이상으로 운이 좋은 일이라고 콧방귀를 뀌었다. 일요일 아침이면 충분한 양의 일주일치 버터가 여학생들에게 배급되었다. 대식가들만이 홈 앤 콜로니얼 스토어에 가서 버터를 조금 더 사 와 토스트 위에 두 배는 두껍게 펴 발랐고, 그러면 민셸은 못마땅해하며 두 번째로 우린 차에 메마른 토스트를 적셔 먹으면서 신경을 진정시켰다.

봄밤이면 나방들이 날개를 흔들며 가루를 털어내는 건물 입구 램프의 둥근 빛 사이로 어렴풋이 검은 택시가 보였다. 나방 하나 없는 지금은 겨울 공기만이 북극의 새들처럼 날갯짓을 하며 도디의 등뼈를 움츠러들게 했다. 택시 뒷문의 검은 경첩이 열리자 날것의 내부가 보였다. 갈라진 가죽 시트는 널찍했다. 해미시가 도디를 먼저 태우고 따라 앉았다. 문을 쾅 닫자 그것이 신호라는 듯 택시가 바퀴 아래 자갈들을 튕겨내면서 길을 따라 달렸다.

펜 코즈웨이의 나트륨증기램프가 시프스 그린의 이파리 없는 포플러나무 사이와 뉴넘 빌리지의 상점들, 주택들 사이로 그 기이한 주홍빛을 일렁이게 했다. 여기저기 움푹 파인 좁은 도로를 따라 달리던 택시가 들썩거리다 실버가에서 비틀거리며 방향을 틀었다.

해미시는 기사에게 한마디도 하지 않았다. 도디는 웃었다. "너 다 준비해놨네, 안 그래?"

"난 늘 그래." 가로등의 유황 불빛 아래에서 해미시의 이목구비는 묘하게 동양적인 느낌을 주었다. 창백한 눈은 높은 광대뼈 위에 생긴 빈틈처럼 보였다. 도디는 해미시를 죽은 자로 알고 있었다. 맥주에 절은 캐나다인, 시인들의 티타임과 하찮은 대학 D. H. 로런스들의 파티에 갈 때면 오직 그녀의 편의만을 위해 그녀를 호위하는 밀랍 같은 얼굴. 레너드의 말만이 재치 있는 부패의 말들을 뚫고 들어왔다. 그녀는 그를 몰랐지만 그게 그녀의 칼날을 형성한다는 건 알았다. 무엇이든 오게 하라, 오게 하라.

"나는 언제나 앞일을 계획해."해미시가 말했다. "우리는 이제부터 한 시간 동안 술을 마실 건데, 그것도 계획한 거야. 그러고 나서 파티에 갈 거야. 이렇게 일찍 가 있는 사람은 없을 거거든. 교수들이 몇 명 올 수도 있고."

"믹이랑 레너드도 거기 올까?"

"너 게네 알아?"

"아니, 그냥 읽은 적 있어."

"오, 걔들도 올 거야. 누구든 있다면. 하지만 게네한테 가까이 가지 마."

"왜? 왜 그래야 하는데?"피할 가치가 있다는 건 갈 만한 가치도 있다는 뜻이다. 그녀는 그런 만남을 원했을까, 아니면 별들이 그녀의 하루하루를 지배하고 오리온자리가 그녀에게 족쇄를 채우고 발굽에 박차를 가하며 그녀를 끌고 갔던 것일까.

"걔들은 가짜니까. 게다가 케임브리지에서 제일가는 난봉꾼들이라고."

"나는 내가 알아서 챙길 수 있어." 나는 내어줄 때 완전히 다 내어주지 않는 사람이니까. 언제나 기민한 깍쟁이인 도디는 뒤로 물러나 최후의, 가장 값진 왕관 보석을 끌어안고 있다. 언제나 안전하게, 수녀처럼 돌보는 조각상들. 누구의 얼굴도 없는 날개 달린 그녀의 석상.

"그건 그렇지, 물론." 해미시가 말했다.

택시가 킹스 칼리지의 뾰족한 돌벽 앞에 멈춰 섰다. 가로등 빛 아래 딱딱한 레이스 무늬 같은 벽이 돌을 가장하고 있었다. 검정 가운을 걸친 남학생들이 두세 명씩 짝을 지어 수위실 옆 출입구를 성큼성큼 지나갔다.

"걱정하지 마." 해미시가 그녀에게 손을 내밀어 인도에 내려준 다음, 특색 없는 택시 기사의 손바닥에 놓인 동전을 세면서 말했다. "전부 다 준비되어 있어."

도디는 밀러스의 매끈한 나무 손잡이에서 카펫이 깔린 방의 끝을 바라보았다. 커플들이 식당으로 향하는, 플러시 천이 깔린 계단을 오르내리고 있었다. 배고픈 이들은 올라가고, 배부른 이들은 내려온다. 고블릿 잔에 묻은 기름진 입술 자국, 엉겨 붙은 자고새 고기의 지방, 루비처럼 반짝이는 건포도젤리 덩어리. 위스키가 그녀의 부비강 문제를 태워버리기 시작했고, 언제나 그렇듯 그 술기운을 따라 그녀의 목소리도 사라지고 있었다. 굉장한 저음, 목이 메는 소리.

"해미시." 그녀가 소리를 내봤다.

"어디 갔었어?" 도디의 팔꿈치 아래 있는 따뜻한 해미시의 손은 그 누구의 따뜻한 손처럼 기분 좋았다. 사람들은 물결치며 발도 얼굴도 없이 빠르게 움직였다. 초록 잎의 고무나무로 둘러싸인 창문 밖으로는 얼굴 형상들이 시커먼 바깥쪽 해역에서 유리를 향해 피어났다가 바람에 실려 저쪽을 향하기도 했다. 마치 시선의 끝자락에서 떠오르는 희미한 수중 행성들 같았다.

"준비됐어?"

"준비됐어. 내 가운 어딨어?" 해미시가 자기 팔에 걸친 검은 천 조각을 보여준 뒤, 손잡이 주변 인파 사이를 어깨로 헤치며 앞뒤로 흔들리는 유리문을 향해 갔다. 도디는 해미시의 까다로운 보살핌 속에서 그의 드넓은 감청색 등에 시선을 고정하며 따라 걸었다. 해미시가 문을 열고 도디를 앞세워 인도로 데려갈 때는, 그의 팔을 잡았다. 그가 얼마나 안정적이었는지 그녀는 안전하다고 느꼈다. 풍선처럼 묶여서 어지럽고 위험하리만치 둥둥 떠 있었지만, 소란스러운 분위기 속에서 아직 꽤 안전하다고 느꼈다. '금을 밟으면 엄마의 등이 부러진다.'* 조심스럽게, 그녀는 정면을 향해 걸었다.

"가운 걸치는 게 좋을 거야." 얼마간 걷다가 해미시가 말했다. "어떤 감독관이든 우리를 붙잡지 않았으면 좋겠거든. 특히 오늘 밤은 말이야."

"왜 특히 오늘이야?"

"그 사람들이 오늘 밤 나를 찾을 테니까. 불도그며 뭐며

---

* 보도의 금이나 균열을 밟으면 나쁜 일이 생긴다는 의미의 민간신앙적인 말로, 어린이들이 놀이 때 주로 사용한다.

전부."

피스 힐이었다. 녹색 조명이 켜진 예술극장의 커다란 차양 아래에서 해미시는 도디가 두 팔을 검은 가운의 양쪽 구멍으로 넣을 수 있게 도왔다. "여기 어깨가 찢어졌네."

"알아. 이걸 입을 때마다 구속복 입는 기분이 들어. 계속 흘러내려서 팔을 양쪽에 고정시켜야 하니까."

"지금은 찢어진 가운 입는 사람을 발견하면 버리게 하고 있어. 그냥 다가와서 달라고 한 다음, 그 자리에서 바로 찢어 버리더군."

"나라면 꿰매겠어." 도디가 말했다. 수선한다. 찢어진 곳을, 낡은 부분을 수선한다. 풀린 소맷단을 살려낸다. "검정 자수 실로 말이야. 그러면 안 보일 거야."

"그 사람들은 좋아할 거야."

두 사람은 손을 잡고 자갈이 깔린 마켓 힐의 널찍한 광장을 걸었다. 별들이 그레이트 세인트 메리 교회의 어둑한 측벽 위로 희끗하게 빛났다. 지난주에 회개하는 한 무리의 사람들이 와서 빌리 그레이엄을 듣겠다며 머물다 갔던 교회다. 텅 빈 시장 가판대의 나무 푯말들을 지나쳤고, 그다음엔 페티 큐리 거리를, 칠레산 버건디와 남아프리카산 셰리를 창가에 진열해둔 와인 상점을, 문 닫은 정육점을 지나쳤다. 납을 씌운 판유리 위에 책들을 진열한 헤퍼스 서점도 지나갔는데, 그 책들은 마치 눈먼 대기 속에서 고요하게 호칭기도를 외듯 반복해서 자기의 말을 하는 것 같았다. 거리는 로이드의 바로크양식 첨탑

208

까지 쭉 뻗어 있었고, 차가운 바람을 가로지르는 떼까마귀의 날개처럼 펄럭이는 검은 가운을 입고 늦은 저녁을 먹으러 가거나 극장 연회에 가는 몇몇 학생들을 제외하면 한산했다.

도디가 차가운 공기를 벌컥벌컥 들이쉬었다. 마지막 축복. 어둠 속에 팔콘 야드의 구부러진 골목길과 꼭대기 층 창문에서 새어 나오는 빛이 보였고, 낮은 당김음을 연주하는 화려한 피아노 소리와 어우러지는 웃음소리가 터져 나왔다. 문이 그들을 향해 열리며 빛으로 길을 내주었다. 도디는 번쩍거리는 가파른 계단을 반쯤 올라가다 난간 아래에서 건물이 흔들린다고 느꼈고, 그녀의 손은 곧 식은땀으로 끈적해졌다. 달팽이의 흔적, 열의 흔적. 하지만 열이 모든 것을 똑바로 흐르게 만들었고, 열의 낙인은 그녀의 볼을 타오르게 하여 왼쪽 뺨의 갈색 상처 자국을 붉은 장밋빛으로 지웠다. 열이 오른 채 서커스를 보러 갔던 아홉 살 때 혓바닥 아래에 얼음을 넣어서 체온계 수치가 오르지 않게 했던 것처럼, 칼을 삼키는 곡예사가 고리 안으로 뛰어들자 감기가 떨어져 그 자리에서 그에게 홀딱 빠져버렸던 것처럼.

레너드는 위층에 있을 것이다. 별들의 궤적을 따라, 그녀와 해미시가 지금 오르고 있는 계단 맨 꼭대기 방에.

"잘하고 있어." 해미시가 도디의 어깨 바로 뒤에서 한쪽 손으로 그녀의 팔꿈치를 단단히 받치고 위로 밀어 올리며 말했다. 한 걸음. 그리고 또 한 걸음.

"나 안 취했어."

"당연히 안 취했지."

문틀이 계단의 미로에 떠 있었다. 벽이 낮아졌다가 높아지
면서 다른 모든 방문과 출구를 차단했지만, 이 문만은 예외였
다. 순종적인 천사들이 분홍색 거즈에 싸여 보이지 않는 와이
어에 매달린 채 잉여의 무대장치를 치워나갔다. 도디가 문 한
가운데에 멈춰 섰다. 삶은 수많은 나뭇가지를 가진 나무와 같
다. 이 가지를 선택하면서 나는 내 사과 더미를 향해 기어간
다. 나는 와인샙종 사과를, 나의 콕스종 사과를, 나의 브램리
사과를, 나의 조너선 사과를 그러모은다. 내가 선택한 것들.
아니 내가 선택한 건가?

"도디가 왔네."

"어디?" 쉽게 꺾이지 않는 자부심과 언제나 미국적으로 따
스하게 빛나는 얼굴의 라슨이 한 손에 잔을 들고 다가왔다.
해미시가 도디의 코트와 가운을 받아 들었고, 도디는 상처 난
갈색 가죽 지갑을 가장 가까운 창턱에 올려두었다. 기억하자.

"나 많이 마셨어." 라슨은 근처 산부인과에서 성공적으로
네쌍둥이를 받아낸 사람처럼 우스꽝스러운 자부심으로 빛나
는 표정을 쾌활하게 지어 보였다. "그러니까 내가 뭐라 해도
신경 쓰지 마." 마음속으로 아델의 백합 같은 머리를 생각하
고 있던 라슨은 평소의 다정함을 아낌없이 퍼부었다. 도디는
그가 아델이 함께 있을 때 하는 '안녕'과 '잘 가' 정도만 알고
있었다. "믹은 벌써 갔어." 라슨이 들끓는 인파와 춤추는 사람
들 속으로, 땀 냄새와 자극적인 향수 냄새가 진동하는 금요일

밤의 전쟁 통 속으로 엄지손가락을 내밀며 말했다.

느긋하게 얽혀드는 피아노 선율과 머리 위를 떠도는 푸른 연기 사이로 도디가 한 남자를 선택했는데, 바로 믹이었다. 짙은 색 구레나룻과 헝클어진 머리를 한 그는 짙은 초록색 스커트에 스웨터를 입은 여자아이와 영국식 자이브를 천천히 추고 있었는데, 그 스커트는 개구리 피부처럼 몸에 착 달라붙어 있었다.

"머리카락이 꼭 악마의 뿔처럼 솟아 있네." 도디가 말했다. 그때쯤이면 라슨이고 레너드고 모두 여자들에게 둘러싸여 있을 것이었다. 레너드는 새로운 잡지 출간을 축하하기 위해 런던에서 온 상태였다. 도디는 무표정한 얼굴로 아델의 소문을 듣고 의문을 품으면서도 태연하게 자신의 요새에 머무는 평범한 스파이처럼 관찰했다. 그 결과 도디의 마음속에서 레너드는 자신의 조각상은 알지 못하면서 조각상을 파괴하는 존재처럼 커져갔다. "저 사람이 믹의 예술가 여자친구야?"

라슨이 웃었다. "저 사람은 발레 댄서야. 우리 이제 발레 배우거든." 그는 무릎을 깊게 굽히며 잔을 흔들다가 반쯤 흘렸다. "알다시피 믹은 악마 같잖아. 네가 말했듯이 말야. 우리 어렸을 적에 테네시에서 걔가 뭐 했는지 알아?"

"모르지." 도디는 사람들로 가득한 방을 훑어보고, 얼굴들을 획획 넘기면서 알지 못하는 동행들을 살피며 대답했다. "걔가 뭘 했는데?"

저기. 저 멀리 구석, 이제는 유리잔 하나 없는 나무 테이블 옆, 펀치 볼 안에 레몬 껍질과 오렌지 껍질 슬러시만 남은 곳에 키가 큰 사람이 있었다. 그는 칼라가 말려 올라간 두꺼운 검정 스웨터에, 초록색 능직 셔츠의 팔꿈치는 스웨터 구멍으로 삐져나온 상태로 구부정한 어깨를 하고 그녀에게 돌아갔다. 그의 손이 쭉 뻗어나가더니 대기를 가위질하며 나에게는 들리지 않는 말들을 형상화했다. 그 여자. 물론, 그 여자. 창백하고 주근깨 많고 입 대신 작은 분홍빛 장미 봉오리가 있는 여자, 버드나무 갈대 같은 몸으로 눈을 커다랗게 뜨고 그의 말의 흐름을 듣는 여자. 이름이 뭐였더라. 돌로레스. 혹은 셰릴. 아니면 아이리스일 수도. 말 없고 창백한 도디의 고전 비극 시간 동행. 그녀. 고요하고, 사슴 같은 눈망울. 영리하다. 감독 시간에는 자신의 시체를 대역으로 보내놓고. 먼지 쌓인 침대 아래에서 바스락거리는 목소리로 프로메테우스의 문제에 대해 읽는. 멀리 폐쇄된 곳에서, 성역처럼 안전한 곳에서 그녀는 조각상 앞 받침대에 얇은 천을 깔고 무릎을 꿇었다. 조각상의 숭배자. 그녀 또한. 그랬다.

"누구라고?" 도디가 이제는 확신하며 물었다.

하지만 아무도 대답하지 않았다.

"들개들 말이야." 라슨이 말했다. "믹이 들개들의 왕이었고 우리에게 가져와라, 들고 가라 했잖아⋯⋯."

"마실래?" 해미시가 두 개의 잔을 들고 그녀의 팔꿈치 옆에 나타났다. 음악이 멈췄다. 박수 소리가 튀어나왔다. 목소리의 물결 위로 찢어진 거품처럼 퍼졌다. 믹이 팔꿈치로 인파를 가르며 다가왔다.

"춤출래?"

"물론이지." 믹은 해군 병사 시절의 위세로 레너드의 시간을 지배했다. 도디가 잔을 들어 올리고 음료가 그녀의 입 근처로 올라왔다. 천장이 울렁거렸고 벽이 찌그러졌다. 창문이 녹아내리며 안쪽으로 움푹 파였다.

"오 도디," 라슨이 활짝 웃었다. "흘렸네."

젖은 물방울들이 도디의 손등을 적셨고, 어둑한 얼룩이 그녀의 스커트에 번지기 시작했다. "나 이 작가들 좀 만나고 싶어."

라슨이 두꺼운 목을 쭉 뻗었다. "여기 브라이언 있어. 편집장이야. 얘로 되겠어?"

"안녕." 도디가 자신을 올려다보는 브라이언을 내려다보았다. 검은 머리칼, 흠잡을 데 없이 댄디한 면을 고루 갖춘 작은 남자였다. 그녀의 사지가 거대해지면서 팔은 굴뚝으로, 다리는 창문으로 뻗어 가기 시작했다. 모든 게 그 역겨운 작은 케이크들 때문이었다. 그녀는 그렇게 커져서 방을 가득 채웠다. "너 그 보석들에 대해 쓴 적 있지. 상추색 에메랄드 말이야. 다이아몬드의 눈. 나는 그게……."

윤이 나는 영구차 같은 검정 피아노 옆에서 밀턴 처브가 색소폰을 들어 올렸다. 커다란 몸집의 겨드랑이에 땀이 흐르며 어두운 초승달 모양을 만들었다. 그의 팔 아래 자리 잡은 수줍음 많고 솜털이 보송한 딜리스는 속눈썹 없는 눈꺼풀을 깜빡였다. 그는 그녀를 으스러뜨렸을 것이다. 그녀 몸집의 족히 네 배는 되었으니까. 대학에서는 딜리스를 런던으로 보내, 그녀와 그녀의 작고 둥근 배에서 부풀어가는 원치 않는 밀턴의 후예를 없애자는 개인 기금이 걷히기도 했다. 잉잉거림. 쿵쾅쿵쾅 소리.

믹의 손가락이 도디의 손가락을 움켜쥐었다. 밧줄처럼 가늘고 단단하고 굳은살 박인 그의 손이 중력의 손아귀에서 벗어나 자꾸만 가버리려던 그녀의 생각의 고리를 끊어냈다. 행성들이 도디의 머릿속 깊숙한 곳에서 불꽃처럼 번뜩였다. 엠M. 브이이이엠Vem. 제이에스유엔 피에이Jaysun Pa*. 수성. 금성. 지구. 화성. 거기에 도착할 거야. 목성. 토성. 이상하게 변하네. 천왕성? 해왕성, 삼지창을 든 초록 머리. 멀지. 그다음엔 몽골인 같은 눈꺼풀을 한 명왕성. 무수한 소행성들, 금빛 별들의 윙윙거림, 멀리, 더 멀리. 누군가에게 부딪히기, 부드럽게 튕겨져 나오기, 다시 믹에게로 돌아가기. 여기로, 지금으로.

"나 춤 아예 못 춰."

하지만 믹은 귀 기울이지 않고 사이렌의 부름에 귀를 들이댈 뿐이었다. 멀리서, 저 멀리서 그녀에게 활짝 웃어 보이며,

---

* 태양계의 행성들을 순서대로 나열하는 기억법으로, 각각 수성, 금성, 지구, 화성, 목성, 토성, 천왕성, 해왕성, 명왕성의 영문명 앞 글자를 딴 것. 원래대로라면 'MVem JSun P'로 끝나야 하지만 실비아 플라스는 끝에 a를 붙여 Pa로 끝나게 처리했다.

그는 물러났다. 강을 건너 숲속으로. 그의 체셔 고양이 같은 미소가 환하게 빛났다. 카나리아 깃털로 뒤덮인 그의 천국에서는 어떤 소리도 들리지 않았다.

"네가 그 시들을 썼지!"보스턴 항구를 가로지르는 활주로에서 이륙 준비 중인 비행기가 내는 지속적인 굉음처럼, 갈수록 커져가는 음악 소리에 대고 도디가 외쳤다. 그녀는 활주로를 이동해 그에게 좀 더 가까이 다가갔다. 방은 마치 망원경의 잘못된 쪽으로 보는 것처럼 이상하게 한 번 깜빡였다. 빨간 머리 남자가 피아노 위로 몸을 숙이고 있어 가벼운 손가락의 움직임이 보이지 않았다. 땀을 흘리며 얼굴이 붉어진 처브가 호른을 들어 올려 연주했고, 같이 있던 뱀버는 뼈가 다 드러난 흰 손으로 계속해서 기타 줄을 튕겼다.

"그 단어들. 네가 만든 거지." 하지만 주름진 체크무늬 배기팬츠를 입은 믹은 그녀를 빙글 밀어내고 다시 끌어안았다. 레너드는 어디에도 없었다. 정말 아무 데도 없었다. 모든 시간이 허비되고 있었다. 그녀는 소금 바다 위에 뿌리는 소금 통 속 알갱이처럼 사냥 시간을 낭비했다. 그 한 번의 사냥.

눈앞에서 해미시의 얼굴이 갑자기 촛불을 켠 듯 밝아졌고, 그 주변의 얼굴들이 데워진 밀랍처럼 흐릿하게 멀어져 갔다. 해미시는 수호천사처럼 경계하며 더 가까이 오지 않고 기다렸다. 하지만 검정 스웨터를 입은 남자가 가까이 다가왔다. 구부정한 그의 어깨가 그 방을 조각 조각 조각 가려나갔다. 빛나지만 효과 없는 해미시의 분홍빛 얼굴이 낡고 찢어진 검정 스웨터 뒤에서 빛을 잃었다.

"안녕." 그의 각진 턱은 푸릇하고 거칠었다. "팔꿈치가 다 닳았어." 그의 턱엔 이끼 같은 수염이 돋아 있었다. 점점 일기 시작하는 희미한 첫 소용돌이 속에서 방과 목소리가 조용해졌다. 공기가 누렇게 변하고, 곧이어 다가올 폭풍. 공기는 이제 후텁지근했다. 대혼란의 깃발. 그의 시는 말했다.

"큰 파괴를 집어라." 하지만 빙빙 도는 세계의 동굴로부터 고삐 풀린 바람이 사방에서 불어왔다. 오라 그대, 북으로. 오라 그대, 남으로. 동쪽이여. 서쪽이여. 그리고 불어라.

"그 모든 의식으로 큰 파괴를 집을 수 있는 건 아니다."

"맘에 들어?"

바람이 세계의 집을 받치는 철제 대들보에 정통으로 불어 닥치며 고함을 질러댔다. 위험천만한 비계. 만약 그녀가 조심스레 걸었다면. 무릎이 젤리처럼 약해졌다. 그녀의 눈에는 파티가 열렸던 방이 죽음의 문턱을 촬영한 사진처럼 매달려 있었다. 믹은 초록색 옷을 입은 여자와 다시 춤추기 시작했고, 라슨의 미소가 험티Humpty Dumpty의 머리처럼 점점 더 커다래졌다. 주변의 소매를 짜맞추기. 그녀가 움직였다. 새로운 작은 방으로 들어갔다.

문이 쾅 닫혔다. 사람들의 외투가 탁자 위에 무더기로 쌓여 있었다. 껍질과 껍데기 같았다. 유령들은 여기저기 돌아다녔다. 나는 이 나뭇가지를, 이 방을 선택했다.

"레너드."

"브랜디?" 레너드가 노랗게 된 싱크대에서 뿌연 유리잔을 집어 들었다. 원시적인 붉은 음료가 병에서 잔으로 쏟아졌다. 도디가 손을 뻗었다. 그녀의 손이 흠뻑 젖은 채로 물러갔다. 없음으로 가득한 손.

"다시 해봐."

다시. 잔이 올라가며 처음으로 완벽한 호를, 아름답기 그지 없는 죽음의 도약을 이루며, 암갈색의 못생긴 벽을 향해 날았다. 반짝이는 불꽃 한 송이가 갑작스러운 음악을 만들어냈고, 맑은 수정 조각들이 꽃잎을 떨구었다. 레너드는 왼쪽 팔로 벽을 밀면서 왼팔과 얼굴 사이 공간에 그녀를 세웠다. 도디는 솟아오르는 바람 위로 목소리를 높였지만, 그녀의 귀에 더 크게 들리는 건 바람 소리였다. 그리고 그 틈을 메우기 위해, 그녀가 발을 굴렀다. 염소 가죽 가방에 사방에서 불어오는 바람을 넣어 잠그고. 쾅. 바닥이 울렸다.

"온통 빠져 있네." 레너드가 말했다. "안 그래?"

"들어봐. 내겐 이 조각상이 있어." 돌로 된 눈꺼풀이 미소 위에 주름을 만들었다. 그녀의 목 주변을 짓누르는 묵직한 미소. "나는 이 조각상을 부숴야만 해."

"그래서?"

"천사 석조상이야. 천사인지 확신할 수는 없지만. 이 돌은 가고일일지도 모르지. 혓바닥을 쭉 내민 불쾌하게 생긴 거 말이야." 마룻바닥 아래에서 회오리가 우르릉거리며 중얼댔다. "내가 미쳤나 봐." 그것들이 서커스를 멈추고 귀를 기울였다.

"너 할 수 있겠어?"

대답으로 레너드가 발을 굴렀다. 바닥에 발을 굴렀다. 쿵, 벽이 무너졌다. 쿵, 천장이 완전히 무너져버렸다. 그가 그녀의 빨간 헤어밴드를 벗겨 자기 주머니에 넣었다. 초록색 그림자, 이끼 같은 그림자가 그녀의 입을 쓸고 갔다. 미로의 중앙, 정원의 성소에서 돌로 된 소년에 금이 가더니 수백만 갈래로 쪼개졌다.

"언제 널 다시 볼 수 있을까?" 열이 내린 그녀가 서서 물었다. 움푹 파인 돌 팔에 의기양양하게 발을 올리고. 그걸 기억해, 나의 추락한 가고일, 내 조약돌 왕자님.

"나 런던에서 일해."

"언제?"

"해야 할 일들이 있어." 벽이 세워졌다. 나무 조각들, 유리 조각들, 모든 것이 제자리. "옆방에서." 사방의 바람이 후퇴하고, 패배하고, 세계를 둘러싼 바닷속 터널을 통해 휘이이 빠져나가는 소리가 들렸다. 오, 텅 빈, 텅 빈. 텅 빈 돌의 방.

레너드가 최후의 만찬에 몸을 숙였다. 도디는 기다렸다. 푸르스름한 얼룩이 묻은 그의 흰 양 볼이 그녀의 입 옆에서 움직이는 것을 보며 기다렸다.

이가 박혔다. 그리고 그대로 멈췄다. 소금, 따뜻한 소금이 도디의 혓바닥의 미뢰를 푹 적셨다. 만나겠다고 파고드는 이. 뼈 뿌리의 깊은 곳에서 고통이 시작됐다. 기억하라, 기억하라. 하지만 그는 흔들었다. 그녀를 거친 입자로 이루어진 벽에 부딪치게 흔들었다. 이가 희박한 공기에 다물렸다. 말없이 갑작스레 튀어나온 문 사이로, 돌아서는 검은 등이 작아지고 작아졌다. 나무 몰딩의 결, 평평한 마룻바닥의 결이 세상을 바로잡았다. 잘못된 세상. 공기가 흘러들어 와 그의 형태가 남기고 간 빈 공간을 채웠다. 하지만 그 무엇도 그녀의 눈에 생긴 공허를 채우지는 못했다.

반쯤 열린 문 안쪽은 실실거리는 웃음소리와 속삭임으로 가득했다. 문틈으로 흘러드는 자욱한 연회의 대기를 뚫고, 반짝이는 분홍빛 고무 마스크 뒤의 해미시가 목적이 있는 얼굴로 다가왔다.

"괜찮아?"

"당연히 괜찮지."

"코트 가져올게. 이제 가자." 해미시가 다시 떠났다. 안경을 쓰고 칙칙한 겨자색 슈트를 입은 작은 남자가 벽에 난 구멍에서 나와 화장실로 종종걸음 치며 가고 있었다. 그가 도디가 서 있던 것처럼 벽에 몸을 기대고 그녀에게 추파를 던지자, 도디는 입에 대고 있던 손이 경련을 일으키듯 떨리는 것을 느꼈다.

"뭐라도 가져다드릴까요?" 그의 눈에서 기이한 빛이 번쩍였다. 사고로 인해 거리에 피가 고일 때 사람들이 띠는 그 빛, 인도에 피가 낭자할 때 보이는 그 빛. 그들은 구경하러 온 것이다. 호기심 가득한 눈의 투기장.

"제 지갑이요." 도디가 차분히 말했다. "첫 번째 창문 커튼

219

뒤 창턱에 두고 왔어요."

그가 나갔다. 해미시가 도디의 붉은 코트와 검은 가운을 들고 왔는데, 가운의 드레이프 끝자락이 달랑거리고 있었다. 그녀는 순종적으로 소매에 팔을 밀어 넣었다. 하지만 얼굴은 까져서, 무너진 채로, 타오르고 있었다.

"거울이 있나?"

해미시가 가리켰다. 100년 동안의 토사물과 술 자국이 엉겨 붙어 누렇게 변한, 뿌옇고 금이 간 직사각형 유리가 한때는 하얬던 세면대 위에 걸려 있었다. 그녀가 거울 쪽으로 몸을 기대자 텅 빈 갈색 눈의 지치고 익숙한 얼굴이 왼쪽 뺨에 꿰멘 갈색 흉터를 달고 안개를 헤치며 다가왔다. 얼굴에는 입이 없었다. 입이 있어야 할 자리는 나머지 피부와 똑같은 누런색이었고, 볼록 튀어나온 부분 아래 생긴 그림자로 인해 대충 조각된 조각상의 형태가 느껴질 뿐이었다.

작은 남자는 상처 난 갈색 가죽 지갑을 들고 도디 옆에 서 있었다. 도디가 그것을 받아 들었다. 빨간 립스틱을 꺼내 입술 형태를 따라 그리며 색을 되살렸다. 그녀가 밝고 새로운 빨간색 입술로 남자에게 미소 지으며 고맙다고 말했다.

"이제 나 좀 챙겨줘." 도디가 해미시에게 말했다. "나 좀 엉망이었지."

"괜찮아." 하지만 다른 사람들은 그렇게 생각하지 않을 것이다.

해미시가 문을 밀어 방으로 나왔다. 누구도 쳐다보지 않았다. 돌아선 등과 피하는 동그란 얼굴들. 피아노 소리는 여전히 대화 아래에서 천천히 울려 퍼졌다. 이제 사람들은 꽤 웃고 있었다. 레너드는 피아노 옆에서 몸을 굽히며 왼쪽 뺨에 하얀색 행커치프를 대고 있었다. 키가 크고 창백하며 얼굴에 참나리 무늬 같은 주근깨가 있는 돌로레스-셰릴-아이리스가 다가와 그의 피를 닦아주려고 했다. 내가 그랬어, 도디가 귀먹은 공기에 대고 말했다. 하지만 의무감이 히죽거리며 길을 막아섰다. 의무. 비누와 물로는 구멍들로 이루어진 그 원형을 깨끗하게 지울 수 없을 것이다. 도디 벤투라. 나를 기억해, 그걸 기억해.

전혀 화를 내지 않고 보호해주는 해미시 덕에, 도디는 돌 하나 맞지 않고 방문까지 갈 수 있었다. 가고 싶진 않았지만 가고 있었다. 좁고 경사진 계단을 내려가기 시작하자 반짝거리는 금발의 아델의 얼굴이 그녀에게 다가왔다. 수련처럼 개방적이고 솔직한 불가침의 얼굴, 순백의 금발, 모든 것이 순전하고 그 자체로 순수하게 오므려져 있었다. 여러 남자가 있음에도 처녀인 그녀의 모습은 조용한 수녀의 존재 같은 꾸짖음을 형상화했다. 오스왈드가 그녀의 뒤를 따랐고, 그 뒤를 큰 키에 흐느적거리며 우울해 보이는 애서턴이 따라갔다. 점점 벗겨지고 있는 오스왈드의 네안데르탈인 같은 머리는 매끈하게 넘겨져 빛나는 두피의 경사를 감추고 있었다. 그는 거북이 등껍질 같은 안경 너머로 도디를 유심히 바라보았다.

"뼈의 구조에 대해서 좀 말해줘, 도디." 그녀는 아직 도달하지 않은 몇 분 후의 빛 속에서 선명하게 보았다. 세 사람이 도디의 행위와 그 행위에 대한 다양한 버전과 변주로 가득한 방으로 들어가는 모습을. 내일이면 그녀의 뺨에 있는 갈색 흉터처럼 온 대학과 온 마을에 기억될 그 행위. 엄마들은 마켓 힐에 멈춰 서서 자기 자식들을 가리키며 말할 것이다. '저기 남자를 문 여자가 있단다. 그 남자는 다음 날 죽었다지. 들어보렴, 들어보렴, 개들도 짖는단다.'

"그건 지난주였어." 도디의 목소리는 잡초가 무성하게 자란 우물 밑바닥에서 들리는 것처럼 공허하고 거칠게 울려 퍼졌다. 아델은 계속해서 고상하고 이타적인 미소를 지었다. 자신이 그 방에서 무엇을 찾게 될지 이미 알고 있었기 때문이다. 별이 보낸 무작위의 사건이 아니라, 자신이 선택한 친구들과 특별한 친구인 라슨이라는 것을. 그는 그녀에게 모든 것을 말해주고, 화려하게 얼룩진 자리 위의 카멜레온처럼 이야기의 색을 바꿔가며 그 이야기를 계속 입에 올릴 것이다.

도디는 아델과 오스왈드 그리고 애서턴이 자신이 막 떠나온 방으로, 이빨 자국이 만든 빨간 원형과 레너드의 의무감이 남은 계단을 향해 오를 수 있도록 벽 쪽으로 비켜섰다. 찬바람이 들이닥쳐 그녀의 정강이를 베었다. 하지만 도디를 알아보는 얼굴은 없었고, 비난의 손가락이 나타나 그녀를 꼭 짚어내지도 않았다. 눈먼 상점들과 눈 없는 골목 벽들이 말했다. 위로할게, 위로할게. 검은 하늘이 우주의 거대함과 냉담함에 대해 말해주었다. 간간이 빛나는 별들의 반짝임은 우주가 얼마나 무관심한지에 대해 말해주었다.

도디는 가로등 기둥에 대고 레너드를 부르고 싶을 때마다 해미시라고 말했는데, 왜냐하면 해미시가 앞장서서 그녀를 안전하게 이끌어주고 있었기 때문이다. 비록 상처 입고 내적인 병변이 있긴 해도, 이제는 이름도 모르는 거리를 안전하게 통과할 수 있게 이끌어주었다. 어딘가에서, 그레이트 세인트 메리의 어두운 성소 중심부나, 아니면 도시의 더 깊숙한 곳에서 시계가 뎅그렁 울렸다. 뎅그렁.

주요 모퉁이에 약한 불빛들이 줄지어 있는 것을 제외하면 도로는 새까맸다. 마을 사람들은 모두 잠자리에 들어 있었다. 게임이 시작되었다. 누구와도 하지 않는 숨바꼭질. 누구와도. 해미시는 도디를 차 뒤에 세워놓고, 홀로, 나아가더니, 모퉁이 주변을 내다보고 다시 돌아와 그녀를 이끌었다. 그러고 나서 다음 모퉁이에 닿기 전, 도디는 또다시 차 뒤에 숨었고, 드라이아이스 같은 금속 펜더가 그녀의 피부를 자석처럼 붙들었다. 해미시가 다시 도디 곁을 떠나 내다보러 갔다가 돌아와서 아직까지는 안전하다고 말해주었다.

"감독관들이 날 쫓아올 거야." 그가 말했다.

축축한 안개가 솟더니 그들의 무릎 높이에서 회오리쳤다. 안개는 늘어선 건물과 맨몸의 나무들을 흐릿하게 했고, 높고 선명한 달빛에 의해 안광을 띤 파란색으로 물들며 그 빛을 단풍나무 위에, 정원에, 여기에, 저기에 비추었다. 그 희뿌옇고 푸른 연무의 연극적인 막. 펨브로크 칼리지의 시커멓고 울

통불통한 담벼락 아래 트럼핑턴가의 모퉁이를 돌아 골목으로 들어서자 오른쪽에 비스듬한 돌이 놓인 무덤가가 있었고, 드문드문 눈이 하얗게 내려앉은 곳과 땅이 드러난 곳을 지나면 실버가에 닿았다. 이제 그들은 정육점의 목조 프레임도 대담하게 지나갔는데, 수술용 흰색 베네치아풍 블라인드 너머에는 발뒤꿈치를 걸어놓은 돼지들이 있었고, 카운터에는 점이 박힌 돼지고기 소시지와 적자색 신장이 가득 진열되어 있었다. 밤이면 잠기는 퀸스의 입구에서는 검은 가운을 입은 남자애 다섯이 무리 지어 서성거리고 있었다. 한 녀석이 노래를 시작했다.

이-런 연인이여 내게 상처를 주는구려

"잠시만." 해미시가 도디를 쇠창살 문 바깥쪽 모퉁이에 세워두었다. "기다려, 넘어갈 만한 적당한 장소를 찾아볼게."

나를 무-례하게 내버려두다니

다섯 남자가 도디를 둘러쌌다. 그들에겐 어떤 특징도 없었는데, 얼굴 모양은 창백하고 반투명한 달 같을 뿐이어서 그녀는 그들을 구별할 수 없었다. 그녀의 얼굴 또한 이목구비 없는 달처럼 느껴졌다. 날이 밝으면 그들 역시 그녀를 알아보지 못할 것이다.

"여기서 뭐 해?"

"괜찮아?"

목소리들이 속삭였다. 박쥐처럼, 그녀의 얼굴에다가, 손에다가.

"와, 냄새 좋은데."

"향수네."

"키스 좀 해도 될까."

그들의 목소리는 종이테이프처럼 부드럽고 나긋하게 내려 앉아서, 사뿐하게, 그녀를 만졌다. 나뭇잎처럼, 날개처럼. 거미줄처럼 펼쳐진 목소리들.

"여기서 뭐 하는 거야?"

가시 철조망에 기대서서 어둑한 퀸스의 건물들이 조성하는 초승달 모양 너머로 펼쳐진 흰 눈밭과 푸르른 소택지에 허리 높이로 떠다니는 안개를 노려보며, 도디가 발을 딛고 섰다. 해미시가 오자 남자들이 물러났다. 그들은 하나씩 하나씩 쇠창살 문을 오르기 시작했다. 도디가 숫자를 셌다. 셋. 넷. 다섯. 잠에 빠져드는 양 세기. 남자들은 금속 난간을 붙들고, 뾰족하고 까만 문의 꼭대기 너머로 몸을 흔들며 넘어가 퀸스의 땅으로 들어섰다. 그들은 취한 상태로 굴러떨어져, 딱딱하게 굳어버린 눈밭 위를 비틀거리며 걷기 시작했다.

"쟤넨 누구야?"

"그냥 학교에 늦게 돌아오는 애들이지." 다 넘어간 남자들은 좁은 녹색 강을 가로지르는 아치형 나무다리를 건넜다. 뉴턴이 볼트를 쓰지 않고 이어 붙인 다리였다.

"우리는 저 담을 타고 넘을 거야." 해미시가 말했다. "쟤들이 좋은 장소를 찾았어. 다만 우리가 들어가기 전까지 말을 해선 안 돼."

"난 못 넘어가. 이렇게 타이트한 치마를 입고는. 내 손에 저 쇠창살 촉이 박혀버릴걸."

"내가 도와줄게."

"그래도 난 떨어지고 말 거야." 그럼에도 도디는 트위드 스커트를 허벅지까지, 나일론 스타킹의 끝부분까지 걷어 올린 뒤 한쪽 다리를 벽에 올렸다. 장난, 정말이지, 장난 같은 상황. 그녀는 왼쪽 다리를 가장 낮은 촉이 있는 곳에 올렸는데, 검고 뾰족한 촉이 스커트에 걸리며 구멍을 내고 말았다. 해미시가 도와주고 있었지만 그녀는 거기 걸린 채로, 한쪽 다리를 쇠창살 문에 얹어두고 불안하게 생각했다. '아프려나? 피라도 흘리려나?' 왜냐하면 그 촉들이 손을 훑고 있는데도, 그녀의 손이 너무 차가워져 느낄 수가 없었기 때문이다. 그때 해미시가 단번에 문 안쪽으로 넘어가서 컵을 쥐듯 두 손을 모으고 그녀가 등자처럼 밟고 내려올 수 있게 했다. 실랑이를 벌이거나 생각할 시간조차 없이, 그녀는 그저 밟고 내려왔다. 양손으로 자기 몸을 고정시키는 바람에 촉들이 양손을 전부 관통해버린 것처럼 보였다.

"내 손," 그녀는 말했다. "피를 흘릴 거야……."

"쉬잇." 해미시가 자기 손을 그녀의 입에 대며, 초승달 모양의 안쪽에서 어둑한 출입구를 둘러보았다. 밤은 가만히 서 있었고, 빌려온 빛을 걸친 달은 아주 먼 곳에서 그녀를 향해 입 모양을 O 자로 만들었다. 도디 벤투라, 새벽 3시에 달려 갈 곳이 없어서, 거기가 경유지기에, 퀸스 중정에 들어온 사람. 굉장한 추위를 느끼던 그녀에게 몸을 녹일 수 있는 장소였다. 소모되었고, 소진되고 있는 그녀의 피는 레너드의 볼에 남긴 이빨 자국을 더욱 붉게 만들었고, 피 없이 껍데기만 남은 그녀는 허공을 떠돌아다니고 있었다. 여기, 해미시와 함께.

도디는 해미시를 따라 건물 옆으로 내려갔다. 손가락으로 거친 표면의 벽돌을 느끼며 걷다 출입구에 다다랐고, 해미시는 이유도 없이 조용히 숨죽이고 있었다. 아무 소리도 들리지 않았고, 방대한 눈과 달의 고요와 새벽이 오기 전 깊은 아침 잠 속에서 가만히 숨 쉬는 수백 명의 퀸스 사람들 소리만 들렸다. 발을 내디딘 첫 번째 계단은 신발을 벗었는데도 삐거덕거렸다. 다음 발소리는 조용했다. 그다음 발소리도 그랬다.

홀로 떨어져 있는 방 한 칸. 해미시가 오크로 만든 육중한 문을 등 뒤에서 닫고, 얇은 안쪽 문까지 닫은 뒤 성냥에 불을 붙였다. 커다란 방이 도디의 시야에 들어왔다. 윤이 나고 금이 간 어두운 색 가죽 소파와 두꺼운 러그, 책으로 가득 찬 벽이 있었다.

"성공했네. 잘 들어왔어."

웨인스코팅 장식이 된 벽 너머에서 침대가 삐걱거렸다. 갑갑하다는 듯한 한숨 소리가 들렸다.

"무슨 소리야? 쥐인가?"

"쥐는 없어. 내 룸메이트야. 괜찮은 애야······." 해미시가 사라졌고 그와 함께 방도 사라졌다. 또 다른 성냥을 긋자 방이 되돌아왔다. 해미시가 불을 켜기 위해 쪼그려 앉아 가스버너를 켰다. 부드럽게 쉭쉭거리는 소리와 함께 불이 켜졌다. 파란색 불꽃이 번쩍였고 하얀색 석면 격자 너머로 가스 불길이 줄 맞춰 정갈하게 타올랐다. 큰 소파와 묵직한 의자들 뒤에서 그림자들이 깜빡이기 시작했다.

"너무 추워." 도디가 불 앞에 깔린 러그에 앉았다. 불빛 아래 해미시의 얼굴은 분홍이 아니라 노랗게 보였고, 그의 연한 눈도 어둡게 보였다. 그녀는 발을 문지르면서 이제는 까맣게 보이는 빨간 신발을 불 앞 화격자에 놓았다. 신발 안쪽이 전부 젖어 있어서 손가락이 축축했지만, 추위를 느끼지는 못했다. 발을 문지를수록, 문질러 피가 돌게 할수록 발가락에 저린 통증만 느껴졌다.

그다음 해미시는 도디를 러그에 눕혔다. 얼굴에서 머리카락이 떨어져 나와 러그 털에 감겨들었다. 두꺼운 실로 만들어 두터운 러그에서는 구두 가죽 냄새와 오래 묵은 담배 냄새가 났다. 내가 하는 일, 나는 그 일을 하지 않는다. 불확실한 상태에서는 누구도 진짜로 불타지 않는다. 해미시가 도디의 입술에 키스하기 시작했고, 그녀는 자신에게 키스하는 그를 느꼈다. 전혀 동요하지 않았다. 기력 없이 누워서 짙은 색 목재 보가 가로지르는 높은 천장을 노려보고 있었다. 그 속에서 수

십 년 된 벌레들이 기어가는 소리가, 셀 수 없이 많은 통로와 작은 벌레 크기의 미로들이 헤집어지는 소리가 들렸다. 해미시는 그녀의 위에 자신의 무게를 더했다. 따뜻했다. 사용하지 않는 상태, 불용의 상태가 되기, 그렇게는 되지 않으리라. (견디는 건 영웅적이지 않지만 간단하다.)

그러고 나서 마침내 해미시가 도디의 목에 얼굴을 묻었고, 그녀는 그의 숨이 차분해지는 걸 느낄 수 있었다.

"나 좀 혼내줘." 도디는 바닥에 등을 대고 누워 그녀의 목소리를 들었다. 부비강 문제와 위스키 때문에 가슴속에서 이상하고 억눌린 소리가 들렸다. 나는 이름 붙인 조각상들에게 질렸다. 회색빛 세계에서는 어떤 불도 타오르지 않는다. 얼굴에는 이름이 없다. 레너드 같은 사람은 살아 있는 레너드로 존재할 수 없다. 레너드란 이름은 실재하지 않는다.

"뭐 때문에?" 목에 닿은 해미시의 입이 움직였고, 도디는 다시금 자신의 목이 얼마나 부자연스럽게 긴지, 그래서 자신의 머리가 몸으로부터 얼마나 먼 곳에서, 긴 줄기에서 끄덕이고 있는지를 느꼈다. 버섯을 먹고 난 뒤의 앨리스 그림처럼, 나무 꼭대기 이파리 위에 앉은 뱀 목 위에 머리를 얹어둔 것 같았다. 비둘기 한 마리가 꾸짖으며 날아갔다. 뱀들, 뱀들. 어떻게 알을 안전하게 보호할까?

"난 나쁜 년이니까." 도디는 가슴속 인형 상자에서 들려오는 자신의 목소리를 들으며 다음으로 튀어나올 터무니없는 말은 또 무엇일지 궁금해했다. "난 천박한 여자야." 별다른 확

229

신 없이 그런 말이 나왔다.

"아니야, 그렇지 않아." 해미시가 키스할 것 같은 입 모양을 만들어 그녀의 목에 대며 말했다. "하지만 거기서 교훈을 얻었어야 했어. 내가 그 애들에 대해 말해줬잖아, 그러니 교훈을 얻었어야 했는데."

"배웠어." 작은 목소리가 거짓말을 했다. 하지만 도디는 아무 교훈도 얻지 못했다. 낡은 깡통을 묶듯, 상처에 묶어둘 이름이 없기 때문에 아무도 다치지 않았다는 연옥의 교훈을 제외하고는 어떤 교훈도. 이름 없는 내가 일어난다. 이름 없이, 더럽혀지지 않은 채로.

도디의 마지막 여정이 눈앞에 펼쳐졌다. 아든에서 안전하게 문을 통과하고 계단에서 삐거덕거리는 소리를 내지 않고 자신의 방까지 올라가는 것. 1층과 2층 계단 사이의 복도에서 붉은 플란넬 목욕용 가운을 입고, 평소에는 번 모양으로 묶었던 머리를 잠들기 전이라 손질하지 않고 땋아두어서 등에 닿을 정도로 늘어뜨린 민셸 부인이 분노하며 자기 방에서 튀어나오지 않기를. 더러 회색 머리카락도 섞여 있는 그 머리 타래는 엉덩이까지 늘어져 있었는데, 그건 누구도 보지 못할 장면이었다. 그녀의 머리카락이 손질되어 있지 않을 때만큼은 엉덩이에 닿는 길이라는 것을 아는 사람도 없었다. 언젠가, 몇 년 뒤에, 그 전함 같은 회색의 땋은 머리는 무릎까지 내려올 것이다. 그리고 바닥에 닿을 정도로 자라면 완전히 하얗게 셀 것이다. 백百, 그 백을 텅 빈 대기 속에 소모시키며.

"나 이제 갈게."

해미시가 몸을 일으켰고, 도디는 심드렁하게 누워서 그가 있던 따스한 자리와 스웨터를 통과하는 서늘한 공기에 따뜻했던 땀이 마르며 식어가는 것을 느꼈다. "내가 말하는 대로만 해." 해미시가 말했다. "그렇지 않으면 우린 절대로 나가지 못해."

도디는 리본이 달린 신발을 신었다. 불 때문에 너무 뜨겁게 달아올라 그녀의 발바닥이 탈 것 같았다.

"그 쇠창살들 다시 넘어가고 싶어? 아님 개울 쪽으로 시도해볼까?"

"개울?" 도디가 마구간에서 건초 냄새를 풍기는 단단하고 따뜻한 한 마리의 말처럼 그녀를 지켜보고 선 해미시를 올려다봤다. "거기 깊어?" 거기 서 있는 사람은 말 특유의 기분 좋은 온기를 품은 라슨이나 오스왈드, 심지어 애서턴일 수도 있었다. 불멸의 말, 한 마리가 또 다른 한 마리를 대신하기 때문에. 그러니 말들의 영원 속에서는 모든 것이 괜찮았다.

"깊냐고? 꽁꽁 얼었어. 어쨌든 내가 먼저 시험해볼 거야."

"그럼 개울로 가자."

해미시가 도디를 문가에 세워두었다. 그는 먼저 안쪽 문을 연 뒤, 문밖을 내다보고 바깥쪽 문도 열었다. "여기서 기다려." 그는 도디를 문설주에 끼우듯 세워놓았다.

"신호를 주면, 와."

그의 무게에 계단들이 삐걱였고 잠시 후 성냥에 불이 붙더니 입구가 밝아지면서 귀신의 손길로 그윽한 광택을 지니게 된 목재의 결이 보였다. 도디가 내려가기 시작했다. 우리는 어떻게 우리 자신을 지나치고 또 지나칠까. 어떻게 절대로 융합되지 않고, 결코 우리 꿈의 완벽한 자세로 굳어지지 않는 것일까. 도디는 발끝으로 살금살금 내려서며 오른손을 난간 아래로 미끄러뜨리면서 퀸스 지역의 모든 초승달이 기울었다가 차올랐다가 다시 기우는 것을 느꼈다. 거친 바다를 굴러가는 배 한 척. 그때 그녀의 검지에 나무 가시가 박혔지만 그녀는 계속해서 자신의 손이 난간을 타고 내려가게끔 그 자리에 두었다. 움찔하지도 않고. 여기서. 깊숙이 박히게. 가시가 살짝 부러지며 거슬리는 통증을 남긴 채 손가락에 박혔다. 해미시가 그녀를 입구 쪽 어두운 벽감에 재봉사의 마네킹처럼 세워두었다.

"기다려." 그가 속삭였고, 그 속삭임은 계단을 올라가며 난간을 휘감았다. 위층에서 공식 배지를 단 누군가가 손전등을 든 채 잔뜩 경계하며 귀를 기울이고 있을지도 몰랐다. "아무도 없으면 내가 신호를 보낼 테니까, 죽어라고 뛰어. 누가 널 쫓아오기 시작해도 넌 그냥 뛰는 거야. 우린 그 사람들에게 잡히기 전에 개울을 건너고 길도 지날 거야."

"그 사람들이 널 붙잡으면 어떡해?"

"내보내는 거 말곤 아무것도 하지 않을 거야." 해미시가 바닥에 성냥을 던지곤 발로 짓밟았다. 작고 노란 세상이 꺼지자 달빛 아래 광장이 커다랗고 밝은 푸른색으로 피어났다. 해미시가 광장으로 걸음을 내딛자 눈을 배경으로 한 그의 어두운 형체가 선명하게 드러났다. 곧이어 판지의 윤곽만이 움직이다 점차 작아지더니 개울가를 경계 짓는 덤불의 어둠 속으로 섞여들어 갔다.

그 모습을 보면서 도디는 자신의 숨소리를 듣고 있었다. 비현실적으로 낯선 판지의 숨이었다. 덤불 속에서 어두운 형체가 벗어날 수 있을 때까지 기다렸다. 그 형체가 움직임을 보였다. 그녀가 뛰었다. 신발이 굳어버린 눈의 표층을 부수면서 으드득거리는 소리가 시끄럽게 났다. 매 발걸음이 그랬다. 누군가 신문지를 한 장 한 장 구기는 것 같았다. 심장이 뛰고 피는 얼굴까지 솟구쳤으며, 눈의 표층은 그녀의 발아래에서 부서지고 부서졌다. 그녀는 발등의 아치 부분과 신발 사이로 부드러운 눈송이가 들어가고, 그 눈이 마르다 차갑게 녹아버리는 것을 느꼈다. 갑작스러운 탐조등이나 외침은 없었다.

해미시가 휘청거리는 도디를 붙잡아주었고, 그들은 잠시 산울타리 옆에 서 있었다. 그 후 해미시는 거칠게 뒤얽혀 있는 덤불을 어깨로 헤치며 그녀를 위해 길을 내기 시작했다. 도디는 그를 따라 발을 내디디며 낮게 자란 가지들을 밟았는데, 이때 가녀린 나뭇가지들에 다리가 긁히거나 까졌다. 두 사람은 그 길을 통과해 개울둑에 이르렀고, 등 뒤에서는 어둡고 망가지지 않은 들장미 문이 산울타리의 문을 꽉 닫았다.

해미시가 발목까지 눈이 쌓인 둑을 타고 내려가면서 손을 내밀어 도디가 내려올 때 넘어지지 않게 도왔다. 눈 덮인 얼음이 그들을 지탱해주었지만, 다른 쪽 개울가에 닿기 전 쾅 소리를 내며 깊은 곳에서부터 균열이 생기기 시작했다. 두 사람은 반대편 둑으로 뛰어올랐으나, 발 둘 곳을 못 찾아 가파르고 미끄러운 쪽을 손으로만 기어올라서 둑의 꼭대기에 닿으려고 했다. 손은 온통 눈투성이였고 손가락은 아렸다.

매일 똑같은 트럭과 시장 화물차의 굉음에서 풀려난 퀸스로드의 드넓은 공터로 향하는 눈밭은 고요했다. 그들은 말 한 마디 없이 손을 잡고 눈밭을 걸었다. 적막강산에 선명한 시계 종소리. 둥. 둥. 그리고 둥. 유리창 너머 뉴넘 빌리지는 잠들어 있었다. 연한 오렌지색 태피스트리로 만들어진 장난감 마을. 그들은 아무도 마주치지 않았다.

현관 조명을 비롯해 건물의 모든 조명이 꺼져 있었고, 아든은 지는 달의 흐릿한 푸른빛 어둠 속에 서 있었다. 말없이, 도디가 자물쇠에 열쇠를 밀어 넣어 돌린 다음 문고리를 잡아 내렸다. 문이 딸깍 소리를 내며 열렸고 관 모양의 시계가 째깍거리는 소리와 잠든 소녀들의 들리지 않는 숨소리만이 복도를 침묵으로 채웠다. 해미시는 몸을 숙여 자기 입술을 그녀의 입술에 갖다 댔다. 불완전하게 얽힌 두 사람의 얼굴 사이로 퀴퀴한 건초의 맛을 내는 입맞춤.

문이 그를 밀어냈다. 발길질하지 않은 노새처럼 도디는 기니 부인 숙소 바깥에 있는 식료품 저장실로 가 문을 열었다. 빵과 차가운 베이컨 냄새가 피어오르며 그녀의 콧구멍을 찔렀지만 배가 고프진 않았다. 차가운 우유병의 형태를 찾아 손을 뻗었을 뿐이다. 다시 신발을 벗고, 검은 가운과 코트도 벗고, 만약 필요하다면 그녀가 어떻게 아델의 방에 있었고, 얼마나 늦게까지 아델과 대화를 나누었는지 같은 거짓말을 준비하며 지친 몸으로 유리병을 든 채 다시 계단을 오르기 시작했다. 그러다 그녀는 아델이 돌아왔는지 알 수 있는 외출 명부를 아직 확인하지 않았다는 사실을 또렷하게 기억해냈다. 아마 아델도 서명하지 않았을 것이고, 그렇다면 아델의 방문을 두드려보지 않는 이상 아델이 정말로 돌아왔는지 알 수 없었다. 하지만 아델의 방은 1층이었고, 이미 너무 늦은 시간이었다. 그리고 그녀는 아델이 보고 싶지 않은 이유를 떠올렸다.

도디가 전등 스위치를 켜자 방이 환하고 따뜻하게 그녀를 반겼다. 잔디 같은 초록색 카펫과, 책에 써야 하는 돈으로 사 모았으나 아마 읽지 않을 책으로 가득한 두 개의 큰 책장이 있었다. 아무것도 할 게 없어서 앉은 채로 갇혀 도르래로 음식을 조달해주는 방에서 1년쯤은 있어야 읽을 수 있을 양이었다. 방이 아무 일도 일어나지 않았다고 확인해주었다. 나, 도디 벤투라는 나갔을 때 모습 그대로 돌아왔다. 도디는 코트와 찢어진 가운을 바닥에 떨어뜨렸다. 가운은 검은 조각이 늘어진 구멍처럼, 어디로도 통하지 않는 검은 문처럼 보였다.

도디는 바로 아래에서 머리를 땋은 채 웅크려 잠든 민셸 부인을 깨우지 않기 위해 안락의자에 조심스럽게 신발을 내려놓았다. 벽난로 앞 가스버너엔 기름이 많이 낀 머리칼들이 빠져서 새까맣게 엉켜 있었고, 벽난로 위 선반의 거울 앞에서 화장을 하다 떨어졌을 분가루도 점점이 흩어져 있었다. 그녀는 크리넥스를 뽑아 가스버너를 닦아낸 뒤, 얼룩진 티슈를 고리버들로 짠 휴지통에 던져 넣었다. 주말이면 방에서는 언제나 퀴퀴한 냄새가 났는데, 기니 씨가 청소기와 빗자루 묶음, 날개로 만든 먼지털이를 들고 오는 화요일이 되어서야 깨끗해졌다.

도디는 백조가 그려진 성냥갑에서 성냥 하나를 꺼냈다. 성냥갑은 흰 바탕에 검은색 숫자가 찍힌 무수히 많은 둥근 눈금판의 회색 가스계량기 옆 바닥에 놓여 있었다. 도디가 가스난로에, 이어서 가스버너에 불을 붙이자 물러나는 그녀의 손 가까이 동그란 불길이 파랗게, 다 불태우겠다는 듯 치솟았다. 잠시 동안 그녀는 거기 쭈그리고 앉아 오른손에 박힌 가시를 빼는 데 몰두했다. 이미 피부를 파고든 가시는 투명한 표면 아래 작은 주머니를 만들어 시커먼 몸을 드러내고 있었다. 왼손 엄지와 검지로 피부를 잡자 가시의 까만 머리 부분이 나타났고, 그녀는 손톱으로 얇은 금속 파편을 가져다가 가시가 깨끗하게 딸려올 때까지 천천히 잡아 꺼냈다. 그러고 나서 낡은 알루미늄 냄비를 가스버너 위에 올린 뒤, 우유를 500밀리미터 정도 부은 다음 바닥에 다리를 꼬고 앉았다. 하지만 스타킹이 허벅지를 너무 조였기 때문에 곧 일어나서 과일 껍질 벗기듯 거들과 스타킹을 벗었는데, 여태 가터벨트를 차고 있었다. 스타킹은 퀸스 바깥 쪽 덤불들을 지나오면서 찢어진 상태었다. 그녀는 슬립을 입은 채로 앉아 냄비 가장자리에 우유가 보글보글 끓어오르기 시작할 때까지 가만히 머릿속을 비우고, 팔로 무릎을 끌어안고, 무릎으로 가슴을 누르며 부드럽게 앞뒤로 몸을 흔들었다. 그리고 초록색 커버를 씌운 의자에 앉아 런던에 온 첫째 주에 뉴콤프턴가에서 구한 네덜란드식 도자기 컵에 우유를 담아 홀짝거렸다.

우유에 혀가 델 지경이었지만, 그녀는 그것을 삼켜냈다. 그리고 내일이면 삼킨 우유는 몸에 남아서 분리할 수 없는 그녀의 일부가, 도디가, 도디 벤투라가 되리라는 사실을 알았다. 가시처럼 제 몸에서 떨어져 나가게 할 수 있는 것이 아니었다. 천천히 이런 생각을 하다 보니 서로 연결되어 있는 그녀의 말과 행동의 원인과 결과들이 천천히, 마치 천천히 흐르는 고름처럼 그녀의 마음속에 들어서기 시작했다. 동그란 이빨 자국이 자기주장을 하며 도디 벤투라에게 피 묻은 장미꽃 반지를 내밀었다. 변하지 않는 해미시와의 시간들은 뱉어지지 않고 엉겅퀴처럼 더더욱 가까이 들러붙었다. 불확실한 상태의 이름 없는 양이 아닌 것이다, 그녀는. 울면서 태어날 때부터 함께한 모든 말과 행동이 모든 도디에 얼룩지고 깊이 새겨져 있었다. 도디 벤투라. 그녀는 보았다. 누구에게 말할 것인가. 나는 도디 벤투라다.

아든의 꼭대기 층은 반응하지 않았고 깜깜한 새벽 속에서 죽은 듯 조용했다. 외부의 그 어떤 것도 샴쌍둥이처럼 이빨 자국과 연결된 내부 상처에 상응할 상처를 줄 정도가 못 됐다. 상실에 적합한 상징. 나는 살았다. 그 한 번을. 그리고 그 꾸러미를, 내 죽은 자아들의 무거운 짐을 어깨에 짊어져야 한다. 다시, 내가 살기까지.

맨발로, 도디는 하얀 나일론 슬립을 벗고 브래지어와 팬티도 벗었다. 데워진 실크가 피부를 타고 깔끔하게 내려앉을 때 전기가 타닥거렸다. 그녀는 불을 끄고 불꽃의 벽, 불꽃의 원형에서 검은색 직사각형 창문을 향해 움직였다. 김이 서린 판유리에 선명한 동그라미를 문지르면서 그녀는 월몰과 일출 사이 아무도 없는 땅의 기이한 빛에 사로잡힌 아침을 내다보았다. 없는 공간. 아직 없는 공간. 하지만 어떤 공간, 팔콘 야드에 있는 어떤 공간, 다이아몬드 모양 창틀 속 판유리들이 들쭉날쭉한 파편으로 거리로 떨어지고 있었고, 떨어지면서 유일한 가로등의 빛을 받았다. 쾅. 탕. 쨍그랑쨍그랑. 부츠를 신은 발이 새벽이 오기 전 유서 깊은 판유리들을 향해 발길질했다.

도디가 창문의 걸쇠를 풀고 활짝 열어젖혔다. 창틀의 경첩이 끽끽거렸고, 쾅 소리를 내며 박공에 부딪쳤다. 그녀는 창문 벽감에 놓인 2인용 소파에 나체로 무릎을 꿇고 메말라 죽어버린 정원을 향해 몸을 내밀었다. 붓꽃 뿌리, 수선화 구근, 수선화를 가리키는 뼈대 없는 줄기 위로. 꽃봉오리가 납작해진 벚나무와 나도싸리 나뭇가지들의 복잡한 나무 그늘 위로. 거대한 허무의 지구 표면 위로, 훨씬 더 거대한 허공 아래. 오리온자리는 아든의 가장 높은 곳에서 차가운 공기에 더욱 매끈해진 불멸의 금빛 관절들을 반짝이며 광활한 황무지 우주에서 늘 말하던 방식으로 뚜렷한 말들을 내뱉었다. 그가 증언하기로 우주는 미셸 부인과 해미시 그리고 그 모든 엑스트라 애서턴들과 누구도 원하지 않았던 세상의 오스왈드들이 로켓처럼 빙글빙글 돌면서 사랑받지 못하는 자기들의 삶을 대기에 태워 낭비하는 공간이었다. 4시의 차와 크럼펫, 아주 달콤한 레몬커드페이스트와 마지팬으로 우주의 커다란 틈을 메우면서.

추위가 죽음처럼 그녀의 몸을 사로잡았다. 유리를 관통한 주먹도, 뜯긴 머리도, 흐트러진 재나 피 묻은 손가락도 없었다. 정원에는 절대 부술 수 없는 소년 석상의 외롭고 어설픈 몸짓만이 있었다. 그 몸짓은 아이로니컬하게도 레너드의 표정과 함께 조각된 발 위에 서서 자기 돌고래를 꼭 붙잡고 있을 뿐이었다. 돌로 만든 눈꺼풀은 잘 깎인 쥐똥나무 산울타리 너머의 세계에, 조밀하고 형식적인 정원로 너머에 고정되어 있었다. 낭비 없는 세계, 저축과 소중히 여기는 것들이 있는 세계. 사랑이 불을 피우고 사랑이 승리하는 세계. 오리온이 자신의 길에 고정된 채로 보이지 않는 나라의 가장자리를 향해 계속해서 나아가는 동안, 반짝이는 그의 모습이 푸른 바닷속에서 창백해졌다. 첫닭이 울었다.

태양이 다가오자, 별들이 불타는 심지들을 눌러 껐다.

도디는 물에 빠져 죽은 것처럼 잠들었다.

아직 보지도 못했고 어떤지 짐작도 못 했지만, 아래층의 뒤쪽 주방에서 기니 부인이 또 다른 하루를 시작했다. 절약하고 아끼는 이. 낭비하지 않는 자, 그녀. 가시 많은 훈제 청어를 검정 주물 프라이팬에 나누어 담고, 기름에 적신 토스트를 오븐으로 바삭하게 구우면서 그녀는 삐걱이는 허밍을 했다. 기름이 탁탁 튀었다. 햇빛이 그녀 안경의 동그란 철제 테두리에서 순결하게 피어올랐고, 남편을 잃은 그녀의 가슴에서 발산되는 선명한 빛이 그날의 순수함을 되찾아주었다.

진주층 껍데기로 이루어진 희귀한 여린 흙에서 싹을 틔운 창가의 히아신스 화분을 보며 기니 부인은 단언했고 평생 단언할 것이다. 겨울을 제외하곤 결국 얼마나 따스하고 사랑스러운 날이었냐며.

1957~1958년

모든 죽은 소중한 이들에게

"나는 허버트가 뭐라고 했든 신경 안 써." 넬리 미한 부인
이 설탕 두 순가락을 찻잔에 털어 넣으며 말했다. "천사를 한
번 본 적이 있어. 내 여동생 미니였고, 루커스가 죽은 날 밤이
었지."

11월의 어느 저녁, 네 사람은 미한이 새로 산 집의 석탄불
주변에 둘러 앉아 있었다. 넬리 미한과 그녀의 남편인 클리퍼
드, 27년 전 빨간 머리 아내가 건초를 만들다 세상을 떠난 이
래로 미한 부부네 집에 얹혀살고 있는 넬리의 사촌 허버트,
백내장 수술을 받고 회복 후 이제 막 병원에서 퇴원한 친구
엘런을 방문했다가 캑스턴 슬랙에 있는 집으로 돌아가는 길
에 차를 한잔 하러 들른 도라 서트클리프였다.

꺼져가는 불길은 여전히 따뜻하게 빛났고, 낡은 알루미늄
찻주전자는 난로 위에서 김을 뿜어내고 있었다. 넬리 미한은

241

도라가 온다기에 온통 바이올렛과 자홍빛 양귀비로 수놓인 리넨 테이블보를 펼쳤다. 설탕 뿌린 건포도케이크와 버터 발린 스콘들이 푸른 버드나무 접시에 쌓여 있었고, 작은 컷글라스에는 넬리 미한이 직접 만든 구스베리잼이 넉넉히 담겨 있었다. 맑고 바람 부는 밤에 달도 높고 밝게 빛나고 있었다. 계곡 밑바닥에서 파랗게 빛을 발하는 안개가 피어올랐고, 산간의 시냇물은 거품을 일으키며 검고 깊게 흐르는 폭포를 따라 흘렀다. 일주일 전 월요일, 그 폭포에서 도라의 시동생이 스스로 물에 잠기기를 택했다. 미한의 집은(그해 가을 초, 홀로 살던 캐서린 에드워드의 어머니 메이지가 용맹한 나이 여든여섯에 돌아가시고 난 뒤, 그에게서 구입했다) 가파른 언덕 중간쯤에 붙어 있었는데, 언덕 꼭대기에는 납작하게 펼쳐진 붉은 열매가 맺힌 회향나무와 고사리가 히스로 가득한 거칠고 척박한 황무지로 이어졌다. 그곳에는 시커먼 얼굴을 한 양들이 구불거리는 뿔과 미친 듯 노려보는 누런 눈을 하고 서성거렸다.

그들은 이미 긴 저녁 시간 동안 제1차 세계대전 당시와, 성공한 자들과 죽은 자들의 다양한 최후에 대해서 논했다. 대화가 적절한 지점에 이르렀을 때, 클리퍼드 미한은 자신의 습관대로 천천히 일어나 윤기 나는 마호가니 찬장 맨 아래 서랍에서 기념품이 담긴 종이 상자를 꺼냈다. 거기에는 메달과 띠 그리고 총알이 날아왔을 때 신의 섭리로 가슴팍 주머니에 있다 완전히 박살 난 급여 장부 같은 것들이 들어 있었다(빛바랜 페이지에는 여전히 산탄이 박혀 있었다). 그는 도라 서트클리프에게 휴전 전 크리스마스 때 병원에서 찍은 뿌연 황토색 다 게레오타이프 사진을 보여주었는데, 그 사진에는 약 40년 전 뜨고 지던 창백한 겨울의 태양 아래에서 웃고 있는 다섯 청년이 보였다. "그게 나야." 클리퍼드가 말했다. 그러고 나서 잘 알려진 연극 속 등장인물들의 운명을 언급하듯 엄지손가락으로 다른 얼굴들을 하나하나 가리키며 말했다. "얘는 다리가 잘렸지. 얘는 죽었어. 얘는 죽었고, 얘는 죽었지."

그렇게 그들은 산 자와 죽은 자의 이름을 불러대면서 부드럽게 수다를 떨며 과거의 일들을 되새겼다. 그 사건들은 마치 처음도 끝도 없는 것 같았지만 시간의 시작부터 살아왔으며, 그들의 목소리가 사라진 이후에도 오래도록 존재할 것이었다.

도라 서트클리프는 목소리를 낮추며 교회에서 낼 법한 어조로 넬리 미한에게 물었다. "미니는 뭘 입고 있었어요?"

넬리 미한의 눈이 꿈결같이 변했다. "하얀 엠파이어드레스였어요. 허리 주변에 수백 개의 작은 주름이 잡혀 있었죠. 정말 생생하게 기억나요. 날개는 또 어떻고. 커다란 깃털 같은 하얀 날개들이 발끝을 스치면서 내려왔어요. 클리퍼드와 저는 다음 날까지 루커스에 대해 듣지 못했지만, 그날 밤 저는 통증을 느꼈고 노크 소리도 들었어요. 미니가 왔던 밤이었죠. 그렇지, 클리퍼드?"

클리퍼드 미한이 파이프를 뻐끔거리며 생각에 잠겼다. 불빛으로 인해 그의 머리칼에는 은빛이 돌았고, 바지와 스웨터는 회색을 띠었다. 보랏빛 혈관이 드러나는 강렬한 콧대를 제외하면, 그는 거의 반투명한 존재가 되어가는 것처럼 보였다. 흡사 광택이 도는 황동 말 장식이 매달린 굴뚝 선반이 언제라도 희미하게 그의 가늘고 희뿌연 뼈대를 통해 보이기 시작할 것 같았다. "그렇지." 마침내 그가 대답했다. "그날 밤이었지." 부인할 수 없는 아내의 순간적인 예지력은 언제나 경외의 대상이었고, 어떤 면에서는 그를 약간 순종적으로 만들었다.

사촌 허버트는 침울하고 회의적인 표정으로, 깊게 주름진 크고 어색한 손을 몸 옆에 늘어뜨린 채 앉아 있었다. 허버트의 마음은 아주 먼 곳의 맑은 날에 고정되어 있었다. 일주일간의 폭우가 끝난 뒤 처음으로 맑게 갠 날, 그의 아내인 로다네 가족들이 건초 만드는 일을 돕기 위해 방문했다가 로다를 데리고 맨체스터로 나들이를 떠났었고, 허버트는 건초 더미와 남겨졌다. 황혼 녘에 돌아왔을 때, 그들은 소 방목장 한구석에 던져진 자신들의 짐을 발견했다. 그때 로다는 부모님과 함께 분개하며 그를 떠났다. 고집 세고 오만한 허버트는 그녀에게 돌아오라 부탁하지 않았고, 허버트처럼 고집스럽고 오만한 그녀 역시 다시 돌아오지 않았다.

"그날 밤……" 넬리 미한의 눈은 환영이라도 보는 것처럼 흐려졌고, 목소리는 리드미컬하게 커져갔다. 바깥에서는 바람이 지독하게 불었고, 강렬한 공기의 맹공으로 집의 근간까지 삐거덕거리며 흔들렸다. "그날 밤 왼쪽 어깨가 너무 아픈 채로 깼는데, 사방에서 시끄러운 노크 소리가 들리는 거예요.

침대 발치에 창백하고 달콤한 얼굴로 미니가 서 있었어요. 그 애가 폐렴에 걸렸던 겨울 나는 아마 일곱 살이었을 거예요. 그때 우린 같은 침대에서 잤었는데. 음, 내가 볼 때마다 그 애는 점점 시들고 시들다 결국 완전히 무의 상태로 사라져버린 거예요. 나는 클리퍼드를 깨우지 않으려고 아주 조심스럽게 일어나, 아래층으로 내려가서 차를 한 주전자 끓였죠. 어깨는 정말 끔찍하게 아팠고 내내 들렸던 소리는 똑, 똑, 똑……."

"뭐였는데요?" 도라 서트클리프가 간청했다. 그녀의 촉촉하고 커다란 푸른 눈. 도라는 루커스가 목을 매달았다는 얘기를 몇 번이고 간접적으로나 제삼자를 통해 들었지만, 새로 들을 때마다 이전에 들었던 이야기가 흐릿하게 하나로 합쳐져 늘 열렬히 궁금해했다. 마치 영속적으로 질문을 던지는 코러스의 일부가 된 것 같았다. "노크하던 게 누구였지요?"

"처음엔 옆집 사는 목수라고 생각했어요." 넬리 미한이 대답했다. "왜냐하면 자기 차고 작업장에서 온종일 망치질을 하느라 깨어 있곤 했거든요. 부엌 창문으로 내다보니까 밖이 깜깜한 거예요. 그런데도 그 똑 똑 똑 하는 소리가 계속 들렸어요. 그사이에도 어깨는 통증으로 욱신거렸고요. 그렇게 거실에 앉아서 책을 읽으려다 아마 잠이 들었던 모양이에요. 클리퍼드가 아침에 출근하려고 내려왔다가 잠든 나를 봤다고 했거든요. 내가 일어났을 땐 쥐 죽은 듯 조용했어요. 어깨 통증도 사라졌고. 그때 우체부가 루커스에 관한 편지를 갖고 왔어요. 온통 검은 테두리를 두른 편지였죠."

"편지가 아니었지." 클리퍼드 미한이 반박했다. 넬리는 이야기를 하다 꼭 어느 지점에서 이런 종류의 부정확함에 휩쓸려가, 그때그때 자신의 기억 속에 흘러다니는 세부적인 사항들을 지어내곤 했다. "전보였어. 그날 우체국에 부친 걸 당신이 그날 아침에 받을 수는 없는 거라고."

"아, 그럼 전보였어요." 넬리 미한이 순순히 수긍했다. "이렇게 써 있었죠. '루커스가 죽었으니 오길 바람.'"

"나는 삼촌들 중 하나일 거라고 말했어요." 클리퍼드 미한이 끼어들었다. "루커스일 리가 없다고. 루커스는 너무 어리고 진짜 훌륭한 목수였으니까."

"그런데 루커스였어요." 넬리 미한이 말했다. "그날 밤 목을 매달았다더라고요. 딸인 대프니가 다락에서 발견했대요. 상상해봐요."

"상상하는 것만으로도." 도라 서트클리프가 숨을 내쉬었다. 그녀의 손은 미동 없이 경청 중인 몸과는 무관하다는 듯 버터 바른 스콘을 향했다.

"전쟁이었잖아요." 사촌 허버트가 갑작스럽게 음침한 톤으로 입을 열었다. 목을 쓰지 않아 녹이 슨 것 같은 목소리였다. "사랑이나 돈으로도 목재를 구할 순 없었던 거죠."

"뭐, 어쨌든 루커스였어." 클리퍼드 미한이 자신의 파이프를 화격자에 대고 털어내며 파이프 주머니를 꺼냈다. "이제막 함께 일하려는 회사의 동업자가 됐었는데. 그렇게 목을 매달기 바로 며칠 전에 말이죠. 새 아파트가 들어설 부지에서 예전 사장인 딕 그린우드에게 그랬대요. '저는 이 아파트들이 언젠가는 지어질 수 있을지 궁금합니다'라고요. 루어커스가 목숨을 끊은 날 밤에 그와 대화를 나눈 사람들 모두 아무런 문제도 발견하지 못했다고 했어요."

"부인 애그니스 때문이었어요." 넬리 미한이 세상을 떠난 남동생의 운명을 떠올리며 슬프게 고개를 떨구면서 말했다. 갈색 눈은 소의 눈처럼 온순했다. "애그니스가 독살한 것처럼 확실히 그를 죽였을 거예요. 애그니스는 단 한 번도 다정한 말을 한 적이 없어요. 그저 걔가 죽을 때까지 걱정하고 걱정하고 걱정하게만 했고요. 그 애 옷도 곧바로 경매에 넘겨버리고 그 애가 남긴 돈으로 과자점을 사더군요."

"정말이지!" 도라 서트클리프가 코웃음을 쳤다. "저는 언제나 애그니스에게 뭔가 못된 면이 있다고 생각했어요. 저울은 손수건으로 가려놨고, 가게에 있는 모든 물건은 다른 곳보다 조금 더 비싸요. 한 2년 전에 애그니스네 가게에서 크리스마스 케이크를 샀는데, 그다음 주에 핼리팩스에서 똑같은 걸 봤어요. 애그니스네 케이크가 하프 크라운*은 더 비싸더군요."

클리퍼드 미한이 신선한 담뱃잎을 파이프에 다져 넣었다. "루어커스는 그날 밤에 자기 딸 대프니와 펍 주변을 차로 돌아다녔어요." 그가 천천히 말했다. 그 또한 자기 이야기를 여러 차례 했는데, 말할 때마다 자신의 말 속에서 어떤 선명한 빛

---

* 과거 영국의 화폐 제도에서 8분의 1파운드 가치에 해당하던 은화.

줄기가 나타나 루커스의 죽음에 대한 황량하고 낡은 사실들을 밝혀주기를 기대하는 것처럼 이 지점에서 멈추는 것 같았다. "저녁을 먹고 위층으로 올라간 루커스에게 대프니가 드라이브를 가자고 하자 몇 분 뒤에 그가 내려왔어요. 나중에 대프니가 그의 얼굴이 우스꽝스럽게 부어 있었고, 입술도 어떻게 보면 보라색이었다고 말했죠. 아무튼 두 사람은 루커스의 목요일 밤 습관처럼 비터 맥주를 몇 잔 마시러 블랙 불에 들렀어요. 그리고 집에 돌아와서 대프니, 애그니스와 잠시 아래층에 앉아 있다가 의자 팔걸이에 손을 얹고 몸을 일으켜 세우더니—저는 루커스가 그렇게 일어나는 걸 수백 번은 봤었죠—'이제 준비하러 갈게'라고 말했다고 해요. 잠시 후 대프니가 올라가서 애그니스에게 전했죠. '아빠가 위층에 없어!' 그리고 나서 대프니는 루커스가 있을 법한 유일한 장소인 다락방 계단을 오른 거죠. 거기서 서까래에 목을 매달아 완전히 죽은 그를 찾은 거예요."

"서까래 한가운데 구멍이 하나 뚫려 있었어요." 넬리 미한이 말했다. "대프니가 어렸을 때 루커스가 거기에 그네를 하나 고정시켰었거든요. 그런데 바로 그 구멍에 밧줄을 매단 거예요."

"바닥에서 발길질한 흔적을 찾았다더군요." 클리퍼드 미한이 넬리의 가족 앨범에 보관되어 있던 누렇게 변색된 9년 전 신문에서 나온 이야기를 사실만 보도하듯 냉정하게 말했다. "루커스가 외출하기 전에 처음으로 목을 매달려고 했던 데가 거기였는데, 그땐 밧줄이 너무 길었던 거죠. 돌아왔을 땐 충분히 짧게 잘랐고요."

"루커스가 할 수 있었을까요." 도라 서트클리프가 한숨을 쉬었다. "제 형부인 제럴드가 생각나기도 하고요."

"아, 제럴드는 좋은 사람이었죠." 넬리 미한이 측은하게 여겼다. "튼튼하고 얼굴도 붉고 누구나 원할 만큼 건장한 사람이었잖아요. 이제 그가 떠났으니 미라는 그 농장을 어떻게 한대요?"

"누가 알겠어요." 도라 서트클리프가 말했다. "제럴드는 올 겨울 내내 신장 때문에 병원을 들락거렸어요. 의사는 상태가 좋지 않으니 병원으로 돌아와야 한다고 말했대요. 이제 미라는 혼자가 됐죠. 딸 베아트리스는 남아프리카에서 소를 대상으로 실험하는 사람이랑 결혼했잖아요."

"당신 오빠 제이크가 근 30년간 어떻게 그토록 씩씩하게 지냈는지 궁금하군, 넬리." 클리퍼드 미한이 혼잣말을 했다. 가족의 유령들을 위한 푸가를 부르는 그의 목소리는 충직한 두 아들 중 한 명은 호주의 양 목장으로, 또 하나는 재닛이라는 변덕스러운 비서가 있는 캐나다로 보낸 노년의 남자처럼 구슬피 들렸다. "마녀 같은 아내 에스더와 나무처럼 무감한 스물여덟의 하나 남은 딸 코라 말이에요. 제이크가 에스더랑 결혼하기 전에 우리 집에 왔던 게 기억나요……."

"그때 나눴던 대화들은 더할 나위 없이 밝고 즐거웠어요." 넬리 미한이 끼어들었다. 그녀의 미소는 낡은 가족사진 속에서 이미 얼어붙은 것처럼 창백하고 애석한 모습이었다.

"……우리 집에 와선 소파에 몸을 내던지며 말했죠. '에스더랑 꼭 결혼해야 하는지 잘 모르겠어.' 건강도 안 좋고, 맨날 병 얘기나 병원 얘기만 한다고요. 아니나 다를까, 에스더는 결혼하고 일주일 뒤에 제이크가 100파운드 정도를 내줘서 수술을 받게 됐어요. 제이크와 결혼해서 그가 전부 부담할 때까지 기다렸던 거예요."

"오빠는 자기 양모 공장을 위해 노예처럼 일했어요." 넬리 미한이 차가워진 찻잔 속 찌꺼기들을 휘저었다. "이제 부자가 되어서 세상을 볼 준비가 되었는데, 에스더는 집 밖으로 한 발자국도 나가지 않아요. 그냥 앉아서 불쌍하고 어리석은 코라에게 잔소리나 하지. 그 애랑 비슷한 사람들과 함께할 수 있는 곳에 보내지도 않고요. 항상 허브나 물약 같은 것만 먹여요. 그 많던 아이 중 유일하게 괜찮았던, 멀쩡했던 개브리엘이 태어나기 전에 앨버트의 혀가 잘못된 채로 태어나니까 제이크가 곧장 에스더에게 말했어요. '이 애를 망치면 죽여버릴 거야.' 그러고 나서 7년도 지나지 않아 폐렴이 두 아들을 데려갔어요. 괜찮은 애 하나, 괜찮지 않은 애 하나."

넬리 미한은 다정한 눈으로 모든 죽은 자의 심장이 빛나고 있는 것 같은 화격자 안의 잉걸불을 바라보았다. "하지만 그들은 기다리고 있어요." 그녀의 목소리가 낮아졌다. 자장가같이, 낮고 확신에 찬 목소리. "그들은 돌아와요." 클리퍼드 미한이 천천히 파이프를 빨았다. 사촌 허버트는 꿈쩍도 않고 앉아 있었다. 꺼져가는 불이 생각에 잠긴 그의 모습을 선명한 빛과 그림자로 돌에 새겨 넣고 있었다. "알아." 넬리 미한이 거의 자기 자신에게 속삭이듯 말했다. "나도 본 적이 있어."

"그 말은……" 도라 서트클리프가 등 뒤의 창틀을 통과해 들어오는 가볍고 쌀쌀한 공기에 오들오들 떨었다. "유령을 본 적이 있다는 건가요, 넬리?" 도라 서트클리프의 질문은 수사 적이었지만, 그녀는 단 한 번도 넬리 미한의 돌발적인 영적 세계와의 교류에 대한 이야기를 질려한 적이 없었다.

"정확히는 유령이 아니에요, 도라." 넬리 미한이 평소처럼 자신의 기이한 재능에 대해 겸손하고 조심스럽게 말했다. "현 존들이죠. 저는 방에 들어가면 삶만큼 거대한 존재가 그곳에 서 있는 걸 느껴요. 그래서 종종 저 자신에게 말하죠. '넬리 미한, 조금만 더 집중하면 대낮처럼 선명하게 볼 수 있을 거야.'"

"꿈일 뿐이야!" 사촌 허버트의 목소리가 거칠게 울려 퍼졌다. "쓸데없는 소리!"

다른 세 사람은 허버트가 그 방에 없는 것처럼, 그의 말이 들리지 않는 것처럼 서로 이야기하며 손짓했다. 도라 서트클리프가 떠나려고 자리에서 일어섰다. "클리퍼드가 슬랙 가는 길로 바래다줄 거예요." 넬리 미한이 말했다.

별말 없이 일어서는 허버트의 어깨는 굽어 있었다. 거대하고 사적인, 말할 수 없는 고통을 짊어진 듯 했다. 그는 벽난로 쪽 일행에게 등을 돌려 공허하고 무거운 발걸음으로 계단을 올라 침대로 향했다.

넬리 미한은 남편과 도라 서트클리프가 문을 나서는 것을 보고, 몰아치는 바람과 달빛 아래 안개 속으로 향하는 그들에게 손을 흔들었다. 그녀는 잠시 동안 문가에서 두 형체가 어둠 속으로 사라지는 모습을 응시하다가 칼이 뼛속까지 파고드는 것보다 더 치명적인 추위를 느꼈다. 그녀는 곧 문을 닫고 응접실로 돌아와 차를 마신 집기들을 치우려고 했다. 응접실에 들어선 그녀는 깜짝 놀라 말을 잃었다. 꽃무늬 천을 덧씌운 소파 앞 바닥 몇 센티미터 위에 눈부신 기둥이 떠 있었다. 허공에 떠 있는 가벼운 몸피 같은 것이 아니라, 익숙한 배경에 겹쳐진 뿌연 빛에 가까웠다. 소파와 그 뒤에 놓인 마호가니 찬장 그리고 잔가지가 풍성한 장미와 물망초 벽지를 가로지르는 빛. 넬리 미한이 바라보자 그 뿌연 것은 점차 희미하게 익숙한 형태를 갖춰가기 시작했다. 형태는 수증기 낀 공기 속에서 얼음처럼 단단해져 넬리 미한 자신처럼 실재하듯 육중해졌다. 넬리 미한은 거기 서서 눈 하나 깜짝하지 않고 흔들림 없는 시선을 환한 유령에게 고정했다. "너를 알아, 메이지 에드워드." 그녀가 부드럽고 차분한 어조로 말했다. "너의 캐서린을 찾고 있구나. 하지만 여기선 찾을 수 없을 거야. 이제는 멀리서 살고 있어. 저기 토드모던에 살거든."

그리고 나서 넬리 미한은 클리퍼드가 돌아오기 전에 거의 미안한 기색으로, 여전히 공중에 떠 있는 빛나는 형체를 등지고 다기들을 모아 닦으러 갔다. 넬리 미한은 머릿속에 이상한 가벼움을 느끼며 티 테이블 옆 흔들의자에 꼼짝 않고 앉아 있는 통통하고 작은 여성을 알아챘다. 그녀가 뻣뻣한 태도로 입을 벌린 채 자신을 노려보고 있었다. 넬리 미한이 놀라서 바라보자, 점점 다가오는 추위가 심장의 마지막 성소를 침범하는 것을 느꼈다. 느리게 내쉬는 한숨과 함께, 그녀는 투명한 자기 손 너머로 찻잔 받침의 섬세한 파란 버드나무 무늬가 선명하게 보인다는 사실을 깨달았다. 그리고 무언가를 기다리며 수군대는 그림자로 가득 찬 아치형 복도에 울려 퍼지듯 뒤에서 자신을 맞이하는 목소리를 들었다. 늦은 손님을 오래도록 기다려온 반가운 호스트처럼 그녀를 맞이하는 목소리였다. 메이지 에드워드가 말했다. "드디어 도착했군요, 넬리."

1957년

프레스콧 씨가 죽던 날

프레스콧 할아버지가 돌아가신 날은 화창하고 더웠다. 엄마와 나는 곧 무너질 것 같은 초록 버스의 측면 좌석에 앉아 있었고, 버스는 지하철역에서 데번셔 테라스로 느릿느릿 가는 중이었다. 등줄기에서 흐르는 땀이 느껴졌고, 내 검정 리넨은 좌석에 단단히 달라붙어 있었다. 그걸 떼어내려고 할 때마다 찢어지는 소리가 들려서 나는 그게 마치 엄마의 잘못인 것처럼 엄마에게 '이거 봐' 하듯 화난 표정을 지었지만, 엄마의 잘못은 아니었다. 엄마는 무릎에 두 손을 얹고 앉아 위아래로 흔들리기만 할 뿐 아무 말도 하지 않았다. 운명에 수긍한 표정이 전부였다.

"엄마," 그날 아침 메이페어 부인의 전화를 받고 내가 말했었다. "내가 장례식을 믿지 않는대도 장례식에 가는 것까지는 이해해요. 하지만 우리가 밤새워 지켜봐야 한다는 건 무슨 뜻이에요?"

"가까운 사람이 죽었을 땐 그렇게 하는 거야." 엄마가 말했다. 설득력 있었다. "그들과 함께 있기 위해 가는 거지. 힘든 시간이잖니."

"힘든 시간이라면서요." 나는 반박했다. "내가 뭘 할 수 있어요? 1년에 한 번 크리스마스에나 선물을 주고받으려고 메이페어 부인네 간 거 빼고는 리즈나 벤 프레스콧을 보지도 못했다고요. 나는 뭐, 손수건 들어주려고 앉아 있어야 한다는 건가요?"

그 말에 어렸을 때 이후로는 하지 않았던 방식으로 엄마가 내 입가를 찰싹 때렸는데, 아주 신선했다. "넌 나랑 같이 가는 거야." 엄마는 더 이상 장난치지 말라는 듯 위엄 있는 어조로 말했다.

그래서 1년 중 가장 더운 날 이 버스에 앉아 있게 된 것이다. 사람들과 밤을 지새울 때 어떤 옷을 입어야 하는지 확신은 없었지만, 검기만 하면 괜찮다고 생각했다. 그래서 저녁에 사무실을 나가 외식할 때 입고 다니는 것처럼 아주 멋진 검정 리넨 정장에 작은 베일 모자를 썼고, 이제 뭐든 할 준비가 된 것 같았다.

뭐, 버스는 가는 내내 칙칙거리는 소리를 냈고, 우리는 내가 어릴 적 이후로 본 적 없던 보스턴 동부의 후미진 지역을 지나갔다. 미라 이모와 함께 시골로 이사 간 후, 나는 고향에 와본 적이 없다. 이사하고 나서 내가 정말로 그리워했던 것은

바다뿐이었다. 오늘도 이 버스 안에서 나는 그 푸르름이 처음
으로 펼쳐지기를 기대하는 나 자신을 발견했다.

"엄마, 봐봐요. 저기 예전 그 해변이에요." 내가 손가락으로
가리키며 말했다.

엄마가 보더니 미소 지었다. "그러네." 그러고 나서 엄마는
나를 바라보며 앉았다. 야윈 얼굴이 무척 진지해 보였다. "오
늘 내가 널 자랑스럽게 여기도록 해줬으면 해. 말하려거든 하
렴. 하지만 친절하게 말해. 돼지고기 굽듯이 사람들을 태워버
리겠다는 그런 쓸데없는 말 말고. 그건 품위가 없잖니."

"아유 엄마," 나는 매우 지쳐서 말했다. 나는 언제나 설명
하는 입장이었다. "엄마는 제 센스가 괜찮다는 걸 모르세요?
그저 프레스콧 할아버지가 돌아가실 때가 됐고, 아무도 애석
해하지 않는다고 해서 제가 예의 바르고 적절하게 행동하지
않을 거라고 생각하지 마세요."

내 말이 엄마를 건드릴 거란 걸 알았다. "아무도 애석해하
지 않는다는 게 무슨 뜻이니?" 엄마는 우선 주변 사람들이 그
말을 들을 만큼 가까이 있지 않나 확인하면서 쉿 소리를 냈
다. "무슨 뜻이니, 말을 왜 그렇게 불쾌하게 해?"

"엄마, 엄마는 프레스콧 할아버지가 프레스콧 부인보다 스
무 살이나 많은 거 아시죠. 여사님은 할아버지가 죽기만 기다
렸어요. 인생을 좀 즐길 수 있으리라 생각했겠죠. 기다리기만
했어요. 제 기억을 떠올려봐도 그 할아버지는 심술 맞은 노인
이었을 뿐이에요. 모든 사람한테 퉁명스럽게 굴었고, 손에는

계속 피부병이 생겼죠."

"그거야 그 노인네가 어쩔 수 없었으니 동정해야 할 일이지." 엄마가 경건하게 말했다. "늘상 손이 간지러우면 짜증 내는 게 당연하지. 그렇게 문질러댔던 것도 말이야."

"작년 크리스마스이브 때 식사하러 오신 거 기억하세요?" 나는 고집스럽게 밀어붙였다. "그분이 식탁에 앉아 시끄럽게 손을 긁어대서 다른 소리는 하나도 들을 수 없었어요. 사포 같은 피부가 조각조각 떨어져 나왔다고요. 어떻게 매일 그렇게 살 수 있겠어요?"

그 말에 엄마는 당황했다. 의심의 여지없이, 프레스콧 할아버지의 죽음은 누구에게도 슬픈 일이 아니었다. 그것은 주변에서 일어날 수 있는 최고의 일이었다.

"글쎄," 엄마는 숨을 내쉬며 말했다. "적어도 그분이 그렇게 빠르고 쉽게 가셨다는 걸 감사하게 여길 수 있지 않겠니. 나도 내 차례가 오면 그렇게 가고 싶어."

그때 갑자기 길가에 사람들이 몰려들었고, 어느덧 낡은 데 번셔 테라스에 다다르자 엄마가 하차 벨을 눌렀다. 버스가 정류장에 뛰어들다시피 멈췄고, 나는 버스의 앞 유리창을 깨고 튕겨 나가기 직전에 운전대 뒤의 부서진 크롬 봉을 붙잡았다. "감사합니다, 아저씨." 나는 낼 수 있는 가장 차가운 목소리로 말하곤 재빠르게 버스에서 내렸다.

"기억하렴." 엄마가 소화전 때문에 너무 좁아서 한 줄로 지나야 하는 인도를 걸으며 말했다. "그분들이 우리를 필요로

하는 한 계속 머물 거야. 불평하지 말아라. 설거지를 하든가, 리즈랑 떠들든가, 뭘 하든가 해."

"근데 엄마," 나는 불평했다. "아무렇지도 않은데 유감을 표현한다고 어떻게 말해요? 실제로는 정말 잘됐다고 생각하는데?"

"주님의 은혜로 그가 평화롭게 가셨나이다, 라고 말하면 돼." 엄마가 엄하게 말했다. "그럼 정직한 진실을 말하는 거야."

데번서 테라스에 있는 프레스콧 부부 소유의 오래된 노란 집 옆 자갈길이 나타나자 나는 불안해졌다. 나는 조금도 슬프지 않았다. 오렌지색과 초록색이 섞인 차양은 정확히 내가 기억하던 대로 현관에 드리워져 있었는데, 10년이 지난 지금도 조금 작아 보일 뿐 크게 달라지지 않았다. 문 양쪽의 포플러 나무 두 그루가 쪼그라들어 있었지만, 그뿐이었다.

엄마를 도와 현관 돌계단을 오르는데 삐걱거리는 소리가 들렸고, 아니나 다를까 벤 프레스콧이 현관 옆 해먹에 앉아 그네를 타고 있었다. 마치 여느 때와 다름없되, 아빠가 죽었을 뿐인 그런 날 같았다. 마르고 키가 큰 그는, 그냥 거기에 제 모습대로 앉아 있었다. 정말 놀라웠던 것은 해먹 옆에 그가 가장 좋아하는 기타를 두었다는 점이었다. 지금 막 〈더 빅 록 캔디 마운틴The Big Rock Candy Mountain〉 같은 곡을 연주한 것처럼.

"안녕 벤," 엄마가 슬픔에 잠겨 말했다. "정말 유감이구나."

벤은 쑥스러워 보였다. "아녜요, 괜찮아요. 사람들 다 거실에 있어요."

나는 엄마를 따라 미닫이문을 지나며 벤에게 살짝 웃어 보였다. 나는 벤이 좋은 아이여서 웃어도 되는 건지, 아니면 그의 아버지를 존중해서 웃지 말아야 하는 건지 판단하지 못했다.

집 안은 내가 기억하던 것처럼 어두워서 거의 보이지 않았고, 초록색 창문 블라인드도 도움이 되지 않았다. 모두 내려져 있었다. 더운 탓인지 장례식 탓인지 알 수 없었다. 엄마는 거실로 가는 길을 헤매며 칸막이 커튼을 젖혔다. "리디아?" 하고 엄마가 불렀다.

"애그니스니?" 거실의 어둠 속에 작은 동요가 일더니 프레스콧 부인이 우리를 마중하러 나왔다. 울어서 분칠한 얼굴에 눈물 자국이 남았는데도, 아주머니 얼굴이 그렇게 좋은 모습은 처음이었다.

나는 엄마와 아주머니가 서로 껴안고 입 맞추는 동안 거기서서 두 사람에게 동조하는 작은 소리를 낼 뿐이었다. 곧이어 프레스콧 부인이 내 쪽으로 돌아서서 볼에 입 맞춰주었다. 나는 다시 슬픈 표정을 지으려고 했지만 그 표정이 도무지 나오질 않아서 "프레스콧 씨 소식을 듣고 저희가 얼마나 놀랐는지 몰라요"라고 말했다. 사실 우리는 전혀 놀라지 않았었다. 왜냐하면 그 노인은 단 한 번의 심장마비로 최후를 맞을 수 있었기 때문이다. 하지만 그렇게 말해야 옳았다.

"그렇지." 프레스콧 부인이 한숨을 쉬었다. "몇 년간은 이런 날이 오리라 생각하지 않았었지." 그리고 아주머니는 우리를 거실로 안내했다.

어두운 조명에 익숙해지자 주변에 앉은 사람들을 확인할 수 있었다. 거기엔 프레스콧 부인의 시누이로, 내가 본 사람 중 가장 덩치가 큰 메이페어 부인이 있었다. 그녀는 피아노 옆 구석에 앉아 있었다. 그리고 내게 인사조차 건네지 않는 리즈도 있었다. 리즈는 반바지에 낡은 셔츠를 입고 연거푸 담배를 피우고 있었다. 그날 아침 아버지가 돌아가시는 걸 본 소녀치고는 아무렇지 않은 얼굴이었고, 약간 창백해 보이기만 했다.

뭐, 우리가 다 자리를 잡았을 때는 쇼가 시작되기 전 큐 사인을 기다리는 것처럼 잠시간 누구도 아무 말도 하지 않았다. 지방에 파묻힌 듯 앉아 있는 메이페어 부인만이 손수건으로 눈가를 닦고 있었는데, 나는 그것이 분명 눈물이 아니라 땀이라고 합리적으로 확신했다.

"유감이야." 엄마가 아주 낮은 목소리로 말을 시작했다. "유감이야 리디아, 이런 일이 생겨서. 너무 서둘러 오느라 누가 그를 발견했는지도 못 들었어."

엄마는 '그'를 강조해 발음했지만, 추측건대 이젠 늙은 프레스콧 씨가 그 못된 성깔과 거친 손으로 다시는 누구도 괴롭히지 않을 테니 안전하다고 생각했을 것이다. 어쨌든, 이건 프레스콧 부인이 기다리고 있던 길이었다.

"오 애그니스," 얼굴에 특유의 빛을 반짝이며 프레스콧 부인이 말했다. "난 여기에 있지도 않았어. 리즈가 제 아빠를 발견했지. 가엾게도."

"안쓰러워라." 메이페어 부인이 손수건에 코를 박으며 말했다. 커다랗고 빨간 그녀의 얼굴이 금 간 수박처럼 주름졌다. "리즈 품에서 바로 죽었어, 정말이지."

리즈는 아무 말도 하지 않고 그저 반쯤 피운 담배를 눌러 끈 뒤 다른 담배에 불을 붙였다. 손조차 떨지 않았다. 정말이다. 내가 아주 유심히 봤으니까.

"나는 랍비 님 댁에 있었어." 프레스콧 부인이 말을 이었다. 그녀는 새로운 종교에 큰 관심을 갖는 사람이었다. 매번 새로운 목사나 전도사가 오면 그녀의 집에서 저녁을 먹었다. 이번에는 랍비였다. "나는 랍비 님네 있었고, 리즈가 집에 있었어. 제 아버지가 수영하고 돌아오면 같이 저녁을 먹으려고 했지. 그이가 수영을 얼마나 좋아했는지 알잖아, 애그니스."

엄마가 그렇다고 답했다. 엄마도 프레스콧 씨가 수영하는 걸 얼마나 좋아했는지 알고 있었다.

"그래도 뭐," 프레스콧 부인은 계속 말했다. 〈드래그넷 Dragnet〉*에 나오는 사람처럼 차분했다. "11시 30분이 안 된 시간이었어. 애 아빠는 늘 아침 수영을 좋아했어, 물이 얼음 장같이 차갑더라도 말이야. 돌아오면 마당에서 몸을 말리고 접시꽃 담장 너머로 이웃이랑 대화를 했지."

---

*　1967년부터 1970년 사이에 방영된 미국의 범죄수사물 TV 시리즈.

"그 담장은 1년 전에 세운 거야." 메이페어 씨가 그게 중요한 단서라도 된다는 듯 끼어들었다.

"고브 씨는 옆집에 사는 친절한 남자인데, 그날따라 그이가 약간 우스꽝스럽고, 조금은 우울해 보인다고 생각했대. 그이가 대답은 안 하고 그냥 멍청한 미소를 띤 채 노려보며 서 있었다는 거야."

리즈는 현관에서 삐걱거리는 해먹 소리가 여전히 들리는 앞쪽 창밖을 내다보고 있었다. 담배로 고리 모양을 만들면서 내내 한마디도 하지 않았다. 연기로 고리만 만들 뿐이었다.

"고브 씨가 소리쳐 리즈를 불러서 리즈가 달려갔지. 그랬더니 그이가 바닥에 나무처럼 고꾸라져 있었고, 고브 씨는 브랜디를 가지러 집으로 뛰어들어 갔어. 그동안 리즈가 아빠를 제 팔로 안아서……."

"그다음에 어떤 일이 벌어졌어요?" 나는 어렸을 적 엄마가 도둑 이야기를 해줄 때처럼 참지 못하고 물었다.

프레스콧 부인이 말을 이었다. "그러고 나서 그이는 그냥…… 가버렸지, 바로 리즈 팔에 안겨서. 브랜디 한 잔을 다 못 마시고 말이야."

"오 리디아," 엄마가 외쳤다. "네가 겪은 일이란!"

프레스콧 부인은 별다른 일을 겪은 것 같아 보이지는 않았다. 메이페어 부인이 손수건을 들고 신의 이름을 부르며 흐느끼기 시작했다. 그녀는 그 노인에게 앙심을 품고 있었던 게 분명했는지 계속 이렇게 기도했다. "우리의 죄를 사하여 주소서."마치 자신이 그를 죽이기라도 한 것처럼.

"우리는 계속 살아갈 거예요."프레스콧 부인이 용감하게 웃으면서 말했다."그이는 우리가 계속해나가기를 원할 거예요."

"그게 우리가 할 수 있는 최선이지."엄마는 한숨을 내쉬었다.

"나도 그렇게 평화롭게 가기만 바랄 뿐이야."프레스콧 부인이 말했다.

"우리의 죄를 사하소서."메이페어 부인은 딱히 누군가를 특정하지 않고 흐느꼈다.

이때 바깥에서 삐거덕거리던 해먹 소리가 멈추더니, 벤 프레스콧이 문간에 서서 두꺼운 안경 너머로 눈을 깜빡이며 어둠 속 우리가 어디에 있는지 보려고 했다."저 배고파요."그가 말했다.

프레스콧 부인이 우리를 보고 웃으며 말했다."이제 식사할 시간이 된 것 같네요. 이웃들이 일주일은 버틸 수 있을 만큼 갖고 왔거든요."

리즈가 지루하다는 어조로 말했다."칠면조랑 햄, 수프랑 샐러드."메뉴를 읽는 웨이트리스 같았다."이걸 다 어디에 놔야 할지 모르겠어요."

"오, 리디아!"엄마가 외쳤다."우리가 준비를 도울게. 우리가 도울게. 너무 번거롭게 하는 게 아니었으면 좋겠어……."

"번거롭다니, 말도 안 돼."프레스콧 부인이 광채 어린 새로운 미소를 띠며 웃었다. "젊은 애들한테 맡기자."

엄마는 의도적으로 고개를 끄덕인 후 나를 향해 돌아섰고, 나는 감전이라도 된 것처럼 펄쩍 뛰며 리즈에게 물었다. "식기들이 어디에 있는지 보여주면 금방 차릴 수 있을 거야."

벤이 오래된 검은색 가스버너와 지저분한 접시가 그득한 싱크대가 있는 부엌으로 우리를 따라 나왔다. 나는 가장 먼저 싱크대 안에 잠겨 있던 커다랗고 무거운 잔을 꺼내어 오랫동안 물을 마셨다.

"와, 나 목말라." 그렇게 말한 뒤 꿀꺽꿀꺽 삼켰다. 리즈와 벤이 최면에 걸린 사람처럼 나를 노려보고 있었다. 그제야 나는 물맛이 좀 이상하다는 사실을 깨달았다. 컵을 깨끗이 헹궈내지 않아 컵 밑바닥에 남아 있던 독한 음료 몇 방울이 물에 섞인 것 같은 맛이었다.

"그건," 리즈가 담배를 한 모금 길게 빨아들이더니 말했다. "아빠가 마지막으로 마시던 잔이야. 근데 뭐, 신경 쓰지 마."

"이럴 수가, 미안해." 나는 잔을 재빨리 내려놓으며 말했다. 늙은 프레스콧 씨가 이 잔으로 마지막 모금을 들이켜고 파랗게 변하는 그림이 그려져 단번에 아픈 것처럼 느껴졌다. "정말 미안해."

벤은 웃으며 말했다. "언젠가 누군가는 그 잔으로 마셔야 했어." 나는 벤을 좋아했다. 그는 언제나 마음만 먹으면 실리적인 사람이었다.

리즈는 식사 준비를 위해 무엇을 해야 하는지 알려준 후

옷을 갈아입으러 위층으로 올라갔다.

"기타 좀 가져와도 될까?" 내가 감자샐러드를 준비하자 벤이 물었다.

"물론이지, 난 괜찮아. 근데 사람들이 뭐라고 하지 않을까? 기타는 보통 파티 같은 데서 연주하잖아."

"하라고 하지, 뭐. 기타가 너무 치고 싶단 말이야."

나는 부엌 주변을 돌아다녔고 벤은 별말 없이 앉아서 때로는 웃고 싶게, 때로는 울고 싶게 만드는 힐빌리 송을 부드럽게 연주했다.

"있잖아 벤," 내가 차가운 칠면조를 자르며 말했다. "나는 정말 궁금해, 네가 진짜로 슬퍼하는 건지."

벤이 자기만의 방식으로 미소를 지었다. "지금은 별로 슬프지 않아. 그냥 좀 더 잘할 순 있었겠지. 좀 더 잘할 수도. 그게 전부야."

나는 엄마 생각이 났고, 하루 동안 느끼지 못했던 슬픔이 갑자기 목구멍으로 치솟았다. "전보다 잘할 수 있을 거야." 그러고 나서 내가 절대 생각하지 못했던 방식으로 엄마의 말을 인용했다. "그게 우리가 할 수 있는 최선이야." 그다음 뜨거운 완두콩수프를 버너에서 내렸다.

"이상하지, 안 그래?" 벤이 말했다. "무언가가 죽어서 자유로워졌다고 느꼈는데, 그게 내장에 자리 잡고 앉아 자신을 비웃는 걸 발견한 거야. 나는 아빠가 진짜로 죽지 않은 것 같거든. 내 안 어딘가에 자리를 잡고 무슨 일이 일어나고 있는지

보는 것 같달까. 활짝 웃어젖히면서 말이야."

"그게 좋을 수도 있지." 내가 말했다. 갑자기 정말로 그럴 수도 있겠다는 생각이 들었다. "네가 도망칠 필요가 없다는 점에서 말이야. 네 안에 있다면 네가 어딜 가든 도망치는 게 아니라 그냥 성장할 뿐이니까."

벤은 날 보고 웃었고, 나는 사람들을 불러 모았다. 질 좋은 차가운 햄과 칠면조 요리를 곁들인 조용한 식사 자리였다. 우리는 보험회사에서의 내 업무에 대해 이야기 나누고, 심지어 내가 상사인 머레이 씨에게 속아서 그의 장난감 시가를 산 얘기로 메이페어 부인을 웃게도 만들었다. 프레스콧 부인은 리즈가 거의 약혼한 상태라고 말하며, 배리가 곁에 없으면 리즈는 반쯤은 제 모습이 아니라고도 했다. 돌아가신 프레스콧 씨에 대해서는 한마디 언급도 없었다.

메이페어 부인은 디저트 세 접시를 먹어 치우며 계속 말했다. "작은 조각만요. 그거면 돼요. 작은 조각만!" 초콜릿케이크를 돌릴 때였다.

"불쌍한 헨리에타." 프레스콧 부인은 자신의 거대한 시누이가 아이스크림에 숟가락을 대는 모습을 보며 말했다. "사람들이 늘 말하는데 정신적인 허기래요. 그래서 저렇게 먹는 거죠."

리즈가 그라인더로 내려 향이 얼마나 좋은지 맡을 수 있던 커피를 마신 뒤, 잠시 어색한 침묵이 흘렀다. 엄마는 계속해서 잔을 들어 한 모금씩 마셨지만, 나는 엄마가 별로 마시고 싶어 하지 않는다는 걸 알았다. 리즈가 다시 담배를 피우기 시작해서 그 주변에는 옅은 안개구름이 끼었다. 벤은 종이 냅킨으로 비행기를 만들고 있었다.

"그럼," 프레스콧 부인이 목을 가다듬었다. "저는 이제 헨리에타와 함께 응접실에 가볼게요. 애그니스, 내가 그렇게 구식은 아니라는 걸 기억해줘. 꽃도 됐고 아무도 올 필요 없다고 분명 말했거든. 그런데 그이의 사업 동료 몇몇이 그런 걸 약간 기대하고 있어서."

"나도 갈게." 엄마가 단호하게 말했다.

"애들은 안 갈 거야." 프레스콧 부인이 말했다. "이미 충분히들 겪었으니까."

"배리는 나중에 올 거예요." 리즈가 말했다. "난 설거지해야겠다."

"설거지는 내가 할게." 나는 엄마를 보지 않고 나섰다. "벤도 도울 거야."

"그럼, 이제 다들 된 것 같네." 프레스콧 부인이 메이페어 부인을 일으켜 세웠고, 엄마는 그녀의 다른 쪽 팔을 잡았다. 내가 마지막으로 본 모습은 메이페어 부인이 헉헉거리며 문 앞 계단을 내려가는 동안, 엄마가 그녀를 붙들고 있는 장면이었다. 그것이 메이페어 부인이 넘어지지 않고 안전하게 계단을 내려갈 수 있는 유일한 방법이었다고 엄마는 말했다.

1956년

그 미망인 망가다*

　그녀를 만난 날 스페인의 아침은 타는 듯이 더웠다. 알리
칸테에서 비야비엔토로 향하는 버스는 수다스러운 스페인
사람들을 가득 태우고, 좁은 길을 따라 빨간 먼지구름을 일으
키며 달렸다. 남편 마크 옆에 앉은 샐리는 무릎에서 통통 튀
어 오르는 묵직한 초록 수박을 붙들고 있었다. 마크의 배낭과
오래된 검정 가방 속 휴대용 타자기가 머리 위 선반에서 덜
커덕거렸다. 그들은 다시 집을 알아보러 다니고 있었다.
　"저런 곳이 딱이야." 마크가 창밖의 황량한 비탈에 자리한
하얀 정방형 마을을 가리키며 말했다. "조용하고, 소박하고.
아무도 알리칸테에서처럼 밤새도록 길바닥에 기름통을 굴리

＊　실비아 플라스는 1956년 7월 15일에 스페인에서의 경험을 바탕으로 「미망인 망
　　가다Widow Mangada」라는 일기를 썼으며, 본 단편은 그 일기에 기반하여 재구성
　　되었다.

268

거나 종을 울리지 않는 곳."

"너무 성급하게 결정하지 마." 샐리가 반박했다. 경험이 쌓이면서 샐리도 조심스러워졌다. "너무 외져서 아마 전기도 없을 거야. 식수도 그렇고. 게다가 시장에는 어떻게 갈 수 있을까?"

버스는 올리브나무가 계단식으로 심어진 별거 없는 삭막한 언덕을 느릿느릿 올라갔다. 어두운 올리브나무 이파리들이 먼지로 희끗해져 있었다. 거의 한 시간가량 커브 길마다 부딪치고 튕기며 도로를 달렸을까, 버스가 짙은 청록색 만과 접한 작은 마을을 향해 빠르게 내려가기 시작했다. 하얀 마을은 햇빛을 받아 소금 결정처럼 반짝거렸다.

샐리는 앞좌석에 기대어 바다의 광휘에 경탄하고 있었는데, 갑자기 앞좌석에 앉아 있던 검은 머리의 작은 여자가 뒤를 돌아보았다. 진한 화장에 어두운 선글라스를 쓴 여자였다.

"스페인어 할 줄 알아요?" 그녀가 샐리에게 물었다. 약간 당황한 샐리는 "약간이요"라고 대답했다. 샐리는 스페인어를 충분히 알아들을 수 있었지만 말은 아직이었다. 마크는 스페인어가 유창했는데, 그는 그해 여름 선집에 들어갈 현대 스페인 시를 번역하고 있었다.

"여기 너무 아름답죠, 그렇지 않나요?" 여자는 샐리의 마지막 문장의 의미를 재빨리 알아채고, 만을 향해 고개를 끄덕였다. "저는 비야비엔토에 집이 한 채 있어요." 그녀가 말을 이었다. "예쁜 집이죠. 정원도 있고 부엌도 있고, 바로 앞엔 바다가……."

"정말 좋으시겠어요!" 샐리는 여름 동안 지낼 으리으리한 별장을 제공해줄 변장한 요정 대모가 마침내 나타난 것이 아닐까 막연하게 생각했다. 샐리는 무미건조한 세계에서도 여전히 엉뚱한 마법을 부리는 이가 있으리라는 어릴 적 신념을 아직 떨치지 못했다.

"저는 여름에 방을 임대해요." 여자는 손톱에 비싼 매니큐어를 칠하고, 반짝거리며 빛나는 반지들을 낀 손을 흔들며 말했다. "예쁘죠, 편하고. 부엌도 쓸 수 있고, 정원도 쓸 수 있고, 발코니도 쓸 수 있고."

샐리는 스페인에서 공짜 성을 얻는 꿈을 포기했다. "정말 바닷가 근처에 있나요?" 그녀는 간절히 물었다. 이미 건조한 스페인의 광경에 지친 그녀는, 푸른 파도가 정직하게 출렁이는 고향 너셋 해변에 대한 향수를 이길 수가 없었다.

"물론이죠! 제가 전부 다 보여드릴게요. 전부 다요!" 까맣고 작은 여자가 약속했다. 그녀는 자신의 빠른 언변에 휩쓸려 멈출 수 없는 것처럼 갑작스럽고 극적인 몸짓과 함께 스타카토 같은 문장들로 계속 재잘거렸다. "저는 망가다 부인이에요. 여기선 다들 절 알죠. 아무나 붙잡고 물어보세요. 망가다가 누구죠? 그럼 당신에게 당연히 알려줄 거예요." 그녀는 마크와 샐리가 결국 자신이 제공하는 이 특권의 진가를 알아챌 만큼 현명하지 못할 거라는 듯 고상하게 어깨를 으쓱하며 말했다. "물론, 이제 당신들이 결정할 일이죠. 당신들에게 달렸어요……."

버스가 비야비엔토의 중심부에 멈춰 섰다. 작은 광장 중앙
에는 먼지 쌓인 커다란 야자나무 한 그루가 서 있었고, 그 주
변을 소박한 흰색 가게들과 개인주택들이 나무 덧문을 굳게
내린 채 둘러싸고 있었다.

"비야비엔토!" 망가다가 붉은 손톱을 한 손의 소유권을 과
시하듯 흔들며 외쳤다. 그녀는 이윽고 자리에서 벌떡 일어나
그들보다 먼저 통로를 따라 걸었다. 땅딸막하고 울퉁불퉁한
모습이 꼭 자두푸딩 같았다. 그녀의 스타일리시한 하얀 레이
스 드레스 아래로 검은 슬립이 드러났고, 작은 파도와 컬이
내는 포말 속에서 검푸른 머리칼이 우아하게 물결쳤다.

마크의 시선이 중요한 분위기를 풍기며 거리로 내쳐 걷는
그녀를 명상하듯 따라갔다.

그가 혼잣말을 했다. "사진작가들이 저 여자를 찍겠다고
줄을 설 수도 있겠군."

햇볕에 그을린 현지 소년 무리가 망가다의 짐을 들겠다고
서로 다투었다. 그녀가 잰걸음으로 걷다 마침내 불룩한 캔버
스 천 소재의 여행 가방과 크고 투박한 가방을 실을 수레를
가진 소년을 선택했다.

그러고 나서 그녀는 영영 멈추지 않을 것처럼 재잘거리고
손짓을 하며 소년과 짐을 가득 실은 수레를 끌고 돌아왔다.
마크는 배낭을 어깨에 둘러멨고, 샐리는 타자기와 수박의 균
형을 맞추었다.

"이쪽이에요." 망가다가 친근하고도 다정하게 샐리의 팔 아래로 손을 끼워 넣으며, 앞이 뚫린 뭉툭한 펌프스를 신은 발로 그들 옆을 전투적으로 걸으면서 말했다.

큰길에는 빨간색, 노란색, 초록색 발코니가 반짝거리는 현대적인 호텔이 줄지어 서 있었는데, 그 모습이 어린아이의 물감 통에서 무작위로 칠한 것처럼 화려했다.

"호텔들이란!" 망가다는 탐탁지 않아 혀를 쯧쯧 차고는 길을 서둘렀다. "끔찍하죠! 비싸고! 하룻밤에 한 사람당 100페세타나 해요. 자잘한 비용도 붙죠. 담배며, 전화며." 그녀는 머리를 내저었다.

마크가 망가다의 머리 위로 샐리에게 삐딱하게 경고의 눈길을 보냈다. 망가다는 이미 열정적으로 영업을 시작한 상태였다.

"보세요!" 바닷가 쪽 대로를 따라 걷다 모퉁이를 돌 때 그녀가 의기양양하게 팔을 내밀었다. 그들 앞에 생생하고 푸른 만이 펼쳐져 있었고, 가장자리는 오렌지색 언덕으로 둘러싸여 있었다. "바로 여기예요." 망가다가 뽀얀 베이지색으로 벽토를 칠한 빌라의 문을 열었다.

샐리가 입을 떡 벌렸다. "꿈이 아닐까!" 그녀가 마크에게 말했다. 2층 테라스에 포도덩굴이 자라는 그 집은 야자나무 숲속 깊숙이 자리 잡고 있었다. 붉은 제라늄과 하얀 데이지 꽃밭이 모닥불처럼 타오르고 있었고, 가시 돋친 선인장들은 판석으로 된 길의 경계를 이루고 있었다.

자연의 아름다움에 대해 떠들어대던 망가다는 그들을 뒤쪽으로 데리고 가더니 포도덩굴이 뒤덮인 정자를 가리켰다. 무화과나무에는 초록빛 과실이 주렁주렁 열렸고, 그 뒤로 펼쳐진 보랏빛 언덕의 휘황찬란한 광경은 면포같이 옅은 안개에 가려져 있었다.

석조 타일을 깐 집 안쪽은 우물처럼 시원하고 어두웠다. 망가다는 이리저리 날아다니며 창문 빗장을 풀었고, 부엌에서 열을 맞춘 반짝이는 알루미늄 냄비, 새카매진 1구짜리 휘발유 버너, 식당에 켜켜이 쌓인 접시와 와인 잔을 보여주었다. 그녀는 서랍을 홱 열어 찬장들도 뒤졌다. 샐리는 쓸 수 있는 집 안 편의시설들에 이미 만족스러웠고, 위층에 있는 작은 침실에 완전히 매료되었다. 그 방은 더 큰 방 하나와 함께 발코니 테라스로 이어져, 야자나무의 긴 잎사귀에 둘러싸인 푸른 지중해의 경치를 보여주었다.

"오 마크," 샐리가 간청했다. "여기 머물자."

망가다의 검은 구슬 같은 눈동자가 이리저리 움직였다. "비할 데가 없어. 완벽해." 그녀의 말이 기름칠한 것처럼 부드럽게 넘실거렸다. "마을을 보여드릴게요. 시장이요. 모든 걸 말이죠. 호텔에 있는 것들처럼 인간미 없지 않아요."

마크가 사무적으로 물었다. "얼맙니까?"

망가다는 그가 조금 무례한 이야기라도 꺼냈다는 듯 멈칫하며 머뭇거리다 마침내 말했다. "하룻밤에 100페세타예요." 그러고는 서둘러 덧붙였다. "두 사람 합쳐서요. 서비스는 별

도고요. 모든 안락함을 누릴 수 있……."

"서비스요?" 마크가 그녀의 말을 막았다. "그럼 얼마가 되는 거예요?"

"110페세타요."

마크가 샐리와 시선을 교환했다. "그건 저희가 두 달 동안 지불할 수 있는 금액을 넘어섭니다." 그가 명료하게 말했다.

샐리는 애석한 마음으로 부엌에 줄 맞춰 있던 거품기와 국자를 떠올렸다. "하지만 요리는 내가 할 거야." 그녀는 비록 낯선 휘발유 버너의 고집스러운 모습에 낙담했지만, 노력하듯 말했다. "우리는 농산물시장에 갈 거잖아. 그럼 생활비도 좀 줄일 수 있을 거야."

"저흰 작가입니다." 마크가 망가다를 향해 돌아섰다. "저희가 원하는 건 여름 내내 글을 쓸 수 있는 조용한 장소예요. 하룻밤에 110페세타를 낼 형편이 안 돼요."

"아! 작가시군요!" 망가다가 야단스러워졌다. "저도 작가예요. 이야기를 쓰죠. 시도요. 많은 시를 썼죠." 망가다는 푸른 아이섀도를 칠한 눈꺼풀을 감으며 잠잠해졌다. "여러분께는!" 그녀가 강조하며 말했다. "서비스 비용을 청구하지 않겠습니다. 하지만 다른 사람들에게 말해선 안 돼요." 그녀가 재빨리 흘긋 올려다보았다. "다른 사람들은 서비스 비용을 내거든요. 정부가 요구하는 거예요. 하지만 당신들과 나는, 친구가 될 테니까." 여자가 눈부신 미소를 짓자 커다랗게 튀어나온 가지런하고 누런 치아가 드러났다. "제가 제 아들딸처럼 대해드리죠."

마크가 한 발 한 발 불안한 걸음을 떼며 샐리의 간절한 얼굴을 흘낏 보았다. 그가 한숨을 쉬었다. "좋아요. 그렇다면," 그가 마침내 말했다. "계약하겠습니다."

그날 오후 3시가 막 지났을 때, 마크와 샐리는 망가다의 집 앞 한적한 해변가에 누워 있었다. 잔잔한 초록빛 파도 속에서 수영을 마친 뒤 몸을 말리는 중이었다. 그들은 남은 오전 시간을 야외 농산물시장에서 식재료를 사는 데 보냈다.

샐리가 길 건너편 발코니를 올려다보며 키득거렸다. "망가다는 지금 우리 방에서 바쁘게 돌아다니고 있을 거야. 수놓은 시트랑 값비싼 이불들을 펼치면서 말이야. 특별히 우리를 위해."

마크는 비치 타월 위에 늘어지듯 엎드려 회의적인 표정으로 끙끙거렸다. "나는 여전히 점심을 먹으면서 고귀한 태생과 대학 학위와 훌륭한 죽은 의사 남편 얘기를 늘어놓은 그녀가 집주인이라는 게 뭔가 기이하다고 생각해."

"나는 그녀의 시가 어떨지 궁금해." 샐리가 만 한가운데에 황량하게 놓인 섬을 내다보며 중얼거렸다. 정교한 흰색 스쿠너 한 척이 오래된 전설 속 굉장한 유물처럼 지평선을 가로지르며 천천히 나아가고 있었다. "그녀가 뭐랬냐면 비야비엔토의 바다에 비친 달빛에 대해 강렬한 묘사를 쓴 적이 있다고 했어. 그걸 '진주의 광채'라고 불렀어."

"번드르르한 겉치장에 속아선 안 돼." 마크가 주의를 줬다. "아마도 싸구려 잡지에 실릴 끔찍한 스페인식 연애 이야기나 쓰겠지." 그날 저녁 샐리는 오후의 햇볕에 화상을 입은 마크가 일요일의 고기구이처럼 열기를 뿜어내며 위층에 누워 있는 동안, 연기가 피어오르는 휘발유 버너에 불을 붙이려 애쓰고 있었다. 프라이팬에 올리브오일을 두르고 데우던 참에 망가다가 문턱에서 나타났다. 그녀가 순식간에 사정권에 들어서더니 버너의 심지 길이를 줄였다.

"너무 높게 하지 마세요." 망가다가 샐리를 다그쳤다. "그러면 심지가 낭비되니까요. 뭘 만들고 있는 거죠?" 그녀는 샐리가 볶으려는 수북이 채 썬 감자와 양파를 궁금하다는 듯 유심히 보았다.

"아!" 망가다가 외쳤다. "우리가 어떻게 하는지 보여줄게요!"

샐리는 참을성 있게 커다란 검은색 레인지에 몸을 기댔고, 망가다는 기름 두른 프라이팬에 김이 오르자 감자와 양파를 넣어 볶기 시작했다. 그녀는 샐리에게 매일매일 우유가 배달되도록 주문해야 하고, 신선한 생선을 사러 일찍 시장에 가야 하며, 속지 않도록 저울을 잘 봐야 한다고 빠르게 떠들었다. 사기꾼 같은 농부들은 적절한 무게 추와 계량 대신 돌덩어리를 사용하는 것도 마다하지 않는다는 것이었다.

감자와 양파가 노릇노릇해지자 망가다는 컵에 계란 두 개를 풀어 프라이팬에 부었다. "당신과 당신 남편이 오늘 오후 해변가에 있을 때 누군가 앞방을 보러 왔었어요." 그녀는 오로지 양파와 감자의 안위만을 생각하는 것처럼 프라이팬을 뒤적이면서 명랑하게 말했다. "그 사람들이 큰 앞방에 있는 발코니에 대해 물어보기에 저는 그 발코니는 물론 모두가 사용할 수 있다고 대답했죠."

샐리는 갑자기 뒤에서 칼이라도 맞은 것처럼 배 속이 뭔가 찝찝해지는 걸 느꼈다. 그녀는 재빨리 생각했다. 그들이 쓰고 있는 작은 침실을 볼 수 있는 유일한 창문은, 심지어 필기용 책상만큼 크지도 않은 그 창문은 발코니로 통하는 프렌치 도어에만 있었다. 만약 다른 사람들이 거기에 앉는다면 그녀와 마크의 사생활이 보호되지 않을 거라는 건 자명했다.

샐리는 모종의 불신을 감추며 차분하고 이성적인 어조로 말했다. "그건 정말 안 되겠는데요." 망가다는 접시 위에 토르티야를 내려놓는 데에 깊이 몰두한 것처럼 보였다. 그녀는 샐리가 말하는 동안 능숙하게 접시를 거꾸로 뒤집어 토르티야를 다시 팬에 얹곤 다른 면이 노릇해질 때까지 구웠다.

"다른 여행객들은 해변가나 정원에서 햇볕을 즐길 수 있죠." 샐리가 계속해서 말했다. "하지만 저희는 사람들이 있는 데서 글을 쓰지 못해요. 우리는 조용한 곳에서만, 우리 발코니에서만 글을 쓸 수 있어요. 당신과 같은 작가로선 그래요." 샐리는 망가다의 말을 듣고 갑자기 아첨하는 방향으로 돌아선 자신에게 놀랐다. "절대적인 평화가 해변이나 정원에서 작업할 때 얼마나 필수적인지 이해하시리라 믿어요."

망가다는 샐리에게 활짝 웃어 보이며 의도적인 눈빛을 보냈다. 그리고 거의 즉시 두 사람에 대한 농담에 웃음이 터진 것처럼 깊고 진한 웃음을 지었다. "물론이죠. 물론 저는 이해하죠." 그녀가 달래는 목소리로 말했다. "다음에 발코니에 대해 묻는 사람이 있다면 '그 발코니는 두 미국인 작가에게 임대해줬답니다. 그들만을 위한 거예요'라고 말할게요."

샐리는 승리의 기쁨을 안고 향긋한 토르티야와 와인 한 병을 들고 위층으로 올라갔다. 어쩐지 망가다와 새로 한 게임에서 꽤 능숙하게 이긴 것 같았다.

샐리가 침실 문을 닫자 마크가 낮게 탄성을 질렀다. "들어봐!"

"무슨 일인데?" 샐리가 걱정스레 물었다. 그녀는 발코니로 나가 테이블에 쟁반을 올려놓았다. 이미 땅거미가 졌고, 바다에서는 밝고 흰 달이 떠오르고 있었다. 발코니 아래쪽 바닷가 도로에서 대규모 군중이 모인 듯한 시끄러운 소리가 들려왔다.

샐리가 멍하게 쳐다보았다. 호화롭게 차려입은 여름철 관광객들이 저 아래를 거닐며 흥미롭게 발코니를 올려다보고 있었다. 해변가에 접한 낮은 담을 따라서는 하얀 유니폼을 입은 스페인 메이드들이 악을 써대는 아이들을 돌보는 모습이 보였다. 당나귀 한 마리가 오르간 한 대를 끌고 있었고, 행상인들은 코코넛과 아이스크림 카트를 밀며 지나갔다.

"마을의 저녁 오락거리야." 마크가 한탄했다. "한가한 부자들. 수다 떨면서 빤히 쳐다보기나 하고. 저 사람들 오후 내내

시에스타였어. 해변이 그토록 감명 깊게 비었던 이유가 있었
던 거지."

"뭐, 저녁 시간만이라면." 샐리가 위로했다. "우리는 새벽
에 일어나서 일을 시작하면 돼." 하지만 그녀 역시 와인을 따
르면서 꼬치꼬치 캐묻듯 아래에서 올려다보는 눈길을 피하
는 데 약간의 거북함을 느꼈다. 그날 오후 망가다는 발코니에
'방 임대' 팻말을 붙였다.

"비야비엔토의 발코니 거주자라는 살아 있는 삽화 광고가
된 느낌이야." 마크가 투덜거렸다.

"뭐, 한 시간 정도겠지." 샐리가 토르티야의 첫입을 베어
무는 마크를 보며 말했다. 그가 동의하듯 중얼거렸다. "내가
방금 처리하고 온 쿠데타 이야기 좀 들어봐." 그녀는 자랑스
럽게 말을 이어가면서 이제 그 발코니가 자신들만의 공간이
라고 말해주었다.

"나도 발코니가 걱정되기 시작했어." 마크가 말했다. "정말
미묘한 여자야."

다음 날 샐리는 아침 일찍 일어나 해변가에서 부글대며 달
려드는 파도 소리를 들었다. 여전히 새우처럼 붉은 피부를 하
고 헝클어진 시트 안에서 잠들어 있던 마크가 깨지 않도록
조심스럽게 침대에서 미끄러져 나온 그녀는 복도를 가로질
러 화장실로 가서 세수를 했다. 찬물이 나오는 유일한 수도꼭
지에서 물이 나오지 않았다. 샐리는 어제 유익한 정보와 부산
한 지시 사항들을 전하는 망가다의 말 가운데, 부엌에 있는

279

파란 상자 안의 이상하게 생긴 레버를 돌리면서 그게 물을 만드는 모터라고 했던 말을 어렴풋이 떠올렸다.

샐리는 발끝으로 살금살금 걸어 고요한 집의 아래층으로 내려갔다. 부엌 덧문이 닫혀 있어 어두컴컴했다. 그녀는 덧문을 열고 이상한 파란색 수도꼭지와 닳아빠진 전선들이 있는 파란색 상자를 의심스럽게 내려다보았다. 그녀는 전기에 대한 맹목적인 존경심을 갖고 있었다. 그녀는 용기를 내어 레버를 당겼다. 상자에서 파란 불꽃이 일었고 기계의 심장부에서 매캐한 연기가 가느다란 기둥을 뿜어내기 시작했다.

죄책감을 느끼며 샐리는 레버의 스위치를 돌려놓았다. 연기가 멈췄다. 그녀는 부엌 바로 옆에 있는 망가다의 방문을 두들겼다. 답이 없었다. 처음에는 부드럽게 부르다가, 이윽고 큰 소리로 불렀다. 여전히 답이 없었다. 샐리는 차가운 맨발을 한 발 한 발 옮기면서 말도 안 되는 상황이라고 생각했다. 물도 없고, 망가다도 없었다. 커피가 없는 것도 불만 목록에 추가했다. 잠시 동안 그녀는 망가다가 관리 안 되는 거대한 집 한 채를 자신들에게 남겨둔 채 도망가버렸다는 터무니없는 확신을 가졌다. 곧이어 마크를 깨우러 위층으로 올라갔다.

"물이 없어." 샐리가 비극적인 어조로 말했다. 마크는 퉁퉁 부은 분홍색 눈꺼풀을 가늘게 뜨고 그녀를 바라보았다. "그리고 망가다도 사라졌어."

마크는 졸린 표정으로 수영복 트렁크를 입고 샐리를 따라 부엌으로 내려갔다. 그는 물을 만든다는 기계의 레버를 돌렸다. 반응이 없었다. 마크는 조명 스위치를 눌러봤다. 전기가 들어오지 않았다. "뭔가 합선됐네." 그가 말했다. "아마 이 집 전체가 결함 있는 전선들의 그물망일지도 몰라."

"당신이 망가다 방문을 두드리면서 불러봐." 샐리가 말했다. "당신 목소리가 더 크잖아. 우리한테 집을 빌려주는 거면 최소한 물은 계속 나오게 해줘야 하잖아."

마크가 문을 두드렸다. 그는 망가다를 불렀다. 집은 관에 갇힌 심장처럼 똑딱거리는 복도의 괘종시계를 제외하곤 쥐 죽은 듯 고요했다.

"어쩌면 안에서 죽었을지도 몰라." 샐리가 말했다. "저 문 뒤에 아무도 숨을 쉬지 않는 것 같은 이상한 느낌이 들거든."

"어쩌면 일찍 밖에 나갔을 수도." 마크가 하품을 했다. "커피 마시고 싶네."

결국 그들은 침대로 돌아가 망가다를 기다리기로 했다. 샐리가 눈을 감으려는 순간, 현관문 경첩이 삐걱거리는 소리와 함께 빠르게 끊어지는 발소리가 들렸다. 샐리는 목욕 가운을 걸치고 소리 없이 아래층으로 내려가 데이지처럼 산뜻한 레이스가 달린 하얀 드레스를 입은 망가다가 한 뭉텅이의 소포와 함께 들어오는 것을 맞았다.

"아!" 망가다는 샐리를 보고 반갑게 외쳤다. "잘 잤어요?" 샐리는 전날보다 한층 더 비뚤어진 표정으로 그녀를 바라보면서 달콤한 말투 속에 반어적 기색이 숨어 있지는 않은지 궁금해했다.

"물이 안 나와요." 샐리가 암울하게 말했다. "씻을 물이 없어요. 커피를 내릴 물도요."

망가다가 환하게 웃었다. 매력적이긴 하지만 서투른 아이를 보는 듯한 웃음이었다. "물 당연히 있죠!" 그녀가 소포 꾸러미를 의자에 내려놓더니 부엌으로 서둘러 걸어가며 말했다. "간단해요!"

그녀를 따라가면서 샐리는 그 기계가 오직 망가다에게만 작동하도록 준비되어 있을 거라고 확신했다. 샐리는 내심 만족스러운 표정으로 망가다가 레버를 돌리는 모습을 바라보았다. 아무 일도 일어나지 않았다.

"그건 저도 해봤어요." 샐리가 무심하고도 느긋하게 문설주에 기대서서 말했다. "그런데 안 돼요."

망가다가 전등을 켜려고 했다. "불이 안 들어오네!" 그녀는 의기양양하게 외치더니 깊고도 비밀스러운 웃음을 한 번 더 터뜨렸고, 그 웃음 속에는 샐리를 향한 기민한 시선이 숨어 있었다.

"마을 전체가 그런 거예요." 망가다가 말했다. "불이 안 들어오고, 기계도 안 돌고."

"그럼 아침에 이러는 일이 흔한가요?" 샐리가 냉랭하게 물었다.

망가다는 처음으로 샐리가 짜증이 났다는 걸 깨달았다. "아유, 심각하게 받아들이면 안 돼요." 그녀가 꾸짖듯이 검은 머리를 흔들었다. "물은 항상 있어요. 충분히 있죠."

샐리는 자기가 짓는 표정이 회의적이고 도전적이라 믿으며 기다렸다.

망가다는 세속의 비상사태 따위는 일찍이 넘어섰다는 듯 고상한 여인의 분위기를 풍기며 미끄러지듯 싱크대로 가더니, 샐리가 전날 밤 도마로 쓰던 목재 뚜껑을 들어 올렸다. 그러자 바닥이 보이지 않는 시커먼 구멍이 드러났다. 그러고는 무수한 찬장 중 하나에서 기다란 줄과 양동이를 꺼내 그 아래로 떨어뜨렸다. 물이 튀는 소리가 울려 퍼졌다. 망가다가 여러 번 줄을 짧고 힘차게 잡아당기며 양동이 가득 철벅거리면서 거품이 이는 물을 끌어 올렸다.

망가다가 샐리에게 훈계했다. "보이죠. 물은 많아요. 언제나 있어요." 그녀가 다양한 크기의 물병 세 개에 물을 가득 채우기 시작했다. "놀라운 물이죠. 위장에 이로운 물이에요." 그녀는 싱크대의 찬물 수도꼭지를 가리키며 역겹다는 듯 코를 찡그리고 고개를 저었다. "저 물은 나빠요." 망가다가 샐리에게 말했다. "마실 수 없어요No es potable."

샐리는 숨이 턱 막혔다. 다행히도 그녀와 마크는 전날 저녁 와인을 마셨다. 수돗물은 의심의 여지없이 느리게 스미는 독이리라. 망가다가 미리 말해주는 걸 잊은 걸까? 아니면 자기 집에 잘 정착할 때까지 어떤 단점도 언급하고 싶지 않았던 걸까? 샐리는 커져가는 불안감 속에 그날 아침 기계가 고장 나지 않았더라면, 마실 수 있고 건강하기까지 한 물이 비밀스레 저장되어 있다는 걸 망가다가 언제 말해주었을지, 혹은 아예 말해주지 않았을지 궁금해졌다.

샐리는 새로운 경계심을 안고 기운 좋게 열변을 토하는 망가다에게서 물병 하나를 받아 들어 위층으로 올라가 세수를 했다. 몇 분 뒤, 망가다는 전기가 다시 들어왔고 여기저기에서 물이 나오고 있다며 명랑하게 소리쳤다.

"그 여자, 아마도 수맥 찾는 막대를 들고 마당을 깡충깡충 뛰어다녔을 거야." 마크가 짜증스럽게 말했다. 그는 면도를 하기 위해 휘발유 버너에 물 주전자를 올리러 내려갔다.

두 사람은 발코니의 대나무로 만든 그늘막 아래 앉아 김이 나는 머그잔 속 커피를 홀짝거렸다. 샐리가 스페인 살림의 기이함에 대해 장황하게 이야기했다. "상상해봐. 망가다는 비누도 없이 지푸라기를 얽어가지고 찬물에 설거지를 하더라고. 근데 또 다른 사람들이 오면 얼마나 청결해야 하는지 설교를 한단 말이야. 그 여자 찬장을 당신이 봐야 돼. 콩알들이며 죽은 생선들이며, 설탕 알갱이를 하나씩 지고 가는 개미 떼로 얼마나 뒤죽박죽인지. 그 설탕은 내일이면 사라질 거야."

마크는 웃음을 터뜨렸다. "비야비엔토 마을 사람들이 그 여자에 대해 어떻게 생각하는지 알 수 있다면 뭐든 기꺼이 하겠어. 우리는 아마 마을의 마녀랑 같이 사는 걸 수도 있어."

샐리는 그날 아침, 발코니에서 집으로 보낼 편지 몇 통을 타이핑했고, 그동안 마크는 침실에서 베개에 기대 화상을 치료하며 동물 우화를 쓰고 있었다. 아래쪽 도로에서는 튀긴 롤빵을 바구니에 담아 파는 빵집 여자의 외침이 들렸고, 우유

배달부 소년은 4리터 가까이 되는 양철통을 바구니에 담아 자전거를 타고 지나갔다. 샐리가 느긋하게 자판 위에서 손가락을 움직일 때, 목소리들이 그녀에게 다가왔다.

망가다가 젊은 스페인 커플에게 제라늄과 바닷가 풍경을 가리키며 과장된 몸짓으로 정원을 안내하고 있었다. 샐리는 포도덩굴 잎사귀 사이로 그들을 내려다보았다. 그녀는 망가다가 다른 손님을 받지 않기를 반쯤 희망했다. 마크와 자신만 있는 어두운 집이 너무도 조용하고 쾌적했기 때문이다.

그날 정오에 점심 식사를 준비하던 샐리는 완두콩을 끓는 냄비에 넣고 차가운 소시지를 자르기 시작했다. 10분 뒤 콩을 확인했는데, 콩은 그 어느 때보다 단단했고 물도 전혀 따뜻하지 않았다. 샐리는 버너가 좀 더 열을 내길 바라며 심지를 높이 올렸다. 유해한 불길이 확 타오르면서 가느다란 초록색 연기가 피어올랐다.

그때 마치 초자연적인 신호에 소환이라도 된 듯, 망가다가 출입구로 들어서며 버너에서 피어오르는 연기에 눈길을 한 번 주더니 끔찍한 푸념을 하면서 그쪽으로 뛰어갔다. 콩이 든 냄비와 버너의 연통을 잡아 꺼낸 망가다는 과장된 동작으로 너덜너덜하게 그을린 심지 1인치를 범죄의 증거로 내밀었다.

"휘발유가 없어요!" 그녀는 암을 진단하는 의사처럼 극적인 목소리로 외쳤다. 그러고는 종종걸음으로 찬장까지 가서 투명한 액체를 한 병 꺼내 와 버너 탱크 안에 부었다. 그런 다음 심지를 갖고 호들갑을 떨다가 손가락으로 그을린 끝부분을 뜯어내고 좀 더 높게 세웠다. 망가다는 심지에 다시 불을 붙인 후 콩을 넣었다. 그녀는 이에 만족하지 않고, 콩을 한 알 맛보곤 샐리를 향해 슬프게 고개를 저었다.

"잠시 기다려요." 그녀는 그렇게 말한 뒤 방을 나섰다. 곧이어 가루 한 주먹을 가지고 돌아와서 이제 막 끓기 시작하는 콩 위에 흩뿌리자, 물이 쉭쉭 소리를 내며 거품이 일었다.

"그게 뭐예요?" 샐리가 의심스러운 표정으로 물었다.

망가다는 수줍은 듯 소심한 표정을 지으며 장난꾸러기 아이처럼 손가락을 흔들었다. "그냥 그런 게 있어요." 그렇게 얼버무리며 웃었다. "저는 당신보다 훨씬 오래 요리를 해왔으니 몇 가지 요령을 좀 알고 있죠."

그런 다음 망가다는 우연히 생각났다는 듯 말했다. "오, 그나저나 의사가 며칠 동안 위층 방을 빌렸어요." 그녀는 현관에서 곧 비행을 준비하는 하얀 갈매기 같은 자세를 취하고 있었다. "한 시간 정도 후에 올 거예요."

"오, 딱 남자 한 명 말씀이시죠." 샐리가 평범한 어조로 말했다. 그녀는 빡빡하게 굴면서 망가다가 자신의 작전을 더욱 느리게 설명하는 걸 즐기기 시작했다.

"아니요." 망가다가 약간 짜증이 났다는 걸 명확히 드러내며 말했다. "와이프가 있죠. 친구도 둘 있고요." 그녀는 망설였다. "그리고 다른 커플은 아기가 있어요."

"오." 샐리가 끓는 콩 위로 몸을 숙이며 대답했다.

막 물러서려던 망가다가 좀 더 생각하더니 다시 버너 앞으로 다가갔다. "아시겠지만," 변한 샐리 덕에 그녀의 장난스러운 어조에는 이제 묘한 감정적 강렬함이 뒤얽혀 있었다. "저는 이 집이 가득 차 있는 한 얼마나 많은 사람이 있는지는 상관없어요. 당신도 나누는 걸 배워야 해요. 찬장이든, 버너든, 당신만을 위한 건 아니니까요. '다른 사람들'을 위한 것이기도 하죠." 그녀는 직설적인 말을 무마하려는 듯 번쩍이는 누런 이를 드러내며 웃었다.

"물론이죠!" 샐리는 밋밋한 경탄을 담아 망가다에게 말했다. 하지만 분명 무언가가 망가다의 양심을 건드리고 있었다.

"세뇨라, 스페인 사람들은요." 그녀가 샐리에게 진지하게 말했다. "당신 같은 미국인들과는 매우 다르답니다." 망가다의 말투는 그녀가 어느 쪽에 동정심을 갖고 있는지 밝히는 데 전혀 숨김이 없었다. "그들은 언제나 노래를 부르죠. 라디오도 크게 틀고요. 여기저기 물건을 놔둬요." 자기 말에 몰두한 망가다는 통통하고 작은 몸을 극적으로 앞뒤로 흔들면서 일종의 무언극처럼 모든 걸 쏟아부었다. "그들은 밤늦게 돌아와요. 아이들은 울고요. 그건 아주 자연스러운 거예요."

샐리는 찬물에 샤워하며 우렁차게 아리아를 부르거나 휘발유 버너 주변에서 플라멩코를 추는 스페인 사람들을 떠올리며 웃음을 참을 수가 없었다. "완벽하게 이해했어요." 그녀는 망가다를 안심시켰다.

"아마도," 망가다의 표정이 샐리에게 놀랍도록 유리한 새로운 계획이 막 떠오른 것처럼 환해졌다. "주방 도구들을 찬장에서 꺼내 여기다 옮기는 게 좋겠어요. 그럼 저 찬장이 당신을 귀찮게 하지도 않을 거고, 스페인 사람들의 접시들과 섞여 어수선해지지도 않을 거예요." 샐리의 시선이 망가다의 무심한 몸짓을 따라갔다. 그녀는 쓰레기통 위쪽의 열린 선반을 가리키고 있었다.

바로 그거였다. 샐리의 직감이 활발해지고 있었다. 행동할 준비가 된 것 같았다. "전 지금 이대로도 완벽하게 기쁜걸요." 그녀는 겸손하지만 단호한 어조로 망가다에게 말했다. "귀찮다는 생각은 꿈에도 안 해요."

망가다는 눈부신 가짜 미소를 지으며 부엌에서 사라졌다. 샐리는 식사 준비를 마치면서 그 미소가 체셔 고양이의 미소처럼 불안하게 자신을 맴돌고 있다는 느낌을 받았다.

마크와 샐리가 발코니에서 점심을 먹는 동안 차 한 대가 집 앞에 멈춰 섰다. 샐리가 아침에 봤던 스페인 커플이 차에서 내렸고, 또 다른 커플이 빳빳하게 다린 페티코트에 작약 같은 주름 장식 옷을 입은 어린 여자아이와 함께 내렸다.

망가다가 그들을 맞이하러 달려 나갔다. 네 명의 스페인 사람들이 값비싼 보석과 금으로 뒤덮인 듯한 문을 활짝 열어젖히며 아이를 안고 들어올 때는 거의 절을 했다.

3시쯤, 마크와 샐리는 수영을 하러 방을 나섰다. 마크는 한낮의 해변가에 모여드는 통통하고 거무스름한 여자들과 오일 바른 멋쟁이들을 싫어했고, 시에스타인 3시부터 5시 사이에는 해변가를 온전히 소유할 수 있었다. 위층 복도의 모든 창문 걸쇠는 잠겨 있었고, 다른 방들은 병원처럼 컴컴하고 조용했다. 샐리가 문을 닫았다. 소리가 음침하게 울려 퍼졌다.

"쉿!" 망가다가 독기 어린 소리를 내며 계단 끝에 서 있었다. 그녀는 과장된 손짓과 속삭임으로 스페인 사람들이 모두 자고 있다고 알리며, 마크와 샐리에게 좀 더 배려심 있게 행동하라고 명령했다.

"어휴!" 마크는 해변가에 도착해 이제야 안전해졌다는 듯 외쳤다. "무슨 태세 전환이야."

그 스페인 사람들은 마을 호텔에서 식사를 할 예정이었다. 샐리는 그날 밤 휘발유 버너 앞에 서서 진득한 크림소스에 참치를 넣고 저으며 빛을 경계하듯 거의 들리지 않는 망가다의 발소리를 들었다. 그녀는 그 발소리를 점점 두려워하게 되었다. 이제 침실을 벗어나면 자신이 적진에서 저격 대상이 된 것처럼 취약한 존재로 느껴졌다.

버너를 끈 뒤에도 그녀는 굴뚝에서 여전히 불이 타오르는 소리를 들었다. 몸을 숙여 불을 완전히 끄자, '푸-프' 하는 소리가 요란하게 나더니 불길의 갈라진 긴 혀가 그녀에게 달려들었다. 깜짝 놀란 샐리가 뒤로 물러났다. 내 눈을 노렸어, 그녀는 눈을 찌르는 연기에 흐르는 눈물을 닦아내면서 불안하게 생각했다.

샐리가 요리에 사용한 접시 위로 물을 흘려보내고 있는데, 망가다가 뛰어들어 오더니 싱크대로 다가가 코르크 마개로 배수구를 틀어막았다. "여기서 물을 낭비하면 안 돼요." 그녀가 샐리에게 잔소리를 했다. "아주 귀하거든요."

샐리는 망가다가 부엌을 나설 때까지 기다렸다가 마개를 뽑아 불법적인 사치의 풍요로움을 느끼며 물이 최대한 쏟아지도록 수도꼭지를 틀었다.

다음 날 아침, 샐리는 복도에서 망가다의 목소리를 들으면서 깨어났다. 평소와는 다르게 허둥거리며 사과하는 듯한 어조로 미루어, 샐리는 무언가 잘못되었다고 짐작했다. 궁금한 마음에 조심스럽게 문을 향해 발을 내디뎠다. 전염병같이 따라하게 되는 망가다의 전략을 한층 개발해, 열쇠 구멍으로 밖을 내다보려고 몸을 숙였다. 그러고는 킥킥거리면서 마크를 찔러 깨웠다.

"무슨 일이 있었게?" 샐리가 마크에게 알려주었다. "다섯 명이 화장실 앞에 줄을 서 있고, 망가다는 목욕 가운을 입고 커다란 물병을 나르고 있어. 의사는 지금 면도 중이고."

양수기가 완전히 고장 난 것이다. "혹사시켜서 그렇지." 마크가 걱정했다. "저 여자의 아름다운 집 전체가 아마 모래 구덩이 위에서 흔들리고 있을지도 몰라."

샐리가 커피 내릴 물을 우물에서 길어 오고자 아래층으로 내려가자 복도에서 때가 탄 누런 새틴 가운을 걸치고 돌로 된 타일 바닥을 닦고 있던 망가다가 보였다. 선명한 아침 햇살에 비친 그녀의 얼굴은 초췌해 보였고 약간 초록빛을 띠었다. 아직 눈썹을 그리지 않은 상태에, 립스틱을 바르지 않은

290

입술은 개구리처럼 축 처져 있었다.

"아!" 망가다가 더듬거리며 마대를 앞에 세워놓더니 쉰 목소리에 초조한 어조로 말했다. "아침엔 마을에 가서 메이드를 찾을 거예요. 전 이 일에 익숙하지 않거든요. 고향인 알리칸테에는 메이드가 셋이나 있었는데…….'

샐리는 동정 어린 말투로 중얼거렸다. 망가다는 품위 있게 몸을 꼿꼿이 펴고 섰지만 그녀의 턱은 마대 자루 손잡이에도 미치지 못했다. "제가 마을에 나가면," 그녀의 눈길이 샐리를 넘어 저 멀리 밝게 빛나는 환영에 빠져 흐릿하게 헤매고 있었다. "저는 위엄 있는 여성이에요. 정문이 열려 있을 때는 일을 하지 않는답니다. 사람들이 보니까요. 이해하시겠어요? 하지만," 망가다는 근엄하고 자랑스러운 눈빛을 샐리에게 고정하며 말했다. "문이 닫혀 있을 땐," 그녀는 어깨를 으쓱하더니 양손을 활짝 펼쳤다. "뭐든 하죠. 전부 다요."

망가다는 그날 아침 검은 옷을 입은 메이드를 뒤에 세우고 기세 좋게 귀가했다. 그녀는 메이드가 쓸고, 닦고, 먼지를 터는 한 시간가량 그녀를 고압적으로 감독했다. 그리고 메이드는 다시 마을로 돌아갔다.

"아주 힘든 일이에요." 망가다가 역경을 겪고 몰락한 공작부인 같은 분위기로 샐리에게 털어놓았다. "비야비엔토에서 메이드를 구하는 건요. 여름엔 정말 비싸거든요. 그들은 호텔에서 너무 많은 돈을 받아요. 요즘 같은 때 메이드가 있다면 그녀의 감정을 굉장히 세심하게 신경 써야 해요."

망가다는 메이드가 받아야 할 상냥한 대우를 흉내 낼 정도로 충분히 기운을 차렸다. 그녀는 고개를 끄덕이며 조심스럽게 걸으면서 달콤하게 웃었다. "만약 메이드가 귀중한 크리스털 꽃병을 깼다? 그럼 당신은 웃으면서 이렇게 말해야 해요. '오, 그런 거 신경 쓰지 말아요, 마드모아젤.'"

샐리가 웃었다. 망가다는 언제나 비용에 대해 불평했기에 투덜거림의 어디까지가 연기인지 샐리는 정확히 알 수 없었다.

그날 아침 샐리와 마크는 발코니에서 망가다가 수리공, 정원사 그리고 당나귀가 끄는 수레를 가져온 세 명의 현지 근로자들과 분주하게 움직이는 모습을 봤다. 그들은 사용하지 않는 진입로를 틀어막고 있는 돌무더기들을 치우려고 했다.

"귀족의 흔적인 것 같아." 마크가 말했다. "인부 무리를 데려다 노예처럼 부리는 거 말이야. 당나귀 한두 마리도 거느리고."

"비야비엔토의 장엄한 입구를 유지하는 데 필사적이야." 샐리가 말했다.

"장엄한 입구라." 마크가 코웃음을 쳤다. "사이비 귀족이지. 저 여자가 지브롤터 주지사 부인에게 스페인어를 좀 가르쳤을지 모르지만, 나는 그녀가 약속했던 수업을 아직 한 번도 받지 못했어."

"집이 좀 정리될 때까지 기다려봐." 샐리가 달랬다. "앞쪽 방을 임대할 사람을 아직 찾지 못했거든. 아무래도 그게 신경 쓰일 거야."

"발코니가 닫혀 있어서 임대 못 할걸. 가장 잘 팔릴 방을 우리가 쓰게 해서 아마 지금 굉장히 화나 있을 테고."

"우리에게 굴하지 않았더라면 우리를 놓쳤으리란 걸 그녀도 잘 알고 있겠지." 샐리가 상기시켰다.

마크가 고개를 저었다. "아직은 우리를 속이려고 할 거야."

"우리끼리만 지내면 그럴 수는 없을 거야." 샐리가 말했다.

샐리가 몽롱하게 점심에 먹을 감자 껍질을 벗기고 있을 때, 망가다가 부엌으로 들어왔다. 그녀는 샐리의 손에서 감자를 낚아채더니 칼을 쥐었다. "자, 감자 껍질을 벗기려거든 이렇게 하는 겁니다!" 그녀는 잘난 체하는 투로 샐리에게 지시하며 끊이지 않는 갈색 나선형 껍질을 만들어냈다. 샐리가 한숨을 쉬었다. 부엌에서 점점 더 자신에게 간섭하는 망가다가 짜증스러웠다. 심지어 망가다는 그녀의 찬장을 몰래 재정리하거나, 자기 선반에 며칠을 방치해서 식고 비린내 나는 수프 접시를 비우기 위해 양파를 계란 접시에 뒤섞어두기도 했다.

망가다가 또 다른 감자를 집어 들었을 때, 샐리는 그녀가 평소보다 더욱 꾸며낸 듯 웅변을 하고 있다는 걸 깨달았다. "……매해 여름 말이지요." 망가다가 말하고 있었다. "저는 이 집을 한 가족에게만 임대해줬어요. 완전히요. 2만이나 3만 페세타에요. 하지만," 칼이 날아가 감자 한 알의 껍질을 매끈하게 벗겨냈다. "올해는 처음으로 제가 여기 머물면서 방들을 임대하고 있는 건데, 불가능하다는 게 증명됐어요."

샐리는 불길한 예감이 들었다. 그녀는 기다렸다. "정부가 말이에요." 망가다가 어쩔 수 없다는 듯 으쓱거리면서 만족스러운 미소를 지었다. 솜씨 좋은 손은 계속해서 감자 껍질을 벗기고 있었다. "정부가 모든 방을 채우라고 강요하네요. 오늘은 여기 시장, 그러니까 비야비엔토 시장이 저에게 방을 다 채울 수 없다면 집 전체를 빌려줘야 한다고 하더라고요."

샐리는 숨을 고르고 처음으로 망가다를 제대로 바라보았다. 화려하게 장식된 가면이 늑대 같은 웃음으로 갈라져 있었다. 끝이 보이지 않는 새까만 웅덩이 같은 수면 한가운데에 돌을 하나 던지면, 바깥으로 퍼져나가는 잔물결을 일으키고 사라져버릴 법했다.

감자를 쥐고 껍질을 벗기면서 말을 하느라 입을 반쯤 벌린 망가다를 내버려두고, 샐리는 돌아서서 달렸다. 턱 끝까지 숨이 차오른 그녀가 마크에게 뛰어들었다.

"제발 저 여잘 막아줘." 샐리가 침대에 몸을 던지면서 울었다. 그녀를 따라 계단을 올라오는 빠른 발소리가 들렸다. "저 여자 좀 막아줘." 샐리가 거의 히스테리에 가까울 지경으로 애원했다. "저 여자가 우릴 쫓아내려고 해."

"세뇨라." 망가다가 문밖에서 나지막한 목소리로 불렀다. 샐리는 찬장에서 바퀴벌레가 바스락거리는 소리와 거미가 우물을 가로지르며 저주의 문양을 짜는 소리를 들었다.

마크는 문을 아주 살짝 열고 망가다를 내려다보며 말했다.

"뭐죠?"

망가다가 자신의 매력을 행사했다. 그녀는 간청하는 눈빛으로 마크를 올려다보며 조용히 읊조렸다. "오, 세뇨르. 세뇨라가 너무 흥분했어요. 제가 하려는 말을 듣지도 않았답니다. 남자들은……" 그녀는 예쁘장하게 더듬거렸다. "……이런 일에 대해 젊은 여자들보다 훨씬 더 현실적이죠."

마크가 침대에서 그들을 음울하게 바라보고 있는 샐리에게 손짓했다. "부엌에 내려가서 점심 준비 마치자." 그가 말했다. "거기서 얘기하자고."

부엌에서 망가다는 마크를 구슬리듯 말했다. 그러는 동안 샐리는 망가다 앞에서 자신의 방어벽을 무너뜨린 것에 수치심을 느끼며 여전히 떨면서 감자를 튀겼다.

"물론," 망가다가 달콤한 말투로 마크에게 확신을 주었다. "저는 당신과 세뇨라가 떠나는 걸 원치 않아요. 이 집 전체를 빌려줄 사람도 찾고 있지 않고요. 하지만," 그녀는 자신의 철학을 관철시키겠다는 의도로 어깨를 으쓱하며 말했다. "만약 시장이 누군가를 보내면 제가 뭘 어쩔 수 있겠어요?"

"저 여자한테 며칠이나 말미를 줄 건지 물어봐." 샐리는 부루퉁하게 마크에게 영어로 요구했다. 이제 그녀는 망가다에게 스페인어로 말하길 거부했고, 마치 망가다가 알아듣지 못하는 언어를 보호하겠다는 듯 물러서면서 마크를 그들 사이의 통역사로 세웠다.

"시간을 얼마나 주실 거죠?" 마크가 망가다에게 물었다. 그녀는 마크가 그렇게나 사소한 질문을 한 것에 놀란 표정을 지었다. "아, 이틀이나 사흘……" 그녀는 대단한 호의를 베풀고 있다는 듯 천천히 중얼거렸다.

샐리는 경악했다. "그럼 우린 어디로 가?" 그녀가 마크에게 소리쳤다. "거리에 나앉아?" 그녀는 짐을 싸서 다시 이사를 가야 한다는 생각만으로도 어지러웠고, 교활하게 방향을 바꾼 망가다의 변덕에 분노했다.

"나중에 얘기하죠." 마크가 그 대화를 막아버렸다. 잠시 조용해진 망가다가 자리를 떴다.

"만약 저 여자가……" 샐리는 점심을 먹으면서 격렬히 화를 냈다. "우리가 여기서 자기 편의대로 다른 사람 찾을 때까지 돈을 다 내면서 살 거라고 생각한다면, 그래서 자기는 1페세타도 잃지 않으려고 한다면…… 자꾸 정부를 들먹이며 변덕을 부리고 있잖아……."

"진정해." 마크가 달랬다. "그녀는 비뚤어졌을 뿐이야. 그게 다야. 받아들이자."

그날 이른 저녁, 그들은 실제로 이사를 가기 전까지 망가다에게 말하지 않고 비야비엔토 주변의 집을 보러 다니기로 했다.

그날 밤, 발코니에서 저녁을 먹으며 샐리는 기뻐 어쩔 줄을 몰랐다. "우리가 집을 샀어, 집 전체를. 내 전용 부엌도 생기고, 설거지할 때 쓸 전용 지푸라기 뭉치도 생기고 말이야."

"아, 새로운 집주인은 우리가 임대료를 올려준 걸 두고 잔치를 벌이고 있을 거야." 내성적인 성격의 마크마저 기쁨을 감추지 못했다. 그들은 망가다의 북적거리고 시끄러운 방에 지불하는 돈보다 천 페세타나 덜 내면서 현지인들이 사는 구역의 조용한 집을 구했다. 두 사람은 다음 날 아침 이사 가기로 했다.

마크와 샐리는 오랫동안 와인을 마시면서 자신들의 성공에 축배를 들며 망가다의 집에 도착한 이래 처음으로 완전히 편안한 휴식을 취했다.

샐리는 와인 한 병을 비우면서 행복하게 웃었다. "꼭 징크스에서 벗어난 것 같아."

마크가 샐리를 도와 설거지를 하고 있을 때, 망가다가 애석한 얼굴로 비틀거리면서 부엌에 들어섰다. "아," 샐리는 환한 얼굴을 꾸며내며 "산책은 잘 하셨나요? 그러셨어야 할 텐데"라며 빠르게 말을 이었다. "시장이 한 말에 너무 신경 쓰지 않았으면 좋겠어요." 망가다가 그들을 회유하는 듯한 표정을 지었다. "아주 좋은 여름을 보내게 되실 거예요. 아마 아무도 집에 대해서는 물어보지 않을 겁니다. 만약 여러분이 스페인 사람이었다면……" 그녀는 마크에게 악마 같은 눈빛을 던지더니 말했다. "그런 사소한 일들에 그렇게나 심각하게 구실 일은 꿈에도 없으실……."

"아무래도 말씀을 드려야겠는데요." 마크가 조용히 하라는 단도직입적인 샐리의 동작을 가로막으며 말했다. "저희가 새

집을 구했습니다. 여름 내내 계약으로요. 그리고 내일 이사 갑니다."

샐리는 하루 앞당겨 깜짝 발표를 한 마크를 용서했다. 망가다의 입이 떡 벌어졌다. 그녀의 얼굴은 추한 보랏빛으로 붉어졌다.

"뭐라고요?" 그녀의 목소리가 믿을 수 없다는 듯 한껏 격앙되었고, 치아가 세찬 바람 속에 부딪히듯 떨리기 시작했다. "내가 그렇게까지 해줬는데! 발코니도 줬건만……." 그녀의 목소리가 거칠게 꽥꽥거리며 날카로워졌다.

"저희 방은 발코니 없이 살기엔 너무 작아요, 그건 아시잖아요." 샐리가 끼어들며 솔직히 말했다.

망가다는 미쳐버린 말벌처럼 샐리에게 날아들며 분노에 찬 손가락을 샐리의 얼굴에 들이댔다. "너지! 너지!" 망가다는 예의라는 허위를 벗어던지고 악의에 차 그녀를 비난했다. "허구한 날 불평만 하고. 방이 작다느니! 이거며 저거며! 네 남편은 한 번도 불평하지 않았는데……."

망가다는 마크에게 아첨하기 위한 마지막 기회로 방향을 틀었다.

"저는 제 아내에게 집안일을 맡아달라고 부탁했습니다." 그가 망가다의 말을 대차게 끊었다. "저는 샐리가 한 모든 말을 지지할 준비가 되어 있어요."

"그럼!" 망가다는 분노에 차 콧김을 뿜어냈다. "내 모든 배려와 관대함과 진솔함과……." 그녀는 숨이 차서 잠시 멈추었다.

곧이어 그녀의 수사적인 재능이 돌아오더니 너덜너덜해진 격식의 조각들을 모으기 시작했다. "원하는 대로 하세요." 그녀는 가까스로 불안정한 미소를 지어냈다. 누런 치아가 빛났다. "내일 떠난다고 하셨죠?" 그녀가 물었다. 그녀의 눈 속에는 이미 계산기의 금속성 불빛이 돌아와 있었다. 그녀가 자리에서 돌아섰다. 현관문이 쾅 하고 닫혔다.

그날 밤 늦게 정문이 삐걱대며 열렸다. 마크와 샐리는 아래층 복도에서 망가다가 중얼거리는 소리를 들을 수 있었다. 이윽고 그녀가 계단을 올라오기 시작했고, 올라오는 내내 알아들을 수 없는 큰 소리로 투덜거렸다. 샐리는 어떤 즉각적인 판결이 금방이라도 내려질 거라 믿으며 이불을 머리끝까지 뒤집어썼다. 망가다가 맹렬하게 위층 복도를 쿵쾅거리며 가로질렀다. 비어 있는 넓은 앞방을 지나 발코니를 통과하면서 저주와 알아들을 수 없는 소리를 뱉어냈다. 샐리는 달빛 아래 발코니 난간에 쪼그리고 앉아 분주하게 움직이는 울퉁불퉁한 형체를 보았다.

"임대 팻말을 뜯어내고 있어." 마크가 속삭였다.

효수한 인간의 머리처럼 팻말을 짊어진 망가다가 아래층으로 우당탕탕 내려갔다.

다음 날 아침, 샐리는 망가다의 휘발유를 거의 다 써버리고 있다는 점을 의식하고 즐거워하면서 새로운 집으로 가져갈 피크닉 도시락으로 감자와 계란을 잔뜩 삶고 있었다. 그 때, 망가다가 부엌으로 들어섰다. 전날 밤의 분위기와는 완전히 달라져 있었다. 그녀는 버터만큼 부드러웠다.

"어젯밤에 당신이 이사 갈 집의 주인 여자를 만났어요." 그녀가 샐리에게 알렸다. "그녀가 여름 동안 당신들이 낼 정확한 금액을 알려주더군요." 망가다는 경건함에 가까운 어조로 총액을 발음했다. "맞나요?"

"네." 샐리가 짧게 대답했다. 그녀는 망가다가 그런 세부적인 사항들을 알아낸 데에 화가 났다. 하지만 망가다가 사기를 당했다고 그들을 고발할 수 없다는 걸 알고 있었다. 그녀 스스로 가치가 훨씬 떨어지는 것에 훨씬 큰 금액을 부과하고 있었기 때문이다.

"예쁘고 큰 집이에요." 샐리는 덧붙이지 않을 수 없었다. 그녀는 김이 모락모락 나는 주전자에서 삶은 계란을 건져 올리며 말했다.

망가다는 약간 비꼬는 듯한 표정을 지었다. "전 알 수 없죠. 그쪽 마을까지 걸어가지는 않으니까요. 해변가니 뭐니 전부 너무 멀어서요." 그 집은 해변가에서 10분이면 가는 곳에 있었다.

"마크랑 저는 걷는 거 좋아해요." 샐리가 다정하게 대답했다.

"제가 그 여자한테 말했어요." 망가다는 드레스의 레이스 달린 옷깃 부분을 만지작거리면서 말을 이었다. "당신과 당신 남편은 굉장히 좋았다고요. 그리고 시장이 갑자기 집 전체를 한 가족에게 빌려주라고 강요하지만 않았더라면 여름 내내 저와 함께 머물렀을 거라고도요."

샐리는 말이 없었다. 공허한 대기 속에서 거짓말이 꾸물거리도록 내버려두었다.

"우리는 계속 좋은 친구로 지내겠죠." 망가다가 너그럽게 웃으며 선언했다. "필요한 게 있다면 그냥 와서 제게 물어보세요. 스페인식 요리법을 다 알려드리지 않았던가요?" 그녀는 불안정하게 발끝으로 서더니 거의 애원하듯 샐리의 얼굴을 들여다보았다.

그들이 떠나기 전, 망가다는 다음 날 오후 자신의 집에서 마크에게 받을 영어 과외 약속을 열정적으로 잡았다.

"전 모든 걸 알고 싶어요. 모든 걸요!" 그들을 문까지 배웅하던 망가다가 반복적으로 말했다. 그녀의 검은 접시 같은 눈동자는 학문에 대한 갈증으로 그득했다.

다음 날 아침, 마크와 샐리는 널찍한 새집에서 깨어나자마자 초원으로 향하는 흑염소 떼가 조심스럽게 도로를 걸으면서 내는 청아한 종소리를 들었다. 낮은 언덕에서 강하고 기이한 바람이 불어오고 있었다. 시장에서 만난 나이 든 바나나 상인은 비야비엔토에서 지난 80년간 이런 바람을 본 적이 없다고 주장했다.

그날은 점점 흐려지다 구름으로 뒤덮였다. 샐리는 비정상적인 누런 조명 아래에서 독서를 해보려고 하면서 망가다에게 영어를 가르치고 돌아올 마크를 기다리고 있었다.

집 근처에서 바람이 거세게 불며 먼지회오리를 일으키고 창문틀을 흔들었다. 종이 쪼가리와 뜯겨 나간 포도나무 이파리들이 유리창을 찰싹찰싹 때렸다. 폭풍이 몰려오고 있었다.

마크는 떠난 지 20분 만에 돌아왔다. "사라졌어." 그가 저벅저벅 걸어 들어와 재킷에서 먼지를 털어내며 말했다. "이제 거기 독일인 가족이 살고 있더라고. 아마 우리가 어제 아침 떠난 즉시 알리칸테로 돌아갔나 봐."

바깥의 먼지 쌓인 도로 위로 큰 빗방울이 후두둑 떨어지기 시작했다.

"당신, 그 여자가 그 많은 대학 학위를 진짜로 가지고 있을 거라고 생각해?" 샐리가 물었다. "훌륭하다던 의사 남편도?"

"아마도." 마크가 말했다. "아님 그냥 똑똑한 사기꾼이었을 수도 있지."

"그것도 아니면 이상한 여자거나."

"누가 알겠어?"

바람이 집 구석구석 끽끽거리는 소리를 내며, 이쪽저쪽으로 소용돌이쳤다. 어둡고 불길한 미로 같은 언덕에서 쏟아지는 비가 유리창을 온통 가렸다.

1956년 가을

돌의 혀

청초한 인상을 자아내는 작은 일광욕실 식물들의 초록 이파리들 사이로 소박한 아침 햇살이 비치었고, 꽃무늬 패턴의 친츠 소재 소파는 이른 햇빛 아래 순한 분홍빛으로 물들었다. 울퉁불퉁한 붉은색 정사각형 뜨개질감을 들고 소파에 앉아 있던 소녀가 뜨개질이 잘못되었다며 울기 시작했다. 거기에는 구멍이 여러 개 나 있었다. 하얀 실크 유니폼을 입고 누구나 뜨개질을 배울 수 있다고 말했던 작은 금발 여자는 재봉실에서 라벤더색 물고기가 날염된 검은 블라우스를 만드는 데비를 돕고 있었다.

소파에 앉아 있는 소녀의 볼 위로 손이 델 듯 뜨겁고 축축한 눈물이 느린 벌레처럼 흐르는 사이 일광욕실에는 스나이더 부인만 남아 있었다. 스나이더 부인은 창가의 나무 테이블에서 점토로 뚱뚱한 여인을 만들고 있었다. 그녀는 점토 위로 구부정하게 앉아 있다가 때때로 소녀에게 화를 내며 눈알을 부라렸다. 결국 소녀가 일어나 스나이더 부인에게로 가서 부풀어 오른 점토 여인을 쳐다보았다.

"점토 작품을 진짜 잘 만드시네요." 소녀가 말했다.

스나이더 부인이 비웃으며 그 여인을 해체하기 시작했다. 팔과 머리를 떼어내더니 자신이 읽고 있던 신문지 아래에 조각들을 숨겼다.

"그럴 필요는 없잖아요, 아시면서." 소녀가 말했다. "진짜 좋은 작품이었단 말이에요."

"나 너 알아." 스나이더 부인이 쉬익거리는 소리를 내면서 뚱뚱한 여인의 몸통을 짓눌러 형체 없는 점토 덩어리로 되돌려놓았다. "나 너 알아. 맨날 기웃거리고 훔쳐보고!"

"저는 그냥 보고 싶었어요." 하얀 실크 유니폼을 입은 여자가 돌아와 끽끽거리는 소파 위에 앉아 "네 뜨개질 좀 보자"라고 말하자 소녀는 설명을 하려고 했다.

"죄다 구멍이에요." 소녀가 심드렁하게 말했다. "어떻게 말해주셨는지 기억이 안 나요. 제 손가락이 그렇게 움직이지 않아요."

"아니, 아주 잘했는데." 여자가 상냥하게 반박하며 자리에서 일어났다. "조금 더 해보고 싶으면 해봐."

소녀가 붉은색 정사각형 뜨개질감을 받아 들더니 천천히 자기 손가락에 실을 감고 미끄러운 파란 바늘에 꿰어 고리에 찔러 넣었다. 고리를 잡았는데도 손가락이 뻣뻣하고 또 멀게 느껴지며 바늘을 통과시키지 못했다. 소녀는 자기 손이 점토처럼 느껴졌고, 결국 뜨개질감을 무릎에 떨어뜨린 채 다시 울기 시작했다. 소녀가 한번 울기 시작하면 멈출 길이 없었다.

두 달 동안 소녀는 울지도 잠들지도 않았고, 여전히 자지 않았지만 울음은 점점 더 잦아졌으며 하루 종일 계속됐다. 소녀는 눈물을 흘리며 뿌연 창 너머 나뭇잎 위로 햇빛이 내려앉아 붉게 물들어가는 것을 보았다. 10월의 어느 날로 날짜 감각이 사라진 지도 오래였는데, 하루가 또 다른 하루와 같았기 때문에 사실 의미도 없었다. 잠을 도통 자지 않아 낮과 밤을 구분할 수 없었으므로 더욱 그랬다.

이제 소녀에게는 매일매일 씻기고 먹여야 하는 피부와 뼈의 꼭두각시인 몸뚱이 말고 아무것도 없었다. 소녀의 몸은 60년 이상을 더 살아야 했다. 시간이 지나면 그들은 기다리고 기대하는 일에, 신이 있다거나 언젠가 이날을 악몽처럼 되돌아보게 될 거라고 말하는 일에 지치게 될 것이다.

그러다 보면 소녀는 먼지와 거미로 뒤덮인 어두운 독방 벽에 사슬로 묶여 밤과 낮을 보내게 될 것이다. 꿈 밖에서라면 그들은 안전했기 때문에 마음껏 떠들 수 있었다. 하지만 그녀는 정신도 그 무엇도 없는 육체의 악몽에 갇혀 있을 뿐이었다. 인슐린으로 더욱 통통해진 영혼 없는 육체, 더욱 누래지기만 하는 황갈색 육체라는 악몽에.

그날 오후에도 소녀는 평소처럼 혼자서 담장으로 둘러싸인 병동 뒤쪽 뜰로 나갔다. 실린 단어들이 더 이상 색칠된 그림으로 해석할 수 없는 죽어버린 검은 상형문자들에 불과했기 때문에 읽지 않은 단편집 한 권을 들고 갔다.

소녀는 몸을 감싸고 싶어서 따스한 흰색 울 담요를 가져와 소나무 아래 튀어나온 바위에 누웠다. 여기에는 거의 아무도 오지 않았다. 3층 병동의 검은 옷을 뒤집어쓴 고령의 여인들만이 가끔 햇빛 아래를 걷거나 평평한 나무 울타리에 뻣뻣하게 기대앉아 있을 뿐이었다. 그들은 간호 실습생들이 식사하라고 부르는 소리가 들릴 때까지 말라붙은 검은 풍뎅이들처럼 눈을 감고 빛을 마주하고 있었다.

풀밭에 누워 있는 동안 검은 파리들이 태양 아래에서 단조로운 윙윙 소리를 내며 소녀 근처를 날아다녔다. 소녀는 집중하면 자기 몸을 파리 몸집만큼 쪼그라뜨려 자연계의 유기적인 일부가 될 수 있다는 듯 그것들을 노려보았다. 소녀는 이 파리가 긴 풀밭에서 발치까지 뛰어오르는 초록색 메뚜기조차 부러워했고, 반짝거리는 까만 귀뚜라미를 잡아 손에 쥐고는 그 작은 곤충이 태양 아래에서 창조적인 위치를 차지하고 있는 것처럼 보여 미워하기도 했다. 자신은 그런 창조적인 자리 없이 그저 지구의 얼굴 위에 기생하는 종양처럼 누워 있을 뿐이었으니까.

소녀는 태양도 기만적이라는 이유로 싫어했다. 하지만 모든 사람이 돌의 혀를 가지고 있었기 때문에 소녀에게 말을 거는 것은 여전히 태양뿐이었다. 오로지 태양과 과수원에서 주운 사과만이 소녀를 위로해주었다. 간호사들이 소녀에게 인슐린주사를 놓으러 와서 옷장이나 서랍을 잠글 때면 소녀는 주머니에 사과를 넣고 화장실에 들어가 문을 닫은 뒤 크게 한 입 베어 물 수 있도록 베개 밑에 사과를 숨겨두었다.

태양이 제 힘의 정점에서 멈춰 세상을 십자가에 못 박은 뒤, 소녀가 땅에 등을 대고 누워 있는 동안 모든 걸 단번에 삼켜버린다면. 하지만 태양은 기울어지고 약해져서 소녀를 배신해 하늘 아래로 미끄러져 내렸고, 소녀는 다시 영원히 떠오르는 밤을 느꼈다.

소녀는 인슐린주사를 맞고 있었기 때문에 간호사들은 소녀를 일찍 들어오게 해서 15분마다 상태가 어떤지 묻고 차가운 손을 소녀의 이마에 대보았다. 그 모든 행동이 소극적으로 느껴졌기 때문에 소녀는 매번 그들이 알고 싶어 하는 말만 했다. "똑같아요. 늘 같아요." 그리고 그건 사실이었다.

어느 날 소녀는 간호사에게 자신은 움직이지 않고 누워만 있을 건데 왜 해가 질 때까지 밖에 머무를 수 없냐고 물었다. 간호사들은 소녀에게 반응이 나타날 수도 있기에 위험하다고 대답했다. 하지만 소녀는 어떤 반응을 일으킨 적이 없었다. 그냥 앉아서 빤히 쳐다보거나 더러는 작업 중인 노란 앞치마에 갈색 닭을 수놓으며 대화를 거부할 뿐이었다.

소녀는 매일같이 태양 아래에서 땀을 흘려 체크무늬 면 셔츠를 축축하게 만들었고, 길고 검은 머리카락도 기름이 졌기 때문에 옷을 갈아입는 데 아무런 목적이 없었다. 하루하루 시간이 흐르면서 늙어가는 몸의 숨 막히는 감각에 소녀는 더욱 압박감을 느꼈다.

소녀는 시간이 지날수록 더욱 누래지고 말랑해지는 자기 육체가 피할 수 없이 느리고 교묘하게 부패하는 것을 느꼈다. 거울을 응시할 때면 텅 빈 눈동자의 어둠 속에 독이 가득 차 부풀어 오르는 몸이 보였고, 소녀는 그 속에 쌓여가는 노폐물을 상상했다. 소녀는 자기를 반기는 죽은 얼굴을 싫어했다. 왼쪽 뺨에 주홍 글씨처럼 새겨진 흉측한 보라색 흉터가 있는 무의식의 얼굴.

입가에는 작은 딱지가 생기기 시작했다. 소녀는 이것이 다가올 건조화의 징후이며 그 딱지들은 영원히 치료되지 못하고 온몸으로 퍼져나갈 것임을, 모든 걸 삼켜버리는 나병으로 정신의 후미진 곳부터 천천히 몸 전체로 퍼져나갈 것임을 확신했다.

식사를 하기 전에는 미소를 띤 간호 실습생이 치료를 끝내기 위해 설탕이 듬뿍 든 오렌지주스를 쟁반에 들고 왔다. 저녁 식사 종이 울리면 소녀는 말없이 하얀 리넨이 덮인 동그란 탁자 다섯 개가 있는 작은 식당으로 걸어갔다. 소녀는 바사 대학교를 졸업하고 매일 단어 게임을 하고 있는, 뼈대가 굵은 덩치 큰 여자와 마주 보고 뻣뻣하게 앉았다. 그 여자는 소녀에게 끊임없이 대화를 시도했지만, 소녀는 단음절로 대답하고 계속 먹기만 했다.

외출 특권이 있는 데비는 걸어 다니느라 숨이 차고 붉어진 얼굴로 식사 시간보다 늦게 들어왔다. 데비는 동정심을 느끼는 것 같았지만 음흉하게 웃었고, 다른 모든 사람과 결탁해서 소녀에게는 말을 걸지 않았다. '너는 백치고 너에겐 희망이란 없단다.'

만약 누군가 한 번이라도 그렇게 말했더라면 소녀는 그게 사실이라는 것을 몇 달 동안 알고 있었기 때문에 그 말을 믿었을 것이다. 소녀는 소용돌이의 끄트머리에서 빙빙 돌면서도 영리하고 활기찬 척했지만, 그사이 소녀의 몸에 독소들이 모여들어 언제고 빛나는 눈동자의 거짓된 거품들 뒤로 '머저리! 사기꾼!'이라고 외치며 터져 나올 준비가 되어 있었다.

이윽고 위기가 찾아왔다. 이제 소녀는 썩어가는 육체 안에 60년을 갇혀 있게 되었다. 죽어버린 뇌가 살아 있는 두개골의 어두운 동굴 속에서 마비된 회색빛 박쥐처럼 꼬깃해지는 느낌이었다.

오늘 밤 보라색 드레스를 입은 새로운 여자가 병동에 들어왔다. 그녀는 쥐처럼 병색이 있었고, 식당으로 들어서는 복도의 마룻바닥 틈을 따라 한 걸음 한 걸음 또박또박 걸어가면서 비밀스러운 미소를 지었다. 문가에 도착했을 때, 그녀는 옆쪽으로 비켜서더니 눈을 점잖게 바닥으로 깔고 보이지 않는 작은 난간이라도 건너는 것처럼 오른쪽 발을 들어 올린 다음 왼쪽 발을 들어 올렸다.

웃음을 터뜨린 뚱뚱한 아일랜드인 메이드 엘런은 부엌에서 계속 접시를 날랐다. 데비가 호박파이 대신 후식으로 과일을 요청하자 엘런은 그녀에게 사과 하나와 오렌지 두 개를 바로 테이블에 가져다주었고, 데비는 과일 껍질을 벗겨 시리얼용 접시에 조각조각 잘라 담았다. 메인주에서 온 더치보브를 한 금발의 클라라는 어린애처럼 혀짤배기소리를 내며, 자기 방에서 석탄 가스 냄새가 난다고 끊임없이 불평하는 몸집이 큰 어맨다와 다투고 있었다.

다른 사람들은 모두 함께 모여 있었다. 따뜻하고 활발하며 소란스러웠다. 오직 소녀만이 얼어붙은 채로 앉아서 그 무엇도 깨울 수 없는 단단히 쪼그라든 씨앗처럼 자신의 내면에 침잠해 있었다. 소녀는 우유 잔을 한 손에 쥔 채 파이 한 조각을 더 달라고 했는데, 그래야만 잠이 오지 않는 밤의 시작을 약간이나마 늦출 수 있기 때문이었다. 멈추지도 않고 똑같은 속도로 가속만 하면서 내일로 향하는 그런 밤들. 태양은 세상을 더욱더 빠르게 내달렸고 소녀는 자신의 조부모가 곧 죽을 것을, 자신의 엄마도 죽을 것을, 그리고 종국에는 어둠에 맞서 부를 수 있는 익숙한 이름이 남지 않을 것을 알았다.

소녀는 의식을 잃기 전 마지막 밤 엄마의 가느다란 숨소리를 들으며 누워 있다가 벌떡 일어나 연약한 삶의 목구멍을 꺾어버려, 돌아보는 곳마다 죽음의 대가리처럼 자기를 비웃는 느릿한 붕괴의 과정을 단번에 끝내고 싶었다.

엄마의 침대로 기어들어 간 소녀는 잠들어 있는 몸의 나약함을 느끼며 점점 더 두려움에 떨었다. 세상에는 더 이상 피난처가 없었다. 다시 자기 침대로 돌아간 소녀는 매트리스를 들어 올리곤 매트리스와 침대 스프링 사이의 틈새에 자신을 끼워 넣고 육중한 판 아래에 짓이겨지기를 갈망했다.

소녀는 어둠에 맞서 싸웠지만 패배했다. 그들이 죽은 육체라는 지옥으로 소녀를 거칠게 밀어 넣었다. 영혼 없는 망자를 나사로처럼 일으켜 세운 것이다. 이미 무덤의 숨결로 부패하여 누렇게 변한 피부와 부풀어 오른 보랏빛 멍 자국들이 남은 팔과 허벅지, 왼쪽 뺨에 난 날것의 흉터가 갈색 딱지와 노란 고름 덩어리가 되어 얼굴이 뒤틀리고 왼쪽 눈을 뜰 수 없게 된 몸을.

처음에 그들은 소녀의 눈이 멀어버릴 거라고 생각했다. 그날 밤, 두 번째 육체의 세계에 태어나던 그날 밤, 소녀는 깬 채로 누워서 옆에 앉아 있는 간호사에게 말했다. 다정한 목소리 쪽으로 시야 없는 얼굴을 돌리면서 거듭 말했다. "근데 볼 수가 없어요. 볼 수가 없는걸요."

소녀의 눈이 먼 것으로 믿었던 간호사는 소녀를 위로하려고 했다. "세상에는 눈이 먼 많은 사람이 있어. 너는 언젠가 좋은 시각장애인을 만나서 결혼할 거야."

소녀가 스스로를 놓아버리려고 했던 그 최후의 어둠 속에서 소녀는 자신의 운명을 완전히 깨달았다. 생각할 수도 읽을 수도 없을 때 눈에 대해 걱정하는 건 소용없었다. 읽을 수도 생각할 수도 없다면 눈이 비어, 눈먼 창문 같다고 해도 별 차이가 없었으니까.

세상 그 무엇도 소녀를 건드릴 수 없었다. 심지어 태양조차 저 멀리 고요의 껍데기 속에서 빛났다. 하늘과 나뭇잎과 사람들은 멀어져 갔고 소녀는 그것들과 아무런 관련이 없었다. 소녀의 내면은 죽었고 그 모든 웃음도, 그 모든 사랑도 소녀에게 도통 닿을 수 없었기 때문이다. 소녀는 그저 멸종되고 차가운 아주 먼 곳의 달에서, 그들의 간절하고 슬픈 얼굴들을, 사랑의 태도로 얼어붙은 채 자신을 향해 내뻗은 손들을 보았다.

숨을 곳은 없었다. 소녀는 더욱더 어둠의 구석과 비밀 장소의 가능성을 인식하게 되었다. 소녀는 서랍장과 옷장을, 시커멓게 드러난 화장실과 욕실 배수구의 구멍을 갈망했다. 뚱뚱하고 주근깨 난 레크리에이션 치료사와 함께 산책할 때면 고여 있는 물웅덩이와 지나가는 자동차들의 바퀴 아래 유혹적인 그늘을 갈망했다.

밤이 되면 소녀는 담요로 몸을 감싸고 침대에 앉아서 간호사가 랜턴을 들고 들어와 독서등을 꺼버릴 때까지 쥐고 있던 너덜너덜한 잡지의 단편에 나오는 단어들을 곱씹고 또 곱씹었다. 그러고 나서 담요 밑에 뻣뻣하게 몸을 웅크리고 아침이 올 때까지 뜬눈으로 기다렸다.

어느 날 밤 간호사가 서랍장과 옷장을 잠그러 왔을 때, 소녀는 비 올 때 쓰는 분홍색 면 스카프를 꺼내 베갯잇에 숨겨두었다. 어둠 속에서 소녀는 그것으로 고리를 하나 만들어 목 주변을 단단하게 감아보았다. 하지만 항상 공기가 들어오지 않을 때쯤 귓가에 쿵쾅거리는 소리가 점점 커지는 것이 느껴졌고, 소녀의 손은 느슨해지며 스카프를 놓아주곤 했다. 소녀는 누워서 헐떡거리며 숨을 고르고 계속해서 살아가기 위해 싸우는 몸의 멍청한 본능을 욕했다.

모두가 떠난 저녁 식사 시간, 엘런이 부엌에서 접시를 쌓느라 바쁠 때 소녀는 우유 잔을 가지고 방으로 갔다. 복도에는 아무도 없었다. 느릿한 욕망이 밀물처럼 그녀에게 퍼졌다.

소녀는 자기 서랍장 가장 아래 칸에서 수건을 하나 꺼내 들곤 빈 잔을 감싸 옷장 바닥에 내려놓았다. 그런 다음 낯설고도 묵직한 정념으로 마치 꿈속 충동에 사로잡힌 것처럼 그 수건을 몇 번이고 밟았다.

아무 소리도 들리지 않았지만, 소녀는 수건의 두께 아래에서 박살 나고 있는 유리의 관능적인 감각을 느낄 수 있었다. 소녀는 허리를 숙여 박살 난 조각들을 풀어 헤쳤다. 작은 파편들이 반짝이는 가운데 기다란 조각들도 몇 개 있었다. 소녀는 그중 가장 날카로운 조각 두 개를 집어 들어 신발 밑창 안쪽에 숨기고 남은 조각들은 다시 수건 속에 넣고 감쌌다.

소녀는 화장실 변기 위에서 수건을 털어 유리 조각들이 물에 부딪쳐 천천히 가라앉고, 돌면서 빛을 받아 시커먼 깔때기 모양 구멍 속으로 내려가는 모습을 보았다. 떨어지는 파편들의 치명적인 반짝임이 소녀의 마음속 어둠에 반사되었고, 불꽃의 곡선을 따라 떨어지면서 스스로 소멸되었다.

7시가 되자 간호사가 저녁 인슐린주사를 놓기 위해 들어왔다. "어느 쪽이에요?" 소녀가 기계적으로 침대 위에 몸을 구부리고 옆구리를 드러내자 간호사가 물었다.

"상관없어요." 소녀가 대답했다. "더 이상 느껴지지가 않아서요."

간호사는 전문가답게 주사를 놓으며 말했다. "이럴 수가, 온몸이 멍투성이인 존재구나."

침대에 누워 묵직한 울 담요에 둥글게 감싸인 채, 소녀는 밀려드는 나른함 속으로 떠내려갔다. 잠이었고 혼수상태였던 어둠 속에서 어떤 목소리가 싹을 틔우는 초록 식물처럼 소녀에게 말을 걸었다.

"패터슨 부인, 패터슨 부인, 패터슨 부인!" 목소리는 점점 더 크고 높게 외쳤다. 보이지 않는 바다에서 빛이 터져 나왔다. 공기가 희박해졌다.

간호사인 패터슨 부인이 소녀의 시선 뒤에서 뛰어나왔다. "괜찮아요." 그녀가 말했다. "괜찮아요. 제가 손목시계만 좀 풀게요, 침대에 부딪치지 않게요."

"패터슨 부인." 소녀는 스스로 말하는 소리를 들었다.

"주스 한 잔 더 마셔요." 패터슨 부인이 하얀 셀룰로이드 컵에 담긴 오렌지주스를 소녀의 입술에 갖다 대고 있었다.

"한 잔 더요."

"이미 한 잔 마셨어요."

소녀는 첫 번째로 마셨다던 주스가 기억나지 않았다. 어두웠던 공기가 흩어졌고 이제 살아 있었다. 문을 두들기고 침대를 쾅 치는 소리가 들렸고, 이제 소녀는 패터슨 부인에게 한 세계를 시작할 수 있는 말들을 하고 있었다. "기분이 달라요.

기분이 꽤 달라졌어요."

"이 순간을 오랫동안 기다려왔답니다." 패터슨 부인이 침대 위로 몸을 숙여 컵을 받아 들면서 말했다. 그녀의 말은 태양 아래 사과처럼 따뜻하고 둥글었다. "따뜻한 우유도 한잔 마실래요? 오늘 밤엔 잘 수 있을 것 같아요."

어둠 속에 누운 소녀는 새벽의 소리를 들으며, 영원불멸하게 떠오르는 태양을 정신과 몸의 모든 섬유조직으로 느꼈다.

1955년

슈퍼맨 그리고 폴라 브라운의 새로운 방한복

　전쟁이 발발하던 해, 나는 윈스럽에 자리한 애니 F. 워런 그래머스쿨 5학년이었고, 겨울에는 최고의 민방위 표지판 그리기 대회에서 상을 받은 해이기도 했다. 또 폴라 브라운에게 새로운 방한복이 생긴 겨울이기도 했는데, 13년이 지난 지금까지도 나는 만화경 속 문양처럼 선명하고 뚜렷하게 변화하는 그 당시의 색깔들을 떠올릴 수 있다.

　나는 로건 공항 맞은편의 만안 지역인 존슨가에 살았다. 매일 밤 잠들기 전이면, 내 방 서쪽 창가에 무릎을 꿇고 앉아 어두운 물 건너 저 멀리에서 눈부시게 번쩍거리는 보스턴의 불빛들을 내다보곤 했다. 저녁놀은 공항 위에 분홍 깃발을 펄럭였고, 파도 소리는 비행기들의 끊임없는 웅웅거림 속에 흔적도 찾을 수 없었다. 나는 활주로의 이동 신호등을 보면서 경탄했고, 반짝이는 빨간빛과 초록빛이 유성처럼 하늘로 솟아올라 완전히 어두워질 때까지 바라보았다. 공항은 나의 메카이자 예루살렘이었다. 밤새도록 나는 비행하는 꿈을 꾸었다.

그때는 내가 총천연색 꿈을 꾸던 시기였다. 엄마는 내가 잠을 어마어마하게 많이 자야 한다고 믿어서 잠자리에 들 때 정말로 피곤한 적은 없었다. 어스름한 황혼 녘에 누워 잠으로 빠져들며, 머릿속에서 꿈을 만들어내는 그때가 하루 중 최고의 시간이었다. 비행하는 꿈은 달리의 풍경화처럼 너무도 그럴듯하고 사실적이어서 나는 갑자기 하늘에서 굴러떨어진 이카루스처럼, 그러다 보드라운 침대 위에 때맞춰 내 몸을 안착시킨 것처럼 깜짝 놀라 깨어났다.

이 야밤의 우주 모험은 슈퍼맨이 내 꿈에 침입해 나는 법을 알려주면서 시작됐다. 그는 빛나는 파란색 스판덱스웨어를 입고 바람에 망토를 휘날리면서 나타나곤 했는데, 그 모습이 꼭 나랑 엄마와 함께 살고 있는 프랭크 삼촌과 놀라울 만큼 흡사했다. 그 마법 같은 망토의 휘날림 속에서 나는 100마리 갈매기의 날갯짓과 천 대의 비행기 모터 소리를 들을 수 있었다.

우리 동네에서 슈퍼맨을 숭배하는 사람은 나뿐만이 아니었다. 길 아래쪽에 살던 창백한 얼굴의 책벌레 소년 데이비드 스털링과 나는 순수한 비행 시에 대한 사랑을 공유했다. 매일 저녁 식사 전에 우리는 라디오로 〈슈퍼맨〉을 같이 들었고, 오전에 학교 가는 길에는 우리만의 모험 이야기를 지어냈다.

애니 F. 워런 그래머스쿨은 간선도로에서 멀찌감치 떨어진 검은색 타르 도로 위에 자리한 붉은벽돌 건물이었고, 주변은 온통 황량한 자갈투성이 운동장으로 둘러싸여 있었다. 데이비드와 나는 주차장 바깥에서 우리의 '슈퍼맨 드라마'를 위한 완벽한 벽감을 찾아냈다. 학교로 들어올 수 있는 우중충한 뒷문은 기다란 통로 깊숙이 자리 잡아, 기습적인 함락과 갑작스러운 구출 장면을 찍기에 최적의 장소였다.

쉬는 시간이면 데이비드와 나는 진짜 우리 자신을 찾았다. 우리는 자갈밭에서 야구를 하는 남자애들과, 구석진 곳에서 피구를 하며 깔깔거리는 여자애들을 무시했다. 우리의 '슈퍼맨 게임'은 우리를 무법자로 만들었지만, 동시에 허세 가득한 우월감을 느끼게 해주었다. 심지어 우리는 동네에 사는 누런 피부의 마마보이 셸던 파인을 악당 대역으로 구하기도 했다. 그는 언제나 누가 자신을 잡으려고 하면 울었고, 항상 풀썩 넘어져 퉁퉁한 무릎이 까졌기 때문에 남자애들 놀이에 잘 끼지 못했다.

처음에는 셸던이 자기 역할에 빠져들 수 있도록 유도해야 했지만, 그는 시간이 좀 지나자 곧 고문 발명 전문가가 되더니 게임을 넘어 개인적으로도 그 역할을 수행하게 됐다. 그는 파리 날개를 떼어내거나 메뚜기 다리를 뽑기도 했고, 그렇게 끝장난 벌레들을 침대 아래 숨겨둔 유리병에 가둬둔 채 몰래 꺼내 고통스러워하는 모습을 지켜보곤 했다. 데이비드와 나는 쉬는 시간을 제외하고는 절대 셸던과 놀지 않았다. 학교가

파하면 우리는 그의 엄마와 그의 봉봉 캔디와 그의 무력한 벌레들에게 그를 넘겨주었다.

이때 프랭크 삼촌은 징집을 기다리며 우리 집에서 살고 있었는데, 나는 그가 신분을 숨긴 슈퍼맨과 놀라울 정도로 닮았다고 확신했다. 데이비드는 그와 슈퍼맨의 유사점을 내가 본 것만큼 선명하게 보진 못했지만, 그래도 자신이 알고 있는 모든 사람 가운데 프랭크 삼촌이 가장 강한 사람이며 캐러멜을 냅킨 아래에서 사라지게 한다든가 손으로 걷는 등 많은 묘기를 부릴 수 있다는 점은 인정했다.

그해 겨울 전쟁이 선포되었고, 나는 엄마와 프랭크 삼촌과 함께 라디오 옆에 앉아 공기를 떠다니던 기이한 예감을 느꼈던 기억이 난다. 그들은 낮고 진지한 목소리로 비행기와 독일 폭탄에 대해 이야기했다. 프랭크 삼촌은 전쟁 동안 미국에 있는 독일인들이 내내 감옥에 갇혀 있을 거라고 말했고, 엄마는 계속해서 아빠 이야기를 했다. "오토가 살아서 이 꼴을 보지 않아 다행이야. 상황이 이렇게 된 걸 오토가 살아서 보지 않아 다행이야."

우리 학교에서는 민방위 표지판을 그리기 시작했는데, 그때 내가 우리 동네의 지미 레인을 이기고 5학년 상을 받았다. 때때로 우리는 공습 대비 훈련을 했다. 경종이 울리면 제각기 외투와 연필과 파일을 챙겨 들고 삐걱거리는 계단을 내려가 지하로 가서 색색의 태그를 따라 특별히 지정된 구석에 앉았다. 거기서 우리는 폭탄 때문에 실수로 혀를 깨물지 않도록 연필을 이 사이에 끼웠다. 그곳은 차갑고 까만 돌에 매단 천장 조명만 켜진 어두운 곳이었기 때문에 저학년 아이들은 울음을 터뜨리기도 했다.

전쟁의 위협이 도처에 스며들고 있었다. 쉬는 시간에 셸던은 나치가 되어 영화에서 본 행진을 흉내 냈다. 하지만 그의 삼촌 메이시가 실제로 독일에 갔고, 파인 부인은 그가 포로가 되었다는 이야기를 전해 들은 이후 더는 소식이 없자 점점 야위고 창백해져갔다.

언제나 바다에서 불어오는 축축한 동풍과 함께 겨울은 계속됐고, 해안가의 눈은 충분히 쌓이기도 전에 녹았다. 크리스마스 직전의 금요일 오후, 폴라 브라운은 매년 그랬듯 생일파티를 열었는데, 그 파티는 우리 동네 모든 아이를 위한 것이었기 때문에 나도 초대받았다. 창백한 피부에 길게 땋은 빨간 머리, 물같이 파란 눈을 한 폴라는 서머싯 테라스의 지미 레인네 건너편에 살고 있었는데, 고압적이고 거만한 성격 때문에 우리 동네 누구도 그녀를 좋아하지 않았다.

그녀는 하얀색 오건디 드레스를 입고 빨간 머리카락은 새틴 리본을 이용해 소시지 모양으로 말아 올려 묶은 채 자신의 집 현관에서 우리를 맞았다. 생일 케이크와 아이스크림이 놓인 테이블에 앉기 전에 그녀는 자신이 받은 모든 선물을 우리에게 보여주었다. 생일인 데다 크리스마스 시즌이기도 해서 선물이 굉장히 많았다.

폴라가 가장 좋아한 선물은 새로운 방한복으로, 그녀는 우리를 위해 그걸 입어보았다. 아주 연한 파란색 방한복은 스웨덴에서 온 은색 상자에 담겨 있었다고 그녀가 말했다. 재킷 앞면에는 분홍 장미와 하얀 장미, 파랑새가 수놓여 있었고 레깅스에도 자수를 놓은 끈이 달려 있었다. 게다가 그것과 어울리는 작고 하얀 앙고라 베레모와 앙고라 장갑도 있었다.

디저트를 먹고 난 뒤 우리 모두는 지미 레인네 아버지 차를 타고 극장에 가서 늦은 오후의 공연을 보는 특별 혜택을 누렸다. 엄마는 주 상영작이 〈백설 공주〉라는 걸 알고 나서야 극장에 가는 걸 허락했는데, 동시에 진쟁영화가 상영되고 있다는 사실은 몰랐다.

영화는 일본군에 잡혀 음식도 물도 없이 고문당하는 포로들에 관한 이야기였다. 우리의 전쟁놀이와 라디오프로그램은 모두 상상의 산물이었지만 이건 진짜였다. 진짜로 벌어졌던 일인 것이다. 나는 목마르고 굶주린 남자들의 신음 소리를 차단하기 위해 귀를 막았지만 스크린에서 눈을 뗄 수가 없었다.

마침내 포로들은 낮은 서까래에서 무거운 통나무 하나를 뽑아내 흙벽을 뚫고 마당 분수에 도달할 수 있었지만, 첫 번째 남성이 물에 닿자마자 일본군은 포로들을 쏴 죽이기 시작했고, 시체들을 짓밟으며 웃었다. 나는 통로 쪽에 앉아 있다 서둘러 일어나서 화장실로 달려가 무릎을 꿇고 변기에 케이크와 아이스크림을 토해냈다.

그날 밤 침대에 누워 눈을 감자 마음속에서 포로수용소가 생생하게 떠올랐다. 다시 신음하는 남자들이 벽을 뚫고, 물이 흐르는 분수에 닿자마자 또 총에 맞아 쓰러져갔다. 잠들기 전 아무리 열렬하게 슈퍼맨을 생각해도 내 꿈을 침범한 노란 남자들을 박살 내기 위해 천상의 분노로 맹렬하게 날아오는 개혁적인 파란 형체는 없었다. 아침에 일어나면 내 이불은 땀으로 축축했다.

토요일은 몹시 추웠고 하늘은 눈이 올 것이라 위협하듯 흐릿한 회색빛이었다. 그날 오후 상점에서 나와 집으로 가는 길에 장갑 속의 시린 손가락을 구부리며 미적거리고 있는데, 몇몇 아이가 폴라 브라운의 집 앞에서 중국식 술래잡기를 하는 모습을 보았다.

폴라는 게임 도중에 멈춰 서서 나를 차갑게 바라보았다. "우리 다른 사람 필요한데, 너도 할래?" 그녀가 내 발목을 치고 갔고, 나는 깡충깡충 뛰다가 마침내 털가죽을 댄 덧신을 딱 맞게 조이느라 몸을 수그리고 있던 셸던 파인을 잡았다. 이른 해빙으로 길 위의 눈은 녹아내렸고 타르로 포장된 도로는 제설차가 뿌리고 간 모래들로 꺼끌거렸다. 폴라의 집 앞에는 누군가의 차가 반짝이는 검은색 기름 얼룩을 남겼다.

우리는 그 도로를 뛰어다니며 '술래'가 너무 가까이 오면 딱딱한 갈색 잔디밭으로 도망갔다. 지미 레인이 집에서 나와 잠시 우리를 지켜보다가 놀이에 참여했다. 지미는 '술래'가 될 때마다 연파란색 방한복을 입은 폴라를 쫓아다녔고, 폴라는 새된 소리를 내지르며 크고 촉촉한 눈으로 그를 바라보았다. 그리고 그는 언제나 그녀를 잡는 데 성공했다.

폴라가 자신이 어디로 가는지 잊었을 때, 지미가 잡으려고 하자 그녀가 기름 위로 미끄러져버렸다. 폴라가 옆으로 넘어지는 순간, 우리는 동상 놀이를 하듯 모두 얼어붙었다. 아무도 말을 하지 않아서 약 1분간 만 위를 지나가는 비행기 소리만 들렸다. 늦은 오후의 칙칙한 초록빛이 창문 블라인드처럼 차갑게 최후의 느낌으로 우리를 덮쳤다.

폴라의 방한복 한쪽이 기름에 젖어 축축하고 시커멓게 얼룩졌다. 그녀의 앙고라 장갑에서는 검은 고양이 털처럼 물이 뚝뚝 떨어지고 있었다. 그녀는 천천히 일어나 무언가를 찾는 것처럼 주변을 둘러싸고 있는 우리를 바라보았다. 그러더니 갑자기 눈을 나에게 고정했다.

"너," 그녀는 의도적으로 나를 가리키며 "네가 나 밀었지" 하고 말했다.

또 다른 침묵의 시간이 몇 초 흐른 후 이윽고 지미 레인이 나를 향해 돌아서며 말했다. "네가 그랬지," 그가 놀렸다. "네가 그랬네!"

셸던과 폴라, 지미 그리고 나머지 아이들의 눈동자 깊숙한 곳에서 기이한 즐거움이 번뜩였다. "네가 그랬어, 네가 쟬 민 거야." 그들은 말했다.

심지어 "내가 그러지 않았어!"라고 소리쳤는데도 그들은 여전히 나를 향해 다가오며 입을 맞춰 합창하듯 "아니야, 네가 그랬어. 아니야, 네가 그랬어. 우리가 본 건 너야"라고 외쳤다. 나에게 오는 얼굴들 속에서 누구에게도 도움을 청하지 못했고, 나는 지미가 폴라를 밀었는지 자기 혼자 넘어진 건지 궁금해지기 시작했다. 확실하지 않았다. 나는 전혀 확신할 수 없었다.

나는 뛰지 않기로 다짐하고 그들을 지나쳐 집을 향해 걷기 시작했는데, 그들을 등졌을 때 왼쪽 어깨에 눈 뭉치의 날카로운 타격을, 그리고 또 한 번의 타격을 느꼈다. 나는 더욱 빠른 걸음으로 켈리네 집 모퉁이를 돌았다. 앞에 어두운 갈색 지붕 널을 댄 우리 집이 보였고, 그 안에는 엄마와 휴가 중인 프랭크 삼촌이 있었다. 나는 차가운 날것 그대로의 저녁에 창문 속 밝은 정사각형 빛으로, 나의 집인 그곳으로 달리기 시작했다.

프랭크 삼촌이 현관에서 나를 맞았다. "내가 가장 아끼는 우리 대원은 어떤가?" 그가 묻더니 내 머리가 천장에 닿을 정도로 아주 높이 던졌다 받았다. 그의 목소리에 담긴 커다란 사랑 덕에 여전히 내 귓가에 메아리치고 있는 외침들이 잠잠해졌다.

"괜찮아요." 나는 거짓말을 했고, 삼촌은 엄마가 저녁을 먹으라고 부를 때까지 거실에서 내게 주짓수를 가르쳐주었다.

하얀 리넨 식탁보 위에 양초가 놓여 있었고 은식기와 유리잔에 작은 불꽃이 깜빡거렸다. 어두운 거실 창문에 반사된 또 다른 방에는 사람들이 파괴할 수 없는 안전한 빛의 그물망 안에서 웃고 떠들고 있었다.

갑자기 초인종이 울려 엄마가 일어나 나갔다. 복도에서 데이비드 스털링의 높고 선명한 목소리가 들렸다. 문틈으로 차가운 공기가 흘러들어 왔지만 엄마는 계속해서 그와 서서 대화를 나누었고, 그는 집 안으로 들어오지 않았다. 식탁으로 돌아온 엄마의 얼굴은 슬퍼 보였다. "왜 말 안 했니? 폴라를 진흙탕에 밀어서 걔의 새 방한복을 망쳐버렸다고 왜 말하지 않았어?"

한 입 베어 문 초콜릿푸딩이 목구멍을 막아버렸다. 뻑뻑하고 썼다. 나는 그걸 우유로 삼켜내야 했다. 마침내 겨우 대답했다. "세가 안 했어요."

하지만 말은 단단하고 작은 씨앗들처럼 공허하고 가식적으로 튀어나왔다. 나는 다시 말했다. "내가 안 했어요. 지미 레인이 그랬어요."

"물론 우리는 널 믿지." 엄마가 천천히 말했다. "그런데 온 마을이 그 이야기를 하는 중이래. 스털링 부인이 파인 부인에게서 듣고 데이비드를 보내 우리가 폴라에게 새로운 방한복을 사 줘야 한다고 말하라 했다는 거야. 난 이해할 수가 없구나."

"제가 안 했어요." 나는 반복해서 말했고, 피가 귓가를 맴돌며 늘어진 북 같은 소리가 났다. 나는 촛불 속에서 근엄하고 슬픈 얼굴로 앉아 있는 프랭크 삼촌과 엄마를 보지 않고 식탁 의자를 밀어냈다.

2층으로 올라가는 계단은 어두웠지만, 나는 불을 켤 생각도 않고 긴 복도를 따라 내 방으로 들어가 문을 닫았다. 다

차지 않은 달이 푸르스름한 사각형 빛을 바닥에 비추었고, 창문 유리에는 성에가 끼어 있었다.

나는 침대에 과격하게 몸을 던져 누웠고, 건조한 눈에는 열이 오른 상태였다. 얼마 후 프랭크 삼촌이 계단을 올라오더니 문을 두드렸다. 내가 대답하지 않자 그는 방에 들어와 침대에 앉았다. 달빛에 비친 그의 단단한 어깨가 보였지만, 그림자에 가려진 얼굴은 형태가 없었다.

"말해보렴, 아가." 그가 부드럽게 말했다. "말해봐. 두려워할 필요 없어. 우린 이해할 거야. 무슨 일이 있었는지 사실대로 말해보렴. 내게는 아무것도 숨길 필요 없다는 걸 너도 알잖아. 정말 어떻게 된 건지만 말해봐."

"말했잖아요. 무슨 일이 벌어졌는지 이미 말했다고요. 다시 말해도 다르지 않아요. 아무리 삼촌이라도 다시 말한다고 달라질 게 없다고요."

그가 한숨을 쉬더니 일어나서 나가려고 했다. "알겠다, 얘야." 그가 문가에서 말했다. "우린 어쨌든 새로운 방한복을 살 거야. 그게 모두를 행복하게 하는 길이고, 10년쯤 뒤엔 아무도 그 차이를 모르겠지."

그가 문을 닫고 나가 복도를 따라 걷는 발소리가 점점 희미하게 들렸다. 나는 침대에 홀로 누워 세계의 밑바닥에서 밀물처럼 기어 올라오는 시커먼 그림자를 느꼈다. 아무것도 남아 있지 않았고 남겨지지 않았다. 은색 비행기와 파란색 망토가 흩어지며 모두 사라져버렸고, 색색깔 분필로 그린 아이의 조잡한 그림이 거대한 어둠의 칠판에서 닦여나갔다. 그해에 전쟁이 시작되었고, 진짜 세계가 시작되었고, 차이가 시작되었다.

1955년

산속에서

    산을 따라 올라가는 버스 안이었다. 날은 점점 어두워져갔고 창밖에서는 눈발이 시끌벅적하게 창문을 쳤다. 차가운 유리창 너머로 산이 솟아 있었고, 그 뒤로 더 많은 산이 더 높이높이 이어졌다. 이소벨이 여태 봤던 것보다 더 높은 산들이 낮은 하늘에 닿을 만큼 우뚝했다.

    "땅이 접히는 걸 느낄 수 있어." 버스가 산을 오르는 동안 오스틴이 자신 있게 말했다. "강이 놓여 있는 모습과 어떻게 흘러들어 계곡을 이루는지도 느낄 수 있어."

    이소벨은 아무 말도 하지 않았다. 그녀는 창문에 비치는 그를 계속 무시하고 있었다. 사방에서 산이 저녁 하늘을 향해 솟아올랐고, 새카만 돌 언덕들은 분필을 칠한 듯 눈으로 덮여 있었다.

    "내가 무슨 말 하는지 알지, 그렇지?" 요양소에 살게 된 이

후 새롭게 장착한 시선을 띤 그가 이소벨에게 집요하게 물었다. "내가 무슨 말 하는지 알지, 땅의 윤곽에 대한 거 말이야. 그렇지?"

이소벨이 그의 눈을 피하며 대답했다. "응, 굉장한 것 같아." 하지만 그녀는 땅의 윤곽 같은 것에 대해선 더 이상 관심이 없었다.

굉장하다고 말해준 덕분에 기분이 좋아진 오스틴이 그녀의 어깨에 팔을 둘렀다. 저 멀리 긴 뒷좌석에 앉은 나이 든 남자가 그들을 다정한 눈빛으로 바라보고 있었다. 이소벨이 그에게 웃어 보이자 그도 웃어주었다. 그는 선량한 노인이었고, 이소벨은 더 이상 오스틴이 자신에게 팔을 두르는 모습을 사람들이 볼 때 느끼던 것들에 대해 신경 쓰지 않았다.

"너를 여기까지 데리고 올라오면 얼마나 좋을까 오랫동안 생각해왔어." 그가 말했다. "처음으로 보게 되네. 한 6개월 됐나, 그렇지?"

"그 정도 됐지. 네가 가을이 되고 둘째 주에 의대를 떠났으니까."

"이렇게 너와 함께 있을 수 있다면 그 6개월은 잊을 수 있어." 오스틴이 이소벨을 향해 웃었다. 여전히 강하고, 자신에 대한 확신이 있다고 그녀는 생각했다. 그리고 이제는 모든 것이 달라졌지만 예전 모습을 기억하는 것만으로 오래전의 고통스러운 공포를 느꼈다.

그녀의 어깨에 둘러진 팔은 따뜻하면서도 소유욕이 느껴

졌다. 울 코트 사이로 그녀의 다리와 닿아 있는 그의 단단한 허벅지도 느껴졌다. 하지만 지금 자신의 머리카락을 부드럽게 휘감으면서 갖고 노는 그의 손가락조차 이소벨이 오스틴에게 가고 싶게 만들지는 않았다.

"그 가을 이후로 오래 지났네." 그녀가 말했다. "여기 요양소로 오는 여정도 길었고."

"하지만 해냈잖아." 그가 뿌듯하게 말했다. "지하철 환승들이며 택시를 타고 시내를 가로지르는 일이며 전부 다. 넌 언제나 혼자 여행하는 걸 싫어했지. 틀림없이 길을 잃을 거라고."

그녀가 웃었다. "해냈지. 하지만 넌, 요양소에서 내려오는 여정이 피곤하진 않았어? 하루 만에 내려왔다가 다시 올라가야 하잖아."

"물론 난 안 피곤하지." 그가 코웃음을 쳤다. "내가 안 피곤해하는 거 알잖아."

오스틴은 언제나 연약함을 경멸했다. 어떤 종류의 연약함이든 그랬다. 이소벨은 기니피그를 죽일 때 인정 많게 굴던 자신을 그가 어떻게 놀렸는지 기억했다.

"알지. 근데 지금 생각해보면 침대에 너무 오래 누워 있고 난 뒤에는……."

"내가 안 피곤해하는 거 알잖아. 그 사람들이 너 만나라고 도시까지 내려오는 걸 왜 허락해줬겠어? 나 괜찮아." 그가 선언했다.

"좋아 보여." 그녀가 그를 진정시키기 위해 말하고 입을 다물었다.

이소벨이 탄 택시가 연석을 향해 미끄러져 들어올 때 오스틴은 올버니의 버스터미널에서 그녀를 기다리고 있었다. 금발 머리칼은 높이 솟은 두개골에 가깝게 짧고, 추위로 인해 붉어진 얼굴은 그녀가 기억하는 그대로였다. 변한 게 없었다.

폐에 폭탄을 안고 사는 것은, 그들이 오스틴에게 말해준 뒤 의대생인 그가 이소벨에게 편지를 써 보낸 것처럼 다른 방식으로 사는 것과 다를 게 없었다. 볼 수도, 느낄 수도 없다. 하지만 그들이 그렇게 알고 있고 말했기 때문에 그렇다고 믿는 것이다.

"그 사람들이 대부분의 시간 동안 널 볼 수 있게 해줄까?" 그녀가 다시 말을 걸었다.

"점심 먹고 쉬는 시간을 제외하고는 대부분. 하지만 린 선생님은 네가 여기 있는 동안 내가 좀 돌아다닐 수 있게 해줄 거야. 네가 그분 집에 머무니까, 합법적이지."

"뭐가 합법적이야?" 그녀가 의아하다는 눈빛을 보냈다.

"그렇게 말하지 마." 그가 웃었다. "내가 널 방문하는 거야. 그게 전부야. 나는 9시까지 침대로 돌아가기만 하면 돼."

"그 규칙이 이해가 안 돼. 엄격하게 약을 먹게 해놓고 9시까지 잠자리에 들게 하면서도 도시로 내려오도록 허락하다니, 그리고 내가 여기까지 올라올 수 있게 하다니 말이야. 이해가 안 돼."

"뭐, 모든 곳이 각자의 체계가 있지. 여기는 아이스스케이트장을 제공하기도 해. 대부분은 규제가 꽤 느슨해. 산책 시간만 빼면."

"산책 시간은 왜?" 그녀가 물었다.

"성별에 따라 산책 시간이 다르거든. 절대 마주치지 않아."

"근데 왜? 웃긴다."

"그런 거 없이도 사건이 꽤 빨리 발생한다는 걸 알아챘거든."

"오, 진짜?" 그녀가 웃었다.

"근데 난 그런 걸 볼 수가 없어. 의미도 없고."

"그래?" 그녀의 어조가 그를 찔렀다.

"그렇다니까." 그가 진중하게 대답했다. "이 위에선 그런 종류의 미래가 없어. 너무 복잡해져. 예컨대 레니에게 일어난 일을 생각해봐."

"네가 편지에 썼던 그 복서 말이지?"

"맞아. 여기서 그리스 여자한테 반해서 휴가 때 결혼했지. 지금은 다시 여기 돌아와 있어. 그는 스무 살이고 여자는 스물일곱이야."

"맙소사, 왜 그 여자랑 결혼했대?"

"아무도 모르지. 그 여잘 사랑한다고 말하던데, 그게 전부야. 걔 부모님이 불같이 화내셨지."

"연애는 별개의 문제야. 외롭다고 해서, 외로운 게 두렵다고 해서 인생을 포기하는 건 다른 일인데."

그가 그녀를 흘낏 쳐다보았다. "네가 그런 말을 하니까 재밌네."

"어쩌면." 그녀가 방어적으로 대답했다. "하지만 내가 깨달은 바는 그래. 어쨌거나 지금 깨달은 바로는 그렇다고."

이소벨이 작은 웃음으로 긴장을 깨뜨리고, 장갑 낀 손을 올려 자신의 볼을 토닥이는 걸 오스틴은 신기하게 지켜보았다. 무심하게 탁탁 토닥였지만 그는 차이를 느끼지 못했고, 그녀는 자신의 즉흥적인 손짓이 그를 행복하게 만들었다는 걸 알았다. 이에 화답하듯 오스틴이 팔로 이소벨의 어깨를 좀 더 꽉 감쌌다.

버스 앞쪽 어딘가에서 차가운 바람이 들어왔다. 다시 불어오는 바람이 에는 듯 차고 매서웠다. 세 좌석 앞의 남자가 창문을 연 것이다.

"와, 춥네." 이소벨이 큰 소리로 말하며 초록색과 검정색 체크무늬 목도리를 목에 더 가까이 둘렀다. 뒷좌석의 다른 쪽 끝에 앉아 있던 노인이 그녀의 말을 듣고 미소 지었다. "맞아요, 창문이 열려서 그렇죠. 닫아줬으면 좋겠는데. 누가 좀 닫아줬으면 좋겠어요."

"닫아드려." 그녀가 오스틴에게 속삭였다. "저 노인을 위해 닫아드려."

오스틴이 그녀를 날카롭게 쳐다보며 물었다. "너는 닫았으면 좋겠어?" 그가 물었다.

"나는 사실 상관없어. 신선한 공기도 좋아. 근데 저 노인은 닫았으면 하잖아."

"널 위해서라면 닫을 거야. 하지만 저 사람을 위해서는 아
니야. 닫았으면 좋겠어?"

"쉿, 너무 크게 말하지 마." 그녀는 노인이 들을까 봐 전전
긍긍하며 말했다. 그렇게 화를 내는 것은 오스틴답지 않았다.
그는 화가 나 있었다. 턱이 팽팽해졌고 입은 굳게 닫혀 있었
다. 마치 도검처럼 화가 나 있었다.

"그래, 닫았으면 좋겠어." 이소벨이 한숨을 쉬며 말했다.

오스틴이 일어나더니 세 좌석 앞으로 가서 그 남자에게 창
문 좀 닫아달라고 부탁했다. 그는 그녀에게 돌아오면서 웃으
며 말했다. "널 위해 한 거야. 다른 사람이 아니라."

"유치해." 그녀가 말했다. "저 노인에게 왜 그렇게 못되게
구는 거야? 뭘 증명하려는 건데?"

"너 봤어? 저 사람이 날 바라보는 시선 봤어? 혼자 일어나
서 충분히 닫을 수 있었어. 근데 내가 해주기를 바랐던 거야."

"나도 네가 해주길 바랐잖아."

"그건 다르지. 완전히 다르지."

이소벨은 미안한 마음에 노인이 이 말들을 듣지 않기를 바
라며 조용히 있기로 했다. 버스의 리드미컬한 덜컹거림과 따
스함이 그녀를 졸음으로 몰아넣었다. 눈꺼풀이 처졌다가 올
라갔다가 다시 처졌다. 수면의 물결이 그녀에게 밀려오기 시
작했고, 그녀는 납작하게 누워 그 물결에 올라타고 싶었다.

이소벨은 오스틴의 어깨에 머리를 기대고 팔에 안긴 채,

버스의 진동에 몸을 맡겼다. 따뜻하고 맹목적인 나른함이 때때로 찾아드는 가운데, "정류장에 거의 다 왔어"라고 부드럽게 말하는 그의 목소리가 귓가에 들렸다. "린 부인이 준비하고 있을 거야. 나는 9시까지 외출증이 있어."

이소벨이 천천히 눈을 뜨자 빛과 사람들 그리고 노인이 시야에 들어왔다. 그녀는 몸을 곧추세우며 크게 하품을 했다. 오스틴이 어깨에 둘러놓은 팔에 머리를 기댔던지라 여전히 목뒤가 뻣뻣했다.

"근데 아무것도 안 보여." 그녀가 뿌옇게 김이 서린 유리창에 까만 점 하나를 문지르며 밖을 내다보았다. "아무것도 보이지 않아."

창문 밖은 어두웠다. 전조등 불빛만이 높이 쌓인 눈의 제방 위 어둠을 깨뜨리고 있었다. 그 불빛은 기울어 높게 솟은 나무들의 어둠 뒤로, 산에 매달려 있는 어둠 속으로 후퇴했다.

"잠깐이면 돼." 그가 말했다. "보게 될 거야. 거의 다 왔어. 내릴 때 되면 내가 버스 기사한테 가서 말할게."

그러더니 오스틴이 일어나 좁은 통로를 따라 걷기 시작했다. 승객들은 그가 지나가자 그를 보기 위해 고개를 돌렸다. 그가 가는 곳이 어디든 사람들은 항상 그를 돌아봤다.

이소벨이 다시 창밖을 흘낏 보았다. 혼란스러운 어둠 속에서 갑작스럽게 직사각형 빛이 튀어나왔다. 소나무 숲속 처마가 낮은 집의 창문이었다.

오스틴이 이소벨에게 손짓하며 문가로 불렀다. 그는 이미 선반에서 그녀의 여행 가방을 챙겨놓은 상태였다. 그녀는 일어나서 버스의 움직임 때문에 흔들리는 통로를 따라 불안하게 걸으며 웃었다.

갑자기 버스가 멈추더니 문이 아코디언 같은 소리를 내며 획 접혔다.

오스틴이 높은 계단에서 눈 속으로 뛰어내린 후 이소벨을 돕기 위해 손을 내밀었다. 따뜻하고 축축한 버스 안의 공기가 사라지고 칼날처럼 날카롭고 건조한 냉기가 그녀를 덮쳤다.

"와, 이 눈 좀 봐! 어디서도 이렇게 많은 눈을 본 적이 없어!" 그녀가 그의 옆으로 내려서며 외쳤다.

버스 기사는 그녀의 말을 듣고 웃더니 문을 닫고 떠나갔다. 그녀는 김이 서린 불 밝힌 정사각형 창문 너머로 뒷좌석에서 그들을 내다보고 있는 노인의 얼굴을 보았다. 그녀는 무심코 손을 들어 그에게 흔들었다. 되돌아오는 그의 손짓이 경례를 하는 것 같았다.

"왜 그런 거야?" 오스틴이 궁금해하며 물었다.

"몰라." 이소벨은 그를 향해 웃었다. "그냥 그렇게 하고 싶은 기분이었어. 그냥 하고 싶었어, 그게 전부야." 너무 오래 앉아 있어 찌뿌둥해진 그녀가 기지개를 켜고 보드라운 눈송이 위로 발걸음을 뗐다. 그는 말하기 전에 잠시 그녀를 주의 깊게 바라봤다.

"바로 저기야." 낮은 처마 집의 환한 창문을 가리키며 그가 말했다. "린 선생님네 집은 바로 저기, 차도를 따라 올라가면 돼. 요양소는 길 따라 조금 더 가서 커브를 돌면 있어."

오스틴은 여행 가방을 집어 들며 이소벨의 팔을 붙들었고, 두 사람은 높이 쌓인 눈 더미를 지나 진입로를 따라 집까지 걷기 시작했다. 그들의 머리 위에 별들이 차갑고 먼 곳에서 깜빡거리며 빛났다. 두 사람이 집 앞 계단을 오르자 문이 열리며 빛줄기가 눈을 베어낼 듯 쏟아졌다.

"안녕하세요." 나른한 푸른 눈동자에 매끈한 피부의 얼굴 옆으로 곱슬곱슬한 금발이 휘날리는 에미 린이 현관에서 그들을 맞았다. 발목 쪽으로 좁아지는 검은 슬랙스와 연파란색 체크무늬 럼버잭셔츠를 입고 있었다.

"기다리고 있었어요." 느긋하게 말하는 그녀의 목소리가 꿀처럼 천천히 그리고 맑게 흘러나왔다. "자, 제가 짐을 받아줄게요."

"와, 정말 아름다우셔." 이소벨이 오스틴에게 속삭였다. 그동안 에미 린은 그들의 코트를 받아 거실 옷걸이에 걸었다.

"의사 부인이야." 오스틴이 말했다. 이소벨은 자신을 뚫어지게 내려다보는 그의 얼굴을 보고서야 그가 농담을 하는 게 아니라는 사실을 깨달았다.

에미 린이 나른한 미소를 지으며 그들에게 돌아왔다. "이제 거실에 가서 쉬고 계세요. 저는 위층 침대에서 책을 좀 읽으려고 해요. 필요한 게 있으면 불러주시고요."

"제 방은……." 이소벨이 말했다.

"층계 위에 있어요. 제가 짐 들어드릴게요. 오스틴이 나갈 때 문을 잠가만 주세요. 알겠죠?" 에미 린은 돌아서서 모카신을 신고 고양이처럼 아무 소리도 내지 않으며 러그 위를 걸어 층계 끝으로 향했다.

"오, 잊을 뻔했네……." 그녀가 활짝 웃으며 돌아섰다. "뜨거운 커피는 부엌 버너 위에 있어요." 그리고 그녀는 사라졌다.

복도의 파란 무늬 벽지는 긴 거실로 넓어졌고 벽난로의 화격자 속에는 꺼져가는 장작불이 있었다. 이소벨은 소파로 걸어가 부드러운 쿠션에 깊숙이 몸을 묻었고 오스틴은 그녀 옆에 앉았다.

"커피 마실 거야?" 오스틴이 물었다. "부엌에 좀 있다고 했어."

"응, 뭔가 따뜻한 걸 마셔야 할 것 같아."

이윽고 그가 김이 모락모락 나는 컵 두 개를 가져와 커피 테이블 위에 올려놓았다.

"너도 마셔?" 그녀가 깜짝 놀라 물었다. "너 커피 안 좋아했잖아."

"마시는 법을 배웠지." 그가 웃으면서 말했다. "블랙으로, 네가 마시는 식으로. 크림이나 설탕 안 넣고."

이소벨은 오스틴이 자신의 눈동자를 보지 못하도록 재빠르게 고개를 숙였다. 그가 이런 식으로 순순히 구는 모습에 그녀는 충격을 받았다. 그토록 자부심이 강했던 사람이. 그녀는 아무 말도 하지 않고 커피 잔을 들어 델 만큼 뜨거운 검은 액체를 천천히 마셨다.

그가 최근에 보낸 편지에 썼던 내용이다. 책을 한 권 읽고 있는데 그 책에서 군인인 남자가 임신시킨 여자가 죽는다고. 자신이 그 남자고 내가 그 여자라고 생각하기 시작했고 그게 얼마나 끔찍한지 생각을 멈출 수가 없었다고.

그녀는 오랫동안 매일매일 상상 속의 남자와 죽어가는 여자를 걱정하며 방 안에서 혼자 책을 읽는 그에 대해 생각했다. 그건 그답지 않았다. 예전에 그는 실재하지 않는 책 속 인물들에게 연민을 느끼는 그녀가 얼마나 우스운지 말하곤 했다. 책 속에서 죽어가는 여자를 걱정하는 건 그답지 않았다.

두 사람은 함께 커피를 마시고 잔을 기울여 마지막 남은 따뜻한 액체 한 방울까지 따라냈다. 벽난로에서 가느다랗고 파란 불꽃 하나가 선명하게 타오르다가 작아지더니 꺼져버렸다. 다 타버린 장작의 하얀 잿더미 아래에는 옅어지긴 했지만 여전히 붉은 숯이 보였다.

오스틴이 이소벨의 손을 잡았다. 그녀는 자신의 손가락에 그가 손가락을 얽게 두었다. 자기 손이 차갑고 그에게 반응하지 않는다는 것도 알았다.

"생각해봤어." 오스틴이 그녀에게 천천히 말했다. "우리가 떨어져 있던 그 긴 시간 동안 우리에 대해 생각했어. 너도 알다시피 우리는 많은 일을 함께 겪었잖아."

"그랬지." 이소벨이 조심스레 말했다. "맞아, 알고 있어."

그가 다시 말했다. "마을에 머물던 금요일 밤 기억나? 마지막 버스를 놓쳤었잖아. 그때 히치하이크해서 우리를 집까지 데려다줬던 그 정신 나간 애들도?"

"기억나." 모든 것이 얼마나 아름답고 또 얼마나 아팠는지 그녀는 기억했다. 그가 했던 모든 말이 그녀를 얼마나 아프게 했는지도.

"그 정신 나간 놈 말이야." 그가 말을 이었다. "뒷좌석에 있던 애. 걔 기억해? 달러 한 장을 계속 잘게 찢어서 창문 밖에다 날려버리던 녀석?"

"절대 잊지 못하지." 그녀가 말했다.

"그날 밤이 우리가 아기의 탄생을 목격한 날이었어." 그가 말했다. "네가 병원에서 보낸 첫날이기도 했고. 그때 넌 하얀 모자 안에 머리를 전부 틀어 올리고 하얀 가운을 입고 있었어. 마스크 위로 보이는 눈동자는 어두우면서도 잔뜩 흥분해 있었지."

"나는 내가 의대생이 아닌 게 발각될까 봐 너무 무서웠어."

"그 사람들이 아기가 숨을 쉬게 하려고 노력하는 동안 네 손톱이 내 손에 깊게 박혔어." 그가 말을 이어갔다. "너는 아무 말도 안 했지만, 네 손톱은 내 손바닥에 작고 빨간 초승달 모양을 남겼어."

"그건 반년 전 일이야. 지금이라면 그렇게 하지 않겠지."

"그런 뜻이 아니야. 난 그 빨간 흔적이 좋았어. 좋은 상처였고, 난 그게 좋았어."

"그때는 그렇게 말 안 했잖아."

"그때는 많은 걸 말하지 않았지. 하지만 여기서 너에게 말하지 않았던 모든 것을 생각했어. 여기 올라와서 침대에 누워 있을 때마다 우리가 지냈던 시절을 떠올려."

"너무 오랫동안 떨어져 있어서 계속 기억하는 거야." 이소벨이 말했다. "의대로 다시 돌아가서 예전의 바쁜 삶을 시작하면 이런 생각을 하지 않을 거야. 너무 고민하는 건 네게 좋지 않아."

"그 부분이 네가 틀린 대목이야. 오랫동안 인정하고 싶지 않았지만 나는 이게 필요했던 것 같아. 좀 멀리 떨어져서 생각하는 거. 나는 내가 누군지 배위가기 시작했어."

이소벨은 비어 있는 커피 잔을 내려다보면서 스푼을 들고 목적 없이 휘휘 저었다.

"그럼 말해봐." 그녀가 부드럽게 물었다. "너는 누군데?"

"이미 알고 있잖아." 그가 말했다. "너는 그 누구보다 이미 잘 알지."

"너는 확신하는 것 같은데, 나는 잘 모르겠어."

"하지만 너는 알아. 너는 내 안의 부패한 면을 봤고 그게 얼마나 끔찍하든 돌아왔잖아. 너는 언제나 돌아왔어."

"무슨 말이 하고 싶은 거야?"

"모르겠어?" 그가 간결하게 말했다. "너는 어떤 상태든 간에 언제나 있는 그대로의 나를 받아들여줬다는 뜻이야. 내가 도리스에 대해 말했던 그때, 너는 울면서 고개를 돌렸지. 나는 차 옆 좌석에 앉아 강을 바라보며 울면서 아무 말도 안 하던 그때가 마지막이라고 확신했었어."

"기억나. 이제 끝이구나 생각했지." 그녀가 말했다.

"하지만 그러고 나서 너는 내가 키스하게 허락했어. 그 모든 것이 지났는데도 키스하게 해줬어. 여전히 울고 있어서 입술은 젖고 눈물 때문에 짠맛도 났지만, 너는 내가 입 맞추게 해줬고 다시 괜찮아졌어."

"오래전 일이야. 지금은 달라."

"지금은 다르다는 걸 알아. 나는 너를 다시 울게 하고 싶지 않거든. 믿어져? 내가 무슨 말 하는지 알겠어?"

"알 것 같지만 확신할 수 없어. 전에는 나한테 이렇게 말한 적이 한 번도 없잖아. 알다시피 너는 언제나 네가 무슨 뜻으로 말하는지 추측하게 했다고."

"이제 그런 건 다 끝났어." 그가 말했다. "내가 여기서 나가도 달라지는 건 없을 거야. 나는 여기서 나갈 거고 우리는 다시 시작할 거야. 1년은 그렇게 긴 시간이 아니야. 1년 이상 걸릴 거라고 생각하진 않아. 그러고 나서 나는 돌아갈 거야."

"내가 알아야 할 게 있어." 이소벨이 말했다. "확실하게 해두기 위해서 네게 직접 말로 물어봐야만 할 게 있어."

"지금 말이 필요해?" 오스틴이 말했다.

"알아야만 해. 말해봐. 내가 왜 왔으면 했어?"

오스틴이 이소벨을 바라보았고 그의 눈에는 그녀의 두려움이 반사됐다. "네가 절박하게 필요했어." 그가 꽤 낮은 음성으로 고백했다. 그는 망설이며 조용히 말했다. "네게 키스할 수 없는 게 안타까워."

그는 그녀의 목과 어깨 사이에 얼굴을 얹고는 그녀의 머리카락으로 자신을 숨겼다. 그녀는 갑작스럽게 델 것 같은 눈물로 축축해지는 것을 느꼈다.

당황한 그녀는 움직이지 않았다. 직사각형 방의 파란 무늬 벽과 따스한 기하학적 조명이 서서히 사라졌다. 밖에서는 눈 덮인 산들이 되돌릴 수 없는 어둠 속으로 거대하게 확장되었다. 바람 한 점 없고 고요했고 가만했다.

1954년

입회

지하실은 어둡고 따뜻했다. 밀리센트는 마치 밀봉된 병 속 같다고, 낯선 어스레함에 익숙해지는 동공을 느끼며 생각했다. 정적은 거미줄처럼 보드랍게 흘렀고 돌벽 높이 설치된 작은 직사각형 창문으로 10월의 만월에서 나오는 푸르스름한 빛이 스며들었다. 이제야 그녀는 자기가 깔고 앉아 있던 것이 난로 옆의 장작더미였음을 알아차렸다.

밀리센트는 머리카락 한 가닥을 뒤로 쓸어 넘겼다. 방금 전 여학생 클럽 제단에서 눈가리개를 한 채 무릎을 꿇고 있을 때 머리에 맞은 계란이 깨져 뻣뻣하고 끈적거렸다. 잠시 정적이 감돌다 약간 부스럭거리는 소리가 났다. 곧이어 차갑고 미끌거리는 계란 흰자가 머리에서 깨져 퍼지면서 목을 따라 흘러내리는 것을 느꼈다. 누군가 웃음을 꾹 참는 소리도 들었다. 이 모든 것이 의식의 일부였다.

그런 다음 여학생들이 여전히 그녀의 눈을 가린 채 벳시 존슨의 집 복도를 따라 이 지하실에 가둬버린 것이다. 그들이 그녀를 찾으러 오기까지는 한 시간이 걸릴 터였지만, 그때쯤이면 신입 재판이 끝날 것이고 그녀는 해야 할 말을 한 뒤 집으로 돌아갈 것이다.

오늘 밤은 대단원의 날, 불의 심판 날이었다. 밀리센트가 입회하리란 데에는 의심의 여지가 없었다. 고등학교 여학생 클럽에 초대되어 이 입회 의식을 통과하지 못한 사람을 한 명도 떠올릴 수 없었기 때문이다. 하지만 그걸 감안하더라도 그녀의 경우는 꽤 다를지도 몰랐다. 정확히 무엇이 그녀를 반발하게 만들었는지는 말할 수 없었지만, 트레이시나 헤더 새와 관련이 있다는 것만은 분명했다.

랜싱 고등학교의 어떤 여학생이 지금 자기 위치에 있고 싶지 않을까? 밀리센트는 흥미로운 생각에 빠졌다. 방과후 5일 동안 진행되는 입회 과정을 거쳐 금요일 밤에 새로운 여학생 멤버를 뽑는 신입 재판이라는 클라이맥스로 마무리된다고 해도, 어떤 여학생이 선발되고 싶지 않겠는가? 트레이시마저 밀리센트가 초대장을 받은 다섯 명 중 하나라는 소식을 들을 때는 아쉬워했다.

"별다를 바 없을 거야, 트레이시." 밀리센트가 그녀에게 말했다. "우리는 늘 그랬던 것처럼 같이 다닐 거고 내년이면 너도 들어올 수 있을 거야."

"알아. 하지만 그래도," 트레이시는 조용히 말했다. "너는 변할 거야. 네가 그렇게 생각하든 안 하든 변할 거야. 그대로 머물러 있는 건 아무것도 없으니까."

그 무엇도 그렇지 않지, 밀리센트는 생각했다. 무엇도 전혀 변하지 않는다면 얼마나 끔찍하겠는가……. 몇 년 전의 평범하기 짝이 없던 수줍은 밀리센트로 평생을 지내야 한다면 말이다. 다행스럽게도 언제나 변화가, 성장이, 진전이 있었다.

그건 트레이시도 마찬가지였다. 밀리센트는 트레이시에게 여자애들이 해준 우스꽝스러운 이야기들을 말해줄 것이고 트레이시 또한 변할 것이며 마침내 그 마법의 서클에 들어오게 될 것이다. 트레이시도 지난주부터 밀리센트가 시작한 특별한 의식을 알 만큼 자랄 것이다.

"먼저," 여학생 클럽의 명랑한 금발 총무 벳시 존슨은 지난 월요일, 학교 카페테리아에 앉아 샌드위치를 먹으며 다섯 명의 새로운 후보에게 말했다. "먼저, 너희에겐 각각 빅 시스터가 있어. 그녀가 너희에게 이것저것 시킬 거고 너네는 시키는 대로만 하면 돼."

"말대답하는 거랑 웃는 거에 관한 부분 기억해야 돼." 루이즈 풀러턴이 웃으며 끼어들었다. 그녀는 학교의 또 다른 유명인사로, 예쁘고 까무잡잡한 외모의 학생회 부회장이었다. "빅 시스터가 뭘 물어보거나 다른 사람에게 말을 하라고 하기 전까진 아무 말도 해선 안 돼. 웃어서도 안 돼. 웃고 싶어죽겠어도 안 돼." 여자애들이 조금 긴장하면서 작게 웃었고, 그때 오후 수업 시작을 알리는 종소리가 울렸다.

밀리센트는 복도 사물함에서 책을 꺼내며 변화의 일환으로 도리어 재밌겠다고 생각했다. 랜싱 고등학교의 독점적인 그룹, 긴밀하게 맺어진 이 조직의 일부가 된다는 게 오히려 신났다. 물론 학교 조직은 아니었다. 교장인 크랜턴은 사실 비민주적인 데다 일상적인 학업을 방해한다고 여겨 입회 주간 자체를 없애고 싶어 했다. 하지만 실제로 그가 할 수 있는 일은 아무것도 없었다. 여학생들은 5일 동안 립스틱도 바르지 않고 머리도 말지 않은 채 학교에 와야 했다. 모두가 그들을 주목했지만 선생들이 할 수 있는 일이 도대체 무엇이었겠는가.

밀리센트는 널찍한 자습실 책상에 앉았다. 내일 그녀는 당당하게, 웃으면서, 립스틱도 바르지 않은 채 어깨까지 오는 갈색 직모를 늘어뜨리고 학교에 올 것이다. 그러면 모두가, 심지어 남학생들까지 그녀가 선발된 이들 중 하나라는 사실을 알게 될 것이다. 선생님들은 아마 어쩌지 못하고 웃으면서 이렇게 생각할 것이다. '오, 애들이 밀리센트 아널드를 뽑았군. 상상도 못 했네.'

1, 2년 전만 해도 이런 생각을 한 사람은 많지 않았을 것이다. 밀리센트는 누구보다 오랜 시간 입회 허가를 기다려왔다. 마치 무도장 바깥 정자에 앉아 몇 년이고 창문을 통해 금빛 내부를 들여다보기만 하는 기분이었다. 선명한 조명이 켜져 있고 공기는 꼭 꿀처럼 달콤한 곳, 영원히 끝나지 않는 음악에 맞춰 왈츠를 추는 밝은 커플들이 삼삼오오 모여서 까르르

웃고 있는, 아무도 홀로 있지 않은 그런 공간을 애석하게 바라보는 기분.

하지만 마침내 일주일 동안의 환호와 떠들썩함 속에서 밀리센트는 '입회'라고 적힌 중앙 출입구를 통해 무도회장에 들어서라는 초대에 응하게 될 것이다. 그녀는 벨벳 스커트와 실크 옷을, 혹은 상속을 박탈당한 공주가 어느 동화책에서 입었을 법한 옷을 챙겨 입고 적법한 왕궁으로 입성하게 될 것이다……. 자습 시간이 끝나는 종소리가 울렸다.

"밀리센트, 기다려!" 루이즈 풀러턴이었다. 루이즈는 항상 매우 친절하고 정중했으며 초대장이 오기 한참 전부터 다른 사람들보다 훨씬 더 친근하게 대해주었다.

"들어봐." 다음 수업인 라틴어 수업으로 가는 길을 나란히 걸으며 루이즈가 말했다. "너 오늘 수업 끝나고 바빠? 내일 일로 너랑 얘기 좀 하고 싶어."

"물론이지. 시간 있어."

"그럼, 담임 시간 마치고 복도에서 만나자. 드러그스토어 같은 데나 가자."

드러그스토어를 향해 루이즈와 나란히 걸으면서 밀리센트는 솟구쳐 오르는 자부심을 느꼈다. 누가 보아도 그녀와 루이즈는 절친한 친구처럼 보였다.

"있잖아, 애들이 너한테 투표했을 때 정말 기뻤어." 루이즈가 말했다.

밀리센트가 미소 지었다. "나 초대장 받았을 때 진짜 신났었어.” 그녀는 솔직하게 말했다. “근데 트레이시가 못 받아서 좀 아쉽긴 했어.”

트레이시, 그녀는 생각했다. 가장 친한 친구라는 게 존재한다면 지난해의 트레이시가 그런 존재였다.

“그렇지, 트레이시.” 루이즈가 말했다. “걔도 좋은 애지. 걔들이 트레이시도 칠판에 적었는데, 뭐…… 걜 반대하는 검은 공이 세 개나 나와서.”

“검은 공? 그게 뭔데?”

“클럽 밖에서는 말하면 안 되는 건데 아마도 주말쯤이면 너도 들어올 것 같으니까 문제없겠지.” 그들은 이제 드러그스토어에 도착했다.

“뭐냐면,” 루이즈가 점포 구석 조용한 곳에 앉아 낮은 목소리로 설명하기 시작했다. “1년에 한 번씩 여학생 클럽에서 회원으로 들일 만한 여자애들을 전부 올리거든…….”

밀리센트는 위에 올라간 아이스크림을 마지막에 떠 먹으려고 남겨둔 채 차갑고 달콤한 음료부터 천천히 홀짝거렸다. 그녀는 루이즈의 말을 주의 깊게 들었다. “……그리고 나면 전체 회의가 있는데, 모든 여학생의 이름이 불리고 그 한 명 한 명에 대해 토론을 해.”

“오?” 밀리센트가 이상하게 들리는 목소리로 기계적으로 반응했다.

“네가 무슨 생각 하는지 알아.” 루이즈가 웃었다. “근데 실제로는 그렇게 나쁘진 않아. 험담은 최소한만 하거든. 그냥 여자애들 한 명 한 명에 대해서 얘기하고 이 애는 왜 클럽에 좋을지 아님 왜 안 좋을지, 그런 얘기를 하는 거야. 그런 다음 투표를 해. 검은 공이 세 개면 그 여자애는 탈락이야."

"트레이시한테 무슨 일이 생겼던 건지 물어봐도 될까?" 밀리센트가 말했다.

루이즈는 약간 불편하다는 듯 웃었다. "그게, 너도 여자애들이 어떤지 알잖아. 걔들은 사소한 것들도 알아챈다고. 그러니까, 어떤 애들은 트레이시가 너무 다르다고 생각했어. 어쩌면 네가 걔한테 몇 가지 제안해줄 수도 있겠다."

"뭘?"

"아, 그러니까 학교에 니삭스를 신고 오지 않는다거나 낡은 책가방을 안 든다거나 하는 거. 별로 중요하지 않다는 건 나도 알지만 뭐, 그런 것들이 누군가를 구별하게 하거든. 너도 알다시피 랜싱에는 얼어죽을 것 같아도 니삭스를 신는 여자애들은 없잖아. 책가방 들고 다니는 것도 좀 유치하고 미숙해 보여."

"그렇겠네." 밀리센트가 말했다.

"내일은 말이야." 루이즈가 계속 말했다. "베벌리 미첼이 네 빅 시스터로 선정됐어. 베벌리가 가장 힘들다는 걸 미리 경고하고 싶었어. 그래도 잘 버텨내면 더 영예로울 거야."

"고마워, 루." 밀리센트는 고마워하면서 이 말이 심각하게 들린다고도 생각했다. 사람을 지독히도 고통스럽게 만드는 건 충성도 테스트보다 나빴다. 뭐가 됐든 증명해야 한다는 건

350

무엇인가. 꿈쩍도 하지 않고 명령을 받든다는 것은? 명령만 하면 달려가는 모습을 보는 일이 그들을 기분 좋게 만든다는 말인가.

"네가 정말로 해야 할 일은," 루이즈가 마지막 남은 아이스 크림을 한 숟갈 떠내면서 말했다. "베벌리랑 있을 때는 그냥 순종적으로 굴면서 시키는 대로만 하면 돼. 웃거나 말대답을 하거나 재밌게 하려고 하지 마. 그러면 더 심하게 대할 뿐이 야. 그리고 베벌리는 그런 거 진짜로 잘하니까 날 믿어. 그 집 에 7시 30분까지 가."

밀리센트는 그 말대로 했다. 베벌리네 집 초인종을 누르고 계단에 앉아 그녀를 기다렸다. 몇 분 뒤 열린 현관문에 베벌 리가 심각한 표정으로 서 있었다.

"일어나, 땅다람쥐." 베벌리가 명령했다.

그녀의 말투에는 밀리센트의 신경을 긁는 무언가가 있었 다. 거의 악의에 가까웠다. 게다가 그 '땅다람쥐'라는 호칭이 입회할 여학생들을 부르는 호칭이라 해도, 거기엔 불쾌한 익 명성이 있었다. 번호를 부여하듯 비하적이었다. 개별성을 부 정하는 것이었다.

반감이 휘몰아쳤다.

"일어나라고 했잖아. 귀먹었어?"

밀리센트가 일어나 가만히 서 있었다.

"집 안으로 들어가, 땅다람쥐. 들어가서 침대 정리하고 방 정리해, 계단 꼭대기야."

밀리센트는 말없이 계단을 올라갔다. 그리고 베벌리의 방을 찾아 이불을 정돈하기 시작했다. 그녀는 혼자 웃으면서 이 여자애의 명령을 하인처럼 받들고 있는 모습이 얼마나 터무니없이 우스운지 생각했다.

베벌리가 갑자기 문에 나타났다. "얼굴에서 그 웃음 지워." 그녀가 명령했다.

이 관계에는 전혀 재밌지 않은 무언가가 있었다. 밀리센트는 베벌리의 눈에서 의기양양한 불꽃이 선명하게 타오르고 있다고 확신했다.

밀리센트는 학교 가는 길에 베벌리의 책을 들고 그녀의 뒤에서 열 발자국 정도 간격을 유지하며 걸어야 했다. 드러그스토어에 다다르자 이미 쇼를 기다리는 랜싱 고등학교의 여학생들과 남학생들로 인산인해를 이루고 있었다.

초대받은 다른 여학생들도 거기 있었기 때문에 밀리센트는 안심했다. 이제 그룹의 일원이 되었으니 그렇게 나쁘지 않을 것이라고.

"우리 얘네한테 뭐 시키지?" 벳시 존슨이 베벌리에게 물었다. 그날 아침 벳시는 자신의 '땅다람쥐'에게 낡은 색색깔 파라솔을 들고 광장을 지나며 〈나는 늘 무지개를 쫓아다니지I'm Always Chasing Rainbows〉란 노래를 부르게 했다.

"나 알아." 준수한 외모의 농구부 주장 허브 달턴이 말했다.

베벌리에게 굉장한 변화가 찾아왔다. 갑자기 단번에 부드럽고 요염해진 것이다.

"너는 아무것도 시킬 수 없어." 베벌리가 다정하게 말했다. "이런 사소한 일엔 남자가 말을 얹을 수 없거든."

"알겠어, 알겠어." 허브가 웃었다. 야유를 받아넘기는 몸짓을 취하며 뒤로 물러섰다.

"시간이 늦어지고 있어." 루이즈가 나섰다. "거의 8시 반이야. 이제 학교로 데려가는 게 낫겠어."

'땅다람쥐'들은 학교까지 찰스턴 스텝*으로 걸어가야 했고, 각자 노래를 불러 다른 네 명의 목소리가 안 들리도록 해야 했다. 물론 학교에서는 노닥거려도 안 됐고 수업 시간 이외에나 점심시간에 남학생들에게 말을 걸어선 안 된다는 규칙도 있었다…… 언제든 학교 밖에서든 다 안 됐다. 여학생 클럽의 회원들은 가장 인기 많은 남학생이 '땅다람쥐들'에게 데이트 신청을 하게도 하고 말을 걸게도 해보았다. 가끔 어떤 '땅다람쥐'는 놀라움에 사로잡혀 정신을 차리기도 전에 말을 해버리기도 했다. 그러면 그 남학생이 여학생을 신고했고, 그녀는 검은 공을 받았다.

밀리센트가 정오에 매점에서 아이스크림을 사고 있을 때, 허브 달턴이 그녀에게 다가갔다. 그녀는 그가 말을 걸기도 전에 자신에게 오는 것을 보고 재빨리 시선을 아래로 떨구며 생각했다. '너무 왕자님 같은데, 까무잡잡한 데다 웃고 있어. 그에 비하면 나는 너무 취약한걸. 왜 하필이면 내가 조심해야

---

* 1920년대 인기 있던 댄스 스텝으로, 발과 다리의 빠른 움직임이 특징이다.

하는 게 저 남자애여야 할까?'

그녀는 계속 생각했다. '나는 아무 말도 하지 않을 거야. 그냥 다정하게 웃기만 할 거야.'

그녀는 허브를 향해 말없이 아주 달콤하게 웃어 보였다. 화답하는 그의 미소는 정말이지 기적과도 같았다. 그건 분명 의무의 일환으로 요구받은 것 이상이었다.

"나한테 말할 수 없다는 건 알아." 그가 아주 낮은 목소리로 말했다. "그런데 너 아주 잘하고 있어. 여자애들도 그러더라. 게다가 난 네 머리가 직모인 게 좋아."

베벌리가 빨간 입술로 환하고 계산적인 미소를 지으며 그들을 향해 오고 있었다. 그녀는 밀리센트를 무시하고 허브에게 다가갔다.

"왜 땅다람쥐들한테 시간을 허비하고 있어?" 그녀가 명랑하게 노래했다. "쟤네 말 못 해, 한마디도 못 한다고."

허브가 떠나가며 한 방을 뱉었다. "근데 쟤는 너무 매력적인 침묵을 유지하고 있어서."

밀리센트는 트레이시와 매점에서 아이스크림을 먹으며 웃었다. 평소에 밀리센트가 그래왔던 것처럼 아웃사이더인 여학생들은 자신들의 은근한 질투를 숨기기 위해, 입회 의식이 유치하고 부조리하다며 비웃기 마련이었다. 그러나 트레이시는 그 어느 때보다도 잘 이해해주었다.

"트레이시, 아무래도 오늘 밤이 최악일 것 같아." 밀리센트가 말했다. "여자애들이 우리를 버스에 태워서 루이스턴으로 간 다음 광장에서 공연하게 할 거라고 들었어."

"밖에선 포커페이스를 유지해." 트레이시가 조언해주었다. "하지만 속으로는 미친 듯이 웃어."

밀리센트와 베벌리는 다른 여학생들보다 먼저 버스를 타고 루이스턴 광장으로 향했다. 루이스턴 광장으로 가는 길 내내 서서 가야만 했다. 베벌리는 무언가에 굉장히 화가 나 있는 것 같았다. 마침내 그녀가 말했다. "너 오늘 점심시간에 허브 달턴이랑 대화하고 있더라."

"아닌데요." 밀리센트가 솔직하게 대답했다.

"글쎄, 난 네가 걔를 보고 웃는 걸 봤거든. 그건 거의 말하는 것만큼 나쁜 거야. 다시는 그러지 말아야 한다는 걸 명심해."

밀리센트는 입을 다물었다.

"버스가 마을에 도착하려면 15분 남았어." 베벌리가 말했다. "왔다 갔다 하면서 사람들한테 아침 식사로 뭘 먹었는지 물어봐. 네가 지금 입회 중이라는 걸 말해서는 안 된다는 걸 잊지 마."

밀리센트는 사람들이 북적이는 버스 통로를 내려다보다 갑자기 메스꺼림을 느꼈다. 그녀는 생각했다. '저렇게 냉담하게 밖을 내다보고 있는 돌덩이 같은 사람들의 얼굴을 보고 어떻게 그 말을 꺼낼 수 있을까…….'

"내 말 들었니, 땅다람쥐?"

"잠시만요, 여사님." 밀리센트가 버스 맨 앞좌석에 앉은 부인에게 정중하게 물었다. "제가 지금 설문조사를 하고 있어서요. 혹시 아침에 뭐 드셨는지 말씀해주실 수 있나요?"

"오우, 어…… 그냥 오렌지주스랑 토스트, 커피를 먹었네요." 그녀가 대답했다.

"감사합니다." 밀리센트가 다음 사람으로 넘어갔다. 젊은 사업가였다. 그는 계란프라이와 토스트를 먹었고 커피도 마셨다.

밀리센트가 버스 뒤편에 도착했을 때쯤 대부분의 사람이 그녀에게 미소를 짓고 있었다. 그들은 분명 자신이 입회 중이라는 사실을 알고 있으리라 생각했다.

마침내 맨 뒷좌석 구석에 앉은 노인 하나만 남았다. 작은 체구에 얼굴에는 불그레하게 주름이 진 그는 행복해 보였고, 다가오는 밀리센트를 향해 환히 웃고 있었다. 갈색 정장에 짙은 녹색 타이를 맨 그는 어쩐지 땅속 요정이나 발랄한 레프러콘* 같아 보였다.

"실례합니다, 선생님." 밀리센트가 미소를 지으며 물었다. "제가 설문조사를 하고 있는데요. 혹시 아침으로 뭘 드셨나요?"

"토스트에 헤더 새 눈썹." 작은 남자가 줄줄 읊었다.

"뭐라고요?" 밀리센트가 소리쳤다.

"헤더 새의 눈썹 말이다." 작은 남자가 설명했다. "헤더 새는 신화 같은 황무지에 살면서 하루 종일 날아다니며 따스한

---

*   아일랜드 민화에 등장하는 작은 남자 요정.

태양 아래 자유롭게 노래해. 그것들은 밝은 보라색이고 굉장히 맛있는 눈썹을 갖고 있어."

밀리센트가 저절로 웃음을 터뜨렸다. 이럴 수가, 이 낯선 사람과 갑작스러운 동지애를 느낄 수 있다는 것이 너무도 경이로웠다.

"선생님도 신화 속 존재이신가요?"

"꼭 그런 건 아니지만," 그가 대답했다. "하지만 언젠가는 그러기를 꿈꾸지. 신화적인 존재라는 건 누군가의 자아에 큰 도움이 되니까."

버스가 정류장에 들어서고 있었다. 밀리센트는 이 작은 남자를 떠나기 싫었다. 새들에 대해 좀 더 물어보고 싶었다.

그리고 그 순간부터 입회는 더 이상 밀리센트를 괴롭히지 못했다. 그녀는 가게에서 가게로 명랑하게 돌아다니며 부서진 크래커와 망고를 구했다. 사람들이 자신을 쳐다볼 때면 웃어주었고, 그러면 사람들이 밝아지면서 마치 그녀가 정말 진지하고 중요한 인물이라는 듯 그녀의 정신 나간 질문들에 대답해주었다. 많은 사람이 자신의 내부를 상자처럼 굳게 닫아두었다가도 그들에게 관심을 갖기만 한다면 꽤나 멋지게 열어 보였다. 그리고 사실 다른 존재들과 관련되어 있다고 느끼기 위해 클럽에 소속될 필요는 없었다.

어느 날 오후, 밀리센트는 또 다른 입회 예정자 중 하나인 리안 모리스와 여학생 클럽에 들어가면 어떨지에 대해 이야기를 나누었다.

"오, 난 어떻게 될지 거의 알 것 같아." 리안이 말했다. "우리 언니도 2년 전 고등학교 졸업하기 전에 멤버였거든."

"그러니까 정확히 클럽에서 뭘 하는 거야?" 밀리센트는 알고 싶었다.

"뭐, 일주일에 한 번씩 회의가 있어서…… 각자 돌아가면서 자기 집에서 대접을 하는데……."

"네 말은 그게 일종의 배타적인 사교 집단이라는 거야……?"

"그렇다고 할 수 있지……. 그렇게 말하는 건 좀 웃기긴 하다. 하지만 그게 여자애들에게 명성을 주는 건 확실해. 언니도 거기 들어가고 나서부터 축구팀 주장하고 지속적인 관계를 이어가기 시작했거든. 나쁘지 않다고 생각해."

물론 밀리센트는 신입 재판 날 아침, 바닥에 누워 홈통에서 지저귀는 참새 소리를 들으며 나쁘지는 않다고 생각했다. 그녀는 허브를 떠올렸다. 자신에게 여학생 클럽 딱지가 없었더라면 그가 그렇게 다정하게 굴었을까? 그가 오직 그녀만을 위해서, 아무런 조건도 없이 데이트 신청을 (만약 할 거라면) 했을까?

그리고 그녀를 괴롭히는 다른 문제도 있었다. 트레이시를 외곽에 남겨두는 것이었다. 그렇게들 되기 때문이었고 밀리센트도 그런 일이 일어나는 걸 본 적이 있었다.

바깥에선 여전히 참새들이 지저귀고 있었고, 밀리센트는 침대에 누워 참새들을 상상했다. 하나가 또 다른 하나를 닮아서 모두가 똑같이 생긴 흐릿한 회갈색의 새 떼.

그러자 밀리센트는 모종의 이유로 헤더 새들이 떠올랐다. 헤더 새들은 황야로 거침없이 수직 강하하고 드넓은 대기를 가로지르면서 노래하고 울부짖으며, 자유 속에서, 더러는 외로움 속에서 강렬하고 자신 있게 날아오를 것이다. 그때 그녀는 결정을 내렸다.

벳시 존슨네 지하실의 장작더미 위에 앉아 있던 밀리센트는 자신이 불의 심판을 통과하여 성공에 다다랐다는 것을 알았다. 그것은 혹독한 자아의 시련으로 그녀에게 두 가지 종류의 승리를 가져다줄 수 있었다. 그중 쉬운 것은 공주로서의 대관식으로, 그녀를 선택된 무리 중 하나로 확실하게 자리매김토록 해줄 것이었다.

또 다른 승리는 그보다 훨씬 어려운 것이었지만, 그녀는 이 길이 자신이 원하는 길임을 알았다. 고결한 존재가 되고자 해서가 아니었다. 단지 사람들과 삶의 빛으로 반짝거리는 거대한 홀에 들어갈 수 있는 다른 방법이 있다는 걸 알게 되었을 뿐이었다.

물론 오늘 밤 여학생들에게 설명하기는 어려웠지만, 나중에 루이즈에게 어떤 일인지 말해줄 수는 있을 것이다. 신입 재판까지 그 모든 걸 통과하면서 자기 자신에게 무엇을 증명할 수 있었는지 말이다. 그리고 마침내 어떻게 여학생 클럽에 가입하지 않기로 결정할 수 있었는지, 그러면서도 어떻게 여전히 모두와 친구가 될 수 있는지를. 모두와 자매가 되는 일, 트레이시를 포함해서 말이다.

밀리센트의 뒤에서 문이 열리며 빛줄기가 들어와 지하실의 은은한 어둠을 갈랐다.

"거기, 밀리센트. 이제 밖으로 나와. 여기까지야." 밖에는 여자애들이 몇 명 있었다.

"나갈게." 밀리센트가 일어나 부드러운 어둠에서 광명으로 나아가며 생각했다. '여기까지야. 맞아. 최악의 구간, 제일 어려운 구간, 내 스스로 파악해낸 입회의 단계.'

그런데 바로 그때, 아주 멀리서 야생적이고 달콤한 멜로디가 들려왔다. 그녀는 그 선율이 광막한 대기를 가르면서 너르고 파란 지평선을 미끄러지듯 바람을 타고 나는, 반짝이는 태양 속에서 제 날개를 재빠르게 보랏빛으로 비추는 헤더 새의 노래라는 것을 확신했다.

밀리센트의 마음속에서 또 다른 선율이 솟아올랐다. 강렬하고 활기 넘치는 곡, 아주 먼 땅에서도 선명하고 경쾌하게 들리는 기민한 헤더 새의 음악에 대한 승리의 답가였다. 그리고 그녀는 자기만의 사적인 입회가 이제 막 시작되었다는 것을 알았다.

1952년 7월

민턴가家의 일요일

헨리가 그렇게까지 까다롭지 않았더라면. 엘리자베스 민턴은 오빠의 서재에 걸린 지도를 빳빳하게 펼치며 한숨을 쉬었다. 극도로 까다롭다. 그녀는 잠시 헨리의 마호가니 책상에 멍하니 비스듬하게 기대 파란 핏줄이 보이는 여윈 손가락을 어둡고 윤기 나는 나무 위에 하얗게 펼쳤다.

늦은 아침 햇살이 바닥을 따라 창백한 사각형 모양으로 누워 있었고, 먼지 입자들은 반짝이는 공기 속을 떠다니다 가라앉았다. 창밖의 흐릿한 수평선 너머로 굽이치는 9월의 푸른 바다의 평평한 광택이 보였다.

날씨가 좋은 날 창문이 열려 있다면 그녀는 파도치는 소리를 들을 수 있었다. 달려들었다가 미끄러지며 물러가는 소리, 다시금 치고 또 치는 파도. 어떤 밤에는 이제 막 잠에 빠져들기 직전 반쯤 깨어 있을 때, 파도 소리에 이어 나무 사이로

부는 바람 소리도 들을 수 있었다. 이 소리와 그 소리를 더 이상 구분할 수 없게 되어서 그녀가 알기로는 파도가 나뭇잎을 씻기고 있을 수도, 아니면 나뭇잎들이 조용히 떨어져 바다 위를 떠다니는 것일 수도 있었다.

"엘리자베스." 헨리의 목소리가 동굴 같은 복도에서 깊고 불길하게 울려 퍼졌다.

"응, 오빠?" 엘리자베스는 헨리에게 순종적으로 대답했다. 엘리자베스가 옛날에 살던 집에 돌아와서 다시 헨리를 돌봐주게 되었기에 종종 그녀는 오래전 그랬던 것처럼 스스로를 말 잘 듣고 순종적인 어린 소녀로 가정하곤 했다.

"서재 정리는 다 마쳤어?" 헨리가 복도를 따라 내려오고 있었다. 느리고 신중한 그의 발소리가 문밖에서 들렸다. 엘리자베스는 불안해하며 자신의 가느다란 손을 목 가까이 올려 어머니의 자수정 브로치를 안전장치라도 되는 듯 만지작거렸다. 어머니가 자기 드레스 깃에 언제나 꽂아두던 것이었다. 그녀가 어둑한 방을 흘끗 보았다. 그래, 전등갓 먼지를 털려고 했었지. 헨리는 먼지를 견디지 못했으니까.

그녀는 문가에 서 있는 헨리를 유심히 보았다. 흐릿한 빛 때문에 이목구비가 선명하게 보이지는 않았지만, 어렴풋이 보이는 얼굴은 둥글고 침울했다. 그의 큰 그림자가 뒤쪽 복도의 어둠과 섞여 있었다. 엘리자베스는 안경을 쓰지 않은 눈을 가늘게 뜨고 희미한 오빠의 형체를 관찰하는 데서 묘한 기쁨을 느꼈다. 그는 언제나 선명했고 정확했는데, 이번만큼은 완전히 가려져 있었다.

"또 백일몽을 꾸는 거야, 엘리자베스?" 헨리가 저 아득한 곳을 바라보는 엘리자베스 특유의 시선을 알아채곤 슬프다는 듯 꾸짖었다. 둘 사이는 언제나 그런 식이었다. 헨리는 정원의 장미나무 덩굴 아래에서 책을 읽거나 방파제 옆에서 모래성을 쌓고 있는 엘리자베스를 찾아와, 엄마가 부엌에서 엘리자베스의 도움을 필요로 하신다거나 은식기를 닦아야 한다고 알려주곤 했다.

"아니야, 오빠." 엘리자베스가 부서질 듯 연약한 몸을 일으켜 세웠다. "아니야, 오빠. 그런 거 아니야. 이제 오븐에 닭을 넣으러 가려고 했어." 그녀는 약간의 분노를 담고 여봐란듯이 헨리의 곁을 스쳐 지나갔다.

헨리는 그녀의 뒷모습을 바라보았다. 발뒤꿈치를 가볍게 디디며 부엌으로 향하는 여동생의 라벤더색 스커트가 발목 근처에서 심상치 않게 약간 건방을 떨며 균형을 잡고 살랑거렸다. 엘리자베스는 결코 실용적인 여성은 아니었지만 적어도 유순하긴 했다. 하지만 요즘은…… 이렇게 거의 도전적인 태도가 최근 자주 반복됐다. 헨리의 은퇴에 맞춰 다시 그와 살기 시작한 이후로. 헨리가 고개를 저었다.

엘리자베스는 식료품 저장실에서 도자기 접시들과 은식기들을 달가닥거리며 주말 식사를 위한 요리를 준비했다. 테이블 중앙에 놓을 컷글라스에는 포도와 사과를 높이 쌓았고, 키가 크고 연한 초록색 고블릿 잔에는 얼음물을 부었다.

그녀가 엄격한 식당의 어둠함 속에서 움직였다. 내려진 커튼으로 인해 반만 들어오는 빛 사이에서 움직이는 보드라운 연보라색 형체. 몇 년 전, 그녀의 어머니가 이렇게 움직였었다……. 언제였더라? 얼마나 됐더라? 엘리자베스는 시간의 흐름을 잊었다. 하지만 헨리가 말해줄 수 있었다. 헨리는 정확한 날짜를, 어머니가 돌아가신 시간까지도 기억할 것이다. 헨리는 그런 것들에 대해 꼼꼼하고 정확했다.

저녁 식사 테이블의 상석에 앉은 헨리가 머리를 숙이며 낮고 굵은 목소리로 식전 감사기도를 올렸다. 성서의 기도문처럼 풍요롭고 리듬감 있는 말들이 흘러나왔다. 하지만 헨리의 기도가 아멘에 다다랐을 때, 엘리자베스는 타는 냄새를 맡았다. 그녀는 불편한 기색으로 감자를 떠올렸다.

"감자, 오빠!" 그녀는 의자에서 벌떡 일어나 부엌으로 달려갔다. 오븐에서 감자들이 천천히 타고 있었다. 그녀는 불을 끄고 감자를 조리대에 올려놓았다가 얇고 예민한 손가락을 데어 그중 하나를 바닥에 떨어뜨리고 말았다.

"그냥 껍질만 탔어, 오빠. 괜찮을 거야!" 엘리자베스가 식당에 대고 외쳤다. 그녀는 짜증 섞인 코웃음 소리를 들었다. 헨리는 언제나 버터 바른 감자 껍질을 고대했다.

"몇 년이 지나도 변한 게 없구나, 엘리자베스." 헨리가 탄 감자가 담긴 접시를 가지고 식당에 들어오는 엘리자베스를 가르치려 들었다. 엘리자베스는 헨리가 나무라자 귀를 닫고 자리에 앉았다. 그가 긴 잔소리를 시작할 것임을 알았기 때문이다. 그의 목소리에서는 거만함이 스며 나왔고, 그 말들은 통통한 황금색 버터 방울처럼 들렸다.

"나는 가끔 궁금해, 엘리자베스." 헨리가 닭고기의 유난히 질긴 부위를 힘겹게 썰면서 말했다. "네가 지난 몇 년간 마을 도시권에서 혼자 일하면서 어떻게 삶을 꾸려갔는지 말이야. 백일몽이니 뭐니 하는 것들을 감당해가면서."

엘리자베스는 접시 위로 가만히 고개를 숙이고 있었다. 헨리가 잔소리를 할 때는 다른 생각을 하는 편이 더 나았다. 어렸을 적 헨리가 엄마의 지시를 수행하느라 끈질기게 그녀가 해야 할 일들을 통제할 때면, 엘리자베스는 그 목소리가 들리지 않게 귀를 막아버리곤 했다. 하지만 이제 그녀는 자기만의 사적인 세계나 몽상 혹은 마침 그녀가 사유하게 된 무언가를 떠올리는 일이 지나치게 야단스럽지 않은 방식으로 그의 견책에서 빠져나가는 단순한 방법이라는 걸 깨달았다. 그녀는 이제 수평선이 어떻게 보기 좋게 파란 하늘로 흐려지는지를 생각했는데, 그녀가 아는 한 물은 대기 속으로 흔적도 없이 사라지거나 아니면 공기가 점점 두꺼워져 가라앉아 물이 되는 것일지도 몰랐다.

그들은 고요 속에서 식사를 했다. 엘리자베스는 접시를 치우거나 헨리의 물잔을 채우거나 블랙베리와 크림이 담긴 디저트 접시를 부엌에서 가져오기 위해 종종 움직였다. 그녀가 움직일 때면 풍성한 라벤더색 스커트가 뻣뻣하고 광이 나는 가구를 바스락거리며 스쳤고, 그녀는 이상하게도 다른 사람에게 섞여 들어가는 것 같은 기분을 느꼈다. 아마도 엄마일 것이다. 집안일에 유능하고 부지런했던 사람. 독립한 지 몇 년이 지났는데도 다시 헨리 곁으로 돌아와 함께 살면서 집안 일로 제한적인 삶을 살아야만 한다는 건 이상했다.

엘리자베스는 자기 디저트에 고개를 숙이고 숟가락 가득 베리와 크림을 담아 동굴 같은 입속으로 넣는 헨리를 응시했다. 그녀는 그가 그늘진 식당의 흐릿하고 반투명한 어둠 속으로 섞여 들고 있다는 생각이 들었고, 그가 거기에 그렇게 앉아 있는 것이 좋았다. 가려진 블라인드 너머로 해가 정확하고 눈부시게 빛나고 있다는 걸 알면서도 인공적인 황혼 속에 그가 앉아 있는 모습이 좋았다.

헨리가 자기 서재로 가서 유심히 지도를 들여다보는 동안, 엘리자베스는 점심 식사에 사용한 접시를 닦으며 시간을 보냈다. 엘리자베스는 그가 차트를 만들고 계산을 하는 것보다 좋아하는 일은 없다고 생각하면서 따뜻한 비누 거품에 손을 넣어 휘적거리며 창문 너머 파란 물결의 반짝이는 섬광을 보았다. 어렸을 때 헨리가 지리학 책을 베껴 축소된 차트와 지도를 만들고 있으면, 엘리자베스는 이상한 외국 이름의 산과 강 그림을 보며 꿈꾸곤 했다.

깊숙한 싱크대 안에서 은식기와 유리 그릇들이 쨍그랑거리며 부딪치는 소리가 점점 커졌다. 엘리자베스는 비눗물을 푼 싱크대에 마지막 접시들을 넣고 그것들이 기울어지며 바닥까지 가라앉는 모습을 바라보았다. 설거지를 마치면 응접실에 있는 헨리에게로 가서 잠시 함께 독서를 하거나 산책을 하곤 했다. 헨리는 신선한 공기가 건강에 아주 좋다고 생각했다.

엘리자베스는 어쩐지 분한 마음으로 침대에서 보냈던 그 긴긴 어린 시절을 떠올렸다. 그녀는 병약했던 아이였고, 헨리는 언제나 둥글고 붉게 상기된 얼굴로 그녀를 보러 왔다.

엘리자베스는 이전에 여러 번 생각했던 것처럼 언젠가 자신이 헨리에게 맞서 무언가를 말할 수 있는 때가 올 거라고 생각했다. 그게 무슨 말일지는 정확히 알지 못했지만, 어쩌면 엄청나게 충격적이고 끔찍한 말일 수도 있었다. 그녀는 그 무언가가 극단적으로 무례하고 경솔한 말일 거라고 확신했다. 그러면 그녀는 헨리가 아연실색하는 단 한 번의 모습을, 말없이 무력하게 비틀거리고 흔들리는 모습을 보게 될 것이다.

혼자 웃으면서 내적인 즐거움에 완전히 몰입한 얼굴의 엘리자베스가 응접실에서 지도책을 보고 있는 헨리에게 다가갔다.

"여기로 와봐, 엘리자베스." 헨리가 소파 옆자리를 두들기면서 말했다. "네가 봤으면 하는 가장 흥미로운 뉴잉글랜드의 지도를 찾았어."

엘리자베스는 순순히 오빠 옆에 앉았다. 두 사람은 한동안 소파에 앉아 백과사전을 사이에 두고 옅은 분홍과 파랑과 노랑으로 반짝거리는 지도의 페이지들을 꼼꼼히 탐색했다. 그러다 엘리자베스가 매사추세츠주 한가운데서 익숙한 이름을 발견했다.

"잠시만!" 엘리자베스가 외쳤다. "내가 있었던 지역들을 전부 볼래. 여기," 그녀는 보스턴 서쪽에서 스프링필드에 이르는 페이지의 표면을 따라 손가락으로 선을 그렸다. "그리고 여기까지." 이윽고 그녀의 손가락은 노스애덤스주의 구석으로 선회했다. "그러고 나서 국경선을 넘어 위쪽 버몬트로 사촌 루스를 보러 갔어…… 언제였지? 지난봄…….'

"4월 6일이 있던 주지." 그가 즉각 대답했다.

"그래, 물론이야. 근데 오빠, 나는 지도에서 내가 가는 방향이 어느 쪽인지 생각해본 적이 없어. 위로 가는지 아래로 가는지, 가로지르는지."

헨리는 어딘지 낙담에 가까운 얼굴로 여동생을 바라보았다.

"그런 적이 없다고?" 그가 믿을 수 없다는 듯 숨을 내쉬었다. "네가 가는 방향이 북쪽인지 남쪽인지 동쪽인지 서쪽인지 한 번도 중요하게 여기지 않았다는 거야?"

"그런 적 없어." 엘리자베스가 즉시 대답했다. "한 번도 그런 적 없어. 그래야 할 이유를 모르겠거든."

엘리자베스는 헨리의 서재를 떠올렸다. 세심하게 도표화되어 꼼꼼하게 주석이 달린 거대한 지도들이 붙어 있는 벽들. 그녀 마음의 눈으로는 공들여 그린 검은 선의 윤곽과 대륙 해안가에 칠해진 흐릿한 푸른 너울만 보였다. 그녀가 기억하기론 상징들도 있었다. 습지를 나타내는 양식화된 풀잎 뭉치와 공원을 나타내는 초록색 조각들.

엘리자베스는 섬세하게 그려진 윤곽선을 따라 아주아주 작아진 자신이 타원형의 얕고 푸른 호수를 헤치면서 대칭으로 자란 뻣뻣한 습지의 풀 무더기를 비집고 나가 걸어가는 모습을 상상했다.

그러고는 동그랗고 하얀 나침반을 쥐고 있는 자기 모습을 그려보았다. 나침반의 바늘이 돌고, 떨고, 잠잠해지면서 어느 방향으로 틀든 언제나 북쪽을 가리켰다. 그 기계의 가차 없는 정확성이 그녀를 거슬리게 했다.

헨리는 여전히 충격에 가까운 표정으로 엘리자베스를 바라보고 있었다. 그녀는 오빠의 눈길이 백과사전 지도에 있는 대서양처럼 매우 차갑고 푸르다고 말했다. 눈동자 주변을 따라 가느다랗고 검은 선이 그려져 있었다. 그녀는 갑자기 짧고 검은 속눈썹이 명확하고 단호하게 드리워지는 걸 보았다. 헨리라면 북쪽이 어딘지 알 것이라고, 그녀는 절망적으로 생각했다. 그는 북쪽이 어딘지 정확하게 알 것이다.

"방향이 그렇게 중요하다고는 생각하지 않아. 내가 가는 곳이 어딘지, 그게 중요한 거잖아." 그녀가 투덜대며 말했다. "그럼 오빠는 정말 매 순간 자기가 가고 있는 방향에 대해서 생각해?"

그 방 전체가 이 명백한 불손에 기분이 상한 것 같았다. 엘리자베스는 딱딱한 장작 받침대가 뻣뻣해지고 벽난로 선반 위의 파란 태피스트리가 눈에 띄게 창백해진 것을 보았다고 확신했다. 괘종시계는 꾸짖는 듯 똑딱거리는 소리를 앞두고 말을 잃은 채, 그녀를 향해 입을 떡 벌리고 있었다.

"당연히 내가 지도 위에서 어디로 가고 있는지 생각하지." 헨리가 볼에 붉은빛을 띠며 단언했다. "나는 늘 사전에 경로를 파악해두고, 길을 나설 때는 따라갈 지도를 가지고 다녀."

이제 엘리자베스는 헨리가 아침이 되어 지도의 평평한 표면 위에 환하게 서서, 동쪽에서 떠오를 해를 기대에 차 바라보는 모습을 뚜렷이 볼 수 있었다. (그는 동쪽이 어딘지 정확하게 알 것이다.) 그뿐만이 아니라 그는 어느 쪽에서 바람이 불어오는지도 알 것이었다. 어떤 틀림없는 마법으로 그는 나침반의 어느 기울기에서 바람의 방향이 바뀌는지도 말할 수 있었다.

그녀는 파란색 돔 모양 그릇 아래 놓인 애플파이처럼 사등분된 지도 한가운데 서 있는 헨리의 모습을 떠올려보았다. 연필과 종이를 들고 꼿꼿하게 선 그가 계산을 하며 지구가 예정대로 잘 돌고 있는지를 확인하는 모습. 밤이면 그는 별자리들이 빛나는 시계처럼 째깍거리며 이동하는지 보면서 그것들의 이름을 마치 시간을 지킨 친척을 맞이하듯 명랑하게 불러줄 것이다. 그녀는 그가 온 마음으로 외치는 소리까지 들리는 것만 같았다. '오리온! 오래된 친구여, 안녕!' 아, 그건 정말 참을 수 없었다.

"방향을 말하는 건 누구나 배울 수 있는 거라고 생각해." 엘리자베스가 마침내 중얼거렸다.

"물론이지." 헨리가 엘리자베스의 겸손에 미소를 지으며 말했다. "연습용 지도도 빌려줄 수 있어."

엘리자베스는 헨리가 백과사전을 넘기며 특별히 흥미로워하는 지도를 공부하는 동안 조용히 앉아 있었다. 엘리자베스는 비방당하는 친구를 소중히 여기는 것처럼 그녀가 살고 있는 어렴풋하고 부정확한 세계를 아끼고 있었다.

그녀의 세계는 밤이면 달이 떨리는 은빛 풍선처럼 나무 위로 두둥실 떠오르고, 푸르른 빛은 창문 밖 나뭇잎 사이에서 흔들리며 방 벽지에 유동적인 무늬를 그려내는 황혼의 세계였다. 공기는 약간 불투명했고 형태들은 서로 흔들리며 뒤섞였다. 바람은 잔잔하다가도 변덕스럽게 이쪽에서, 저쪽에서, 바다에서, 장미 정원에서 불어닥쳤다(물 냄새나 꽃향기로 알 수 있었다).

엘리자베스는 헨리의 잘난 체하는 미소가 지닌 자애로운 광휘에 움찔거렸다. 그녀는 그의 특색과도 같은 엄청난 평온을 방해할 만한 용감하고 버릇없는 말을 하고 싶었다.

그녀는 언젠가 감히 어떤 즉흥적이고 공상적인 말을 한 적이 있다는 것을 기억해냈다. 어떤 말이었지? 사람들의 머리를 찻주전자 뚜껑처럼 들어 올려서 그들이 무슨 생각을 하고 있는지 들여다보고 싶다는 말이었다. 헨리는 그 말에 경직되어 목청을 가다듬더니 한숨을 내쉬면서, 무책임한 아이를 대하듯 말했다. "거기서 뭘 찾을 수 있을 거라 생각하는데? 톱니바퀴나 바퀴 같은 건 분명 아닐 테고, 리본으로 묶어놓은 종이 다발처럼 쌓여 있는 생각들도 아니겠지!" 그는 숙고해낸 자신의 기지에 웃어 보였었다.

물론 아니지, 엘리자베스는 낙담하여 말했었다. 이제 그녀는 자기 마음속에 그려진 것에 대해 생각했다. 어둡고 따뜻한 방에 색색의 빛이 일렁인다. 수많은 손전등 불빛이 물에 반사되는 것 같다. 장면들은 부연 벽을 오가는 인상주의 작품들처럼 부드럽고 흐릿하다. 색들은 작은 색깔 조각들로 잘게 부서지고 여인들의 살결은 장밋빛 분홍색이며, 드레스의 라벤더색은 라일락과 어우러진다. 그리고 어디에선가 달콤하게 들려오는 바이올린 소리와 종소리.

엘리자베스는 헨리의 마음이 광활하고 고른 햇살 아래 정확하게 계측되어 평평하고 균일하게 놓여 있을 거라 확신했다. 거기에는 기하학적인 콘크리트 보도와 광장이 있을 것이고, 거대한 건물들에는 완벽히 동기화된 시계가 달려 있어 모든 것이 완벽하게 제때 작동할 것이다. 대기는 정확한 째깍거림으로 빼곡할 것이다.

외부에서 갑작스러운 빛이 들어와 방이 새로운 광원으로 확장되는 것 같았다. "가자, 산책하기 좋은 오후야." 헨리가 소파에서 일어나 웃더니 엘리자베스에게 네모나고 거대한 손을 내밀며 말했다.

매주 일요일 오후 저녁 식사를 마친 뒤, 바닷가 옆 대로변을 산책하는 게 그의 습관이었다. 그는 소금기 어린 시원한 공기가 그녀에게 상쾌한 강장제가 될 거라 말했다. 그녀의 얼굴에는 언제나 약간 병색이 있었고 양 볼은 조금 핼쑥했다.

불어오는 바람에 엘리자베스의 회색 머리칼이 축 처지고 몇 가닥이 촉촉한 후광처럼 나부꼈다. 하지만 이 유익한 산들바람에도 그녀는 헨리가 자신의 머리칼이 단정치 못하게 흐트러지는 것을 싫어한다는 걸 알았다. 그래서 그녀는 부드럽게 머리를 빗어 넘겨 커다란 철제 머리핀으로 고정하는 걸 선호했다.

오늘 공기는 맑았고 이른 9월치고는 따뜻했다. 엘리자베스는 갑작스럽게 명랑한 기색으로 현관으로 걸어 나왔다. 그녀의 회색빛 코트가 라벤더색 드레스 위에서 느슨하게 풀어져 있었다. 저 멀리 수평선 너머 폭풍일지도 모를 자그마한 먹구름 덩어리가 천천히 올라오는 것이 보였다. 보라색 구름들이 작은 포도송이처럼 모여들어 있었고, 그걸 배경삼아 갈매기들이 크림색 조각처럼 날아들고 있었다.

파도는 판자를 깔아 만든 산책로의 석조 기초 아래에 거세게 부딪치며 제 속도를 잠재우고 있었다. 거대한 물마루는 푸른 줄무늬의 차가운 유리 곡선에 잠시 머물렀다가 그 부동의 순간을 지나 하얀 포말로 부서졌고, 물의 층이 해변을 따라 얇은 크리스털처럼 펼쳐졌다.

엘리자베스는 손을 헨리의 팔에 안정적으로 얹으며, 자신이 바람 속에 안전하게 묶여 있는 풍선 같다고 느꼈다. 신선하고 찬 공기를 들이마시니 이상할 정도로 기분이 가벼워지며 부풀어 오른 듯했고, 조금만 강한 바람이 불어오면 그대로 날아올라 바다 위로 기울 것만 같았다.

수평선 저 멀리서 포도송이가 부풀어 오르더니 바람이 기이할 만큼 따뜻하게 밀려왔다. 9월의 햇살이 갑자기 희석되어 약해 보였다.

"오빠, 폭풍이 올 것 같아."

헨리는 저 멀리 어렴풋한 구름들을 보며 비웃었다. "헛소리." 그가 단호하게 말했다. "저건 사라질 거야. 바람의 방향이 잘못됐어."

바람이 잘못됐다. 예측할 수 없고 변덕스러운 돌풍이 불어 엘리자베스를 못살게 굴었다. 바람이 페티코트 끝자락을 나풀거리게 했고, 그녀의 눈에 장난스럽게 머리카락 한 가닥을 날렸다. 그녀는 이상하게도 말썽꾸러기처럼 들뜬 기분이 되어 바람의 방향이 잘못된 것에 은밀한 기쁨을 느꼈다.

헨리가 방파제에 멈춰 섰다. 그는 조끼 주머니에서 커다란 금시계를 꺼내 들었다. 그는 15분 후면 만조가 될 거라고 말했다. 정확히 4시하고도 7분에. 그들은 바위 위로 삐죽이 튀어나온 오래된 부두에서 함께 그 모습을 바라볼 예정이었다.

엘리자베스는 삐거덕거리며 툴툴대고 있는 부두의 판자 위를 걸으면서 점점 커져가는 흥분감을 느꼈다. 갈라진 틈 사이로 자신에게 눈을 깜빡이고 있는 깊고 푸른 물이 보였다. 출렁이는 파도는 신비로운 무언가를 속삭이는 듯했다. 어떤 이해할 수 없는 것, 소란한 바람 속에서 길을 잃은 말. 그녀는 다리 아래에서 이끼 낀 부두 말뚝이 강한 썰물의 힘으로 흔들리고 삐걱거리는 것을 아찔하게 느꼈다.

"여기가 좋겠다." 헨리가 부두 끝 난간에 기대며 말했다. 변덕스러운 바람에 그의 보수적인 파란색 세로줄 무늬 정장이 살랑거렸고, 정성스레 빗어 넘긴 정수리의 머리카락도 흩날리게 해서 머리카락이 벌레의 더듬이처럼 공기 중에 꼿꼿이 섰다.

엘리자베스는 그의 옆에서 난간에 몸을 숙이고 바위 위로 마구 밀려오는 파도 속을 응시했다. 그녀의 라벤더색 스커트는 계속 부풀어 다리 사이에서 펄럭였고, 가늘고 연약한 손가락으로 잡으려고 해도 반항적으로 날아다닐 뿐이었다.

무언가가 그녀의 목을 찌르는 것 같았다. 별생각 없이 한 손을 든 엘리자베스가 헐거워진 자수정 브로치를 만지려 할 때였다. 브로치가 손가락 사이로 미끄러져 바위 위로 돌면서 떨어졌고, 보랏빛 섬광을 내뿜으며 독기 있게 반짝거렸다.

"오빠!" 그녀가 헨리에게 매달리며 외쳤다. "오빠, 엄마 브로치가! 어떡하지?" 헨리의 시선은 그녀의 앙상하고 떨리는 검지를 따라 브로치가 반짝이는 곳을 향했다. "오빠," 그녀가 반쯤 울먹이며 말했다. "내려가서 가져다줘야 해. 파도가 가져가버릴 거야!"

헨리는 엘리자베스에게 자신의 검은 중절모를 건네면서 갑자기 책임감 있는 보호자를 자처했다. 그는 난간에 기대서서 발을 딛기 가장 좋은 곳이 어딘지 살펴보았다. "절대 걱정하지 마." 그가 용감하게 한 말들이 그를 조롱하는 바람 때문에 다시 그에게로 불어닥쳤다. "절대 걱정하지 마, 여기 사다리 같은 게 있어. 내가 브로치 가져다줄게."

헨리는 조심스럽게, 그리고 능숙하게 내려가기 시작했다. 그는 자신의 한 발을, 그리고 또 다른 한 발을 나무 받침대 하나하나의 각도에 정확히 맞춰 얹으면서 이윽고 건조하고 이끼가 낀 바위 표면에 다다라 의기양양하게 섰다. 파도가 그보다 약간 아래에서 꾸준히 리듬감 있게 오르락내리락하며, 거대한 바위 사이의 동굴과 틈새에서 불길한 소리를 냈다. 그는 그 자리에서 만든 사다리의 가장 아래 받침대를 한 손으로 붙잡고 브로치를 줍기 위해 거대한 몸을 숙였다. 거한 저녁 식사로 숨을 헐떡이며 위엄 있게, 천천히 몸을 굽혔다.

엘리자베스는 파도가 꽤 오랫동안 밀려들어 오고 있다는 걸 알았지만, 그 파도가 다른 파도들보다 훨씬 더 키가 크다는 건 알아채지 못했다. 그러나 거기에는 냉혹한 자연법칙에 지배된 거대한 녹색 물 덩어리가 천천히, 위풍당당하게, 안쪽으로, 브로치를 손에 쥐고 몸을 곧추세운 채 엘리자베스를 향해 미소 지으려던 헨리를 향해 가차 없이 밀려들고 있었다.

"오빠." 그녀는 공포의 무아지경 속에 몸을 앞으로 숙이며, 바위를 삼키는 파도를 바라보면서 속삭였다. 파도는 헨리가 서 있는 바로 그 장소 위로 무지막지한 양의 물을 쏟아부었고, 물이 헨리의 발목 부근에서 솟구치며 무릎 주변으로 두 개의 소용돌이를 일으켰다. 헨리는 오랫동안 용감하게 균형을 잡았다. 포효하는 바다에서 두 다리를 벌리고 선 거대한 조각상, 낯선 고통의 놀라움이 그의 하얗게 상기된 얼굴 위로 번져갔다.

이미 물에 잠겨버린 잘 닦인 신발이 이끼에 미끄러지는 걸 느꼈을 때, 헨리의 두 팔은 광란의 프로펠러처럼 허공에서 돌았고, 마지막으로 얼굴에는 무력한 표정이 떠올랐다. 그는 비틀거리고, 더듬거리며, 말 한마디 못 한 채 연이어 몰아치는 시커먼 파도의 깊은 곳으로 무너졌다. 엘리자베스는 점점 평온해지는 마음으로 그 팔들이 쳐올려졌다 가라앉고 다시금 솟구치는 걸 바라보았다. 마침내 어두운 형체가 잠잠해졌고 바닷속 어둠의 층을 천천히 하나둘 거쳐 가라앉았다. 조류가 바뀌고 있었다.

생각에 잠긴 엘리자베스가 난간에 기대어 푸른 핏줄이 보이는 양손에 뾰족한 턱을 얹었다. 그녀는 푸른빛 물속에 사는 헨리가 흐릿한 물의 층 사이를 가르며 알락돌고래처럼 추락하는 모습을 상상했다. 그의 머리칼엔 해초가, 주머니엔 물이 있을 것이다. 동그란 금시계와 하얀 얼굴의 나침반 무게로 인해 바다 밑바닥으로 가라앉을 것이다.

물이 그의 신발 안쪽으로 스며들고 작동 중인 시계에도 계속 스며들면 째깍거림은 멈출 것이다. 그러면 아무리 흔들고 두들겨도 다시 작동하게 만들 수는 없을 것이다. 심지어 신비롭고 정확한 나침반의 톱니마저 녹이 슬어, 헨리가 아무리 흔들고 두드려보아도 미세하게 떨리는 바늘은 고집스레 멈춰서 들러붙어 그가 움직이는 방향마다 북쪽이 될 것이다. 엘리자베스는 일요일 오후 희석된 초록빛 아래에서 호기심에 지팡이로 말미잘을 찔러보며 혼자 힘차게 산책하는 그의 모습을 상상했다.

이윽고 그녀는 그의 서재에 있는 모든 지도와 대서양 한가운데 장식처럼 그려져 있던 큰 바다뱀을 생각했다. 손에 삼지창을 쥔 포세이돈이 하얗게 부푼 머리 위에 왕관을 쓴 채 파도 위에 제왕답게 앉아 있었다. 그녀가 명상을 하는 동안 포세이돈의 왕다운 얼굴의 특징들이 흐릿해지고, 부풀어 오르고, 둥글어졌는데, 마침내 그녀를 돌아본 사람은 많이 변한 모습의 헨리였다. 그는 조끼도, 줄무늬 정장도 없이 파도의 물마루 위에 옹송그리고 앉아 이를 달달 떨고 있었다. 엘리자베스가 바라보는 순간, 아주 작고 애처로운 재채기 소리가 들렸다.

불쌍한 헨리. 그녀의 마음이 연민으로 가득 차 그에게 닿았다. 이 미끌미끌하고 게으른 바다 생물들 중 누가 그를 저 아래에서 돌봐줄까? 누가 달이 조류를 통제하고 대기압의 밀도에 관해 말하는 걸 들어줄까? 그녀는 그가 절대로 갑각류를 소화시키지 못한다는 점에 대해서도 측은하게 생각했다.

다시 바람이 불어왔다. 엘리자베스의 스커트가 신선한 돌풍에 들어 올려지며 종 모양으로 부풀었다. 그녀는 위험하게 몸을 기울여 난간에서 손을 떼 페티코트를 정돈하려고 했다. 그녀의 발이 판자에서 뛰어올랐다가 내려앉았다가 다시 뛰어올랐다. 그녀는 바람을 따라 바다 위에 떠다니는 라벤더색 연꽃 씨앗처럼 솟구치듯 흔들렸다.

그 모습이 사람들이 엘리자베스 민턴을 마지막으로 본 것이었다. 완전히 자기 자신을 즐기고 있던 사람, 위로 부풀어 오르면서, 이번엔 이쪽으로 다음엔 저쪽으로 흔들리는 그녀의 라벤더색 드레스가 저 멀리 보랏빛 구름과 섞여 들었다. 그녀의 높고 환희에 찬 여성스러운 웃음소리가 밀물을 따라 저 아래에서 올라오는 헨리의 낮고 깊은 웃음소리와 뒤섞였다.

오후가 서서히 황혼으로 바뀌고 있었다. 누군가 갑자기 엘리자베스의 팔을 잡아당겼다. "집으로 가자, 엘리자베스." 헨리가 말했다. "늦어지고 있어."

엘리자베스는 순종적인 한숨을 쉬었다. "가고 있어." 그녀가 말했다.

1952년 봄

땅벌 사이에서

태초에 앨리스 덴웨이의 아버지가 있었다. 숨이 목구멍에 찰 때까지 그녀를 하늘로 던졌다가 받아서 커다랗고 힘차게 품에 안아주던 아버지. 어린 앨리스가 그의 가슴에 귀를 대면 심장의 천둥소리와 야생마가 질주하듯 혈관을 흐르는 피의 박동을 들을 수 있었다.

앨리스 덴웨이의 아버지는 거인 같은 사람이었다. 그의 푸른 눈동자는 머리 위 하늘 전체의 색을 모두 담아냈고, 그가 웃을 때면 마치 바다의 모든 파도가 부서지며 해변에서 포효하는 것 같았다. 앨리스는 아버지를 숭배했다. 그가 강력해서 모두가 그의 명령을 따랐기 때문이다. 그는 가장 잘 알았고 판단을 내리는 데 실수한 적이 없으니까.

앨리스 덴웨이는 아버지의 총애를 받았다. 앨리스가 아주 어렸을 때부터 사람들은 그녀가 친탁했다고 말해주었고, 아버지는 그런 그녀를 굉장히 자랑스러워했다. 그녀의 남동생인 워런은 외탁을 해 금발이었으며, 온순하고 늘 허약했다. 앨리스는 워런을 자주 괴롭혔는데, 그가 야단을 떨면서 울기 시작하면 자신이 강하고 우월하게 느껴졌기 때문이다. 워런은 많이 울었지만 절대로 고자질하진 않았다.

어느 봄날 저녁, 앨리스는 저녁 식탁에서 초콜릿푸딩을 먹는 동생 워런의 맞은편에 앉아 있었다. 초콜릿푸딩은 워런이 가장 좋아하는 디저트로, 그는 아주 조용히 작은 은수저로 푸딩을 떠서 조심스레 먹고 있었다. 앨리스는 워런이 하루 종일 예의 바르게 행동한 데다 아빠가 마을에서 집으로 돌아왔을 때 엄마가 그 이야기를 전했기 때문에 그날 밤의 워런을 별로 좋아하지 않았다. 워런의 머리카락은 민들레 같은 금빛에 보드랍기까지 했고, 피부는 우유 잔 색이었다.

앨리스는 아버지가 자신을 보고 있는지 확인하기 위해 식탁의 상석을 힐끗 쳐다보았는데, 그는 몸을 숙여 크림이 흘러내리는 푸딩 한 숟갈을 입에 넣고 있었다. 앨리스는 의자에서 살짝 내려 앉아 천진하게 접시를 바라보며 테이블 아래로 다리를 뻗었다. 그러고는 다리를 뒤로 당겼다가 민첩하고 재빠르게 발차기를 했다. 신발 끝부분이 워런의 연약한 정강이를 강타했다.

앨리스는 강렬한 흥미를 숨긴 채 내리깐 속눈썹 사이로 조심스레 워런을 바라보았다. 그의 입으로 들어가려던 푸딩 한 숟갈이 손에서 떨어져 턱받이에 흔적을 남기며 바닥으로 굴러떨어지자 워런은 놀란 표정을 지었다. 워런의 얼굴은 슬픔의 가면으로 구겨졌고, 그는 훌쩍이기 시작했다. 아무 말도 하지 않았지만 순하게 앉아서 감은 눈꼬리로 눈물을 흘리며 초콜릿푸딩을 축축하게 적셨다.

"맙소사, 저 녀석은 울기만 하나?" 앨리스의 아버지가 고개를 들고 비웃듯 워런을 보았다. 입 모양이 그를 경멸하는 것처럼 보였다. 앨리스는 안전한 멸시의 눈빛으로 워런을 노려보았다.

"피곤해서 그래요." 어머니는 상처받고 책망하는 표정으로 앨리스를 바라보며 말했다. 테이블로 몸을 숙인 어머니가 워런의 노란 머리칼을 쓰다듬었다. "몸이 좋지 않았어요, 우리 아기. 당신도 알잖아요."

어머니의 얼굴은 교회학교의 성모상처럼 상냥하고 부드러웠다. 그녀가 곧 일어나 워런을 품에 안자 워런은 따뜻하고 안전하게 제 몸을 웅크리며, 앨리스와 아버지에게서 고개를 돌렸다. 빛이 그의 보드라운 머리카락 너머로 반짝이는 후광을 만들었다. 어머니는 작게 위로하는 듯한 소리를 내면서 그를 달래며 말했다. "괜찮아, 우리 천사, 이제 괜찮아. 이제 괜찮아."

앨리스는 막 넘기려던 푸딩 덩어리가 목구멍 뒤쪽에 걸린 듯한 느낌을 받았고, 거의 숨이 막힐 뻔했다. 입안에서 한참을 고생하다 겨우 삼켜냈다. 그러고 나서 아버지의 고요하고도 격려하는 시선을 느끼며 기운을 얻었다. 그녀는 아버지의 날카로운 푸른 눈을 들여다보면서 시원하게 승리의 웃음을 지었다.

"누가 내 딸이지?" 아버지가 앨리스의 땋은 머리를 잡아당기며 다정하게 물었다.

"앨리스지!" 그녀가 의자에서 방방거리며 외쳤다.

어머니는 워런을 위층 침대로 데려갔다. 앨리스는 뒤로 물러난 어머니가 계단을 오르는 발뒤꿈치 소리가 점점 희미해지는 것을 알아챘다. 이윽고 수돗물 소리가 들렸다. 워런이 목욕을 할 참이었고 어머니는 맞춤한 이야기를 들려줄 것이었다. 어머니는 매일 밤 워런을 침대에 눕히기 전, 그가 하루 종일 착하게 지냈다며 이야기를 들려주었다.

"오늘 밤에 아빠가 검사하는 거 봐도 돼요?" 앨리스가 아버지에게 물었다.

"할 수 있을까요, 라고 물어야 돼." 아버지가 말했다. "그럴 수 있지. 네가 조용히만 군다면." 그는 냅킨으로 입술을 닦은 뒤 접어서 테이블 위에 던진 후 의자를 뒤로 밀었다.

앨리스는 아버지를 따라 서재로 들어가 책상 옆에 있는 커다랗고 매끄러운 가죽 의자에 앉았다. 앨리스는 아버지가 도시에서 서류 가방에 담아온 과제들을 첨삭하는 모습을 보길 좋아했다. 그 종이에는 그날 하루 사람들이 했던 모든 실수가 적혀 있었다. 그는 종이들을 읽다가 갑자기 멈추기도 하고 색연필을 들어 틀린 단어 여기저기에 빨간색으로 표시를 하기도 했다.

"알고 있니?" 한번은 아버지가 일하다 말고 고개를 들어 앨리스에게 물은 적이 있다. "내가 이 과제들을 내일 강의실에서 건네면 무슨 일이 일어나는지?"

"몰라요." 약간 떨면서, 앨리스가 대답했다. "무슨 일이 일어나요?"

아버지는 엄격함을 흉내 내는 어조로 어두운 불만을 드러내면서 말했다. "흐느낌과 오열과 이를 악무는 일들이 생기지."

앨리스는 아버지가 강단 위에 서 있던 대학의 큰 강의실을 떠올렸다. 어머니와 함께 간 적이 있었는데, 당시 그곳에는 세계가 어떻게 만들어졌는지에 관한 경이롭고도 기묘한 아버지의 강연을 들으려는 사람이 수백 명이나 모여 있었다.

그녀는 거기 서 있는 아빠의 모습을, 사람들에게 과제를 되돌려주는 모습을, 그들의 이름을 일일이 부르는 모습을 상상했다. 종종 어머니를 꾸짖을 때처럼 강인하고 자부심 넘치는 굵은 목소리였지만, 날카로운 면이 있는 그 모습 그대로였다. 그 위에서 왕처럼 왕위에 앉아 우레와 같은 목소리로 이름을 부르면 사람들은 전율하듯 겁에 질려 나와서 자신들의 과제물을 받아 갔다. 그러고 나면 슬픔에 잠긴 채 흐느끼는 소리, 오열하는 소리, 이를 악무는 소리가 들려왔다. 앨리스는 사람들이 이를 악무는 어느 날 그 자리에 있기를 바랐다. 그 소리는 분명 끔찍하고도 경외감을 자아낼 것이라고 확신했다.

오늘 밤, 앨리스는 잠자리에 들 시간이 될 때까지 그곳에 앉아 아버지가 과제물을 첨삭하는 모습을 지켜보았다. 서재의 조명이 아버지의 머리를 밝게 빛나는 왕관처럼 둘러쌌고, 그가 과제물 위에 만들어낸 빨간 기호들은 그녀가 빵칼로 손을 베던 날 가느다란 상처에서 베어 나오던 피의 색깔과 같았다.

그해 매일 저녁 아버지가 식사 시간 직전에 귀가할 때, 그는 자신의 서류 가방에 도시의 놀라움을 담아 왔다. 그는 현관문으로 들어서서 모자와 차가운 실크 안감을 댄 무겁고 거친 코트를 벗고 의자에 서류 가방을 올려놓았다. 그는 가장 먼저 끈을 풀고 잔뜩 접혀 잉크 냄새가 나는 신문지를 꺼냈다. 거기에는 다음 날 첨삭해야 하는 종이 뭉치가 있었다. 그리고 맨 밑바닥, 거기에 그녀, 앨리스를 위한 특별한 무언가가 있었다.

노랗고 빨간 사과거나 색색의 셀로판지로 감싼 호두일 수도 있었다. 더러 귤이 나오면 아버지는 앨리스를 위해 구멍이 숭숭 뚫린 주황색 껍질과 레이스 무늬의 스펀지 같은 하얀 실 가닥들을 벗겨주곤 했다. 그러면 앨리스는 한 알 한 알 입에 넣었고, 달콤하고 날카로운 과즙이 입안에 뿜어져 나왔다.

여름철에 바깥 날씨가 정말 좋을 때면 아버지는 도시에 한 번도 가지 않았다. 워런이 천식으로 늘 기침을 하며 초조해했고 침대 옆에 둔 가습기 없이는 숨을 쉴 수 없었기 때문에 어머니는 늘 워런과 집에 있어야 했고, 그동안 아버지는 앨리스를 데리고 해변을 갔다.

처음에 아버지는 앨리스를 해변에 남겨둔 채 혼자 수영을 하러 갔다. 작은 파도들이 그녀의 발치에서 부서지고, 젖은 모래가 그녀의 발가락 사이로 시원하게 밀려왔다. 앨리스는 발목이 잠기는 백파의 끄트머리에 서서 아버지를 경이롭게 바라보며 수면에서 고요하게 반짝거리는 여름 태양의 작열하는 빛에 눈을 가렸다.

시간이 좀 지나 앨리스가 아버지를 부르면 그는 방향을 틀어 해변가를 향해 수영해 오기 시작했다. 뒤로는 다리로 물거품을 일으키고, 팔이라는 강력한 프로펠러로는 앞쪽의 물살을 가르며 헤엄쳐 왔다. 아버지는 앨리스에게 다가가서 그녀를 등에 업었고, 그녀가 아버지에게 꼭 달라붙어 두 팔로 목을 감싸면 다시 헤엄쳐 나갔다. 공포스러운 황홀감 속에 자기 얼굴을 그의 뒷목에 기댈 때면 보드라운 볼이 따끔거렸다. 아버지가 힘차게 나아가는 길을 따라 그녀의 다리와 늘씬한 몸이 둥둥 떠서, 힘들이지 않은 채 움직이며 물에 흔적을 냈다.

아버지의 등 위에서 앨리스의 공포는 서서히 사라지기 시작했다. 아래쪽의 검고 깊은 물은 평온하고 친근하게 보이며, 아버지의 숙련된 리듬의 스트로크에 복종한 차분한 파도가 두 사람을 받쳐주는 것처럼 보였다. 소름이 오소소 돋은 그녀의 가느다란 팔에 햇살 또한 따뜻하고 다정하게 내려앉았다. 여름 햇살은 그녀의 피부를 워런의 피부처럼 새빨갛게 태우지 않고, 시나몬토스트처럼 사랑스러운 갈색으로 물들였다.

수영이 끝나면 아버지는 앨리스의 몸을 말리기 위해 해변 가를 오르내리며 상쾌하게 뛰도록 했는데, 바닷가 가장자리에 평평하고 단단하게 뭉쳐진 모래를 따라 바람을 거슬러 경주하면서는 웃음을 터뜨리곤 했다. 앨리스는 피스톤으로 구동하는 듯한 아버지의 신속한 걸음이 남긴 발자국에 자신의 발자국을 대보기도 했다. 그러고 나면 앨리스는 젊은 팔다리에 힘이 붙고 성장하는 것을 느끼며 언젠가는 자신도 안전하게 파도를 탈 수 있게 될 거라고, 햇빛은 언제나 그녀에게 공손할 것이고 그 창조적인 따스함을 지닌 채 자신에게 순종적이고 관대하게 굴 거라고 확신했다.

앨리스의 아버지는 아무것도 두려워하지 않았다. 힘은 힘이기 때문에 좋았다. 여름 태풍이 철썩이는 푸른 번개와 귀를 찢는 듯한 천둥소리와 함께 도시를 구획별로 차례차례 무너뜨리는 것 같은 소리를 내면서 오면, 그는 워런이 종종걸음을 치며 빗자루 벽장에 숨어들어 손가락으로 귀를 막고 창백해진 얼굴로 공포에 잠식되는 모습을 보면서 웃음소리로 호령했다. 앨리스는 아버지와 천둥 노래 부르는 법을 배웠다. "토르가 화가 났네. 토르가 화가 났네. 붐, 붐, 붐! 붐, 붐, 붐! 우리는 상관하지 않아. 우리는 상관하지 않아. 붐, 붐, 붐!" 아버지의 바리톤 목소리가 깊게 울려 퍼지면 그 위로 길들인 사자 같은 천둥소리가 무해하게 우르릉거렸다.

앨리스는 서재에서 아버지의 무릎에 앉아 거리 끝에 누더기가 된 거품을 일게 하고, 방파제에 물보라를 뿌려대는 파도를 보면서 자연의 파괴적인 웅장함을 비웃는 법에 관해 배웠다. 부풀어 오른 보라색과 검은색 구름이 눈부신 섬광처럼 터졌고, 천둥소리는 집의 기반부터 파르르 떨게 만들었다. 하지만 아버지의 강인한 팔을 몸에 두르고 안정된 심장박동 소리를 가만히 듣고 있자면, 앨리스는 그가 어떻게든 저 창문 너머 분노의 기적과 연결되어 있다고, 그를 통해서라면 세계의 종말도 완전한 안전 속에서 맞이할 수 있으리라고 믿었다.

적절한 계절이 되면 아버지는 앨리스를 정원으로 데려가서 땅벌 잡는 방법을 알려주었다. 다른 아버지들이라면 할 수 없는 일이었다. 아버지는 벌의 모양만으로 특별한 종류의 땅벌을 알아보곤 주먹에 벌을 가둔 뒤 앨리스의 귀에 손을 가져다 댔다. 앨리스는 아버지의 손이라는 어두운 덫에 사로잡혀 화를 내고 숨 막혀하며 윙윙거리는 소리를 듣는 게 좋았다. 하지만 벌은 침을 쏘지 않았다. 감히 쏘지 못했다. 그러면 아버지는 웃음을 터뜨리며 손을 활짝 펼쳤고, 벌은 자유롭게 하늘로 휙이 날아올랐다.

그러던 어느 여름 날, 앨리스의 아버지는 그녀를 데리고 벌을 잡으러 가지 않았다. 그는 집 안 소파에 누워 있었고, 어머니는 커다란 잔에 따른 오렌지주스와 포도, 자두 등을 쟁반에 담아 그에게 가져다주었다. 그는 항상 목이 말랐기 때문에 물을 많이 마셨다. 앨리스는 아버지를 위해 자주 부엌에 가서 물병 가득 얼음물을 담아 물방울이 맺힌 잔을 가져다주곤 했다.

그런 일이 한동안 이어지자 아버지는 집에 들어오는 누구와도 대화를 많이 나누지 않게 되었다. 밤에 앨리스가 침대에 누워 있을 때, 그녀는 옆방에서 어머니가 아버지에게 말하는 소리를 들었다. 어머니의 목소리는 한동안 부드럽고 낮게 이어졌는데, 아버지가 심술을 내며 천둥처럼 목소리를 높여 가끔 워런을 깨우기도 했다. 그러면 워런은 울기 시작했다.

그런 밤을 보낸 어느 날 의사가 아버지를 찾아왔다. 의사는 검은 서류 가방과 은색 도구들을 가져왔고, 그가 떠난 후 아버지는 의사의 지시로 계속 침대에 누워 있기 시작했다. 위층에서는 이제 대화 대신 속닥거리는 소리가 들렸고, 의사는 햇빛이 너무 강해 아버지의 눈이 상할 수 있으니 블라인드도 내리라고 했다.

문이 거의 닫혀 있었기 때문에 앨리스는 아버지를 가끔씩만 보러 갈 수 있었다. 한번은 그녀가 그의 침대 옆 의자에 앉아 정원에 있는 마른 갈색 꼬투리에 제비꽃 씨앗을 받을 준비가 됐다고 말하는 와중에 의사가 왔다. 앨리스는 아래층 현관문이 열리는 소리와 어머니가 그를 들이는 소리를 들었다. 어머니와 의사는 아래층 복도에 한참을 서 있었는데, 낮게 속삭이는 그들의 목소리는 엄숙하고 불분명하게 들렸다.

이윽고 의사가 검은 가방을 들고, 바보같이 환한 미소를 지으면서 어머니와 함께 위층으로 올라왔다. 그가 앨리스의 땋은 머리를 장난스레 잡아당기자, 그녀는 뾰로통하게 머리 방향을 바꿔 그의 손을 떼어냈다. 아버지는 앨리스에게 윙크를 했지만 어머니는 고개를 저었다.

"착하게 굴어, 앨리스." 어머니가 애원했다. "의사 선생님은 아버지를 도우러 오신 거야."

사실이 아니었다. 아버지에게는 어떤 도움도 필요하지 않았다. 의사는 그를 침대에 머물게 하고 햇빛까지 차단해서 아버지를 불행하게 만들고 있었다. 아버지는 원한다면 저 통통하고 어리석은 의사를 집에서 나가라고 하거나 문을 쾅 닫으며 다시는 오지 말라고 명령할 수 있었다. 그러나 아버지는 의사가 자신의 팔을 소독하게 두었으며, 검은 가방에서 커다란 은빛 바늘을 꺼내 그 바늘로 찌르도록 내버려두었다.

"보면 안 돼." 어머니가 앨리스에게 다정하게 말했다.

하지만 앨리스는 보기로 결심했다. 아버지는 움찔하지도 않았다. 그는 바늘이 들어가게 두곤 그 강하고 푸른 눈으로 앨리스를 바라보며 자신은 정말로 아무렇지도 않다고 조용히 말했다. 사실은 어머니와 터무니없는 그 작고 뚱뚱한 의사, 두 공모자의 비위를 맞추고 있을 뿐이라는 사실을 알려준 것이다. 앨리스는 자부심의 눈물이 차오르는 것을 느꼈다. 하지만 그녀는 눈을 깜빡여 눈물을 참았다. 아버지는 우는 사람이라면 그 누구도 좋아하지 않았다.

다음 날 앨리스가 다시 아버지를 찾아갔다. 복도에서 그녀는 그늘진 방 안 침대에 누워 있는 아버지의 모습을 흘끗 보았다. 머리가 베개 위에 놓여 있었고 내려진 블라인드 사이로는 창백하고 뿌연 주황빛이 들어오고 있었다.

앨리스는 달콤하고 낯선 알코올 냄새가 나는 방으로 조심스럽게 들어갔다. 가슴 위에서 리듬감 있게 오르락내리락거리는 이불과 숨소리를 제외하면 아버지는 침대에서 미동도 없이 잠들어 있었다. 고요한 빛 속에서 그의 얼굴은 양초처럼 누렇게 변해 있었고, 입가의 살은 마르고 긴장되어 보였다.

앨리스는 아버지의 수척해진 얼굴을 내려다보며 가녀린 손으로 주먹을 쥐었다 폈다 하면서 그의 느릿한 숨소리를 들었다. 그런 다음 침대에 가까이 다가가 몸을 숙여 그의 가슴에 놓인 침대보 위에 머리를 내려놓았다. 어딘가에서, 아주 희미하고 먼 곳에서, 그의 심장이 연약하게 뛰는 소리가 들렸다. 저 멀리서 들리는 북소리처럼 점점 멀어져 갔다.

"아빠." 그녀가 작게 애원하는 목소리로 말했다. "아빠." 하지만 그는 자기 자신의 중심으로 빠져들어 애원하는 이의 목소리와 격리되어 있었다. 상실감과 배신감을 느낀 그녀는 몸을 돌려 방을 떠났다.

앨리스 덴웨이가 아버지를 본 것은 그때가 마지막이었다. 그때는 몰랐다. 남은 생애 동안 아버지처럼 땅벌 사이를 자신감 있고 오만하게 그녀와 함께 걸어갈 이는 없으리란 걸.

1950년대 초

6월의 어느 날

아무리 노력해도 절대 잊을 수 없는 날이 있다. 다시 여름이 오면, 카누를 타러 갈 만큼 날이 충분히 따뜻해지면 언제나 떠오른다. 푸른 6월의 첫날이 오면, 눈물 사이로 본 것처럼…… 생생하고 맑고 투명한 기억이 난다.

너와 린다는 이 계절 처음으로 호수에 카누를 타러 가는 중이다. 너는 보트 창고로 간다…… 썩어가는 판자가 물속으로 기울어져 누워 있는 선창으로 간다…… 마치 둥둥 떠 있는 초록색 완두콩 꼬투리처럼, 부두에서 대기하고 있는, 빈 카누들을 향해 간다. 너는 린다가 뱃고물을 붙잡고 있는 동안 그중 한 보트의 뱃머리로 비틀거리며 걸어간다. 그러는 내내 가벼운 보트가 네 발 아래에서 출항하기만을 바라며 풀쩍풀쩍 뛰어오른다. 설명해보려고 해도 결코 설명할 수 없는 완벽한 6월의 하루다. 비 온 뒤 마르고 있는 향모라든가 깨끗하게 세탁된 리넨의 향을 떠올려보자. 초원에서 바둑판무늬로 반짝이는 햇살, 혓바닥 위에서 시원해지는 민트 잎의 맛, 정원에 핀 튤립의 선명한 자태. 초록색 그림자가 노란색으로 엷어지고, 파란색으로 진해지는 그 황홀함…… 팔에 닿는 태양의 뜨거운 촉감…… 깊고 투명한 푸른 물을 비추는 눈부신 햇살의 촉…… 그 짜릿함…… 피어오르고 톡 터져버리는 거품…… 미끄러지는 움직임…… 뱃머리를 지나 들려오는 물의 액체성 노랫소리…… 점점이 변해가는 색채의 춤. 사랑할 이 모든 것, 소중히 아낄 이 모든 것. 다시는 그런 날이 올 수 없으니!

너는 작은 만으로 노를 저어 간다…… 표류한다…… 너는 햇살 아래 누워 눈을 감았고, 눈꺼풀에 뜨거움이 내려앉는다…… 네가 햇빛을 흘끗 바라보면 속눈썹 위로 무지갯빛 그물이 생겨난다. 뱃머리에 리드미컬하게 부딪치는 물결의 달램, 그 흔들림…… 그 미끄러짐…… 너는 호숫가 가까이에서 표류한다.

갑자기 너는 목소리를 듣는다…… 틀림없는…… 남자들의 목소리. 혈관에 전율하는 흥분과 갑작스러운 긴장감이 느껴진다. 너와 린다는 단번에 경계한다. 곧 모험이 시작될 것 같다. 네가 머리를 매만지고 수줍어하며 주위를 둘러본다…… 아니나 다를까…… 또 다른 카누가 네 뒤편 가까이에 있다…… 두 남자……. 어떻게 늦추지? 어떻게 우연히 잠시 멈추지? 네가 표류하고 있는 가파른 제방은 진달래로 뒤덮여 있다…… 호수 위에 늘어져 있는 진홍색, 하얀색의 매혹적인 꽃 무리가 물에 어두운 그림자를 드리운다. 린다는 약간 떨리는 목소리로 말한다. "꽃을 좀 꺾으러 가자." 그게 전부다…… 네 단어…… 너희 둘은 서로를 완전하게 이해하게 된다. 네가 카누에서 일어나 위험하게 비틀거리며 손을 뻗고 꽃을 꺾을 때마다…… 웃음을 터뜨린다…… 어쩌면 너무 흥분한 듯 너는 웃고, 꽃을 꺾으며 어깨 너머로 바라보고 싶지만, 감히 하지는 못한다. 언제나 네 안에는 간질거리는 맛있는 흥분감이 있다. 목소리가 더 커진다. 너는 누군가 말하는 소리를 듣는다. "저기 여자애들 보러 가자……." 너는 이제 조금 더 조심스레 진달래를 꺾으며 의식적으로 우아하고 무심한 태도를 취한다. "안녕하세요!" 네 뒤에서 따뜻하고 남자다운 목소리가 들려온다. 너희 두 사람은 놀란 척하며 불쑥 고개를 돌린다. "오, 안녕하세요……" 하고 너는 숨을 죽이며 카누에 앉는다. 거의 넘어질 뻔했지만 가까스로 모면한다. 그다음 이야기는? 너는 이제 무슨 일이 일어날지 초조하게 궁금해한다. 하지만 이야기는 자연스레 흘러간다. 너는 긴장한 듯 킥킥 웃으며 금발 머리를 뒤로 넘기는 린다의 모습을 바라본다. 두 남자를 바라본다…… 그렇게 잘생긴 편은 아니지만…… 친절하다. 카누 두 대가 나란히 물 위에서 깐닥거리고, 너는 꾸준히 의미 없는 이야기를 주고받는다. 돌이켜보아도 딱히 뭐라고 말했는지 기억나지 않는다. 하지만 넌 웃는다…… 그들이 너를 귀엽게 생각한다는 것을 알고…… 그들이 너를 좋게 생각한다는 것을 안다. 네가 남자들을 놀린다…… "누가 더 노를 빨리 저어요?" 그들은 서로를 바라보며 웃는다. 경주하자고, 네가 제안한다. "오, 안 돼요, 그건 불공평해요." 그들 중한 명이 네 보트의 노를 젓겠다고 한다. 너는 명랑하게 저항한다. 그들은 고집을 부린다. 너는 속으로 검은 머리 친구가와주기를 바란다……. 그는 쉽게 네 카누로 넘어가 선미를 잡는다. 벅, 그의 이름이다. 다른 한 명인 돈은 "혼자서는 노를저을 수 없는데"라며 거짓으로 끙끙댄다. 그가 린다를 바라본다. 우쭐해하며, 그녀는 망설이는 척하다가 말한다. "그럴까요?" 하지만 그녀도 올라타고 모든 것이 완벽해진다. 너는 쿠션에 기대어 남자들을 바라보며 린다와 만족스럽고 자부심어린 눈빛도 비밀스레 교환한다. 이런 일이 일어난 적은 그전까지 단 한 번도 없었다. 학교 남자애들 중 그 누구도 너에게이렇게나 다정하지 않았다. 너는 벅에게 집중한다. 그는 마르고 창백하며 검은색 눈동자와 질긴 검은색 머리칼을 가졌지만, 너는 빗지 않은 머리칼이나 파리함 같은 걸 알아채지 못하고 늘 그의 눈만 본다. 여기 남자가 있다…… 카누에서 널대신해 노를 저어주는…… 그가 너를 좋아한다. 그 순간 벅이 꿈같은 연무에 휩싸인다. 시시각각 그는 더욱 매력적으로바뀐다. 너는 '사람들이 뭐라고 하겠어?' 같은 잔소리는 잠시밀쳐둔다. 너는 항상 웃고, 신비로우면서, 요염하다고, 생각하는 방식으로 행동한다.

태양 광선은 이제 점점 차가워지고 있다. 너는 황혼을 밀어낼 수 없다. 저 멀리 보트 창고가 어렴풋이 보인다. 네 사람에게 동시에 무언의 질문이 떠오른다…… '어떻게 지불하지?' 카누를 다시 바꾸고 혼자 돌아가야 한다는 불편한 생각이 들지만, 마음 한구석의 불합리하고 비뚤어진 부분이 득세한다. 네 힘을 증명해 보이는 건 어떨까? 그러지 않을 이유가 있나? "그쪽 카누는 얼마죠?" 벽이 간결하게 묻는다. 다시 너와 린다는 시선을 나누고 서로를 이해한다. "얼마요?" 너는 순진한 얼굴로 머뭇거린다. "돈을 내야 하나요?" 돈이 없다는 사실을 남자들에게 설득하는 데는 약간의 시간이 걸렸지만, 너는 주머니 속의 지갑을 숨기고 게임을 한다. 벽은 앞으로 노를 저으면서 "우리가 안 왔으면 어쩌려고 했어요?"라고 눈을 부릅뜨고 화를 내며 너에게 묻는다. 그를 보는 너의 내면은 요동치고, 관자놀이 부근에선 열기가 오른다. 상황이 점점 더 불편해진다. 수치스러운 분노의 눈물이 시야를 뿌옇게 만들고, 뜨겁고 축축한 소금기로 얼얼하기도 하다. 기적적으로 그의 얼굴이 누그러진다. "오 젠장, 울지 말아요. 제가 내드릴게요. 전 그냥 저들에게 제가 돈이 있다는 걸 알리고 싶지 않을 뿐이에요." 너의 내면은 이상해진다. 그런 관대함 앞에서 자신이 매우 옹졸하고 인색하게 느껴진다. 너는 말하고 싶다. '죄송합니다. 다 거짓말이에요.' 하지만 말이 입 밖으로 나오지 않는다. 그는 이제 너를 믿는다. 그의 얼굴은 다정하지만 네가 그에게 진실을 말한대도 상황을 바꾸지 못할 것…… 않을 것…… 이다. "오, 벽." 너는 말을 더듬고 감정에 목이 멘다. "도착하면 오랜 친구처럼 저 좀 도와주세요. 저 남자가 우리를 예전부터 알고 지내온 사이로 생각하게요."

"물론이죠, 물론이죠." 그가 말한다. 카누가 부두로 미끄러져 들어가고 한 남자가 거기서 기다리고 있다. 너는 그를 쳐다볼 수 없다. 벅이 너를 도와 올려주었다는 것과 그 남자에게 돈을 내주었다는 것도 거의 깨닫지 못한 채 부두에 내려서서 고개를 피한다. 너는 부끄러워서, 자신을 미워하며, 달려 나간다. 그가 너를 부른다. 린다와 돈은 이제 막 같이 올라왔다. 너는 그녀 옆에서 걷고 남자들은 나무가 우거져 초록빛 그늘이 진, 길고 시원한 그늘 아래 도로를 따라 걷는다. 네가 낮은 목소리로 말한다. "이제 뭘 할 수 있지?" 궁금해한다. "이렇게 못되게 군 걸 어떻게 보상하지?" 너는 빨리 걷는다. "도망가려 하지 말아요." 벅이 뒤에서 조용히 말한다. 네 다리가 갑자기 들이닥친 공포에 휘청인다. "내가 저들에게 말할 거야." 린다가 네게 귓속말한다.

"안 돼." 너는 격렬하게 속삭인다. 그녀에게 이 상황을 어떻게 설명할까…… 벅이 너를 어떻게 믿는지. 모든 것이 망쳐질 것이다…… 엉망이 될 것이다. 하지만 린다는 그들을 향해 돌아섰다. 모두 멈춰 선다. 오후는 기다림으로 무겁다. 너는 벅과 돈에게 "우리 그냥 장난친 거예요. 저희 돈 있어요. 하지만 저희에게 악의가 없었다는 걸 확실히 증명해 보이기 위해 지금 돈을 갚을게요"라고 뉘우치는 그녀의 목소리를 묻어버리기 위해 소리를 지르고 싶다. 침묵은 끔찍하다. 이젠 벅을 바라보지도 못하고, 린다가 무슨 짓을 했는지 말하지도 못한다. 어떻게 말을 계속할 수 있지? 하지만 그녀는 말을 잇는다. "저희가 돈을 드리면 가만히 내버려두실 건가요?" 벽의 목소리는 위험할 정도로 평온하다. "그럼 카누에서의 모든 게 연기였던 건가요?" 너의 시선은 도로를 향한다. 귓가에 묘하게 높은음의 노랫소리가 들린다. 너는 말없이 고개를 끄덕인다. 오후의 햇살이 네 주위에서 수백만 개의 유리 파편으로 산산이 부서진다. 악의적으로 춤추는 초록색, 파란색, 노란색 빛 조각들이 네 주위에서 떠오르고 휘몰아친다…… 숨이 막히는, 질식시키는 색의 조각들. 너는 남자들이 그 돈을 가져갔다는 걸, 돌아서서 점점 더 작아지고 있다는 걸 안다. 너와 린다는 잠시 그 모습을 지켜보며 서 있다. 누군가 저 도로 끝에서 사라져버리고 아무도 돌아서거나 돌아보지 않는다는 점에서 마지막이라는 느낌이 든다. 린다는 만족스러운 한숨을 쉰다. 그녀는 필요한 일을 해냈고, 잇따른 사건을 떨쳐냈다. 하지만 너는, 그녀 옆에서 말없이 천천히 걷는다. 그 상황이 무엇이었는지 설명할 수 있을까? 돈 이상의 것을 배신한 것이라고 어떻게 설명할 수 있을까? 텅 빈 길에는 황량한 것, 최후의 무언가가 있다. 너는 계속해서 걷고, 말이 없다.

1949년

실비아 플라스라는 세계,
그 낭비 없는 많은 밤들

모두가 알고 있는 실비아 플라스의 전기적인 사실과 함께 플라스의 문학사적 궤적을 정리하는 것이 이 장의 몫은 아닐 터, 나는 '역자'로서 무슨 말을 할 수 있을까. 번역 제안을 받고 가장 먼저 들었던 생각부터 말해보자. 고백하건대 가장 먼저 든 생각은 '실비아 플라스라니!'였다. 영미시를 전공하는 사람으로서 플라스의 작품을 번역할 수 있는 기회를 만나게 된 것은 분명 더없는 영광일 테니까. 정전화된 영문학계의 거장이자 신화화된 여성작가. 얼마 전에 대화를 나눈 한 시인은 "실비아 플라스는 영원하다!"라고 힘주어 말하며 영미권뿐만 아니라 한국에서도 가볍지 않은 그의 무게감을 재확인시켜주기도 했다. 하지만 시가 아니라 국내에 초역되는 산문과 단편들이었기 때문에 시를 전공한 내가 적격의 번역가인가를 고민할 수밖에 없었는데, 그럼에도 불구하고 이내 작업하

기로 결심한 것은 연구자로서의 기대 때문이었다. 국내에서 플라스의 단편과 산문들이 연구된 바가 많지 않기 때문에 이 작품들을 번역함으로써 플라스라는 문학사적 텍스트에 조금 더 다가갈 수 있을 거란 실리적인 기대, 그리고 시 전공자로서 난해하기로 정평이 나 있는 플라스의 시를 조금 더 잘 이해할 수 있게 되지 않을까 하는 약간은 나이브한 기대.

내가 좋아하는 플라스의 시 가운데 하나는 「포인트 셜리」로, 포인트 셜리는 플라스의 어린 시절이 녹아 있는 지명이다. 이 시에는 집이 한 채 등장하는데 시의 주요한 환경이자 소재로 등장하는 바다가 거칠고 냉혹하며 다소 폭력적인 모습으로 묘사되는 반면, 이 집은 낡고 황량하게 그려질지언정 그 바다를 온몸으로 견뎌온 강인한 공간으로 그려진다. 내가 이 시를 좋아하는 이유는 시의 전체적인 묘사가 거침없이 퍼붓는 바다의 힘에 좀 더 할애되어 있음에도 불구하고 결국에는 이 집에 살며 집에 질서를 부여하던 "할머니"에 대한 시이기 때문이다. 플라스는 1959년 1월 10일 자 일기에 "이번 주말에 시 한 편을 마쳤다. 「포인트 셜리, 다시 방문하다」*라는 시로, 내 할머니에 대한 시다. 엄격한 형식적 구조에도 불구하고 이상하게 강렬하고 감동적이었다. 강렬한 환기, 그렇게

＊　원제는 「포인트 셜리, 다시 방문하다Point Shirley, Revisited」이나, 1960년 시집 『거상』에 수록할 때 「포인트 셜리」로 수정하였다.

일차원적이지 않다"라고 적은 바 있는데, 플라스의 소회처럼 이 시는 난해하기 그지없는 시어들 가운데 "할머니"를 환기시키는 강렬한 두 행 덕에 자연물에 대한 관조적인 시라고만 설명할 수 없는 묘한 시적 공간을 만들어낸다. 그래서인지 이 시를 좋아한다고 말하면서도 이 시에 대해 말끔하게 설명하라고 하면 언제나 머뭇거릴 수밖에 없었다.

그러다 산문 「Ocean 1212-W」를 만났다. 이 산문에는 바다를 둘러싼 플라스의 기억들이 어린 시절을 중심으로 기술되어 있는데, 어떤 부분은 매우 추상적이지만 다른 어떤 부분은 놀라우리만큼 생생하게 특정 기억을 묘사한다. 그러니 이 글은 플라스 자신의 유년기에 대한 글이기도 하고 동생이 태어난다는 소식을 들었을 때의 서운함(으로 감히 재단하여 말해도 된다면)으로 인해 "이 세상의 사물들과 나의 아름다운 결합은 끝났다"고 말할 정도로 세계가 뒤집어지는 경험을 기록하기에 매우 사적인 글이라고 볼 수 있으며, 결국엔 그 기억들이 모두 바다와 연결되어 있다는 점에서 바다에 대한 글로도 볼 수 있다. 그런데 「포인트 셜리」에서 "할머니"에 주목할 수밖에 없는 것과 마찬가지로 이 글에서도 여전히 "할머니"를 주목하게 된다는 점이 흥미롭다. 이 글의 제목이 할머니의 집 전화번호인 「Ocean 1212-W」인 것을 상기해보면, 어쩌면 플라스 역시도 바다에 대한 이야기에서 "할머니"에 방점을 찍고 싶었을지도 모르겠다. Ocean 1212-W를 누르고 기다리면 들을 수 있던 할머니의 목소리, 밖에서 온갖 소란이 벌어질지

언정 입을 꼭 다문 할머니가 만들어내던 김이 오르던 빵이나 풍미 좋은 차우더, 아무리 지저분하고 엉망이 될지라도 "할머니가 빗자루를 꺼내 왔으니 금방 괜찮아질"거라는 어떤 믿음. 이 대목들에 대해 생각하는 것이 나로 하여금 「포인트 셜리」를 더 잘 이해할 수 있게 했다고는 생각하지 않지만 분명 무관하다고는 말할 수 없을 것이다.

바다의 "폭력" 앞에서 빗자루 하나를 들고 집을 나서는 할머니의 단단한 손아귀를 상상하게 하는 것처럼, 플라스는 바다 위를 자유롭게 유랑하는 서술 속에서도 문득 독자의 발목을 잡아끌어 어떤 순간, 어떤 소재, 어떤 기억, 어떤 묘사로 깊숙이 들어서서 오래 머물게 한다. 공간감과 시간성이 갑자기 비틀어지는 이러한 순간들은 시보다는 산문에서 더욱 두드러지는데, 이 책에 실린 또 다른 산문 「비교」가 이런 식의 작법을 메타적으로 보여준다. 흥미로운 것은 「비교」가 플라스의 시론이라는 점이다. 소설과 시를 비교하는 이 글에서 플라스는 자신을 의심의 여지없는 시인으로 설정하는데, 소설이 장악할 수 있는 드넓은 세계와 그 세계를 구축할 수 있는 소설가의 정반대편에 자신을 두고 "나는 대략 1분 정도밖에 취할 수 없다"라고 쓴다. 그러니까 이런 식이다. "문이 열리고, 문이 닫힌다. 그사이에 당신은 하나의 정원, 한 명의 사람, 한 번의 폭풍우, 한 마리의 잠자리, 하나의 심장, 하나의 도시를 한눈에 볼 수 있다." 플라스는 그 문이 잠깐 열리고 닫히는 1분 남짓한 시간성에 시인의 세계가 있다고 말하면서 도저히 지나칠 수 없었던 주목나무의 무게를 감지하고 거기에 귀 기울였던 기억에 대해 쓴다.

그 결과 태어난 시가 「달과 주목」이다. 밤을 배경으로 하는 이 시는 여러 층위의 해석이 다양하게 존재해왔는데 어머니와 등치된 달이 냉랭하게 그려지고 시 전체를 관통하는 종교적인 요소들이 어둡고 부정적으로 그려지는 바람에 대체로 플라스와 어머니, 아버지와의 매끄럽지 않았던 관계를 비유하거나 때로는 종교에 대한 시인의 회의 등으로 해석되어왔다. 그런데 「비교」에 따르면 이 시의 "단 하나"는 다름 아닌 주목나무다. "주목은 하늘을 향해 있다. 그것은 음산한 형상이다. / 나무를 따라가다 치켜뜨면 달을 만난다."*라는 시행에서 미루어보듯 플라스는 독자로 하여금 주목나무의 주변과 주목나무와 주목나무가 가리키는 방향을 모두 좇게 하면서 어떤 정서를 형성해간다. 플라스는 이때의 자신의 서정을 "멜랑콜리"로 표현했고 독자들은 각자의 읽기를 통해 자신의 정서를 정의할 텐데, 이와 별개로 나는 두 가지를 짚고 싶다. 하나는 그의 시론을 읽음으로써, 플라스의 글을 플라스이기 때문에 그의 어머니와 그의 아버지와 그의 우울과 그의 환멸로 엮어내는 관습적 해석을 멈출 필요가 있다는 것, 그리

---

*　실비아 플라스, 「달과 주목」, 『실비아 플라스 시 전집』, 박주영 옮김, 마음산책, 2013, 353쪽.

고 다른 하나는 결국 그가 아주 잘 듣는 사람이었다는 것, 그리하여 자신이 들은 바를 시로 벼려내기를 수없이 시도한 작가였다는 것이다. 그가 그 밤의 주목나무를 주시할 수 있었기 때문에 "그렇게 주목이 전하는 말은 암흑이다. 암흑과 침묵."*이라고 말할 수 있게 되었다는 것이 증거다.

그러니 플라스가 아주 잘 듣는 작가였다고 말해도 될까. 그는 주목나무 한 그루의 무게감을 쉬이 넘길 수 없어서 가던 길도 멈춰 서는 사람이 시인일 수밖에 없다고 보았고, 스스로도 그랬으니까. 그가 실은 아주 잘 듣는 사람이었음을 주목해보는 것은 오늘날 플라스 읽기에 새로운 의의를 가져다줄 것이다. 그가 주로 활동했던 전후 냉전 시기가 그의 활동 반경과 비평적 가능성을 여러모로 축소 해석 해온 까닭에 미국 시문학사에서 플라스가 고백시파Confessional Poetry로 분류되어왔고, 더불어 티머시 마터러Timothy Materer의 말처럼 "불가피하게 30세의 나이로 플라스가 세상을 떠난 방식에 의해 영향을 받을 수밖에 없었던" 플라스 비평의 역사가 있기 때문에 우리는 그가 얼마나 많은 것을 들어왔는지보다 그가 얼마나 고통스럽게 말해왔는지에 주로 주목해왔다. 하지만 이제 다른 방향에서 플라스의 세계를 들어보자면 그가 들었던 "암흑과 침묵"의 소리를 다른 방식으로 상상해보는 것이

*   위의 책, 354쪽.

가능해지지 않을까.

플라스의 또 다른 세계. 그 세계를 들여다보기 위해 이 책을 작업하며 플라스가 매우 유머러스한 글쓰기를 구사한다는 점을 알게 되었다는 걸 문득 밝히는 게 좋겠다. 예컨대 「엄마들」에서 새로운 마을에 정착한 에스더가 그 마을의 공동체에 자리 잡기 위해 어딘가 의뭉스러워 보이는 목사와 대면하는 과정에서 자기도 모르게 터져 나오는 눈물에 스스로 놀라버리는 장면은 단순히 플라스의 종교에 대한 회의나 환멸과 같은 말로는 단정할 수 없는 세밀하고 시니컬한 감정이 녹아 있다.「그 미망인 망가다」에서는 온갖 감언이설로 한철 장사를 하는 집주인과 샐리의 신경전을(게다가 이건 플라스가 실제로 겪었던 일이다) 어찌나 생생하게 그려내는지 "망가다가 부엌을 나설 때까지 기다렸다가 마개를 뽑아 불법적인 사치의 풍요로움을 느끼며 물이 최대한 쏟아지도록 수도꼭지를 틀었다"라는 대목에서는 웃음이 다 터져 나왔다.「입회」에서는 십대 여성들 사이의 위계와 긴장이 어디에 기인하는지를 영리하게 파악한 주인공 밀리센트가 소속감 대신 헤더 새의 "맛있는 눈썹"의 세계를 택할 때, 그 인생에 찾아온 "낯선 사람과 갑작스러운 동지애"가 문득 반갑고 달콤하게 느껴졌다. 플라스의 경력 초기, 〈마드모아젤〉 입상을 가능하게 했던 「민턴가家의 일요일」은 언제나 합리적이고 깐깐한 풍채 좋은 오빠 헨리와 사색적이고 공상적인 연약한 동생 엘리자베스가 오늘날의 MBTI 일화처럼 그려지다가 비극이랄지 해방이

랄지 정의할 수 없는 모호한 흔적을 남기고 마무리된다. 이 모두가 시만 읽어서는 영영 알 수 없었을 플라스의 여러 세계들이다.

　이 책은 크게 플라스의 산문 다섯 편과 단편 열일곱 편이 역연대순으로 구성되어 있다. 만약 독자가 이 책을 처음부터 차례대로 읽는다면 독자는 플라스의 과거로 거슬러 올라가게 된다. 어떤 글은 매우 정제되어 있지만 어떤 글들은 매우 혼란스럽고 어떤 글은 잘 짜인 한편의 소극 같다. 그중 가장 번역하기 가장 어려웠던 작품은 「소년 석상과 돌고래」였다. 1957년과 58년, 그러니까 플라스의 이십대 중반에 쓰인 이 글은 글에 등장하는 인물들의 이름이나 공간의 명칭들, 그리고 플라스의 케임브리지 시절 일기들로 미루어, 플라스가 케임브리지 대학교에서 수학했을 시절의 이야기를 소설화한 작품이다. 무의식을 묘사하는 듯한 작품의 몽환적인 분위기 때문에 서사를 따라가기 어려웠는데, 아이러니컬하게도 이 책의 제목은 거기서 나왔다. 사랑과 욕망과 무의식과 상처와 외로움이 거대한 안개 속에서 찐득하게 뒤섞인 밤을 보내고 자신의 방에 돌아온 도디가 온통 소진된 채로 창문을 열고 밖을 내다보자 거기엔 그가 종종 가서 발치에 쌓인 눈을 털어주던 소년 석상이 있다. 무슨 일이 있어도 흔들리지 않는 세계, 그 세계는 소진해버리는 에너지가 없는 "낭비 없는 세계"다. "사랑이 불을 피우고 사랑이 승리하는 세계". 도디는 그 세계의 소리를 가만 듣다 까무룩 잠에 들고, 다음 날 아침 눈을 떴을 때, 그가 가장 먼저 들은 소리는 단 하루도 허투루 보내지 않는 "기니 부인"의 일상이 굴러가는 소리였다. 요리를 하고 햇빛을 만나고 싹 틔운 히아신스 화분을 바라보는 소리. 소진된 자신과 결코 소진되지 않는 세계가 글 안에서 부드럽게 뒤섞일 때, 우리는 거기서 플라스의 또 다른 세계를 경험할 수 있다. 이러한 이유로 글을 짓는 작가로서의 플라스의 역량과 그 한계 없는 시공간을 마음껏 드러내는 "낭비 없는 세계"를 변주하는 제목이 좋을 거라 여겼다. 세계를 "밤"으로 대체한 것은 밤이야말로 플라스의 시간이기 때문이다. 글을 쓰며 아이를 기르며 말 그대로 온 밤들을 할애하여 만들어졌을 플라스의 이 이야기들이 좀 더 많은 독자와 만나기를 바란다. 재치와 유머가 곳곳에 스민 기민한 시선을 즐겨보았으면 한다. 독자 개개인의 마음속에서 각자의 플라스를 만날 수 있기를.

짧지 않은 분량을 꼼꼼하게 챙겨 읽어주신 김수경 편집자와 마음산책 출판사에 깊은 감사의 인사를 전한다. 눈앞에 놓고 매번 참고했던 『실비아 플라스 시 전집』의 옆면에는 '마음산책. 좋은 책, 마음에 남는 책'이라는 도장이 찍혀 있는데, "마음에 남는"이란 대목이 문득 눈에 든다. 그러니 "마음에 남는" 플라스의 한 구절을 다시 쓰며 후기를 마무리한다. 「폭설」의 마지막 부분이다. 휴스와 헤어진 뒤 플라스는 전에 없이 추운 런던에서 아이 둘을 기르고 있었다. 마음대로 되는 것 하나 없는 그 겨울의 고투를 기록하는 기개도 인상적이었지만, 추위가 한풀 꺾이고 난 뒤 맥이 풀린 듯한 플라스의 목소리가 마음에 남았다. "내 아이들은 단호하고 독립적이며 결단력 있게 자랄 것이다. 오한으로 열이 오른 노년의 나를 위해 양초 사는 줄에 서서 고투하면서. 그러는 동안 나는 구석에 놓인 가스레인지에서 물 없는 차를(적어도 미래는 그런 것을 가져다주어야 한다) 우리고 있겠지." 그에게도 그리던 미래가 있었음을 어쩐지 상상하게 된다.

2024년 3월
박선아